Wiebke von Carolsfeld

# Das Haus in der Claremont Street

Wiebke von Carolsfeld

# Das Haus in der Claremont Street

Roman

*Aus dem Englischen von*
*Dorothee Merkel*

Kiepenheuer & Witsch

Diese Übersetzung wurde gefördert
mit Mitteln aus dem Canada Council for the Arts.

Canada Council for the Arts Conseil des arts du Canada

Erst wenn wir verloren sind, (...)
fangen wir an uns selbst zu finden.

*Henry David Thoreau*

# 28. Mai

Wenn man den Plastikarm herunterklappen wollte, ohne ihn aus der Schulter zu reißen, musste man einiges Geschick aufbringen, aber Tom hatte Brawl schon so oft umgebaut, er beherrschte sämtliche Griffe im Schlaf, mit geschlossenen Augen und hinter dem Rücken. Einmal hatte er es tatsächlich mit geschlossenen Augen und hinter dem Rücken geschafft – wenn auch nicht gerade im Schlaf –, worüber Saanjh so heftig hatte lachen müssen, dass ihm fast die Luft wegblieb.

Schlafen war genau das, was Tom in diesem Moment eigentlich tun sollte. Mama hatte schon vor Stunden das Licht gelöscht, nachdem sie ihm ihre Lieblings-Gutenachtgeschichte erzählt hatte: die von der seltsamen Freundschaft zwischen der Stadtmaus und der Landmaus. Tom fand, dass er viel zu alt für diese Art von Fabeln war, aber er brachte es nicht übers Herz, ihr das zu sagen. Mama war immer so glücklich, wenn sie ihm diese Geschichten erzählte, wie konnte er da Nein sagen? Also hatte er sich stattdessen in ihre Armbeuge geschmiegt, war mit den Fingern durch ihre dichten, so wunderbar lockigen Haare gefahren und hatte genüsslich dem Singsang ihrer Stimme gelauscht.

»Alles wird gut«, hatte sie gesagt, nach dem letzten von sechs Gutenachtküssen, nur um dann doch noch ein bisschen länger zu bleiben, so, wie sie es immer tat, wenn sich etwas zusammenbraute. Papa war während des Abendessens sehr still gewesen, abgesehen von dem monotonen Brummen, das sich ab und zu durch seine zusammengepressten Lippen zwängte. Kaum war die Flasche Wein ausgetrunken, hatte er den noch vollen Teller mit Nudeln weggeschoben und war wortlos und ohne sich zu entschuldigen gegangen.

Tom brachte gerade die Vierlingskanone an Brawls Arm zum Einrasten, da hörte er den Schrei seiner Mutter. Erschrocken drehte er sich um, sodass ihm der Transformer entglitt, quer über das Bett segelte, von der Wand abprallte und auf dem Fußboden landete. Tom zwängte den Kopf zwischen beide Hände und knetete seine Ohrmuscheln, so fest er nur konnte, bis sich eine tosende Mauer aus Klang auftürmte. Genau wie das Meer am Old Orchard Beach.

»Es wird Spaß machen, ans Meer zu fahren«, hatte Papa ihm versprochen, damals, vor so langer Zeit, als Tom gerade mal sechs Jahre alt gewesen war. »Auf jeden Fall spaßiger, als zum Seehaus zu fahren und den Schwestern dabei zuhören zu müssen, wie sie sich stundenlang darüber streiten, ob Pommes besser mit Ketchup oder Mayo schmecken.« Und da hatte Papa nicht ganz unrecht. Mama konnte mit ihren beiden Schwestern, Tante Rose und Tante Sonya, stundenlang über Details diskutieren, die niemandem wichtig waren, und das dauerte dann so lange, bis Onkel Will sie mit irgendwelchen Geschichten zum Schweigen brachte, wie zum Beispiel der, dass er damals in Peru Meerschweinchen gegessen hatte. Total ekelhaft! Aber nachdem sie zwei Tage ununterbrochen nach Osten gefahren waren, landeten sie in einem scheußlich modrigen Hotel, mehrere Straßenblöcke vom Meer entfernt, und Tom musste in einem Kinderbettchen schlafen, obwohl man ihm doch versprochen hatte, dass er sein eigenes Zimmer bekommen würde.

»Das ist doch vollkommen idiotisch«, flüsterte Mama mit dieser dünnen, aufgesetzten Stimme, die Papa immer in den Wahnsinn trieb. Sie schüttelte den Kopf, während sie ihr neues Strandkleid auf den einzigen Bügel hängte, den es gab. »Wir könnten jetzt am See sitzen und Gin Tonic trinken. Umsonst!«

Je länger sie redete, desto stiller wurde Papa. »Komm, wir gehen schwimmen!«, sagte er schließlich zu Tom. »Das wird dir gefallen.«

Und wieder einmal hatte Papa recht. Tom liebte es, im See zu schwimmen, aber der Ozean – das war eine vollkommen andere Geschichte! Wie wunderbar war es, wenn einen die Wellen hochhoben und durch die Gegend schleuderten. Es hatte gar keinen Sinn zu versuchen auf festem Boden zu bleiben, die Kontrolle zu behalten, nicht unterzugehen. Nein, er musste warten, bis die Welle weitergerollt war, und erst dann konnte er wiederauftauchen, um nach Luft zu schnappen. Atemlos. Glücklich. Stolz.

Am Strand saßen seine Eltern unter einem blau-weiß gestreiften Sonnenschirm und tranken Bier aus Kaffeebechern. Aßen Kartoffelchips. Und lächelten sogar.

Aber das war damals. Jetzt kauerte Tom auf dem Fußboden, starr vor Angst, und wartete.

Und wartete.

Nachdem er zweimal bis hundert gezählt hatte, nahm er die Hände von den Ohren.

Im Haus war es still.

Mama war still.

Und Papa auch.

Tom griff sich eine kleine silberfarbene Box und drehte jede einzelne Platte um, bis Frenzy schließlich zum Vorschein kam. Dabei arbeitete er mit einer Konzentration, die

Mr Dukali sehr beeindruckt, um nicht zu sagen überrascht hätte. Der hatte nämlich erst gestern, nachdem er Tom seufzend den letzten Mathetest zurückgegeben hatte, zu ihm gesagt: »Was geht da bloß in deinem Kopf vor? Du hast ein Gehirn, das weiß ich genau. Benutze es, bevor es verschrumpelt und abstirbt.«

Als Nächstes nahm Tom ein gelbes Auto, und im Nullkommanichts kam Bumblebee zum Vorschein, gefolgt von Ratchet, Jazz und natürlich Optimus Prime, dem unglaublich heldenhaften, aber auch äußerst einfühlsamen Anführer der Autobots. Er war nicht einmal zur Hälfte mit der Verwandlung von Megatron fertig – wer ist besser geeignet, das Böse zu bekämpfen als das Böse selbst? –, als er einen dumpfen Schrei hörte. Gefolgt von einem lauten Krachen und dem Geräusch von zersplitterndem Holz.

Der Junge verlangsamte seinen Atem, zählte seine Transformer – es waren immer noch siebzehn –, sagte zweimal das kleine Einmaleins auf und fuhr sich mit dem abgesplitterten Fingernagel über die weiche Unterseite seines Arms. Um ihn herum war nichts als Stille. Eine Stille, die ihm Schauder über die Haut jagte, von der ihm speiübel wurde und die alle seine Gedanken erstarren ließ.

Es vergingen Minuten, vielleicht sogar Stunden, während Tom in seinem mit Spielzeugen übersäten Zimmer kauerte, im zweiten Stock seines Zuhauses, das von unendlich vielen anderen, vollkommen gleich aussehenden Häusern umgeben war. Anfangs, als sie gerade in diese Gegend gezogen waren, hatte Tom sich immer wieder verirrt, bis Mama die Haustür in einem ihrer fieberhaften Anfälle von Tatendrang einfach violett angestrichen hatte. Tom fand das ganz großartig, aber Papa hatte sich andauernd darüber beschwert.

Tom wagte es, wieder normal zu atmen und sich auszumalen, dass seine Eltern sich jetzt wieder vertrugen, dass sie sich umarmten und lachten, so wie sie es immer taten, wenn nichts anderes – nicht einmal er – auch nur die geringste Bedeutung für sie hatte. Aber dann, gerade in dem Moment, als Tom Ironhides Fahrgestell auseinandernahm, hörte er seine Mutter aufheulen.

Der Junge erstarrte.

Wenige Augenblicke später ging die Tür des Schlafzimmers seiner Eltern auf. Schritte kamen näher.

Zehn, neun, acht ...

Tom zählte, wie sich ein Fuß vor den anderen setzte, auf dem Weg zu seinem Zimmer, den schmalen Flur entlang, an dessen Wänden in weiße Plastikrahmen eingesperrte Erinnerungen hingen. Tom, wie er in den See sprang, wie er in einem knallroten Kanu saß und angelte, Saanjh mit dem Arm um seine Schulter, beide mit einem breiten Grinsen, über und über mit Schlamm verkrustet. Erinnerungen an heiße Sommertage. An Gelächter. An unschuldige, durch nichts getrübte Liebe.

Sieben, sechs, fünf ...

Tom kauerte sich noch enger zusammen und versuchte, die Schritte wegzuwünschen. Lass mich in Ruhe. Guck Fernsehen. Geh schlafen, bis morgen Nachmittag.

Vier ...

Tom griff sich Optimus Prime.

Drei ...

Er zählte weiter, fürchtete aber, dass Optimus ...

Zwei ...

... ihm jetzt nichts mehr nützen würde.

Eins.

Die Schritte hielten an, genau vor seiner Tür.

Tom war gelähmt vor Furcht. Bitte, dachte er, bitte, lass das hier vorbeigehen. Bitte mach, dass die Nacht zu Ende geht, dass es wieder Tag wird, mach, dass Mama Haferbrei kocht und wir zusammen über die Cartoons in der Zeitung lachen, bevor ich in die Schule muss. Bitte, lass uns diese Nacht vergessen, wie so viele andere Nächte auch. Bitte. Bitte. Bitte.

Draußen ließ der Vater des Jungen den Türgriff wieder los und ging fort, die Treppe hinunter.

Tom wartete noch hundert Atemzüge, bevor er die Tür öffnete, Millimeter um Millimeter. Er hatte Angst, auch nur das winzigste Geräusch zu verursachen, aber seine Furcht war unnötig, denn in diesem Haus gab es keine knarrenden Türen. Die ungebrochene Stille verlieh ihm den Mut, einen ersten vorsichtigen Schritt in Richtung des Schlafzimmers seiner Eltern zu wagen. Unter der geschlossenen Tür lugte ein schmaler Lichtstreifen hervor.

Als Tom endlich vor der Tür angekommen war, blieb er stehen. Schweißtropfen brannten ihm in den Augen. Er wünschte sich nichts mehr, als einfach nur in sein Zimmer zurückzukehren, einzuschlafen und diese Nacht hinter sich zu lassen – aber dann öffnete er trotzdem die Tür. Es könnte ja sein, dass Mama ihn brauchte. Schon wieder.

Drinnen lagen Hemden, die vorher sorgfältig gefaltet gewesen waren, hier und da und dort, in einem wirren Chaos verstreut. Auf dem zerwühlten Bett lag ein einzelner Pantoffel, das Laken war voller dunkelroter Flecken. Tom stieß die Tür weiter auf, seine Füße bewegten sich jetzt wie aus eigenem Antrieb, stiegen über eine zerbrochene Vase, einen rosafarbenen BH und die Perlen einer zerrissenen Kette.

Neben einem der Golfschläger seines Vaters fand Tom seine Mutter. Das Gesicht blutverschmiert, das rechte Auge zugeschwollen, nur das linke geöffnet. Einen winzigen Spaltbreit.

»Tom?«, flüsterte sie, aber ein gewaltiges Brausen explodierte im Kopf des Jungen und übertönte ihre Stimme. Sie schloss das Auge und ihr Kopf rollte zur Seite. Auf ihrer Stirn wuchs bereits eine heftige Beule, ihr linker Fuß ragte seitlich unter ihrem Körper hervor. Nackt, reglos, verdreht. Auseinandergenommen. Genau wie Brawl.

Dann zuckte ihr großer Zeh, und der Junge erinnerte sich, was er als Nächstes tun musste. Hastig begann er, nach ihrem Telefon zu suchen, aber es war nicht an das Ladekabel angeschlossen, und es dauerte eine Weile, bis er es unter einem Stapel verstreuter Kleider entdeckte. Tom konnte sich nicht daran erinnern, welche Nummer er wählen musste, er wusste nur, dass sie eine 9 und eine 1 enthielt. Als ihm schließlich einfiel, dass die Nummer 911 lautete, zitterten seine Hände so heftig, dass ihm das Telefon entglitt und zu Boden fiel.

»Meine Mama«, flüsterte er, als er endlich jemanden in der Leitung hatte. Genau in diesem Moment ertönte von unten ein lauter Knall. »Bitte«, sagte er. »Blut«, fügte er hinzu, aber seine Stimme klang hohl und seine Worte ergaben keinen Sinn.

»Meine Mama«, versuchte er es erneut, aber dann hörte er, wie sie stöhnte. Doch aus ihrem Mund kamen keine Worte, sondern Blut.

»Wir sterben.«

# Juni

Sonya häufte drei Löffel Zucker in ihren Kaffee. Was machte es schon, wenn er ihre Leber zerstörte, die Chancen auf eine Diabeteserkrankung erhöhte und ihre Gereiztheit noch verschlimmerte? Sie hatte ein wenig Trost verdient, und zwar jetzt sofort.

»Komm, ich helfe dir mit dem Essen«, sagte Penelope, während sie die leeren Flaschen, die sie im Garten eingesammelt hatte, in eine Ecke stellte. Sonya drehte sich um und sah, wie ihre beste Freundin gerade ein Tablett mit gefüllten Pilzen vom Küchentisch nahm. Pen, in Blau- und Violetttöne gekleidet, sah sehr elegant aus, trotz ihrer dreißig Pfund Übergewicht. Aber nach jahrelangen, immer ausgefallener werdenden Diätversuchen – Zitronenentgiftung? Im Ernst jetzt? – hatte Sonya es satt, ihre Solidarität zu bekunden. Warum konnte Pen nicht ganz einfach weniger essen, sich mehr bewegen und endlich ein anderes Gesprächsthema finden?

»Ich komm schon klar«, sagte Sonya und nahm ihr das Tablett mit den Pilzen aus der Hand. Sie hatte eine Ewigkeit gebraucht, um diese schlüpfrigen kleinen Biester zu füllen, und sie hatte keine Lust, dass jetzt jemand anderes dafür das Lob einheimste. »Und überhaupt: Wenn jemand helfen sollte, dann meine Geschwister.«

Nur dass Will sich anscheinend nicht vom Fernseher losreißen konnte und Rose damit beschäftigt war, sich draußen vor der Tür die Lunge zu ruinieren. Sie rauchte. Und das in ihrem Alter.

»Bitte«, flehte Penelope. »Gib mir irgendwas zu tun.«

»Also gut«, sagte Sonya und reichte Penelope eine Flasche mit Weißwein und eine andere mit Rotwein. »Aber tu uns allen einen Gefallen und schenk Rose lieber nicht noch mehr ein. Wir können heute wirklich keine Szene gebrauchen.«

Sonya sah zu, wie ihre Freundin davoneilte und schämte sich für ihre Bitterkeit. Wenigstens versuchte Pen noch, an sich zu arbeiten. Und das ist um Welten schwerer, als einfach aufzugeben.

Sonya sah auf die Uhr. Es war noch nicht einmal sechs. Zu früh, um diesen furchtbaren Tag abzuhaken, ein paar Tabletten einzuwerfen und sich ins Dunkel treiben zu lassen. Außerdem wimmelte es im Haus vor Trauergästen, und das würde auch noch mehrere Stunden so bleiben. Die reißerische Berichterstattung über den Mord an ihrer Schwester hatte die gesamte zweite Seite des *Toronto Star* eingenommen und zu einem nicht enden wollenden Strom von Besuchern geführt. Alle platzten geradezu vor Anteilnahme und liebevoller Besorgnis, aber gleichzeitig waren sie zweifellos unendlich erleichtert, dass dieser Horror nicht ihnen selbst widerfahren war, und dankbar für ihre eigenen Familien, und sei es auch nur für einen Augenblick.

Das Ganze erinnerte Sonya an die Zeit nach dem Tod ihrer Mutter. Damals, genau wie heute, brauchte sie nur den Raum zu betreten und schon verstummten alle Gespräche. Jede Umarmung endete unweigerlich mit Tränen, und Freunde wie Pen schafften es plötzlich nicht mehr, ihr in die Augen zu schauen. Wenigstens gab es damals noch kein Facebook. Keine »Gefällt mir«-Klicks für *Ruhe in Frieden, mein süßer*

*Engel.* Keine Schulfreunde, die endlose Lobeshymnen über jemanden vom Stapel ließen, mit dem in Kontakt zu bleiben sie sich nicht die Mühe gemacht hatten, und keine von diesen zahllosen Links, wie man am besten mit Trauer umging.

Sonya nahm einen Stapel durchweichter Pappteller vom Herd und öffnete den Mülleimer, musste jedoch feststellen, dass dieser bereits bis obenhin mit lippenstiftverschmierten Servietten, Resten grellfarbiger Muffins und den Überbleibseln eines von Mutters Kristallweingläsern gefüllt war. Sie hätte es niemals zulassen dürfen, dass Rose die guten Gläser aus dem Schrank nahm. Jetzt waren nur noch drei übrig.

Auf dem Weg zum Müllcontainer sah Sonya ihre Nachbarin Anna Stanley, die gerade damit beschäftigt war, Hof zu halten. Ihre Haare waren wie immer perfekt frisiert, und die Farbe ihrer lackierten Fingernägel passte natürlich genau zu dem tief ausgeschnittenen Kleid, aus dem ihr üppiger Busen hervorquoll. Sie hatte wirklich immer noch eine geradezu unverschämt gute Figur, und das, obwohl sie innerhalb von fünf Jahren drei Kinder zur Welt gebracht hatte.

»Das Problem heutzutage ist, dass niemand mehr den Vorteil von ehrlicher, harter Arbeit zu schätzen weiß«, sagte sie in jenem selbstgefälligen Tonfall, wie ihn nur Leute mit äußerst begrenzter Intelligenz zustande bringen. Dann nahm sie einen übertrieben lässigen Schluck aus ihrem Weinglas und aalte sich in den Blicken der Männer, als plätscherte sie im Pool ihrer Bewunderung genüsslich von einem Ende zum anderen.

Sonyas Ehemann Alex hatte darauf bestanden, die nachbarschaftlichen Beziehungen zu pflegen – Sonya selbst hätte, um ehrlich zu sein, gut und gern darauf verzichten können. Insbesondere deshalb, weil die Stanleys keine Gelegenheit ausließen, um mit ihrem perfekten Leben zu protzen. Sie hatten zwei Kinder auf einer französischsprachigen Schule, eine Sauna aus Zedernholz im Garten und machten einmal im Jahr Urlaub auf den Bahamas. Derek, nur ein paar Jahre älter als Alex, aber bereits Vizepräsident seiner Firma, reiste auf der Jagd nach neuen Absatzmärkten um den gesamten Globus und kehrte mit immer opulenteren Souvenirs wieder nach Hause zurück. Alex, der nie irgendwelche Reisen unternahm, hatte es schon vor langer Zeit aufgegeben, Sonya Geschenke zu machen. »Warum sollte ich dir was kaufen«, meinte er, »wenn du sowieso alles wieder umtauschst?« Ganz unrecht hatte er nicht. Trotzdem – ein handgewobener Pashmina-Schal von tibetischen Mönchen war definitiv romantischer als ein Geschenkgutschein der Indigo-Buchhandlung.

»Die Leute wollen immer alles sofort haben«, fuhr Anna fort. »Aber so funktioniert das nicht. Eine Investition braucht Jahre, um zu reifen. Man muss im Hier und Jetzt Opfer bringen, um den zukünftigen Gewinn zu sichern.«

Erzähl das mal Mona, dachte Sonya, während sie versuchte, den Müll in den bereits überquellenden Container zu stopfen. Bei dem Gedanken an ihre jüngere Schwester, wie sie blutüberströmt auf der Erde lag, den Schädel vom Golfschläger ihres Ehemanns zertrümmert, und sich mit letzter Kraft an das Leben klammerte, bis der Krankenwagen kam, nur, um dann doch auf dem Weg ins Krankenhaus zu sterben, hätte sie am liebsten geschrien. Stattdessen stampfte sie mit wilder Gewalt den Müll in den Container und scherte sich nicht darum, als sich der eklige Dreck auf die Erde ergoss. Im Gegenteil, sie genoss das Gefühl von Kontrolle, genoss es, einen Teil der Wut zu entladen, die sich in ihr angestaut hatte wie Dampf in einem hermetisch verschlossenen Topf. Und wer konnte es ihr verdenken? Eben noch hatte sie sich darüber geärgert, dass sie einen entscheidenden Moment in der Kochsendung *Top Chef* verpasst hatte, und im nächsten Moment war ihre gesamte Welt in sich zusammengebrochen. Es war erst am letzten Donnerstag gewesen, und doch kam es ihr so vor, als sei das in einem anderen Leben geschehen, als zwei Polizisten an ihrer Tür klingelten. »Dürfen wir reinkommen?«, hatte einer von ihnen gefragt. Als hätte Sonya eine Wahl gehabt. Als hätte sie Nein sagen können.

Als sie jetzt den überall verstreuten Dreck betrachtete, hätte Sonya beinahe gelacht. Genau wie ihr Leben. Ein Haufen Scheiße. Als sie es endlich geschafft hatte, die Schweinerei aufzuräumen, war Anna bei den Vorteilen von Anleihepapieren angelangt. Wie um alles in der Welt konnte man diese Frau zum Schweigen bringen? Mit einem Schlussverkauf bei Holts? Einer kräftigen Ohrfeige? Einer nuklearen Verwüstung? Was auch immer der Preis sein mochte – Sonya war mehr als gewillt, ihn zu zahlen.

Weil sie dringend eine Minute Ruhe brauchte, machte sich Sonya auf den Weg zu ihrer Speisekammer, einem schrankähnlichen Raum, der mit allerlei Köstlichkeiten gefüllt war: Preiselbeermarmelade aus dem skandinavischen Restaurant in der Bloor Street, kandierte Zitronen aus Marokko und Olivenpaste vom Wochenmarkt in Bracebridge. Sie hatte es Alex nie erzählt, aber der Grund, warum sie darauf bestanden hatte, dieses Haus zu kaufen, war ebendiese Speisekammer gewesen. Sie eignete sich perfekt für all das Eingemachte, das sie kochen wollte, sobald sie endlich von der Arbeit zu Hause bleiben konnte, um mitzuerleben, wie ihre Kinder aufwuchsen – jene Kinder, die ihr bisher auf so grausame Weise versagt geblieben waren.

Alex, immer der Pragmatiker, war dagegen gewesen, ein so großes Haus zu kaufen, aber Sonya hatte diese Debatte natürlich gewonnen. Die Immobilienpreise würden auf jeden Fall immer weiter in die Höhe schnellen, hatte sie zu bedenken gegeben. Besser jetzt in den Markt einsteigen, während sie es sich noch leisten konnten, und das Nest bauen, bevor sie es brauchten, sozusagen. Vorplanen, statt dem Glück hinterherzujagen. Wie hätte sie ahnen können, dass all die leeren Zimmer sie mit jedem Tag, der verging, immer heftiger anprangern würden? Ein unumstößlicher Beweis dafür, dass sie daran gescheitert war, sich in die natürliche Ordnung der Dinge einzufügen.

»Wie schaffst du es bloß, diese Frau zu ertragen?«, fragte Pen, die Sonya auf ihrer Flucht in Richtung Speisekammer abgefangen hatte. »Ich habe die Zeit gestoppt – sie redet seit acht Minuten ununterbrochen.«

»Jedem das Seine«, sagte Sonya, selbst überrascht von den scheinheiligen Worten, die gerade aus ihrem Mund gekommen waren. Seit Monas Tod war da etwas Unkontrollierbares in ihr, etwas Unverblümtes, Erbarmungsloses. Das war beunruhigend, insbesondere für jemanden, der stolz darauf war, immer einen kühlen Kopf zu behalten. Um ihre Schroffheit wiedergutzumachen, reichte Sonya Pen das Tablett mit den gefüllten Pilzen und sagte: »Aber auf keinen Fall mehr als zwei pro Person.«

Als Sonya sich dann endlich in die Speisekammer flüchtete, musste sie feststellen, dass Tom ihr zuvorgekommen war. Ihr Neffe trug wie immer seinen Kapuzenpullover, den auszuziehen er sich sogar nachts weigerte. Er hockte auf der Erde, hatte die Arme eng um die dünnen Beine geschlungen und kaute an seinen Fingernägeln. Seine Augen, die früher so gestrahlt hatten, steckten jetzt irgendwo zwischen Stumpfsinn und Verzweiflung fest. Was für ein Unterschied zu dem Jungen aus Sonyas Erinnerung, diesem

Kind mit dem von Zahnlücken gespickten Grinsen, das sechs Räder hintereinander schlagen konnte und erst letztes Jahr höchst vergnügt in den fast zugefrorenen See gesprungen war.

»Oh mein Spatz, warum versteckst du dich denn hier drin?«, fragte Sonya, wohlwissend, wie idiotisch sie klang. Was sollte der Junge denn sonst tun? Weiterhin ein Rad nach dem anderen schlagen, als wäre nichts gewesen? Es war erst fünf Tage her, dass sie Tom vom Polizeirevier draußen auf dem Highway 7 abgeholt hatte. Bis oben hin in Decken eingewickelt saß er da und zitterte trotz der frühsommerlichen Hitze. Die Sozialarbeiterin – Stacie »mit ie!« –, eine Frau mit vernünftigem Schuhwerk und geflochtenen grauen Haaren, hatte bei Sonyas Eintreffen vor Erleichterung geseufzt.

»Es gibt viel zu wenig Eltern, die für den Fall ihres plötzlichen Todes vorsorgen«, hatte sie gesagt und dabei ein derart beflissenes Lächeln aufgesetzt, dass Sonya speiübel davon wurde. »Gott sei Dank hatte Ihre Schwester diese weise Voraussicht.« Aber war es tatsächlich Voraussicht gewesen, hatte Sonya sich gefragt, wobei sie dem nicht abreißenden Redestrom, den diese Frau von sich gab, längst nicht mehr zuhörte.

Als Mona sie damals bat, Toms gesetzlicher Vormund zu werden, falls ihr etwas zustieß, war das in Sonyas Augen lediglich etwas gewesen, was jedes vernünftige Elternteil tun würde. Natürlich hatte sie sich einverstanden erklärt, weil sie davon ausgegangen war, dass diese Verpflichtung nichts weiter mit sich bringen würde als zweimal im Jahr Geschenke und einen gelegentlichen Besuch im Zoo. Nicht einmal in ihren schlimmsten Albträumen hätte sie sich ausgemalt, dass sie einmal hier enden würde, in dieser Speisekammer, mit diesem Jungen, der kein einziges Wort sprach und nicht weinte, ja der sich nicht einmal berühren lassen wollte. Ein Junge, für den sie von jetzt an verantwortlich war. Ein eigenes Kind, von jetzt auf gleich.

Sonya nahm einen kleinen Karton mit Apfelsaft aus einem der Regale und nestelte mühsam den Strohhalm aus seiner Plastikumhüllung. »Hier«, sagte sie. »Das habe ich extra für dich gekauft.«

Tom blinzelte, stopfte seinen Daumen noch tiefer in den Mund und presste die Zähne darauf. Sein Blick war fest auf einen Punkt irgendwo hinter Sonyas linkem Ohr gerichtet. Er saugte den eigenen Speichel, als könnte dies seinen Durst löschen – seine bisher einzige Reaktion auf all ihre Angebote.

»Möchtest du vielleicht eine Tasse Kakao?«

Schlürf.

»Wie wär's mit einem kleinen Imbiss?«

Schlürf.

»Kann ich dir nicht irgendetwas bringen? Egal was.«

Schlürf. Schlürf. Schlürf.

Jeden einzelnen Tag. Jedes einzelne Mal.

Schlürf!

*Zwing ihn aufzuschauen!,* forderte eine Stimme, die so klang wie die ihrer Mutter, und dennoch ihre eigene war. Zieh ihm die Hand vom Mund weg und zwing ihn, etwas zu sagen. Zwing ihn, Interesse an irgendetwas zu zeigen. Zu weinen. Irgendetwas, egal was.

Sonya schloss die Augen. Sie war die Erwachsene hier. Sie musste sich zusammenreißen. Jetzt sofort.

»Ich bin immer für dich da«, sagte Sonya, als sie sich endlich darauf verlassen konnte, dass ihr die Stimme nicht entgleisen würde. »Egal was du willst, du brauchst nur zu fragen.«

Tom schaute hoch und nahm den Saft.

War das jetzt der Moment? Ein erster zaghafter Schritt vorwärts? Ermutigt, ja fast schwindelig vor Aufregung lehnte Sonya sich vor, um Tom in die seit Langem überfällige Umarmung zu schließen. Aber bevor sie den kleinen Jungen berühren konnte, sprang er auf, rannte davon und ließ die Tür hinter sich offen stehen. Ihr Scheitern vor aller Augen offenbart.

Sonya kehrte in die Küche zurück, gerade als Rose ihr Weinglas so übervoll goss, dass sie erst einen Schluck nehmen musste, bevor sie es abstellen konnte. Die einzige Schwester, die Sonya nun noch hatte, trug eine enge blaue Hose, die zwar nicht gerade eine Jeans, aber trotzdem kaum passend für eine Trauerfeier war. Und was sollte dieser grellrote Lippenstift? Aber selbst im Alter von fünfunddreißig genoss Rose es nach wie vor, immer genau das Gegenteil dessen zu tun, was man von ihr erwartete. Und was noch ärgerlicher war: Sie kam damit meist ungestraft davon.

»Du kannst ja super mit Kindern umgehen«, sagte Rose, als wäre sie eine Expertin, bloß weil sie ein eigenes Kind hatte.

»Ich nehme an«, entgegnete Sonya, während sie die Spülmaschine öffnete, »du weißt, dass dein Sohn und Phoebe gerade mit einer Knutscherei besiegeln, dass sie Cousin und Cousine sind.«

»Was sagst du da?«, fragte Rose.

»Ich habe sie hinterm Haus gesehen, als ich den Müll rausbrachte. Nicks Hand steckte irgendwo auf halber Höhe unter Phoebes T-Shirt, und ihrem Gestöhne nach zu urteilen hat sie es durchaus genossen.«

Rose rannte los, um sich ihren irregeleiteten Sohn vorzunehmen, und Sonyas Laune hellte sich auf, wenn auch nur für einen kurzen Augenblick. Ihre Welt, ihrer aller Welt, war in sich zusammengebrochen, aber das musste noch lange nicht heißen, dass sie es ihrer Schwester durchgehen ließ, die selbstgerechte Zimtzicke rauszukehren.

Mittlerweile raste Sonyas Herz in dreifachem Tempo, und die einzige Möglichkeit, ihre Nerven zu beruhigen, bestand darin, sich zu bewegen. Sie räumte die Spülmaschine aus, sammelte halb volle Weingläser auf und schob die Lauchquiche in den Ofen. Danach ging sie ins Wohnzimmer, um dort aufzuräumen, doch das war bereits geschehen. Selbst nach einem Jahrzehnt Ehe schaffte Alex es immer noch, sie zu überraschen. Nur schade, dass diese Überraschungen in letzter Zeit selten erfreulich waren.

Es war seine ruhige, selbstbewusste Art gewesen, in die Sonya sich verliebt hatte, gleich im ersten Moment, als sie sich bei Pens Hochzeit mit Vincenzo begegneten. Eine Ehe, die trotz der 70.000 Dollar, die diese Feier gekostet hatte, kaum sechs Monate hielt. »Du siehst aus, als müsstest du ganz dringend mal tanzen«, hatte Alex zu ihr gesagt, nachdem er den Ballsaal durchquert und sie unter den acht Brautjungfern herausgepickt hatte. Und es stimmte, sie hatte einen Tanz dringend nötig gehabt. Sie hatte irgendetwas gebraucht, ganz egal was, um dieses ungute Gefühl abzuschütteln, das sie seit dem Tag von Pens plötzlicher Verlobung mit sich rumschleppte.

Hätte sie sich einmischen sollen? Hätte sie Pen sagen müssen, dass sie sich als Ehefrau Nummer vier wahrscheinlich nur in eine endlose Abfolge anderer Frauen einreihte? Dass das viele Geld sie nicht warm halten würde – in den einsamen Nächten, in denen Vincenzo ausfliegen würde, um neuer Beute hinterherzujagen? Dass auch sie eines Tages fallen gelassen werden würde? Aber Pen war nicht zu stoppen gewesen. Sie hatte es sich in den Kopf gesetzt, eine gute Partie zu machen und reich zu heiraten. Also hatte Sonya das teure Kleid gekauft, das ihre Freundin für sie ausgesucht hatte, und auch noch passende Schuhe dazu, die noch viel teurer gewesen waren. Wer gibt mir das Recht, über sie zu urteilen?, hatte sie damals gedacht. Es ist schließlich Pens Leben und nicht meins.

Und dann hatte Alex sie zum Tanzen aufgefordert. Er hatte so elegant ausgesehen in seinem Dreiteiler. Seine Augen hatten hungrig geleuchtet und, ach, wie betörend. Seine Hand war so wunderbar warm auf ihrem nackten Rücken. Und so kam es, dass sie in einem Ballsaal, der mit Hunderten von weißen Rosen und flackernden Kerzen geschmückt war, mit einem herrlichen Blick auf den Ontariosee so lange tanzten, bis das Orchester aufhörte zu spielen. Danach fuhr Alex sie heim, und kaum hatte sie ihn hereingebeten, da neigte er auch schon den Kopf zu ihr herab, um sie das erste Mal zu küssen.

Alex war das genaue Gegenteil von den kapriziösen Männern ihrer eigenen Familie. Er schien genau zu wissen, wo er hingehörte, und hatte nie infrage gestellt, dass er in der Firma seines Vaters arbeiten würde, einem Unternehmen für Kunststoffspritzgusstechnik. Im Gegensatz zu ihrem eigenen verschnörkelten Leben wirkte das seine auf bestechende Weise unkompliziert. Nicht mit Altlasten behaftet.

Drei Monate später war Sonya zu ihm gezogen, in ein Apartment nördlich der Saint Clair Avenue. Und dann, nur ein paar Tage nachdem Pens Scheidung rechtskräftig geworden war, hatten sie geheiratet. Das war jetzt zehn lange Jahre her.

Sonya tat so, als wäre sie zu beschäftigt, um sich mit den Trauergästen zu unterhalten, die am Esstisch saßen, und ging schnell an ihnen vorbei zum Kamin, auf dem sie eine Art Hausaltar aufgebaut hatte. Auf dem Sims stand ein lebensgroßes Porträt von Mona. Die Sonne tanzte auf ihrer sommersprossigen blütenweißen Haut und brachte ihr verlegenes, aber zutiefst liebenswürdiges Lächeln zur Geltung. Sonya schossen Tränen in die Augen, aber da sie auf keinen Fall unerwünschte Aufmerksamkeit auf sich lenken wollte, zog sie rasch ein bereits vollkommen durchnässtes Taschentuch aus der Tasche und wischte sich die Wangen ab. Dann konzentrierte sie sich darauf, die Erinnerungsstücke zu ordnen, die einige der Gäste mitgebracht hatten. Ein Origami-Elefant, eine zerfledderte Abiturzeitung, zahllose Fotos, die Monas Entwicklung vom ungelenken Kleinkind über einen schlaksigen Teenager bis hin zur Braut und Mutter zeigten. An den beiden äußersten Enden des Kaminsimses standen die zwei identischen Urnen.

Die Auswahl im Bestattungsunternehmen war überwältigend gewesen. »Holz, Stein, Marmor oder Glas?«, fragte die Frau dort. Ihre Augenlider hingen müde herab und die Jahre des professionellen Trauerns hatten sich tief in ihre Wangen eingegraben, ganz so als wären es Ehrenabzeichen. Wie sich herausstellte, war es umso teurer, je schlichter das Design war, aber Sonya waren die Kosten egal. Was sie ärgerte, war, dass weder Rose noch Will ihr zu Hilfe kamen – weder bei der Auswahl der Urnen noch mit sonst irgendetwas. Wie immer, wenn etwas Schlimmes passierte, verhielten sich ihre beiden jüngeren Geschwister wie kleine verschreckte Kinder die darauf warteten, dass Sonya zur Rettung eilen und alles – egal wie kaputt es auch war – wieder in Ordnung bringen würde.

Sonya schob Russells Urne noch weiter nach rechts. Der Marmor fühlte sich hart an, Unheil verkündend. Sie stellte sich vor, wie die Urne immer weiter bis zum Rand des Kaminsimses rutschte, wie sie noch einen kurzen Moment am

Scheitelpunkt schwebte, um dann endlich herabzufallen, auf dem Boden in tausend Stücke zu zerschellen und ihren abscheulichen Inhalt in alle Himmelsrichtungen zu verstreuen.

»Findest du das eigentlich nicht seltsam?«, fragte Rose, die hinter sie getreten war.

»Was denn?«, fragte Sonya unwirsch zurück und hoffte, ihr Tonfall würde ausreichen, um ihre Schwester zu verscheuchen. Werd bloß nicht pampig. Nicht heute.

Aber Rose ließ sich nicht beirren. »Na, dass Russell hier ist«, sagte sie. »Mit ihr zusammen. Als wäre es ein Autounfall gewesen oder so was.«

»Und was hätte ich mit ihm tun sollen, Rose? Ihn per Post zurück nach Australien schicken?«

Die beiden Schwestern standen sich gegenüber und warteten, wer als Erste klein beigeben würde. Denn beide wussten sehr wohl, dass es niemanden gab, an den man Russell hätte schicken können. Ob es ihnen nun gefiel oder nicht: Er war schon lange vor Toms Geburt zu einem Teil ihrer Familie geworden, auch wenn es Sonya bei diesem Gedanken zum Kotzen zumute war. Schließlich war sie selbst es gewesen, die Russell immer wieder zum Essen eingeladen hatte, weil sie seine unbeschwerte Art so genossen hatte, damals, kurz nachdem ihre Mutter plötzlich verstorben war und sie alle ein wenig Aufheiterung so bitter nötig gehabt hatten. Russell war als Neunjähriger nach Kanada gekommen und achtzehn, als die Gastprofessur für Neurowissenschaft endete, die sein Vater an der Universität von York innegehabt hatte. Während seine Eltern erleichtert ihre Sachen gepackt und in wärmere Gefilde aufgebrochen waren, hatte Russell sich geweigert nach Brisbane – oder wie er es nannte, »an den Arsch der Welt« – zurückzukehren. Er war seitdem nie wieder nach Australien gereist, selbst dann nicht, als seine Eltern ein paar Jahre später krank wurden und mit einem Abstand von nur drei Wochen hintereinander wegstarben. »Wozu soll ich jetzt hinfahren?«, hatte er gesagt. »Nun sind sie doch sowieso schon tot.«

Ein Mann ohne jede Sentimentalität. Sonya hatte das nie seltsam gefunden, bis heute.

»Das wurde im Seehaus aufgenommen, oder?«, fragte Rose und nahm ein Foto in die Hand, das einer der Gäste zurückgelassen hatte. Es zeigte Mona und Russell, wie sie sich in einer orangefarbenen Hängematte räkelten, zwischen den beiden Tom als kleines Baby. Die Beine ineinander verflochten, Drinks in der Hand. »Was für eine Idylle!«

»Bitte, Rose, ich kann das jetzt nicht. Nicht heute«, sagte Sonya und riss ihrer Schwester das Foto aus der Hand. Sie setzte die Brille ab, um das Bild besser betrachten zu können. Wie lebendig, wie strahlend Mona doch wirkte, trotz des Schlafmangels, unter dem sie damals so litt, wie bezaubert von ihrem kleinen Jungen und wie töricht stolz auf den Mann an ihrer Seite. Blind, genau wie sie alle, für die Dunkelheit, die hinter seinem leutseligen Lächeln lauerte.

Sonya legte das Foto mit dem Gesicht nach unten auf den Sims und nahm Russells Urne in die Hand. »Du hast recht, Rose. Er hat hier nichts zu suchen.«

*

Während Rose ihrer älteren Schwester nachsah, wie diese ins Wohnzimmer eilte, konnte sie wieder einmal nicht fassen, dass sie beide sich zumindest zur Hälfte dieselbe DNA teilten. Eine von ihnen musste gewiss bei der Geburt vertauscht worden sein. Oder vielleicht hatte Mutter eine Affäre gehabt? Wie sonst ließ es sich erklären, warum sich die nur sechs Jahre ältere Sonya so verhielt, als sei sie in einem anderen Jahrhundert geboren worden. Von Kopf bis Fuß wie die langweilige Vorstadthausfrau gekleidet, die sie ja auch tatsächlich war, in einem geschniegelten schwarzen, sicher brandneuen und vollkommen überteuerten Kostüm. Ihre Frisur, ein stockkonservativer Dutt, hatte sich hier und da gelöst, und nun hingen einzelne Strähnen um ihren Hals. Ihr Lippenstift war eine Nuance zu dunkel und ihre Absätze ein paar Zentimeter zu hoch. Sie könnte hübsch sein, wenn sie sich nur nicht so schrecklich viel Mühe geben würde.

Rose ging zurück zum Kamin und nahm ein Aquarell mit rosafarbenen Nelken in die Hand, das Leslie mit einer dramatischen Geste dort hingestellt hatte, bevor sie Tato, Roses Vater, zur Tür hinausschob, um zu ihrem Hotel im Stadtzentrum zurückzukehren. Leslie war seine neueste Gespielin, eine iPhone-besessene Vegetarierin mit aufgemaltem Lächeln, die zwanzig Jahre jünger war als er. Anscheinend hatten Frauen, die ihre Wechseljahre bereits hinter sich hatten, nicht besonders viel Auswahl, denn warum sonst verschwendete Leslie ihr Leben damit, Tato dabei zuzusehen, wie er jeden Bissen vierzig Mal kaute, bevor er um neun Uhr abends ins Bett ging? Sicher, er hatte ein bisschen Geld, aber er war schon in seiner Jugend geizig gewesen und das Alter hatte ihn nur noch knauseriger gemacht. »Ich will niemals von euch abhängig sein«, hatte er mit solcher Entschlossenheit gesagt, dass es Rose dabei kalt den Rücken hinuntergelaufen war.

»Hier!«, hörte Rose ihre Schwester im Wohnzimmer sagen. Sonyas Stimme klang brüchig, aber entschieden. »Kümmere du dich um ihn.«

Rose packte sich Leslies Aquarell – das eher wie ein Rorschach-Test aussah als eine akkurate Darstellung von irgendetwas – und warf es in den Müll. Niemand würde das merken, und selbst wenn: Morgen früh waren die beiden sowieso längst auf dem Weg zurück zu ihrem vor hässlichen Nippsachen überquellenden Haus in The Villages, einem Seniorenwohnpark in Florida. Nach Mutters plötzlichem Tod hatte Tato sofort das Weite gesucht, um so viel Abstand wie nur irgend möglich zu seinem vorherigen Leben zu schaffen. Als Erstes hatte er Sonya gebeten, ihre Zelte in Montréal abzubrechen und nach Hause zurückzukehren. »Du musst mir mit den Kindern helfen«, hatte er gesagt, aber in Wirklichkeit wollte er nur so wenig Zeit wie möglich im Haus verbringen. Und dann, nur wenige Tage nach Wills Schulabschluss, hatte er seinen Klempnerbetrieb verkauft und war in den Süden gezogen. Zunächst nur für die kalten Wintermonate, aber schließlich weigerte er sich ganz nach Toronto zurückzukehren. »Mir gefällt es hier unten. So ist das halt. Hier ist alles viel entspannter«, hatte er seinen Kindern erklärt. »Und wie praktisch«, hätte Rose ihm beinahe gesagt, aber sie konnte es sich gerade noch verkneifen, »dass jetzt zweitausend Kilometer zwischen dir und den Erinnerungen an deine manisch-depressive tote Ehefrau liegen.«

Als Rose das Wohnzimmer betrat, hielt Sonya ihrem Bruder gerade Russells Urne unter die Nase. Wie gewöhnlich standen Wills dunkle Haare in einem einzigen wirren Durcheinander zu Berge. Sein burgunderroter Schlips war im Laufe des Tages verloren gegangen, genau wie seine Schuhe, und nun lugte der linke große Zeh aus einem Loch in seinem Strumpf hervor. Kaum waren sie aus der Kirche zurückgekehrt, da hatte Will sich auf Sonyas brandneuem Kalbsledersofa breitgemacht, die schlaksigen Beine auf den

Couchtisch ausgestreckt, ein Bier in der Hand. Warum sich Sonya auf Tatos absurden Wunsch eingelassen hatte, Monas Leben in einem Gottesdienst »zu feiern«, verstand Rose absolut nicht. Mona hatte sich nie für Religion interessiert, als sie noch lebte. Warum etwas anderes vorheucheln, jetzt, wo sie tot war?

»Wieso?«, fragte Will und stellte den Fernseher lauter, als könne er seine Schwester dadurch in die Flucht schlagen. »Was soll ich damit?«

Während man bei Sonya oft das Gefühl hatte, dass sie sich älter gab, als sie tatsächlich war, galt für ihren Bruder das genaue Gegenteil. Er war dreißig Jahre alt, klang jedoch wie ein trotziger Teenager. Obwohl man nicht gerade behaupten konnte, dass Roses Sohn Nick, der eigentliche Teenager in ihrem Haus, diesem Klischee entsprach – auch wenn er zu naiv oder zu hormongesteuert war, um zu begreifen, dass ihm ein allzu enger Kontakt mit seiner Cousine nur Ärger einbringen würde.

»Du musst ihn nehmen, weil Russell *dein* Freund war«, sagte Sonya und knallte die Urne zwischen Wills Beine. Das Klirren der gläsernen Tischplatte war ebenso unerquicklich schrill wie ihre Stimme.

»Aber Sonya«, Rose setzte sich neben ihren Bruder und schaltete den Fernseher auf stumm, »das ist doch total unfair!«

»Wie kannst du es wagen, mir gegenüber von ›fair‹ zu sprechen? Wo wart ihr beide denn, als die Frau vom Bestattungsunternehmen versucht hat, mich übers Ohr zu hauen? Oder als die Polizei mich nicht in Monas Haus lassen wollte, um ein paar Kleidungsstücke für Tom zu holen? Und dann ist da noch das Jugendamt und da sind diese ganzen Nachrichten auf Facebook, um die sich jemand kümmern sollte, und, oh, habe ich schon erwähnt, dass irgend so ein Zeitungsmensch vom *Toronto Star* angerufen und um eine Stellungnahme der Familie gebeten hat? Warum rufst du ihn nicht zurück, Will, oder bist du zu beschäftigt damit, Hunde auszuführen?«

»Ich hab Urlaub gekriegt«, sagte Will. »Ist ja wohl selbstverständlich.«

»Ganz genau«, entgegnete Sonya. »Und deshalb ist es ja auch so absurd, dass ich alles ganz allein regeln musste.«

»Es muss toll sein, wenn man so perfekt ist wie du«, sagte Rose. »Du solltest Geld damit verdienen. Schreib doch ein Buch. *So perfekt, wie man nur sein kann: Meine unglaubliche Erfolgsgeschichte als Perfektionistin!*«

»Na, ich bemühe mich wenigstens.«

»Und was können wir dafür, wenn du so wahnsinnig rechthaberisch bist, dass man es dir nie recht machen kann? Nie, nie, nie?« Die letzten drei »Nies« rutschten Rose heraus, bevor sie sich im Zaum halten konnte. Peinlich berührt von ihrer kindischen Reaktion, in die sie oft unwillkürlich zurückfiel, wenn sie es mit ihrer großen Schwester zu tun hatte, nahm Rose rasch einen Schluck von Wills Bier und hoffte, dass es niemandem aufgefallen war.

»Hey!«, sagte Will, den Blick immer noch fest auf den Bildschirm gerichtet, wo gerade ein unbeholfener Jüngling in einem gestreiften Pullover vergeblich versuchte auf einen Baum zu klettern. »Das ist mein Bier!«

»Na, es ist ja nicht so, als hättest du es bezahlt«, sagte Sonya und riss die Flasche an sich. »Und du, Rose, du bist doch eigentlich klug genug, um nicht Plattitüden wie ›nie, nie, nie‹ zu benutzen oder –«

»Du magst doch gar kein Bier, Sonya«, unterbrach Will die Standpauke seiner Schwester.

»Tja, heute aber schon«, sagte sie und nahm einen großen Schluck.

»Also, was passiert jetzt …«, fragte Rose und wies auf Russells Urne, die zwischen Wills Beinen stand, »… damit?«

»Will hat diesen Mörder in unser Haus gebracht. Soll er sich jetzt darum kümmern.«

Rose öffnete den Mund, entschied sich dann jedoch dagegen, etwas zu sagen. Sonya hatte recht. Zumindest teilweise. Es war tatsächlich Will gewesen, der Russell als Erster in die Familie eingeladen hatte – aber sie hatten alle gewollt, dass er blieb. Sein unbeschwerter Humor hatte in jenen furchtbaren Monaten nach dem Tod ihrer Mutter für Erleichterung gesorgt. Er war eine Ablenkung von ihrer Trauer gewesen, ein Vorwand, nicht zu intensiv darüber nachzudenken, was denn nun wirklich passiert war und warum.

Rose war fünfzehn Jahre alt gewesen, als ihre Mutter starb. Sonya nannte es immer noch ihr »Hinscheiden«, aber sie wussten alle, auch damals schon, dass es Selbstmord gewesen war. Den einen Tag war sie da, voller Tatendrang und Sorgen und Vorschriften, und am nächsten war sie verschwunden. »Alles hat seine Zeit«, hatte der Priester in seiner Grabrede gesagt, und er hatte recht gehabt. Warum sollte man sich Sorgen wegen der Zukunft machen, wenn sie doch möglicherweise niemals eintraf? Zwei Wochen später hatte Rose ihre Unschuld verloren, an einen Typen mit Schnurrbart, an dessen Namen sie sich nicht mehr erinnern konnte. Im Sommer darauf war sie per Anhalter nach Alberta gereist, zusammen mit ihrem besten Freund Michael, der drei Jahre später an Aids sterben sollte. Als sie mit zwanzig feststellte, dass sie schwanger war, beschloss sie, das Kind zu behalten. Eugene, ihr damaliger Freund, mit dem sie manchmal zusammen war, aber manchmal auch wieder nicht – und Letzteres war meistens der Fall –, war immerhin recht liebenswert, und, wer weiß, vielleicht war das hier ja ihre einzige Chance sich fortzupflanzen. Morgen schon könnte sie von einem Bus überfahren oder von einem einsamen Amokläufer über den Haufen geschossen oder von einer so heftigen Traurigkeit aus der Bahn geworfen werden, dass als einziger Ausweg nur ein paar todbringende Tabletten blieben.

»Und du behältst Monas Asche?«, fragte Rose.

»Selbstverständlich. Bis wir uns überlegt haben, wo und wann wir sie verstreuen, sollte Mona bei ihrem Sohn bleiben«, sagte Sonya und verschwand in der Küche, um dort die soundsovielte Köstlichkeit aus dem Ärmel zu zaubern.

Will schaltete den Ton wieder ein und zappte sich durch die Kanäle. Der unbeholfene Jüngling wurde von einer wasserstoffblonden Frau abgelöst, die gerade verkündete, wie sehr sie ihr Fitnessstudio liebte, gefolgt von einem rasenden Auto, einer Bombenexplosion, einem brüllenden Löwen, einem Mann, der …

»He, nicht so hektisch, Kumpel«, beschwerte sich Rose. »Ich bekomm Kopfschmerzen.«

»Wie ist es bloß möglich, dass wir dieselbe DNA haben wie sie?«, fragte Will, ohne sein wildes Zappen zu unterbrechen. »Wir sollten wirklich mal einen Gentest machen. Es kostet nur … «

»Will, bitte. Nicht heute.«

Als Kinder hatten sie zahllose Stunden darüber spekuliert, wer wohl ihr richtiger Vater sein mochte. Angus, der gut aussehende Metzger? Oder vielleicht Colin von nebenan? Oder wie wäre es mit Johnny Cash?

»Jetzt mal im Ernst! Wie kann man bloß so scheinheilig sein? Weißt du noch, wie sie Russell hofiert hat? Sie war es, die ihn immer wieder eingeladen hat. Sie war es, die … «

»Ich kann nicht«, flüsterte Rose. »Nicht heute.«

»Oh, tut mir leid«, sagte Will und legte die Fernbedienung auf den Tisch. Wie immer wusste er ganz genau, wie weit er gehen konnte. Und wann es Zeit war aufzuhören.

Zehn Minuten später hatte Rose genug von der Sendung *Alaska – die letzte Grenze der Zivilisation*. Sie ging in die Küche, um ihr Weinglas aufzufüllen, und stieß dort auf Alex, der gerade das Geschirr spülte. Er hatte die Hemdsärmel an seinen muskulösen Armen hochgekrempelt und sich eine herrlich abgetragene Lederschürze um den schlanken Körper gewunden. Warum war es ihr nie gelungen, einen solchen Mann an sich zu binden? Einen Mann, der einen festen Job hatte, sich gut zu kleiden wusste und dann auch noch im Haushalt half?

»War's das wirklich?«, fragte Rose, nachdem sie die Küche vergeblich nach einer weiteren Flasche Wein durchgestöbert hatte.

»Wenn du etwas Stärkeres verträgst«, sagte Alex, »oben habe ich ein Geheimversteck.«

Als sie das Arbeitszimmer betrat, wurde Rose plötzlich bewusst, dass sie noch nie zuvor in diesem Raum gewesen war. An der Wand stand ein schiefes Regal, das bis obenhin mit Büchern vollgestopft war, die allesamt aussahen, als wären sie mit Bedacht ausgewählt, aber nie gelesen worden. Davor lagen verstaubte Medaillen von irgendwelchen Langstreckenlauf-Wettbewerben, eine Sammlung schmiedeeiserner Scheren und eine tote Tarantel unter einer Glasglocke. In der Ecke stand ein kleiner Schreibtisch, und die Wand darüber war mit eingerahmten Fotografien übersät: ein Panorama der zerklüfteten Landschaft von Connemara, Sonya, wie sie mit einer Schildkröte posierte, und jeweils ein Porträtbild von Alex' Eltern, beide unerbittlich streng hinter ihrem freundlichen Lächeln. Unter dem Fenster stand ein ausgeblichenes blaues Sofa, auf dem ein paar bunt durcheinandergewürfelte Kissen lagen, die weder zueinanderpassten noch sorgfältig aufgeschüttelt worden waren. Dieses Arbeitszimmer unterschied sich radikal vom Rest des Hauses und schien unvereinbar mit dessen Atmosphäre der abgeklärten Perfektion, als wäre es das Zimmer eines aufsässigen Kindes. Das Einzige, was hier noch fehlte, war ein »EINTRITT VERBOTEN«-Schild an der Tür.

»Wow, hier ist es aber nett!«

»Du klingst überrascht.«

»Na ja, ich dachte, du wärst so ’n Plastikfabrikant, also …«

»Auch Plastikfabrikanten dürfen ihren Träumen nachhängen«, sagte Alex. Zum Beweis zeigte er ihr ein Buch, *Wie man einen verdammt guten Roman schreibt*. »Ein sehr nützliches Buch, wenn auch nicht so toll wie *Der Weg des Künstlers*. Das ist was ganz Besonderes.«

Rose schob den PlayStation-Controller vom Sofa und setzte sich. Jetzt brauchte sie wirklich dringend etwas zu trinken. Warum hatte Sonya Alex’ literarische Ambitionen nie erwähnt? Und wie war es möglich, dass ihr ein so wichtiger Aspekt im Leben ihres Schwagers vollkommen entgangen war? Was hatte sie sonst noch übersehen?

»Um ehrlich zu sein«, gestand Alex, während er eine Flasche Laphroaig hervorholte, »habe ich seit Jahren kein einziges Wort mehr geschrieben. Aber – und da glaube ich ganz fest dran – irgendwann werde ich den Mut haben, wieder damit anzufangen.«

»Na dann viel Glück«, sagte Rose. Doch sie schämte sich sofort für ihren hämischen Ton und fügte deswegen hinzu: »Weißt du was? Schenk mir ordentlich was ein, und dann kannst du mir alles über deinen großartigen Roman erzählen.«

Eine Stunde später verließ Rose das Haus. Sie war begeistert von den neuen Erkenntnissen, die sie über das Innenleben ihres Schwagers gewonnen hatte, fühlte sich aber auch gerade deswegen schuldig. Auf dem gepflasterten Weg zur Haustür kämpfte Tom gegen eine Armee von Ameisen, die versuchten, eine Pfütze aus Apfelsaft zu erreichen.

Rose zündete sich eine Zigarette an und setzte sich an das äußerste Ende der Treppe. Tom, dessen neue Hose bereits an den Knien zerfetzt war, sah winzig aus für seine neun Jahre. Seine Augen waren unter den zotteligen Haaren kaum zu sehen und seine Schultern waren gekrümmt.

»Wusstest du, dass es Ameisen gibt, die von der Kotze ihrer Artgenossen leben?«, fragte Rose. In den vielen Jahren, die sie am Informationsschalter der Stadtbibliothek verbracht hatte, war sie zu einem wahren Lexikon aus willkürlich durcheinandergewürfelten Fakten geworden. Bei Nick hatte das Erwähnen irgendwelcher Körperflüssigkeiten immer funktioniert. Tom ignorierte sie jedoch hartnäckig und fuhr stattdessen damit fort, Blätter auf Zweige und Zweige auf Steinchen zu schichten, um die Durchbruchsversuche der Ameisen zu vereiteln. Der Junge hatte noch immer kein einziges Wort gesprochen, aber wer konnte es ihm verdenken? Rose hatte ja selbst keine Worte für das, was passiert war, auch wenn sie sich dadurch nicht vom Reden abhalten ließ.

»Sie haben zwar nur einen Unterleib, aber zwei Mägen. Einen, den sie selbst benutzen, und einen anderen, der zur Aufbewahrung der Nahrung für die Gemeinschaft dient. Ist das nicht total cool?«

Auf der Suche nach zusätzlicher Munition rutschte Tom zu Sonyas Geranienbeet hinüber. Mulch, Kies, ein weggeworfener Gartenhandschuh. All das regnete auf die nichts ahnenden Ameisen herab, die daraufhin in alle Himmelsrichtungen auseinanderstoben.

»Also gut, dann überlasse ich dir mal das Feld«, sagte Rose und schnippte ihre Zigarette in den Vorgarten. »Aber unterschätze diese kleinen Wesen nicht! Die können das Fünfzigfache ihres eigenen Körpergewichts stemmen. Das ist so, als würdest du ein Pferd und eine Kuh gleichzeitig hochheben.«

*

Warum bloß mussten Erwachsene immer reden, wenn das doch alles nur noch schlimmer machte? Tom hob die nicht einmal zur Hälfte aufgerauchte, aber immer noch glühende Zigarette von Tante Rose auf. Einmal daran ziehen, das würde schon reichen, um all die widerlichen Gefühle zu verscheuchen und ganz gelassen zu werden. Tom wusste das, denn wie oft war Mama zum Kiosk gerannt, wenn Papa mal wieder eine seiner Launen hatte. Sofort riss sie die Packung auf, schnipste mit dem Feuerzeug und nahm einen tiefen Zug. »Tut mir leid, Herzchen«, sagte sie, sobald wieder Frieden eingetreten war. »Jetzt gehöre ich ganz dir.«

Der Zigarettenstummel war noch feucht von Tante Roses Spucke und roch ekelhaft, aber Tom wusste, was er tun musste. »Es ist wichtig, zu Ende zu bringen, was man angefangen hat«, hatte seine Mutter so oft gesagt, dass es zwischen ihnen zu einem Scherz geworden war. »Ich muss unbedingt dieses Eis zu Ende bringen«, sagte er zum Beispiel. »Da hast du absolut recht«, antwortete sie dann und sah dabei so aus, als würde sie vor lauter Stolz dahinschmelzen.

Tom schloss die Augen, atmete tief ein und wartete darauf, dass seine Wut verschwand, dass all diese scheußlichen Gefühle verflogen und die große Gelassenheit von ihm Besitz ergriff. Stattdessen erfüllte beißender Rauch seine Lunge, so giftig wie die Dämpfe damals, als Papa bei einem seiner Wutanfälle die Plastikstühle verbrannt hatte. Jedes Mal, wenn Tom hustete, grub sich der Schmerz noch tiefer in seine Brust, wie ein Bergarbeiter, der nach Gold schürft. Tränen stiegen ihm in die Augen, sein Blick verschleierte sich, sein Körper wurde taub und sein Kopf drehte sich in immer enger werdenden Kreisen.

Und dann verschwand alles. Das Husten, der Schmerz, die Vergangenheit und sogar die Zukunft. Nichts existierte mehr außer dem Hier und Jetzt. Befreit von allem, was einmal war. Friede erfüllte ihn, als glitte er in einem Kanu durch kristallklares Wasser. Sorglos, wie Lachen ohne Furcht.

Aber dann flachte Toms Atem wieder ab, und Kotze stieg ihm in die Kehle. Der Zigarettenstummel verbrannte ihm die Finger und die Realität kehrte zurück, zusammen mit all den Zweifeln, Ängsten und der Schuld.

Tom hörte das Lachen einer Frau. Er öffnete die Augen, und sofort blendete ihn die spätnachmittägliche Sonne. Ein Pick-up-Truck raste die Straße entlang und verpestete die Luft. Ein Hund bellte. Toms Kiefer schmerzte vor Einsamkeit. Er würde seine Mutter nie wiedersehen. Er würde sich nie wieder in ihre Arme schmiegen, nie wieder ihren Geschichten lauschen, sich nie wieder geliebt fühlen. Aber das hatte er auch nicht anders verdient, weil er so ein Feigling gewesen war, weil er mit seinen dämlichen Transformern gespielt hatte, weil er sich verkrochen hatte, genau in dem Moment, als Mama ihn am meisten gebraucht hatte.

Die Sonne schob sich hinter das gelbe Haus, und der Junge fing an zu frösteln. Jeder Wimpernschlag war ein Kraftakt und die Ameisen hatten einen neuen Weg zum Apfelsaftsee gefunden. Als wollten sie ihn verhöhnen, mit ihrer Weigerung aufzugeben. Als verspotteten sie ihn mit ihrer Entschlossenheit.

Nicht weit von seinen Füßen entfernt entdeckte Tom den immer noch glühenden Zigarettenstummel. Der Geruch von brennenden Ameisen war tröstlicher als jede Träne.

*

Am nächsten Morgen stand Sonya vor ihrem früheren Gästezimmer, atmete tief ein und stieß dann die Tür auf. Eine Wand aus abgestandener Luft wallte ihr entgegen. Sie stellte das Tablett auf Toms Nachttisch und öffnete die Fenster. Sie würde die Wände neu streichen müssen, Blasslila war kaum eine passende Farbe für einen neunjährigen Jungen, aber in der Zwischenzeit hatte sie schon Spiderman-Bettwäsche, ein Regal für Toms hässliches Spielzeug und einen Schreibtisch besorgt, für die Zeit, wenn Tom wieder zur Schule gehen würde.

»Schau mal, Tom, ich habe Pfannkuchen für dich gebacken«, sagte sie und versuchte, fröhlicher zu klingen, als sie sich fühlte. Wie eine in ihrem Kokon gefangene Larve hob und senkte sich der kleine Körper des Jungen unter der Bettdecke. Monas Kind, das jetzt ihres war. Erneut schossen Sonya die Tränen in die Augen. Wie erbärmlich war es doch, dass erst eine Tragödie geschehen musste, um eine Mutter aus ihr zu machen.

Nach jahrelangen vergeblichen Versuchen war sogar Doktor Blumenthal ratlos. »Das Leben ist kostbar«, war alles, was er sagen konnte. Sein Lächeln war voller Güte, aber seine müde Stimme verriet, wie oft er diese Worte aussprach, immer und immer wieder, zu all diesen Frauen, deren Hoffnung unaufhaltsam dahinschwand. Zuerst hatten sie Alex'

Spermienzahl verantwortlich gemacht, dann Sonyas Eileiter, ihrer beider Stress am Arbeitsplatz, Sonyas anormale Gebärmutterschleimhaut, seine zu engen Hosen, ihren Muttermundschleim, seine Spermienmotilität und schließlich, natürlich, ihre biologische Uhr. Ganz egal, wie viele Hollywoodstars es schafften, bis spät in ihre Vierziger Kinder zu bekommen – gewöhnliche Sterbliche, die mit über fünfunddreißig Jahren noch Kinder wollten, mussten sich auf einen Albtraum gefasst machen.

Sonya wusste das nur zu gut. Sie hatte es am eigenen Leib erfahren, mit Imogene, Max und – am schlimmsten – Hannah. Allen Warnungen zum Trotz hatte sie jedem ihrer Föten einen Namen gegeben. Denn so bekamen sie alle ein Eigenleben und bestätigten damit, was Sonya selbst gefühlt und gelebt hatte, auch wenn ihnen selbst nie ein Leben in der Welt da draußen vergönnt gewesen war.

Zweimal hatte Sonya schon geglaubt, sie hätten es bis zur zwölften Woche geschafft, doch dann hatte der Ultraschall jedes Mal die entsetzliche Wahrheit offenbart. Das tote Gewebe, das in ihrem so vergeblich aufgeblähten Uterus herumschwamm, hatte sie jedoch niemals tatsächlich zu Gesicht bekommen. Sie hatte nur den besorgten Ausdruck auf dem Gesicht des medizinischen Assistenten gesehen, der sofort losgeeilt war, um den Arzt zu holen. Sonya, die dort auf dem Stuhl lag, mit nackten, gespreizten Beinen, während der Ultraschall-Stab aus ihrer Vagina baumelte, brauchte keine zweite Meinung. Der Fötus – erst Imogene und dann Max – war tot. Ihr Traum von Mutterschaft endete mit einer Ausschabung und einer von Alex geschenkten Kette.

Dann, vor anderthalb Jahren, als sie plötzlich eine ganz untypische Abneigung gegen Kaffee entwickelte, begleitet von überwältigender Müdigkeit und Überempfindlichkeit ihres Geruchssinns, hatte Sonya es gewagt, sich auszumalen, sie könne wieder schwanger sein. Für ein paar herrliche Wochen kehrte die Hoffnung zurück. War es möglich, dass ihre Zeit im Fegefeuer nun tatsächlich vorbei war? Sollte es ihnen beiden endlich gelingen, ein normales Leben zu führen? Würde Hannah das Kind sein, das tatsächlich bei ihnen blieb? Aber dann, sie waren gerade im Seehaus, begannen die Blutungen. Als sie es endlich Alex beichtete, wurden ihre Binden bereits alle zwanzig Minuten von purpurrotem Blut überschwemmt, dicht gefolgt von so schmerzhaften Krämpfen, dass es ihr die Sprache verschlug. Alex, der nun nicht nur um das Leben des Kindes, sondern auch um das seiner Frau fürchtete, raste wie ein Wahnsinniger über die Landstraße und über eine rote Ampel nach der anderen. Als sie endlich das am nächsten gelegene Krankenhaus erreichten, war der Beifahrersitz blutdurchtränkt.

»Vielleicht ist das ja nur eine besonders heftige Menstruationsblutung«, hatte der Arzt gesagt, als er in die Notaufnahme geschlendert kam. Alex fing an zu schreien, aber Sonya konnte nur noch die Augen schließen und versuchte ihre Wut darauf zu fokussieren, sich nicht zu übergeben. Doch es nützte nichts. Sie verlor jegliche Kontrolle über ihren Körper. Ihr Herz galoppierte, ihr Mageninhalt drängte nach oben, und das Blut schoss in apfelgroßen Klumpen aus ihrer Vagina. Die Stimmen, von denen sie umgeben war, wurden immer dringlicher und gleichzeitig entfernten sie sich immer mehr. Nadeln durchbohrten ihre Haut, und schließlich verhallte selbst Alex' Stimme im Nichts.

Als sie aufwachte, gab es keine Hannah mehr.

Und hier stand sie nun, mit einem echten, lebendigen Kind aus Fleisch und Blut. Tom. Ein Wunsch, dessen Erfüllung dem schlimmsten nur vorstellbaren Grauen entsprungen war.

Sonya setzte sich aufs Bett und streckte die Hand aus, aber bevor sie den kleinen Jungen berühren konnte, rollte Tom sich zur Wand. Ein großer gelber Fleck kam zum Vorschein.

Machten Kinder in seinem Alter tatsächlich noch ins Bett? Sonya war erstaunt. Ganz offenbar brauchte sie mehr Informationen. Und frische Bettwäsche.

»Möchtest du einen Schuss Ahornsirup zu den Pfannkuchen? Oder Nutella? Vielleicht ein bisschen Erdnussbutter? Oder Obst?«

Die einzige Antwort, die sie bekam, war Toms Atmen.

»Kalt schmecken die nicht besonders gut.«

»Bitte«, fügte sie hinzu und wartete.

»Tom?«

»Vielleicht könntet ihr ja Angeln gehen«, sagte Sonya zu Alex, während sie die unangetasteten Pfannkuchen in den Müll warf. »Es würde ihm bestimmt guttun, wenn er mal rauskäme.«

Alex biss von seinem Toast ab und nahm einen ausgedehnten Schluck Kaffee, bevor er von seiner Lektüre des *Weekend Star* aufschaute.

»Schließlich«, sagte Sonya und schaute ihrem Ehemann direkt in die Augen, »ist er nun unser Sohn.«

Alex hustete und besprühte sein Hemd mit einem feinen Nebel aus Kaffee. Ohne auch nur mit der Wimper zu zucken, reichte Sonya ihm ihre Serviette und strich zum zweiten Mal Butter auf ihr längst gebuttertes Toastbrot.

Manchmal machte Alex sie so wütend, dass ihr einfach die Worte fehlten. Auch wenn es noch Monate, wenn nicht gar Jahre dauern würde, bis die Adoption rechtskräftig war, so war es doch albern, so zu tun, als geschähe das alles nicht. Mona würde nie zurückkehren. Es war eine unfassbare Tragödie, keine Frage, aber sie mussten sich dieser Realität stellen. Doch seit dem Moment, als sie Tom nach Hause gebracht hatte, war Alex weitestgehend untergetaucht. »Ich habe da ein paar dringende Termine«, hatte er behauptet. »Die verschwinden nicht einfach so, nur weil sie einem gerade nicht in den Kram passen.« Also brach er morgens in aller Frühe auf und kehrte erst wieder heim, wenn er sicher sein konnte, dass Tom bereits im Bett war. Er ging dem Jungen aus dem Weg, als trüge dieser irgendwie Schuld an dieser furchtbaren Geschichte. Als sei die Trauer des Kindes ansteckend. Als hätte es eine andere Wahl gegeben, als Monas Kind aufzunehmen.

»Um ehrlich zu sein«, sagte Alex, während er sich ein paar imaginäre Krümel vom Kinn wischte, »frage ich mich, ob es nicht sinnvoller wäre, wenn es vielleicht jemand anderes versuchen würde.«

»Was versuchen würde?«

»Sonya, bitte. Wir haben wirklich keine Ahnung, was wir hier tun. Hast du nicht den Blick gesehen, als du die Sozialarbeiterin gefragt hast, ob Tom eine Weile der Schule fernbleiben darf?«

Sonya nahm das Messer und schlug ihr Ei auf. Wie konnte Alex es wagen, so etwas zu sagen? Wie konnte er es wagen, ihre Befähigung als Mutter anzuzweifeln? Sie war die herablassenden Blicke so leid, wenn es um das Thema Kinder ging. Als wäre sie ein zweitklassiger Mensch, nur weil sie kein eigenes Kind hatte. Als stünde sie außerhalb der natürlichen Ordnung der Dinge. Als sähe sie nicht die Fehler, die andere Leute bei der Kindererziehung machten, oder als hätte sie nicht selbst zahllose von Oprah empfohlene Bücher gelesen, über Leute, die trotz einer völlig verkorksten Kindheit dann doch noch glücklich geworden waren. Als hätte sie nicht die besten Jahre ihres eigenen Lebens damit verbracht, ihre drei Geschwister großzuziehen – wenn auch, das musste sie zugeben, mit unterschiedlichem Erfolg.

»Es gibt doch dieses Sprichwort: Es braucht das ganze Dorf, um ein Kind großzuziehen«, sagte Alex. Seine Stimme klang jetzt flehend, sein Blick war sanft. »Vielleicht sind Rose und Will ja die Art von Dorf, das dieses Kind braucht.«

»Das kann doch wohl nicht dein Ernst sein, Alex. Will glaubt noch immer, das es okay ist, sein Leben damit zu verbringen, ein paarmal in der Woche Hunde auszuführen und dreckige Teller durch die Gegend zu tragen, und Rose schafft es jetzt schon kaum, ihren Kram einigermaßen in den Griff zu bekommen«, sagte Sonya, während ihr kleiner Finger unkontrollierbar zu zucken begann. »Wusstest du, dass Nick mit Phoebe rumgeknutscht hat? Während der Trauerfeier! Mit seiner eigenen Cousine!«

»Aber nur dritten Grades.«

»Wie auch immer, Tom gehört hierher, zu uns. So hat Mona es gewollt. Also werden wir es auch so machen.«

Alex blätterte die Zeitung um und stieß dabei mit unverhohlener Erleichterung auf das Kreuzworträtsel.

Es folgte ein fünf Minuten währendes Schweigen.

Fünf Minuten, in denen sich wieder Zweifel und Angst einschleichen konnten.

»Es ist nur …«, sagte Sonya und sah ihrem Mann jetzt in die Augen. Seine Hand mit dem Stift schwebte über dem Papier, in dem verzweifelten Wunsch, die Zeit zurückzudrehen, damit alles wieder so wurde wie zuvor. Zumindest das hatte er mit Tom gemeinsam.

»Was denn, Schatz?«

»Ich kann mir einfach nicht vorstellen, wie es für Tom gewesen sein muss, seine Mutter blutüberströmt da liegen zu sehen, ihren Kopf in seinen Armen, und zuzusehen, wie sie … stirbt.«

Das Messer in Sonyas Hand bebte. Eidotter tropfte auf die Tischdecke, aber es war ihr egal.

»Also gut«, sagte Alex. »Ich gehe mit ihm angeln oder so was. Irgendwann demnächst.«

*

Ein paar Kilometer weiter nördlich, nicht weit vom Highway 7, stand Rose in diesem Augenblick vor Monas Haus. Sie wollte nicht hineingehen, war aber ebenso wenig in der Lage, wieder umzukehren. »Es wird Zeit, dass ihr beide, du und Will, auch mal mithelft,« hatte Sonya am Ende der Trauerfeier verkündet und jedem von ihnen eine Liste überreicht. »Hier, das sind eure Aufgaben.«

Rose atmete tief ein und drehte den Schlüssel im Schloss. Es fühlte sich komisch an, das Haus ihrer Schwester zu betreten, ohne zu klingeln, in ihrer Küche zu stehen, ohne einen Imbiss angeboten zu bekommen. Auf dem Tisch entdeckte Rose ein Sudoku, das Russell angefangen hatte. Daneben ein frisch gespitzter Bleistift und in einer kleinen Schüssel ein paar gekringelte Holzspäne. Befriedigd stellte sie fest, dass er gescheitert war, obwohl es nur ein mittelschweres Rätsel war. Neben einem Stapel ungeöffneter Briefe sah Rose eine braune Keramiktasse. Selbst getöpfert. Darin ein Rest Kaffee, der längst nur noch ein ausgetrockneter schwarzer Fleck war. Rose fuhr mit ihrem Finger an den krakeligen Buchstaben entlang, die in den Ton geritzt worden waren. Mona hatte es geliebt, Dinge selbst herzustellen, auch wenn ihr die Geduld zur Perfektion fehlte. Schlichte Töpferei, so wie diese Tasse hier, ein paar Bilder (Aquarelle, größtenteils), ein bisschen

Schriftstellerei (Gedichte, ehrlich gesagt Haikus) und ein paar Origami-Projekte (die sie nie zu Ende geführt hatte).

Plötzlich spürte sie Monas Gegenwart und drehte sich auf dem Absatz um, aber sie war allein. Ihre Schwester war tot, nach wie vor. Ein Albtraum, der sie nicht loslassen wollte. Erst heute Morgen war sie aus einem Traum aufgewacht, in dem sie zusammen mit Mona auf einem Pfad durch einen dichten Wald rannte, so ähnlich wie der hinter dem Seehaus, aber dieser hier mündete in einer mit winzigen gelben Blumen übersäten Wiese. Rose war viel schneller als ihre jüngere Schwester und hielt erst an, als sie den Bach erreichte. Das Wasser war klar und kalt und ach so verlockend, aber als sie sich umdrehte, war Mona verschwunden.

Rose stellte die Keramiktasse wieder auf den Tisch. Sonya hatte ihr aufgetragen, alles, was für Tom aufgehoben werden sollte, beiseitezulegen und sich selbst zu nehmen, was immer sie behalten wollte. Aber jeder Gegenstand in diesem Haus war belastet. Verdorben. Ein Beweis dafür, dass sie versagt hatte. Denn sie hatte es zugelassen, dass sich ihre Schwester immer weiter entfernte, hatte die Ausreden akzeptiert, als Mona sich weigerte, mit ihr zu reden, und es versäumt, sie wegen der blauen Flecken und häufigen Tränen zur Rede zu stellen.

Und jetzt war Mona tot.

Rose floh aus der erdrückenden Atmosphäre des Hauses und betrat den Garten, der genau so aussah wie alle anderen Gärten in dieser Wohnsiedlung, einer Trabantenstadt im Norden von Toronto. Auf der Terrasse standen brandneue Gartenmöbel aus Rattanimitat. Rechts wuchs ein roter Ahorn, der nicht älter als drei Jahre sein konnte. Das Unkraut in den Blumenbeeten musste dringend gejätet werden. Hinten, in der Ecke, stand Monas Lieblings-Liegestuhl. Der blau-weiß gestreifte Leinenstoff war mit Flecken übersät und das Holzgestell brüchig. Mona hatte diesen Stuhl trotz Russells Gemecker behalten, denn wenn sie darin saß, konnte sie sich vorstellen, wieder am Meer zu sein. »Man muss nur die Augen schließen«, hatte sie mit ihrem verschmitzten Lächeln gesagt. »Und dann ganz sanft mit den Handflächen über die Ohren reiben. Und schon ist man da.« Wenn sie doch nur recht damit gehabt hätte. Wenn es nur so leicht wäre zu entkommen.

PING.

Rose zog ihr Telefon aus der Tasche. *Hast du Lust auf einen Spaziergang?*

Eine Textnachricht. Von Alex. Das hatte es noch nie gegeben.

Rose setzte sich. Von hier sah das unscheinbare Haus ihrer Schwester noch langweiliger aus als von der Straße. Wie deprimierend, dass Mona in diesem Stuhl gesessen und sich damit zufriedengegeben hatte, ihr Leben an einem derart reizlosen Ort zu verbringen. So seelenlos. Traurig.

*Ist das dein Ernst?,* tippte Rose in ihr Handy und wartete, bis sie ihre Zigarette zu Ende geraucht hatte, bevor sie die Nachricht abschickte.

*Ich meine es immer ernst*, textete Alex sofort zurück.

Rose entdeckte eine Blechdose voller Zigarettenstummel, von denen die meisten nicht einmal zur Hälfte aufgeraucht worden waren. Sie alle hatten einmal Monas Lippen berührt.

*Also gut. Hol mich um 6 ab,* schrieb Rose und warf die Zigarettenstummel in den Müll. Wir haben jeder nur ein Leben, ermahnte sie sich selbst. Also sollte man es auch leben.

Rose ging ins Haus zurück. Sie machte einen großen Bogen ums Schlafzimmer und betrat stattdessen Russells Arbeitszimmer, das er mit vorgefertigtem, pseudomodernem, billigem schwedischen Schrott und dem ein oder anderen gebrauchten Möbelstück ausstaffiert hatte, wie zum Beispiel dem quietschenden, gelb gestrichenen Drehstuhl, der vor dem Schreibtisch stand. Die Metallregale an den Wänden waren voller Kisten, die allesamt mit Russells pedantisch genauer Schrift gekennzeichnet waren: *Steuer. Tom. Hypothek. Wir.*

Rose durchsuchte mehrere Kisten mit der Aufschrift *Wir,* bevor sie endlich die Heiratsurkunde fand. Sie erinnerte sich genau daran, wie sie draußen vor dem Rathaus auf die beiden gewartet hatte, während die Frühlingssonne ihre vom Winter ausgelaugten Lebensgeister wiederbelebte. Sie erinnerte sich an die Hoffnung, von der sie alle erfüllt gewesen waren, nicht nur für Mona und Russell, sondern auch für den Rest ihrer Familie. Nachdem sie es geschafft hatten, einen weiteren harten kanadischen Winter zu überleben, standen sie nun an der Schwelle zu einer leichteren, unbeschwerteren Zukunft. Das Vermächtnis von Mutters Tod lag endlich weit hinter ihnen.

Außer ihr selbst, Will und Sonya war nur eine Handvoll Gäste zur Hochzeit gekommen – Monas Freundin Maggie aus Kindertagen (die bei der Feier so viel Alkohol trank, dass man sie erst in ein Taxi und dann ins Bett verfrachten musste) und ein paar von Russells Arbeitskollegen. Insgesamt waren es nicht mehr als zwanzig Leute gewesen. »Du bist alles, was ich brauche«, hatte Russell zu Mona gesagt, woraufhin sie über das ganze Gesicht gestrahlt hatte, in ihrem in Pfirsichtönen gehaltenen Kleid. Es hatte alles so romantisch gewirkt.

Jetzt, auf dieser Urkunde, wirkte Monas winzige Unterschrift so mickrig, verglichen mit Russells resoluter Klaue.

Noch ein Zeichen, das Rose unbegreiflicherweise übersehen hatte – geblendet von Russells gewinnendem Lächeln und beschwichtigt durch die wiederholten Beteuerungen ihrer Schwester.

Es dauerte drei Stunden, aber dann hatte Rose endlich alles gefunden, was auf Sonyas Liste stand, einschließlich der Pässe und der Besitzurkunde des Hauses. Dem Testament zufolge sollte Tom alles bekommen, doch bis zu seinem achtzehnten Lebensjahr würde sein Erbe treuhänderisch verwaltet werden. Für die Wahrung seiner Rechte war die Behörde für Kinderangelegenheiten zuständig, ein weiteres Rädchen im Getriebe jener Armee wohlmeinender Personen, die jetzt in Erscheinung getreten war und der Familie andauernd vollkommen unaufgefordert ihre Bedenken mitteilte. Rose nahm die Dokumente und verließ Monas Haus, zum letzten Mal. Bald würde es verkauft werden. Noch ein Abschied. Ein weiteres Kapitel, das zu Ende ging.

Rose beschleunigte ihre Schritte. Sie konnte es kaum erwarten, in ihr eigenes Leben zurückzukehren, zu Nick und Will und zu einem Glas Wein. Nach den vielen Stunden, die sie damit verbracht hatte, in ihrer Reue zu baden, war die frische Luft belebend. Zwei Mädchen sausten auf Fahrrädern vorbei, die mit regenbogenfarbigen Lenkerfransen geschmückt waren, eine Frau hängte in ihrem Garten die Wäsche auf, der alte Mann von nebenan wusch sein Auto. Das Leben ging weiter, trotz der Tragöde, die sich in dem Haus mit der Nummer 415 zugetragen hatte. Bald würde eine neue Familie in Monas Haus einziehen, würde die Räume mit ihren eigenen Triumphen und Enttäuschungen füllen, und es würde nicht mehr lange dauern, dann würde der Tod ihrer Schwester und alsbald auch ihr Leben in Vergessenheit geraten.

Rose blieb stehen, voller Entsetzen, dass ihre jüngere Schwester bereits in der Vergangenheit zu verschwinden begonnen hatte. Bald würde sie nur eine von so vielen Frauen sein, die von der Hand wütender Männer starben. Rose drehte sich auf dem Absatz um und rannte zum Haus zurück. Als sie die Auffahrt überquerte, hielt der Nachbar bei seiner Arbeit inne und richtete sich auf. Die Neugierde tropfte wie Seifenlauge von ihm ab.

»Wollen Sie reinkommen? Ja? Ist es das, was Sie wollen?«, fragte Rose. Sie zog den Schlüssel aus der Tasche, aber so sehr sie sich auch bemühte, sie schaffte es nicht, ihn ins Schloss zu stecken. Entnervt drehte sie sich zu dem immer noch glotzenden Nachbarn um. »Wenn Sie mich nett bitten, dann zeige ich Ihnen sogar, wo sie gestorben ist.«

Der Mann wandte sich ab und tat so, als hätte er ihre Worte nicht gehört. Endlich drehte sich der Schlüssel im Schloss. Rose rannte in die Küche und griff sich Monas missgestaltete Kaffeetasse. Diese würde sie behalten. Sie würde sie tagtäglich benutzen und in Ehren halten. Damit sie niemals vergaß, dass ihre Schwester gestorben war, vollkommen isoliert und alleingelassen, nicht nur vom Leben abgeschnitten, sondern auch von ihrer eigenen Familie.

*

Eine Woche später ließ Will sich auf Monas Sofa fallen. Um ihn herum türmte sich ein gewaltiger Stapel von Kisten, die für die Heilsarmee bestimmt waren. Nachdem Rose ihren Teil der Arbeit erledigt und Sonya die für Tom bestimmten Sachen eingelagert hatte, war es nun an Will, den Rest des Hauses leer zu räumen. Warum konnten seine knauserigen Schwestern bloß nicht das Geld für eine professionelle Entrümplung springen lassen? Schließlich verschwendeten sie genug Kohle an irgendwelchen lächerlichen Scheiß, wie zum Beispiel Schuhe, in denen sie nicht laufen konnten.

Er zog sein Handy aus der Tasche, aber von den fünf E-Mails, die er in der Zwischenzeit erhalten hatte, waren vier Spam, und auch auf Facebook war nichts Interessantes passiert, abgesehen von den »Trauer-Smileys« auf Monas Todesanzeige. Dann entdeckte Will plötzlich eine Annonce für eine Reise nach Korea. *499 Dollar,* las er. *Angebot gilt nur heute, Abflug morgen.* Als eine Art Mutprobe für sich selbst aktualisierte er seinen Status auf Facebook mit den Worten: *Bin ab morgen in Korea. Wer kann mir einen Job besorgen?* Als Nächstes schickte er Burt und Lisa Textnachrichten, um zu sehen, was die zwei so trieben, aber selbst nach fünf Runden »Ridiculous Fishing« schien es keinem der beiden die Mühe wert, ihm zu antworten.

Will atmete tief ein, versprach sich zur Belohnung ein Bier im Done-Right-Inn und stand auf. Das Sofa und ein Großteil der Stühle waren schon zum Abholen markiert. Er selbst würde den Fernseher nehmen und Sonya den Computer – aber die großen Sachen waren nicht sein Problem. Es waren all die kleinen Entscheidungen, die Will überforderten. Lohnte es sich, Russells Schlittschuhe aufzuheben? Oder die drei hölzernen Affen, die er Mona aus Bolivien mitgebracht hatte? Was war mit den tränenbefleckten Briefen, die Mona aus dem Ferienlager Camp Pinewood geschrieben hatte, mit dem Kartenspiel, das mit Wildblumen aus aller Welt bedruckt war, oder dem Waschbärschädel, den Will im Seehaus gefunden hatte, der aber aus irgendeinem Grund hier gelandet war?

Das Kartenspiel steckte er in die Tasche. Es könnte sich als nützlich erweisen, vielleicht ja sogar schon heute Abend. Ja auch zu den Briefen, den Adlerfedern und all den Büchern, die Tom möglicherweise später mal lesen wollen würde – aber weg mit *Angst vorm Fliegen, Das goldene Notizbuch* und *Die besten Jagdgeschichten.* Nein auch zu dem Bumerang, Russells Lesebrille und den drei nahezu identischen Tennisschlägern. Falls der Junge später einmal mit der gleichen Besessenheit wie sein Vater hinter Bällen herjagen wollte, dann musste er das ohne Wills Hilfe tun.

Will wendete sich der Treppe zu und fügte seiner Liste von Belohnungen eine Zwischenstation bei den Burrito Boyz, drei Gläser Whiskey und einen Besuch auf der Pferderennbahn hinzu. Die Wände oben im Flur waren von rechteckigen Flecken aus verblasster Farbe verunstaltet, dort, wo sich Monas Familienfoto-Galerie befunden hatte. Wie viel Mühe sie sich gegeben hatte, dieses Haus hübsch einzurichten, Dinge anzusammeln. Und jetzt wurde alles weggeschmissen, weil es bedeutungslos geworden war.

Will zwang sich weiterzugehen, einen Schritt nach dem anderen. Erst im letzten Jahr hatte er Russell dabei geholfen, den Boden neu zu lackieren. Damals hatte Russell den Eindruck erweckt, als ginge es ihm gut. Er hatte ausgiebig geschimpft, über die Leafs, Torontos meistgeliebte und meistgehasste Eishockeymannschaft, das Wetter und natürlich die Dummheit seines neuesten Auftraggebers. Dieser Job hatte irgendetwas mit Öffentlichkeitsarbeit für ein Bauunternehmen im Westen der Stadt zu tun. Oder war es die geplante Hochgeschwindigkeitsstrecke für Züge nach Montréal? Russel war eigentlich ein ausgebildeter Maschinenbauer, aber der Marketingbereich passte viel besser zu seinem Temperament. Trotzdem war es ihm nie gelungen, auch nur einen einzigen Job länger als ein Jahr zu behalten. Unmöglich, da die Übersicht zu behalten.

Der Türgriff zum Schlafzimmer fühlte sich nicht gerade solide an. Ein kleiner Schubs, und die Tür würde aufgehen. Ein Tritt und das Holz würde zersplittern. Eine heftige Übelkeit durchflutete Will, wie Wellen in einem aufgewühlten Meer. Es war noch nicht einmal einen Monat her, da hatte Tom genau hier gestanden und seine Mutter hatte blutüberströmt auf dem Boden gelegen, während unten sein Vater im Begriff stand, sich eine Kugel in den Kopf zu jagen.

Will atmete tief ein und betrat das Schlafzimmer. Die Ordnung war einigermaßen wiederhergestellt worden, dank Steamatic, einer Firma, die sich auf Tatortreinigung spezialisiert hatte. Wenigstens dafür war Sonya nicht zu geizig gewesen. Selbst Will, der auf eine lange Liste aus ziemlich fragwürdigen Jobs zurückblicken konnte (einschließlich einer kurzen Beschäftigung in einer Truthahnfabrik, die ihn für mehrere Jahre zum Vegetarier gemacht hatte), konnte sich keine Bezahlung vorstellen, die hoch genug dafür gewesen wäre, die Toilettenartikel einer ermordeten Frau zu ordnen, ganz zu schweigen davon, ihr verspritztes Blut von den Wänden zu wischen.

Von der fehlenden Tür einmal abgesehen, hätte sich Monas Schrank hervorragend auf Pinterest gemacht. Die T-Shirts waren nach Farben sortiert, die Jacken nach Jahreszeiten und die Schuhe standen alle in einer ordentlichen Reihe. Er hatte sich oft mit Mona über ihre Sucht für billige Klamotten gestritten. Er hatte versucht ihr klarzumachen, dass jedes schicke neue Outfit ein weiteres Kind zur Arbeit zwang, statt dass es zur Schule gehen konnte, und dass diese ganze Wegwerfmode die Welt ruinierte. Jetzt wünschte Will sich, er hätte seiner Schwester einfach nur ein Kompliment zu ihrem neuesten Teil gemacht und die Sache auf sich beruhen lassen.

Rasch füllte er sechs große Säcke für die Heilsarmee, aber

als er bei dem Hochzeitskleid ankam, hielt er inne. Er ließ sich die schimmernde Seide durch die Finger gleiten und dachte daran, wie begeistert Mona über die Heirat mit Russell gewesen war – mit einem Mann, den sie schon fast ihr ganzes Leben gekannt hatte und der der beste Freund ihres Bruders war. Will warf das Kleid in den Müll. Niemand hatte es verdient, mit einem so katastrophalen Karma ins Eheleben zu starten.

Russells Schrank war eine noch größere Herausforderung. Denn Sonya hatte recht: Russell war zunächst mit ihm befreundet gewesen – ein Freund, wie Will ihn nach dem Tod seiner Mutter so dringend gebraucht hatte. Jahrelang waren die beiden kreuz und quer durch Ostkanada gereist, um an Schwimmwettkämpfen teilzunehmen, und waren dabei immer enger zusammengewachsen, ohne jedoch je den Konkurrenzgeist zu verlieren. Der Tag, an dem er Russell beim Finale der Ontario-Wettkämpfe besiegt hatte, gehörte auch heute noch zu einer seiner stolzesten Erinnerungen. Was machte es schon, dass sie nur Vierter und Fünfter geworden waren? Nachdem sie sich mit siebzehn von dem endlosen Kampf gegen die Uhr verabschiedet hatten, waren sie zu *Dungeons & Dragons* übergegangen, das sie einmal drei Tage ununterbrochen gespielt hatten. Dann, nach Beendigung der Schule, hatten sie ihre Rucksäcke geschultert, um Nicaragua und Costa Rica zu erkunden, und waren schließlich sogar weit in den Süden bis nach Cabo Polonio gereist, einer Hippie-Enklave in Uruguay. Zwei Monate hatten sie dort ohne Elektrizität oder fließendes Wasser verbracht hatten sich damit begnügt, in den Tag hinein zu leben, Karten zu spielen und Bier zu trinken, bis ihnen schließlich das Geld ausgegangen war und sie weiterziehen mussten.

Russell kehrte nach Hause zurück und nahm wieder Kontakt mit Mona auf. Bald darauf heirateten die beiden und kaum sechs Monate nach der Hochzeit wurde Tom geboren. Will reiste währenddessen weiter, erteilte Englischunterricht, um seinen Lebensunterhalt zu finanzieren, und vergrößerte stetig seinen Freundeskreis. Dabei fühlte er sich mit jedem Tag weniger mit seiner Heimat verbunden, bis schließlich das Wort selbst – *Heimat* – keinen Sinn mehr für ihn ergab. Und dann, am Vorabend seines dreißigsten Geburtstags, beschloss er plötzlich, nach Toronto zurückzukehren. »Es ist Zeit, dass ich erwachsen werde«, hatte er zu Veronique gesagt, einer schlaksigen jungen Frau mit grenzenloser Energie, mit der er sich in Ho-Chi-Minh-Stadt zusammengetan hatte. »Das glaubst du doch wohl selbst nicht«, hatte sie gesagt und ihre gemeinsame Hütte am Ho Coc Beach verlassen, um nie wieder zurückzukehren.

Will und Russell waren jedoch in Kontakt geblieben. Wann immer Will nach Kanada zurückkam, fuhren sie zusammen Kanu im Algonquin Park oder gingen auf der Bruce Peninsula wandern. Aber dann hatte Russell neue Freunde gefunden. Er ging mit seinen Golf-Kumpeln Fliegenfischen oder zur Jagd auf der Insel Anticosti – auch wenn dieser Ausflug nicht gerade erfolgreich verlief. »Was für eine Scheißtouristenfalle«, beschwerte sich Russell nach seiner Rückkehr, denn er hatte keinen einzigen von den 160.000 Weißwedelhirschen gesehen, die angeblich auf der Insel umherzogen, geschweige denn einen geschossen. »Die verdammten Einheimischen hauen einen doch nur übers Ohr«, meinte er. Mit seiner eigenen Unerfahrenheit hatte der Misserfolg natürlich nicht das Geringste zu tun.

Will packte Russells Hemden und warf sie in eine Tüte, dicht gefolgt von seinen Hosen, Gürteln, Unterhosen, Socken und über fünfzig Krawatten. Ein Paar Stiefel der Marke

R.M. Williams, die nur eine Nummer zu groß für ihn waren, ließen ihn einen kurzen Moment innehalten. Sie waren handgefertigt, aus geschmeidigem Leder, und gehörten zu der Art von Schuhen, die mit der Zeit immer besser wurden. Will wollte gerade den zweiten Stiefel anprobieren, da besann er sich eines Besseren. Nein. Auf keinen Fall wollte er in Russells Schuhen stecken.

Als Will damit fertig war, das Schlafzimmer auszuräumen, kehrte er ins Erdgeschoss zurück, blieb jedoch an der Küchentür noch einmal stehen. Hier hatte sich Russell die Pistole in den Mund gesteckt, hatte vielleicht den Atem angehalten, in dem Wissen, dass seine Frau oben im Schlafzimmer in einer Blutlache lag und sein Sohn voller Angst lauschte. Und dennoch hatte er abgedrückt. Ein Mann, der einmal Wills Freund gewesen war. Dem er rückhaltlos vertraut hatte, dem er nicht nur die Macht über sein eigenes Leben, sondern auch über das seiner Schwester gegeben hatte.

Will griff seine Jacke und stolperte aus dem Haus. Sollten sie sich doch zum Teufel scheren, Sonya und Rose und alle anderen auch. Er hatte genug davon, irgendwelchen Mist von toten Leuten zusammenzupacken. Sollen sie alles wegschmeißen, dachte er. Das war ihm doch egal.

Auf der Busfahrt nach Hause las Will noch einmal seine E-Mails durch: *Nur 499 Dollar nach Korea.* Im nächsten Moment hörte er ein Ping. Es war eine Facebook-Nachricht von Jimmy, seinem Kumpel aus Auburn, der seit acht Jahren ununterbrochen auf Reisen war: *He, Alter, das ist ja total abgefahren! Connie möchte sich unbedingt Bali ansehen, bevor die Insel total vor die Hunde geht, also suche ich gerade nach jemandem, der meinen Job hier in einer Vorschule übernehmen kann. Wie bald kannst du in Busan sein?*

Als Will die Innenstadt erreichte, war die einzige noch offene Frage, wie er seinen Flug bezahlen sollte. Coco, seiner Chefin im Supper Club, war es vollkommen egal, dass er sich freinehmen wollte, und beim »Glücklichen Vierbeiner« zu kündigen war die reinste Erlösung. Wie toll, nie wieder sieben Hunde ausführen zu müssen, die ihn alle in unterschiedliche Richtungen zerrten und unweigerlich zur exakt selben Zeit kacken wollten.

Will kehrte in die Claremont Street zurück und stellte erleichtert fest, dass niemand zu Hause war. Das Letzte, was er jetzt gebrauchen konnte, waren die 18.000 Gründe hierzubleiben, die Rose ihm auftischen würde. Im Kühlschrank fand er noch etwas Pad Thai von gestern, aber bevor er es aufwärmen konnte, pingte sein Handy erneut. Diesmal war es eine Nachricht von seinem Freund Burt: *Beweg deinen Arsch hierher, ich hab uns ein paar richtig gute Leute aufgetan!* Will lächelte. Die Glücksgöttin war ihm wieder hold.

Will und Burt hatten sich an einem Strand auf Borneo kennengelernt und auf Anhieb gut verstanden, denn sie beide liebten es zu zocken. Es dauerte nicht lange, und sie taten sich zusammen, um die Vollidioten auszunehmen, die zu high oder zu faul waren, um ihre Karten zu zählen. Nach ein paar wahnsinnigen Monaten, in denen sie die Küste rauf und runter gereist waren, kehrte Burt nach Toronto zurück und kaufte sich ein Apartment in Kensington Market. Dort richtete er hin und wieder ein Spiel für Typen aus, die er in den protzigen Clubs an der Richmond Street auflas.

Als Will kaum eine Viertelstunde später bei Burt eintraf, stellte er erfreut fest, dass sein Freund heute tatsächlich ein paar selten dämliche Kerle aufgetrieben hatte. Es waren drei miteinander befreundete Männer, die sich mal eine Pause von ihren nervenaufreibenden Jobs, krankhaft perfektionistischen Ehefrauen und ADHS-gestörten Kindern gönnen wollten. Und sie hatten Geld wie Heu! Der Blonde zuckte jedes Mal, wenn ihm eine gute Karte zugeteilt wurde, und der kleine Typ mit dem Bart war nicht in der Lage, seine wild hin und her huschenden Blicke zu kontrollieren. Nur der Dritte war klug genug, um seine Augen hinter einer Sonnenbrille zu verstecken – doch selbst er schaffte es nicht, seine zitternden Knie in den Griff zu bekommen.

»Lass uns was essen, bevor ich verhungere«, sagte Burt, nachdem die drei Deppen zur Tür hinausgestolpert waren. Um ein kleines Vermögen erleichtert, dafür aber mit einer Geschichte belohnt, die sie noch Jahre später erzählen würden.

»Ich kann nicht«, sagte Will, der damit beschäftigt war, seinen Anteil zu zählen: 380 Dollar. Es reichte fast. Den Rest würde er sich von Rose leihen. »Ich fliege nach Busan.«

»Was zum Teufel willst du in Korea?«, fragte Burt, der sich geweigert hatte, auch nur einen Fuß aus der Innenstadt von Toronto zu setzen, seit er von seiner Weltenbummlerei zurückgekehrt war. »Da stürzen doch andauernd irgendwelche Gebäude ein.«

»Der Flug ist billig.«

»Hast du von der Aula gehört, die vor ein paar Jahren eingestürzt ist? Da sind zehn Leute bei umgekommen. Oder von dieser Fähre? Wo der Kapitän den Kindern gesagt hat, sie sollen in ihren Kabinen bleiben?«, fragte Burt.

»Ich hatte ja keine Ahnung, dass du mich so schrecklich lieb hast.«

»Jetzt lach nicht, ich spreche aus Erfahrung«, entgegnete Burt, der sich nicht provozieren ließ. Und Erfahrung hatte Burt, das stimmte. Er war selbst nur sehr knapp dem Tod entronnen, als er in der Nähe von Kuching mit einem Bus in eine Schlucht gestürzt war. Vier Menschen waren gestorben, und Burt hinkte seitdem.

Will verabschiedete sich hastig, denn wenn Burt erst einmal anfing, dann konnte ihn keine Macht der Welt daran hindern, seinen gewaltigen Schatz an Katastrophengeschichten auszupacken. Doch als Will auf die Straße hinaustrat, graute es ihm auf einmal davor, nach Hause zurückzukehren. Sonya würde vollkommen ausrasten, weil er sich davor drückte, Monas Haus auszuräumen – und genau das tat sie dann auch. Von Roses Reaktion war er jedoch überrascht. »Mancher Scheiß ändert sich halt nie«, sagte sie, schien aber irgendwie Trost in diesem Gedanken zu finden. »Und du weißt ja, wo du uns findest, wenn du genug vom Weglaufen hast.«

*

Tom saß vollkommen reglos in Tante Sonyas Auto, während überall um ihn herum Kinder vor der Schule abgesetzt wurden. Eine Gruppe von Jungen jagte einem verängstigten Eichhörnchen hinterher, eine Mutter zupfte das Hemd ihres Sohnes zurecht, ein paar Mädchen in identischen Trainingshosen kicherten über irgendeinen Witz. All das interessierte Tom nicht im Geringsten. Er wollte nach Hause. Er wollte, dass man ihn in Ruhe ließ. Er wollte, dass die ganze Welt in Flammen aufging.

»Ich fürchte, um die Schule kommst du nicht herum«, sagte Tante Sonya und öffnete seinen Sicherheitsgurt. »So lautet das Gesetz. Also bitte mach das jetzt nicht schwieriger, als es ohnehin schon ist.«

Tom verschränkte die Arme und fixierte seinen Blick auf ein ovales Bündel, das hoch oben in einem der Bäume hing.

Ein Wespennest, das die Form eines Footballs hatte, der mit strähnig grauer Gaze umwickelt war und so aussah, als hätten ein paar farbblinde Mönche versucht, eine Piñata zu basteln. Letztes Jahr zu seinem Geburtstag hatte Mama ihm eine Piñata geschenkt. Orange, mit grünen Punkten und einer riesigen violetten Schleife. Mama hatte sie an einem Baum im Garten aufgehängt und ihm dann einen von Papas Baseballschlägern in die Hand gedrückt. Tom schwang den Schläger, aber bevor er die Piñata aufbrechen und zu den darin versteckten Süßigkeiten vordringen konnte, hatte sein Vater ihm Einhalt geboten.

»Jetzt mal hübsch langsam, Freundchen«, sagte er und zog ein Halstuch aus der Tasche. »Wir machen das so, wie sich das gehört. Du bist jetzt schließlich ein großer Junge.«

Dann verband er Tom die Augen und wirbelte ihn im Kreis, rundherum und rundherum und dann noch ein bisschen weiter. Vollkommen schwindelig und ohne das Geringste zu sehen, hatte Tom den Baseballschläger geschwungen, aber nichts als Luft getroffen. Und dann noch mehr Luft. Und noch mal Luft. Während Papa fluchte und Mama flehte, wurde das Tuch um Toms Augen mit Tränen und sein Geburtstagshemd mit Schweiß durchtränkt, und trotz allem schaffte er es nicht einmal, das blöde Ding auch nur zu streifen. Papa, dessen Gesicht vor Enttäuschung ganz starr geworden war, hatte schließlich den Schläger genommen und mit einem Hieb war die Piñata aufgebrochen.

Nur, sie war leer.

»Wie hätte ich das wissen sollen?«, hatte Mama gejammert, während Tom sich auf sein Zimmer schlich. »Für so viel Geld kann man ja wohl erwarten, dass sie gefüllt ist.«

»Jetzt hör mir mal gut zu!« Tante Sonyas Stimme war

nun so eindringlich geworden, dass Tom sie nicht länger ignorieren konnte. »Ich weiß, es ist gerade schwer, das zu glauben, aber das Leben geht weiter, egal wie schrecklich wir das finden. Am besten versucht man einfach ...« Sie legte ihre Hände fest um das Lenkrad, so fest, dass ein Netzwerk aus blauen Venen auf ihrem Handrücken hervortrat. »Am besten«, wiederholte sie und ließ das Lenkrad los, »versucht man einfach, aus dem, was man hat, das Beste zu machen.«

Sie beugte sich noch näher zu Tom herüber, aber glücklicherweise riss ihr eigener Gurt sie wieder zurück. Tante Sonya roch irgendwie seltsam. Vertraut, aber auch ekelig. Tom zwängte sich gegen die Tür, schloss die Augen und wünschte sich, alles möge verschwinden – seine Tante, dieses Auto, einfach alles. Es tat weh, morgens aufzuwachen. Es tat weh, aufzustehen. Es tat weh, sich zu waschen, sich anzuziehen, zu essen, sich zu bewegen. Er verbrachte seine Tage damit, sich nach der Rückkehr der Nacht zu sehnen, danach, dass er wieder schlafen konnte und sich endlich das Nichts auf ihn herabsenkte.

Obwohl er nicht sehr viel schlief, in diesem komischen violetten Zimmer. Jeden Tag tauchte irgendetwas Neues auf, wie zum Beispiel diese blauen Vorhänge, von denen Tante Sonya behauptete, sie hätten die Farbe der Maple-Leaf-Eishockeymannschaft (was nicht stimmte), oder die Spiderman-Socken, die zu seiner Bettwäsche passten (im Ernst jetzt?!). Früher hatte er Peter Parker geliebt – diesen fantastischsten Verbrechensbekämpfer aller Zeiten, der zudem auch noch ein Waisenkind war und bei seiner Tante May wohnen musste. Zuerst hatte Tante May Angst gehabt, die Gegenwart des Jungen könnte ihre Ehe ruinieren, weil sie und ihr Mann selbst keine Kinder haben konnten, aber am Ende hatte sie

Peter dann doch in ihr Herz geschlossen und ihn wie einen eigenen Sohn geliebt. Jetzt, wo Tom selbst eine Waise war, begriff er, wie total bescheuert diese ganze Geschichte war. Wie vollkommen unrealistisch.

Um die aufsteigenden Tränen in Schach zu halten, grub Tom, so fest er konnte, die Fingernägel der Zeigefinger in die Nagelhaut seiner Daumen. Als ein Stück lose Haut versuchte zu entkommen, biss er mit den Zähnen hinein und riss es ab.

Schmerz. Stille. Erleichterung.

»Oh, sieh mal!«, rief Tante Sonya und klang dabei so aufgeregt, dass Tom unwillkürlich die Augen öffnete. »Ist das nicht dein Kumpel?«

Obwohl sie seit dem Kindergarten beste Freunde waren, dauerte es einen Moment, bis Tom Saanjh erkannte. Er stand direkt neben dem Auto, die Füße nach innen verdreht, und winkte schüchtern. Damals, vor ewig langer Zeit, als es für Tom noch das Traurigste der Welt gewesen war, eine Woche von seinen Eltern getrennt zu sein, hatten sich Saanjh und er im Ferienlager Camp Pinewood ein Etagenbett geteilt. Oft hatten sie sich hinterm Bootshaus versteckt und sich mit immer schauerlicheren Geschichten gegenseitig Angst eingejagt. Bei Saanjh ging es immer um Werwölfe und Geister, Tom bevorzugte Geschichten, in denen die Natur für das Grauen verantwortlich war. Wanderer, die in einem Schneesturm gefangen waren, Seeleute, die in einem Orkan Schiffbruch erlitten, Bergarbeiter, die lebendig begraben wurden. Später, als die beiden Freunde in die Stadt zurückgekehrt waren, stibitzte Tom sich Papas abgewetztes Taschenmesser, und so wurden sie Blutsbrüder, unten in der Schlucht hinter Saanjhs Haus. Wie im Film ritzten sie sich die Haut auf, rieben ihre Handgelenke aneinander und schauten zu, wie sich ihr Blut vermischte. Für immer vereint, schworen sie damals, und hatten nicht die geringste Ahnung, wie dämlich ein solcher Schwur war. Wie vollkommen bedeutungslos und dumm.

»Komm, lass uns gehen«, sagte Saanjh jetzt fast lautlos, aber Tom konzentrierte sich wieder auf das Wespennest, das da oben im Baum hing. Wenn er doch nur irgendwie darauf schießen könnte, dann würde der gesamte Inhalt über Saanjhs Kopf explodieren.

»Irgendwann wird es leichter werden«, sagte Tante Sonya. Ihre Stimme klang, als könnte sie jeden Moment brechen. »Ms Lipinsky hat gesagt, es sei sehr wichtig, dass du wieder in deinen Alltag zurückkehrst, selbst wenn es anfangs schwer ist. Früher oder später –«

Vielleicht konnte er sich ja in eine andere Dimension hinüberbeamen? Ganz allein an einem Ort leben, wo es keine Schule gab, keinen Saanjh und keine quasselnden Tanten. Einen Ort, wo –

»Tom? Hörst du mir überhaupt zu?«

Vielleicht könnte Rhinox das schaffen, dieser gewaltige Krieger mit dem Verderben bringenden Schnellfeuergeschütz.

Tante Sonya öffnete ihre Tür. »Bleib hier«, fuhr sie Saanjh an, der gerade fortgehen wollte. Dann riss sie die Beifahrertür auf. »Es reicht jetzt, Tom. Ich habe dir gesagt, dass du keine andere Wahl hast, als in die Schule zu gehen. Wenn du nicht gehst, bekomme ich gewaltigen Ärger mit dem Jugendamt, und wer weiß, was dann passiert.«

Tom rollte sich zu einer Kugel zusammen. Eins, fing er an zu zählen. Zwei. Drei.

Dann spürte er, wie sich Tante Sonyas Hände in seinen Gürtel krallten.

»Eins, zwei, drei!«, zählte sie laut. Dann hob sie Tom hoch, riss ihn aus dem Auto und setzte ihn auf den Bürgersteig. Er landete auf dem Asphalt wie eine gestrandete Schildkröte, nur wenige Zentimeter von Saanjh entfernt.

»Ich hab dir doch gesagt, du sollst hierbleiben!«, zischte Tante Sonya ihn an. »Tom kommt mit dir. Jetzt gleich.«

*

»Und? Ist es klar, warum wir uns hier treffen?«, fragte Dr. O'Donnell, kaum dass sich Sonya und Tom auf seine Couch gesetzt hatten.

»Na, ich dachte, es wäre eine gute Idee, mal mit jemandem zu sprechen, der –«, setzte Sonya an, aber Dr. O'Donnell fiel ihr ins Wort: »Danke, aber ich habe mit Tom geredet.«

Die nächsten zwanzig Minuten herrschte Schweigen. Erst nachdem Sonya den letzten Fussel von ihrer anthrazitgrauen Leinenhose gezupft hatte, erlaubte sie es sich, aufzuschauen. An der Wand hingen säuberlich eingerahmte Urkunden für dies, das und jenes und darunter saß der Doktor und kritzelte vor sich hin. Seine Augen wurden von schweren Lidern überschattet und seine schlaff herabhängenden Wangen ließen ihn wie eine Dogge aussehen. Ein Leben lang den Sorgen anderer Menschen zuhören zu müssen, hatte sich auf unschöne Weise in sein Gesicht eingegraben.

Dr. O'Donnell war ihr von Sandy und Dick Moore empfohlen worden, die jedes Wort vergötterten, das aus seinem Mund kam, seit er ihre Tochter Melanie von einer üblen Medikamentenabhängigkeit geheilt hatte. Melanie war immer ein Sorgenkind gewesen. Erst nahm sie Ritalin gegen Hyperaktivität, dann Valium gegen exzessive seelische Unruhe, ein bisschen Prozac gegen Depressionen, Ativan gegen Angstzustände, Sonata gegen Schlaflosigkeit und Dexamfetamin, damit sie morgens wieder auf die Beine kam. Als gäbe es eine

Sofortlösung für alle Probleme, die man im Leben so hat. Das war genau das, was Sonyas Mutter auch immer gewollt hatte – und wo das hingeführt hatte, wusste man ja. Nein, Sonya würde es nicht zulassen, dass Tom Medikamente verabreicht wurden. Nicht, solange sie für ihn verantwortlich war. Das kam überhaupt nicht infrage.

Tom, der auf dem äußersten Ende des Sofas hockte, sah aus wie ein Vogel mit gestutzten Flügeln. Er hatte den Kopf tief zwischen die Schulterblätter gezogen und seine Zehenspitzen erreichten kaum den Fußboden. Die Ärmel seines Kapuzenpullovers waren weit über die Handgelenke gestreift, in dem vergeblichen Versuch, den Daumen zu vertuschen, der im Mund steckte.

Es hatte acht Tage gedauert, bis Tom endlich nachgab und aus eigenem Antrieb das Schulgebäude betreten hatte. Als Sonya zusah, wie diese kleine traurige Gestalt von dem Meer aus bunt gekleideten Kindern verschluckt wurde, die alle so voller Freude und Energie und Hoffnung waren, musste sie weinen. Hatte Tom recht sich zu weigern? Vielleicht hätte sie doch härter darum kämpfen sollen, dass er zu Hause bleiben durfte.

Glücklicherweise verflog die anfängliche Neugier der Kinder schnell – jedenfalls behauptete Toms Lehrer das –, sodass der Junge größtenteils ungestört in seiner Klasse sitzen und seine Tage damit verbringen konnte, sich unter seinem Kapuzenpullover zu verstecken und nichts anderes zu tun, als zu warten, zu atmen und an seinem Daumen zu saugen. Warten, atmen, saugen.

»Hör auf damit«, zischte Sonya und musste sich zusammenreißen, um ihm nicht die Hand vom Mund zu schlagen. »Dieses Verhalten«, fragte sie, als sie wieder ein wenig ruhiger atmen konnte, »diese Art von Verhalten, das ist doch nicht normal, oder?«

»Nein«, antwortete Dr. O'Donnell und schaute noch nicht einmal von seiner Kritzelei auf. »Aber dasselbe gilt schließlich auch für die Situation, in der er sich befindet.«

Was Sie nicht sagen, hätte Sonya beinahe entgegnet, aber sie schaffte es gerade noch, ihren Mund zu halten. Stattdessen zählte sie die Risse in der Wand.

Fünfunddreißig wortlose Minuten später traten sie in das helle Sonnenlicht hinaus, und Sonya schwor sich, nie wieder hierher zurückzukehren. »Selektiver Mutismus«, war Dr. O'Donnells Diagnose – aber das hatte Sonya mithilfe von Google schon längst selbst herausgefunden. Eine psychische Störung, bei der die betroffene Person, in den meisten Fällen ein Kind, ganz plötzlich nicht mehr sprechen kann.

»Aber da wird er schon irgendwann von ganz allein wieder rauskommen«, hatte Dr. O'Donnell zuversichtlich hinzugefügt. »Früher oder später wird er wieder sprechen.«

Und bis dahin, so hatte sich Sonya geschworen, würde sie einen Teufel tun und einem erwachsenen Menschen ein Vermögen dafür bezahlen, dass er Bildchen aufs Papier kritzelte.

*

Auf Facebook kamen einem Entfernungen winzig, um nicht zu sagen bedeutungslos, vor. Aber jetzt, wo er für sechs Stunden am Flughafen von Tokio festhing, nach bereits achtzehn Stunden im Flieger, fragte sich Will, ob er tatsächlich so weit hatte fliehen müssen. Er spritzte sich Wasser ins Gesicht, um seine Lebensgeister zu wecken, aber was er dann in dem absurd sauberen Toilettenspiegel sah, begeisterte ihn nicht gerade. Seine Haare waren ein einziger fettiger Wirrwarr, die trockene Haut juckte, und sein Körper sah aus wie aufgedunsen. Weniger Bier, mehr schwimmen, schwor er sich und nahm seinen Rucksack.

Will suchte sich einen stillen Winkel in der Nähe seines Abflug-Gates und legte sich auf die Erde. Der Teppich roch nach Staub und Chemikalien, aber es fühlte sich großartig an, die steifen Beine auszustrecken. Er benutzte seinen Rucksack als behelfsmäßiges Kissen, deckte sich mit seiner Jeansjacke zu und schloss die Augen. Das diffuse Stimmengewirr der ihn umgebenden Menschen senkte sich beruhigend über ihn, wie eine warme Daunendecke. Er fühlte sich geborgen in diesem Meer von Reisenden, die genau wie er selbst zwischen dem Hier und dem Dort gefangen waren. Das Gemurmel, gepaart mit entschlossenen, aber keineswegs hastigen Schritten erzeugte einen monotonen, seltsam angenehmen Klang, der ähnlich besänftigend war wie das ukrainische Wiegenlied, das seine Mutter oft für ihn gesungen hatte. Ihre sonst so selbstsichere Stimme hatte dann plötzlich eine fast mädchenhafte Unschuld angenommen, als sehnte sie sich danach, angesichts der Grausamkeit der Welt selbst in den Arm genommen zu werden und Trost zu finden.

*Der Traum geht am Fenster vorbei*, sang sie. *Und der Schlaf am Zaun entlang. Der Traum fragt den Schlaf: Wo sollen wir ausruhen, heute Nacht?*

Der Rummel des Narita-Flughafens verschwand in der Ferne und mit ihm auch Wills Zweifel. Es war richtig gewesen, Toronto zu verlassen. Dort erinnerte ihn alles an seine schlecht gewählte Freundschaft. An seinen Mangel an Urteilsvermögen, der zu dem Mord an seiner Schwester geführt hatte. Nicht zu fassen, dass sich Mona, als er sie das letzte Mal gesehen hatte, Sorgen um *ihn* gemacht hatte. »Du wirst wohl niemals erwachsen, was? Eher sinke ich noch ins Grab.« Wie recht sie gehabt hatte.

Will zog sich seine Jacke noch enger um den Körper. Jetzt war er fest eingewickelt, so fest, wie es seine Mutter immer gemacht hatte, wenn er nicht einschlafen konnte, weil er Angst vor den Ungeheuern hatte, die in der Dunkelheit lauerten. »Fürchte dich nicht, mein geliebter kleiner Junge«, hatte sie gesagt und ihm sanft über die Wangen gestreichelt. »Wir passen aufeinander auf. Dafür ist eine Familie da.«

*Schlaf, schlaf, mein kleiner Falke.*

*Schlaf, schlaf, meine kleine Taube.*

Und das tat er dann auch.

# Juli

Zwei Wochen vergingen. Zwei Wochen der verschiedensten Schattierungen von Nichts-und-wieder-Nichts, begleitet von nassen, schmuddeligen, widerlichen Schlürfgeräuschen. Sonya sah zu, wie Tom an seinen Fingern kaute, auf seinen Nägeln herumbiss und an seinem Daumen lutschte. Die Pflaster verschwanden schneller, als sie es schaffte, sie ihm auf die Finger zu kleben, und alle Bestechungsversuche fruchteten genauso wenig wie Bitten oder Drohungen. »Das hier funktioniert bestimmt«, versprach ihr der Apotheker und händigte ihr eine weitere ekelhaft schmeckende Salbe aus. »Das garantiere ich Ihnen.« Doch kaum hatte Sonya die Salbe aufgetragen, da leckte Tom sie sich schon von den Fingern, als sei es Vanilleeis.

»Sie müssen ihm Zeit lassen«, sagte Marcie, die neueste psychologische Betreuerin. Sie stammte aus Sydney in Neuschottland und hatte ein offenes sommersprossiges Gesicht, das noch nicht von den vielen Enttäuschungen entstellt worden war, die das Leben so mit sich bringt. Dann drückte sie Sonya fest die Hand und sinnierte mit leiser Wehmut, dass doch auf jeden Winter immer auch ein Frühling folgt.

Bleib du mal positiv, wenn ein total apathischer Besucher von einem anderen Stern in deinem Haus hockt, hätte Sonya sie am liebsten angeschrien. Stattdessen packte sie den

Jungen an der Hand und ging. Es hatte keinen Zweck, sich mit unreifen Leuten zu streiten. Das Leben würde schon kurzen Prozess mit ihnen machen. Man brauchte nur ein bisschen zu warten.

»Du hast mir versprochen, dass du mit ihm angeln gehst«, erinnerte Sonya ihren Mann später am selben Tag, aber Alex schaute nicht einmal vom Computerbildschirm auf.

»Draußen schüttet es«, sagte er schließlich, von Sonyas starrem Blick eingeschüchtert. »Nicht gerade ideales Wetter.«

Sonya schob eine zusammengeknüllte Chipstüte vom Sofa und setzte sich. Bei den vielen Zimmern in diesem Haus gab es eigentlich keinen Grund, warum Alex dieses Büro hier nicht haben sollte, aber jetzt mal im Ernst, wofür brauchte er es überhaupt? Er hatte seit Jahren nichts mehr geschrieben, hatte seine literarischen Ambitionen genauso aufgegeben wie den Traum, einmal beim Boston-Marathon mitzulaufen und eine Million Dollar zu verdienen, bevor er dreißig Jahre alt war. Alex nannte das, was er hier oben tat, »arbeiten«, aber Sonya wusste, dass er nur Solitär spielte oder sich auf Facebook herumtrieb. Sie begriff nicht, was Alex so toll an diesem sozialen Netzwerk fand. In Wirklichkeit war das doch nichts anderes als gesellschaftlich sanktioniertes Stalking. Wen kümmert es, was Eli zu Mittag gegessen hat? Oder wie viele Jahre Danya schon glücklich verheiratet ist? Was Rilke über das Leben dachte?

Hinter einem Stapel Bücher entdeckte Sonya eine Flasche Laphroaig. Daneben standen zwei Gläser.

»Also gut. Wie wäre es denn mit einem Film?«, fragte sie und goss sich einen ordentlichen Schuss Whiskey ein. »Ich brauche heute einen freien Nachmittag. Jemand muss sich unbedingt um das Haus kümmern. Der Makler wird allmählich grantig.«

Tatsächlich hatte der Makler Folgendes gesagt: »Ich kann dieses Haus nicht verkaufen, bevor nicht aller persönlicher Besitz entfernt worden ist. Hier sind Menschen gestorben, da ist es schon schwer genug, so was zu verkaufen, selbst bei einem Preisnachlass.«

»Ich bin mir nicht sicher, ob das Glas da sauber ist«, sagte Alex, aber es war Sonya egal. Der Whiskey hatte bereits einen Großteil ihrer Empörung fortgespült. Sie wusste, dass der Makler recht hatte. Sie konnten es sich nicht leisten, dass ein potenzieller Käufer sich ausmalte, was in diesem Haus passiert war. Warum die Tür zum Schrank fehlte. Wo Mona erschlagen worden war. Wie weit Russells Blut gespritzt war.

»Will ist so ein Arschloch«, sagte Alex. »Einfach so abzuhauen. Es war seine Aufgabe, das Haus auszuräumen, und jetzt bleibt das auch noch an uns hängen.«

»Wie dem auch sei, Alex, ich finde, du und Tom, ihr solltet versuchen, euch ein wenig näherzukommen. Und was wäre da besser, als ins Kino zu gehen?«

»Ich nehme an, dir ist aufgefallen, dass dieses Kind nicht so viel vom Näherkommen hält.«

»Du solltest es trotzdem versuchen. Wir müssen es beide versuchen.«

»Aber warum?«

»Weil Russell gewonnen hat, wenn wir es nicht tun«, sagte Sonya und goss sich ein weiteres Glas ein.

*

Toms Kopf schmerzte. Genau wie seine Knochen und Gelenke, seine Augen und seine Haut, sein Magen, seine Kehle, seine Zähne und seine Ohren. Und jetzt saß er in diesem übel riechenden Auto mit Onkel Alex.

»Also gut, dann lass uns diese Sache hier mal durchziehen«, sagte Onkel Alex und wischte einen Plastikkaffeebecher vom Rücksitz auf den Boden, wo er sich zu einem Knäuel aus neonfarbigen, ineinander verknoteten Gummiseilen und Turnschuhen gesellte.

Kaum waren sie aus der Einfahrt, da drehte Onkel Alex das Radio auf volle Lautstärke. Nachrichten. Im Norden Torontos war ein Schwarzer getötet worden, irgendwo in Europa ertranken Flüchtlinge und in Zentralafrika gab es gewaltsame Auseinandersetzungen.

Tom schloss die Augen und fing an zu zählen. Er hatte null Interesse daran, ins Wissenschaftsmuseum zu gehen – oder seinen Onkel besser kennenzulernen –, aber jetzt, wo die Schule vorbei war, hatte Tante Sonya ihr Drängen auf irgendwelche gemeinsamen Aktivitäten verschärft. Lass uns doch ein Bild malen. Oder spazieren gehen. Wie wär's mit einem Film? Ich habe gehört, *Kung Fu Panda* sei nicht schlecht. Als hätte er diesen Film nicht schon fünfmal gesehen. Als wäre ihm das irgendwie wichtig. Als wäre irgendetwas wichtig.

Als er 123 erreicht hatte, hielt Tom inne. Er mochte diese Zahl. 123. Drei kleine Zahlen, die zu etwas Größerem, Besserem hinaufkletterten. Oder auch eine große Summe, die sich aus drei kleinen Teilen zusammensetzte. Wenn man sie zusammenzählte, dann waren eins, zwei und drei gleich sechs, und das war Toms zweite Lieblingszahl. Eine Gitarre hat sechs Seiten. Ameisen haben sechs Beine. Er war sechs Jahre alt gewesen, als sie nach Old Orchard Beach gefahren waren.

Das Auto hielt, aber es war der Geruch, der Tom dazu veranlasste, die Augen zu öffnen. Fettig, köstlich und bis vor Kurzem noch verboten: Mama hasste alle amerikanischen Restaurantketten, aber besonders hasste sie McDreck.

»Einen Big Mac und Fritten für mich und dann noch …« Onkel Alex drehte sich um und sah Tom direkt in die Augen. »Was hättest du gern, kleiner Mann?«

Tom schloss die Augen und zählte weiter. 85, 84, 83. Zahlen. Das war es, was er wollte. Sie waren klar und unverfälscht und köstlich und leicht zu verstehen. 75, 74, 73.

Sie verließen das Drive-In, und Onkel Alex warf ein Happy Meal auf den Rücksitz. Bei dem Geruch lief Tom das Wasser im Mund zusammen, und sein Magen knurrte. Mama wäre sehr enttäuscht von ihm, da war er sich ganz sicher, aber andererseits würde sie ja nie davon erfahren.

Tom öffnete die hellrote Kiste und war sofort beleidigt, als er ein Hello-Kitty-Set darin fand. Hatte die Frau am Schalter tatsächlich geglaubt, er sei ein Mädchen? Tom warf das dämliche Spielzeug weg, riss eins von den glitschigen Plastikdingern auf und spritzte Ketchup auf seine Fritten. Dann nahm er einen gewaltigen Schluck aus seiner Cola. Süß, kitzelig und wunderbar.

»Siehst du? Das begreift Sonya einfach nicht«, sagte Onkel Alex. »Man braucht Kindern nur zu geben, was sie wollen, und schon essen sie.«

In dem Moment, als Tom in seinen Burger biss, erinnerte er sich plötzlich an den Tag, als Papa elf Stück davon verschlungen hatte. Es war irgendwann im letzten Sommer gewesen. Sie hatten im Park gespielt, bis ein Border Collie ihr Frisbee gefangen hatte und damit fortgerannt war. Tom war ganz verzweifelt gewesen, aber Papa und der Eigentümer des Hundes hatten sich kaputtgelacht. Als sie es endlich geschafft hatten, das rote Frisbee zurückzuerobern, war es total glitschig und eklig von der Hundespucke. Papa bot dem Typ eins von seinen Bieren an, und dann setzten sie sich unter einen großen Baum und erzählten sich eine alberne

Geschichte nach der anderen, nur um sich zu beweisen, was für dumme Sachen sie anstellen konnten. Wie Papa zum Beispiel so oft von einer Klippe gesprungen war, dass sein Popo voller blauer Flecken war, oder wie der Typ sich einmal eine ganze Woche in einer Höhle verirrt hatte. Tom, der die Geschichten seines Vaters schon unendlich oft gehört hatte, langweilte sich zu Tode. Schließlich kamen die beiden auf die Idee, eine Wette abzuschließen: Wer es schaffte, zehn Big Macs zu essen, bekam den elften umsonst. Als Tom sich an das zufriedene Rülpsen erinnerte, das sein Vater nach dem letzten Bissen von sich gegeben hatte, warf er das Happy Meal auf den Boden.

Einmal sechs ist sechs. Zweimal sechs ist zwölf. Dreimal sechs ist achtzehn.

»Verdammte Scheiße, Tom! Was machst du denn da?«, brüllte Onkel Alex, stieg auf die Bremse und machte einen wilden Schwenker nach rechts. »Mein Auto ist doch keine Müllhalde!«

Sechs mal sechs ist sechsunddreißig. Sieben mal sechs ist zweiundvierzig. Acht mal sechs ist …

Wenn er nur lange genug zählte, würde die Stimme von Onkel Alex irgendwann ganz von allein verschwinden und mit ihr das Grauen, am Leben zu sein.

# August

»Das hier habe ich für dich aufgehoben«, sagte Sonya und hielt Tom eine blaue Keramiktasse hin, als handelte es sich dabei um die neueste Actionfigur, der kein neunjähriges Kind widerstehen konnte. »Bitte!«

Aber Tom schaute nicht mal vom Fernseher hoch. Als wäre es von Bedeutung, wer sich als *Kanadas schlechtester Autofahrer* herausstellen würde. Als wäre ihm das wichtig. Stattdessen lutschte der Junge am Daumen. Schlürf, schlürf, schlürf. Aber Toms Weigerung, sich auf seine Umgebung einzulassen, war mittlerweile zur Selbstverständlichkeit geworden. Während der letzten beiden Monate hatte er Hotdogs abgelehnt, Zitronenkuchen, Wasserrutschen, Gokarts, Paintball und sogar einen Besuch im Zoo. Wie sich herausstellte, war er das einzige Kind auf der ganzen Welt, das auch nicht das geringste Interesse daran hatte, in »Canada's Wonderland« Achterbahn zu fahren. In der Eisdiele schüttelte er mit todernstem Gesicht den Kopf und zog seinen Daumen einem Vanille-Softeis vor. Erst letzte Woche hatte Sonya ihn ins Schwimmbad geschleppt, aber er hatte sich geweigert, seinen Kapuzenpullover auszuziehen, geschweige denn sich zu der Horde von Kindern zu gesellen, die sich voller Begeisterung an diesem brütend heißen Sommertag im Wasser abkühlten. Seit dem Tod seiner Eltern hatte Tom nicht ein einziges Mal gelächelt. Oder ihr in die Augen geschaut. Oder irgendein Geräusch von sich gegeben, von seinem Geschlürfe einmal abgesehen.

»Deine Mama hat die selbst gemacht«, sagte Sonya. Tom sah sich nun doch die Tasse an. Ein Triumph, dachte Sonya. Oder jedenfalls so etwas in der Richtung. Die Tasse war schief, der Griff angeklebt, aber auf einer Seite hatte Mona TOM eingraviert und auf der anderen ein Herz.

»Die ist für dich. Die kannst du behalten. Hier.«

Tom blinzelte, einmal, zweimal und dann noch einmal, aber dann nahm er ihr die Tasse tatsächlich aus der Hand und fuhr mit der Fingerspitze über die schartige Erhöhung, die sein eingravierter Name bildete.

Monas Interesse am Töpfern war ziemlich plötzlich gekommen. In den Monaten nach Toms Geburt, als glühend heiße Tage mit trägen, benommenen Nächten verschmolzen, war sie sich wie eine Gefangene vorgekommen, in dem endlosen Kreislauf aus Stillen, Bäuerchenmachen, Schlafen, Windelnwechseln, Stillen, Schlafen, Windelwechseln, Schreien, Stillen. Mona hatte das Gefühl gehabt, als würden die auf sie einstürzenden Bedürfnisse des Kindes ihr eigenes Leben vollkommen auslöschen. Sie liebte Tom, selbstverständlich, aber das sagte sie mit einer so winzigen, leisen Stimme, dass Sonya sie kaum verstehen konnte. Und dann gestand Mona ihr, dass sie sich danach sehnte, diesem Wesen zu entfliehen, das jetzt die Macht über ihr Leben, über jede Faser ihres Körpers, ihr Gehirn und ihre Seele übernommen hatte. Deshalb war sie froh gewesen, als nur wenige Wochen später Dr. Gerschenfield nachgefragt hatte, ob sie nicht zumindest wieder als Teilzeitkraft in ihren Job als Dentalhygienikerin zurückkehren wollte. Das Mutterschaftsgeld war gerade ausgelaufen, und dieser Job war die perfekte Ausrede, um aus dem Haus rauszukommen. Dann aber hatte Russell sein Veto eingelegt.

»Ich sorge doch ausreichend für uns«, hatte er eingewendet. »Und außerdem ist es total egoistisch, deine Zeit damit zu verschwenden, in den vergammelten Zähnen anderer Leute herumzubohren, während dich zu Hause dein Kind braucht.«

Sonya war Russels Begründung damals verdächtig vorgekommen. Als steckten wir immer noch in den Fünfzigern fest, hatte sie gedacht. Aber Mona hatte es hingenommen. »So zeigt er mir eben seine Liebe«, sagte sie. »Und die Kinderbetreuung kostet wahrscheinlich sowieso mehr, als ich verdienen würde.« Der Töpferkurs war eine Art Kompromiss gewesen, der es Mona ermöglichte, wenigstens zeitweise ihren eigenen vier Wänden zu entfliehen. Aber nach zahllosen unförmigen Tassen gab sie auch das wieder auf. Noch eine gekappte Rettungsleine zur Außenwelt, wie Sonya erst jetzt klar wurde. Denn danach war ihre Schwester noch isolierter gewesen als zuvor.

Tom schloss die Augen und presste seine Nase in die Tasse. Hoffte er, dort den Geruch seiner Mutter zu erhaschen? Konnte er sich an den überhaupt noch erinnern?

»Es wird besser werden«, flüsterte Sonya. »Glaub mir, irgendwann wird es besser werden.«

Die Junge öffnete die Augen und starrte Sonya geradewegs ins Gesicht. Überrascht setzte sie sich auf. War es ihr gerade gelungen, einen Weg zu finden, endlich die Tür aufzustoßen? Hatte ihr Schweigen über das, was mit Mona passiert war, und ihre Unfähigkeit, sich dem Tod ihrer Schwester zu stellen, die Trauer des Jungen nur noch schlimmer gemacht? Hätte sie ihren Schmerz mehr mit ihm teilen sollen, statt ihn damit zu verschonen?

Ganz langsam lehnte Sonya sich vor, in der Hoffnung auf eine erste, zarte Berührung, aber bevor sie Tom näherkommen konnte, zuckte er zurück und schleuderte die Tasse quer durch den Raum an die Wand, wo sie in tausend Stücke zerbrach.

Sonya schaffte es kaum in die Küche, bevor ihr die Tränen kamen. Was war sie doch für eine erbärmliche Versagerin. Sie war heute bei dem Versuch, Tom zu erreichen, keinen Schritt weiter als am ersten Tag. Im Gegenteil, der Junge war ihr womöglich jetzt noch weiter entglitten. Das Schicksal hatte recht daran getan, ihr eigene Kinder vorzuenthalten. Sie hatte ganz offenbar nicht die geringste Begabung dafür. Im Gegensatz zu diesen ganzen Hollywoodschnulzen mit ihren Zuckerguss-Happy-Ends hatte diese Tragödie ihre eigene Familie nicht enger zusammengeschweißt. Es war ihnen keine neue Perspektive auf das Leben geschenkt worden. Nur Verzweiflung über das Verlorene. Nein, ihre Familie war zersplittert. Kaputt.

Bei ihrer ersten Begegnung war Russell fünfzehn gewesen. Sonya war damals selbst erst einundzwanzig und gerade aus Montréal zurückgekehrt, um ihre Geschwister großzuziehen. Zu alt, um noch zu ihnen zu gehören, zu jung, um sich mit anderen Eltern anzufreunden. Weder Fisch noch Fleisch. Sie steckte zwischen den Stühlen, genau wie damals auf der Schule, als sie nicht hübsch genug gewesen war, um beliebt, aber zu fesch, um wirklich unscheinbar zu sein, und dann noch zu gut in Mathematik, als dass man glaubte, Spaß mit ihr haben zu können.

Eines Tages hatte Will seinen Freund Russell nach dem Schwimmtraining mit nach Hause gebracht, und dann war er einfach geblieben. Russell liebte es, mit australischen

Slang-Wörtern um sich zu werfen. Er hatte ihren Bruder einen »Mollydooker« genannt, weil er Linkshänder war. Wenn er zu viel getrunken hatte, nahm er sich frei und nannte das »doona days« – Bett-Tage –, und jeder dritte Satz endete mit »Mate«, dem australischen Wort für Kumpel. Aber was ihn am meisten von Wills pickelgesichtigen Freunden abhob, war sein unglaublich sicheres Auftreten. Er machte Sonya Komplimente zu ihren Kochkünsten, selbst als ihr erster Versuch, Mutters Zitronenkuchen nachzubacken, damit endete, dass die Hälfte des Teigs auf dem Boden des Backofens verkohlte. Er half beim Geschirrspülen und lachte über ihre Witze, während die anderen nur aufstöhnten. Es dauerte nicht lange, da nahm er an fast allen Mahlzeiten der Familie teil, und im Sommer, als in der Stadt eine unerträgliche, drückende Hitze herrschte, lud Sonya ihn ein, mit ihnen zusammen in das Ferienhaus am See zu fahren.

Mona war damals sechzehn gewesen und hatte dem Freund ihres jüngeren Bruders eher abfällig gegenübergestanden. Sie hatte sich über Sonya lustig gemacht, weil sie über Russells Witze lachte, und hatte seine Eskapaden ignoriert, selbst dann noch, als immer deutlicher erkennbar wurde, dass er sie nur für sie veranstaltete. Aber nach Russells Rückkehr von Südamerika änderte sich all das. Jetzt war er ein erwachsener, lebenserfahrener Mann. Und dann entdeckten die beiden ihre gemeinsame Liebe fürs Kanufahren. Was folgte, waren stundenlange Ausflüge, bei denen sie die abgelegensten Winkel des Sees erkundeten und – wie Sonya vermutete – bald darauf auch sich gegenseitig.

Sonya spritzte sich eiskaltes Wasser ins Gesicht und wusch sich damit die Tränen von den Wangen. Wie sehr sie sich wünschte, ihre Reue ließe sich auch einfach so wegwaschen. Sie hatte sich von Russells unbeschwertem Charme bezaubern und von der ihr geschenkten Aufmerksamkeit einlullen lassen, bis sie ihm vollkommen vertraute. Sie hatte zugelassen, dass er Teil ihrer Familie wurde, dass er sich in Mona verliebte und sie ihnen entriss. Aber woher, um Himmels willen, kann man wissen, wen man in seine Welt hineinlassen darf und wen nicht?

*

Drüben im Wohnzimmer wartete Tom darauf, dass sein Herz aufhörte zu rasen, dass sein Atem sich wieder beruhigte und seine Gedanken sich nicht mehr wild im Kreis drehten. Mit seiner Hand fand er den Teppich. Wollig und weich, wie zu Hause – und dann erinnerte er sich an die Nacht, als er zur Tür des Schlafzimmers seiner Eltern gegangen war, an den Moment, bevor er sie geöffnet hatte.

Tom packte sich eine Tonscherbe, die von der Wand abgeprallt und direkt neben seinem Fuß gelandet war. Mama hatte diese Tasse geformt, hatte seinen Namen in den feuchten Ton geschrieben. Aber Tom konnte sich nicht mehr an die Konturen ihrer Hände erinnern. Angewidert schloss Tom seine Finger zur Faust und genoss den Schmerz, den der scharfe Splitter ihm bereitete. Je fester er drückte, je tiefer der Schnitt, desto besser.

»Was machst du da?«

Tom öffnete die Augen und sah Tante Sonya an der Wohnzimmertür stehen, mit eingefallenen Schultern und frischen Tränen in den Augen. Aber Tom wollte nicht zulassen, dass ihre Trauer die seine überflutete, und ballte seine Faust noch fester zusammen. Hellrotes Blut tropfte auf den beigefarbenen Teppich und hinterließ eine Spur, wie Erdbeersirup auf Vanilleeis. Tante Sonya sprang panisch quer durch den Raum und versuchte verzweifelt, ihm die Scherbe zu entreißen. Um sie abzuwehren, rollte Tom sich zu einer Kugel zusammen und drückte noch fester zu. Schmerz, so wunderbar konkret, vereinnahmte seine Gedanken und betäubte seinen Kummer.

Und dann ging ihm die Kraft aus. Er ließ die Scherbe auf den Boden fallen. Tante Sonyas Bluse war mit Blut bespritzt, und auf ihrem Gesicht vermischte sich zerlaufene Wimperntusche mit nackter Angst. »Warum?«, rief sie. »Warum? Warum? Warum? Warum? Warum?«

Tante Sonya ging aus dem Zimmer, kehrte jedoch bald mit Verbandszeug zurück und goss eine höllisch brennende Flüssigkeit über den Schnitt in Toms Handfläche. »Mir fehlen die Worte«, sagte sie, redete aber trotzdem ununterbrochen weiter, während sie das Blut abtupfte und seine Hand mit einer dicken Schicht Gaze umwickelte, als wäre er ein Boxer kurz vor dem Kampf.

Als Tante Sonya damit fertig war, nahm sie ihr Handy und verschwand im Keller, sodass Tom ungestört vor dem Fernseher sitzen konnte. Dann tauchte plötzlich Tante Rose auf. Erst hörte er, wie sich die beiden Schwestern in der Küche stritten, aber als Tante Sonya wieder zu schluchzen anfing, gingen sie in den Garten. Als Nächstes kam Onkel Alex nach Hause und es gab noch mehr Streit und flehentliche Bitten und Tränen, und schließlich erschien Tante Rose im Wohnzimmer und schaltete den Fernseher aus. Sie hatte Toms Rucksack in der Hand, und neben ihr stand sein Koffer. »Sieht so aus, als dürften wir eine Weile zusammen abhängen«, sagte sie, aber Tom nahm ihr die vorgetäuschte Fröhlichkeit keine Sekunde lang ab.

»Es tut mir leid, Tom«, sagte Tante Sonya, kurz bevor sie wegfuhren. »Aber ich weiß einfach nicht weiter. Ich brauche eine Pause, und ich glaube, du auch.«

Und so kam es, dass Tom erneut umzog. Dieses Mal ging es in Onkel Alex' muffigem Auto in die Innenstadt, zu Tante Rose. Draußen vor dem Fenster flogen Häuser vorüber, die alle voll von Jungen waren, die keinen blassen Schimmer hatten, wie schrecklich das Leben sein konnte, wie unglaublich ungerecht. So wie er damals, als er noch jung und dämlich gewesen war und wegen einer Piñata in Tränen ausgebrochen war. Papa hatte recht: Er war nichts als ein dummer kleiner Junge gewesen.

Tom klemmte sich den Daumen seiner verbundenen Hand zwischen die Zähne. Er schmeckte salzig, so wie die Tränen, die zu weinen er sich weigerte. Weil er sich immer noch nicht beruhigen konnte, schob er den Daumen weiter den Gaumen hoch und kratzte sich mit dem gebrochenen Fingernagel in die empfindliche Haut. Es war einiges an Konzentration nötig, um nicht zu würgen, und Entschlossenheit, um den Schmerz in Schach zu halten, aber er war jetzt ein großer Junge und schaffte es, diese nutzlosen Tränen zurückzuhalten.

»Willst du eins?« Tante Rose drehte sich auf dem Beifahrersitz um und bot ihm eine Tüte mit Lakritzkonfekt an. Ihr Mund lächelte, aber in ihren Augen, das erkannte Tom sofort, stand die Angst.

»Ach, jetzt komm schon«, sagte sie. Die Tüte mit den Süßigkeiten schwebte nun nur noch wenige Zentimeter vor seiner Nase. »Wie kannst du das denn nicht mögen? Deine Mama mochte die immer am liebsten.«

Aber Tom wusste, dass das eine Lüge war. Mama aß nie Süßigkeiten oder überhaupt irgendetwas, das Inhaltsstoffe hatte, die sie nicht aussprechen konnte. »Das ist einfach ekelhaft«, behauptete sie. »Die Lebensmittelindustrie will nur Profite einfahren und macht uns dabei krank.«

»Aber Mama«, widersprach Tom ihr dann, »weißt du überhaupt, wie wahnsinnig lecker Dorito-Chips sind?«

»Nein«, sagte sie und gab ihm stattdessen einen Apfel. »Und es ist mir auch ehrlich gesagt vollkommen egal.«

»Na gut«, sagte Tante Rose jetzt und steckte sich ein grellbuntes Lakritz in den Mund. »Wer nicht will, der hat schon.«

*

Aber das war eine weitere Lüge. Natürlich wünschte sich Rose, dass Tom sich auf sie einlassen würde. Sie wünschte, er würde aufschauen und sie an seinem Kummer teilhaben lassen. Schließlich saßen sie im selben Boot. Mona war tot. Was Rose jedoch nicht davon abgehalten hatte, erst letzte Woche zu glauben, es sei ihre Schwester am Telefon, als sie einen Anruf von einer unterdrückten Nummer erhalten hatte. Ihr Herz raste vor irrationaler Hoffnung, aber dann war es nur eine Umfrage zur Legalisierung von Cannabis gewesen.

»Danke, dass du uns fährst«, sagte Rose, die tatsächlich aufrichtig dankbar war. Sie kannte Alex jetzt seit über einem Jahrzehnt, aber bis zu jenem Tag, als sie in sein Büro gegangen war, hatte sie ihn kaum wahrgenommen. Dann hatte sich alles verändert. Im Gegensatz zu ihrer panischen Schwester, ihrem labilen Bruder oder ihren übermäßig besorgten Freunden kam Alex ihr nicht mit Tränen oder irgendeinem Gefasel von Silberstreifen am Horizont. Er versuchte nicht, einen Sinn zu vermitteln, wo es ganz offensichtlich keinen gab. Stattdessen war er einfach da, wenn Rose ihn brauchte.

»Ich bin froh, dass du ihn zu dir nimmst«, sagte Alex, so leise wie möglich. »Sonya war vollkommen überfordert, auch wenn sie das natürlich erst zugeben konnte, als ihr kostbarer Teppich ruiniert war.«

Als Rose im Haus ihrer Schwester eingetroffen war, hatte sich Sonya bereits in einen ausgewachsenen hysterischen Anfall hineingesteigert. »Es ist einfach zu viel«, schluchzte sie. »Ich habe alles versucht, ganz ehrlich, einfach alles, aber nichts hat was gebracht. Nichts hat sich geändert. Jedenfalls nicht zum Positiven.«

»Lass ihm Zeit.« Rose hatte sich bemüht, ermutigend zu klingen. »Erinnerst du dich nicht, wie lange es gedauert hat, bis wir akzeptieren konnten, dass Mutter nicht zurückkehren würde?«

Aber Sonya ließ sich nicht beruhigen. »Es ist meine Schuld«, hatte sie immer und immer wieder gesagt. Wie üblich trug sie die Last der Welt auf ihren Schultern. Als wäre es ihre Schuld, dass Mona gestorben war. Als wäre sie die Einzige, die von Schuldgefühlen aufgefressen wurde.

Alex verließ die Autobahn bei der Strachan Avenue und fuhr an Liberty Village vorbei – eines der vielen neuen Stadtviertel, die in Toronto in den letzten Jahren wie Pilze aus der Erde geschossen waren. Scheinbar über Nacht hatten gläserne Türme und riesige Einkaufszentren die seit einer Ewigkeit verlassenen Lagerhallen abgelöst und brachten eine neue, sehr viel wohlhabenderes Klientel in die Stadt.

Auch das angrenzende Viertel Queen West, in dem Rose wohnte, war vom Fortschritt nicht verschont geblieben. Igor der Fahrraddieb war schon vor langer Zeit in den Knast gewandert und sein ehemals so heruntergekommenes Haus war nun ein protziges Brillengeschäft, einer von vielen Läden, die stetig ihren Besitzer wechselten, genauso wie die teuren, aber durchweg mittelmäßigen Restaurants und Boutiquen, die Modeartikel an magersüchtige Teenager verkauften. Ein Großteil der Alteingesessenen war schon vor langer Zeit verschwunden. Wie zum Beispiel Ernie, der Zigarren rauchende

Antiquitätenhändler oder die ununterbrochen lächelnde Familie Chung mit ihrem Obstgeschäft »Square Fruit Market« oder auch Gay, die Brot in Penisform verkauft hatte. Sogar der »Prague Deli«, ein tschechisches Delikatessengeschäft, hatte nach vierzig Jahren seine Pforten geschlossen, und nun standen statt osteuropäischer Damen Hipster hinter der Theke, die Drinks mit einer Beilage aus frittierten Schweineschwarten servierten.

Am Trinity Bellwoods Park bogen sie rechts auf die Queen Street ab, wo sie hinter einer Straßenbahn herzuckeln mussten. Rose drehte sich zu Tom um, aber der starrte noch immer aus dem Fenster. Wie still und verschlossen er war. Wie vollkommen verloren. Bei dem Gedanken, dass sie von jetzt an für diesen Jungen verantwortlich war, wurde Rose ganz flau. Ein Kind, das sie kaum kannte. Zu vereinnahmt von ihren eigenen alltäglichen Dramen, hatte sie sich kaum jemals gefragt, warum Mona immer seltener zum Seehaus gekommen war oder warum die Verwandtschaft nicht mehr zu Toms Geburtstagen eingeladen wurde und was aus der Begeisterung ihrer Schwester für das übliche große, feierliche Weihnachtsessen geworden war.

»Jetzt kannst du erst mal in Wills Zimmer wohnen«, sagte Rose, als sie das Schweigen nicht mehr aushielt. »Aber wenn er zurückkommt, dann musst du dir das Zimmer mit Nick teilen. Im Gegensatz zu Sonya haben wir nämlich keine drei Millionen Schlafzimmer. Aber glaub mir, das ist auch nicht so schlimm. Sonya und ich haben uns früher genau dasselbe Zimmer geteilt, und das hat auch irgendwie funktioniert.«

»Also das mag ich ja kaum glauben«, sagte Alex. Aber er begriff es eben einfach nicht. Rose hatte es damals ganz wunderbar gefunden, ein Zimmer mit ihrer Schwester zu teilen, die sechs Jahre älter und somit auch um sechs Jahre welterfahrener war. Es war Sonya gewesen, die es gehasst hatte, ein Publikum zu haben, und sei es auch ein noch so bewunderndes.

Aber Roses Begeisterung und Sonyas Qual waren beide nicht von Dauer gewesen. Tatos Klempnerbetrieb war äußerst erfolgreich, und so konnte sich die Familie bald ein brandneues Einfamilienhaus nördlich des Highway 7 leisten, in dem jedes der vier Kinder sein eigenes Zimmer hatte und sogar noch eins übrig blieb. Für ihre Eltern, die mit wenig mehr als dem Willen zum Erfolg nach Kanada gekommen waren, war dieses Haus die Erfüllung ihres Lebenstraumes. Rose hatte sich damals von dem ganzen leeren Raum, der sie umgab, erdrückt gefühlt, einsam sogar. Die Stille der Vorstadt hatte ihr Angst eingejagt, doch Sonya hatte das neue blitzsaubere Haus über alles geliebt und sich seitdem standhaft geweigert, wieder zurück in die Innenstadt zu ziehen.

»Wusstest du, dass in Toronto der Verkehr schlimmer ist als in Los Angeles?«, fragte Alex, während er wild hupte, als ein Fahrradfahrer versuchte, links abzubiegen, und ihm dadurch den Weg versperrte.

»Alex, bitte, jetzt sei doch nicht so ein Arsch!«, sagte Rose.

»Warum weicht dieser Idiot denn nicht aus? Oder, noch besser, warum fährt er nicht an der Ampel über die Straße? Solche Deppen wie der da, die sind schuld, dass wir andauernd im Stau stehen!«

»Ich bitte dich! Radfahrer sind nicht das Problem, das ist ja wohl klar. Das Problem sind die Autofahrer.«

Alex verdrehte die Augen und schaltete das Radio ein. Die Nachrichten brachten Meldungen über weitere Gräueltaten in Syrien, Verhaftungen in der Türkei, und überall in Europa waren wieder rechtsextreme Strömungen auf dem

Vormarsch. Rose aß das letzte Lakritz auf und schaltete das Radio wieder aus. Das Leben war hart genug, man musste es nicht noch härter machen, indem man an das Elend anderer erinnert wurde.

»Gibt es irgendetwas Bestimmtes, was du gern unternehmen würdest, Tom?«, fragte sie, entschlossen, sich von dem Schweigen des Jungen nicht unterkriegen zu lassen. Sie würde dort Erfolg haben, wo ihre Schwester gescheitert war. »Was isst du gern? Bastelst du? Guckst du fern? Gibt's Musik, die du gerne hörst? Ein Spiel, das du magst? Liest du?«

»Netter Versuch, Rose«, sagte Alex und stieg aufs Gaspedal, um endlich der Queen Street zu entkommen. »Sonya ist das alles längst durchgegangen. Mindestens einmal pro Tag.«

In der Claremont Street war es sofort viel ruhiger. Hier stand ein heruntergekommenes, renovierungsbedürftiges Jahrhundertwendehaus eng neben dem anderen, als müssten die Gebäude sich gegenseitig stützen, um nicht in sich zusammenzubrechen.

Kurz hinter der Robinson Street hielt Alex einfach auf dem Bürgersteig an. Die schwarz gekleidete portugiesische Witwe von nebenan schüttelte den Kopf und machte sich dann wieder daran, ihren längst lupenreinen Vorgarten zu fegen. In Roses eigenem Vorgarten stand ein von Sprüngen durchsetzter Pflanzenübertopf am Ende eines ebenso rissigen Gehwegs. Alles war mit Löwenzahn und Klee überwuchert und mit dem fauligen Laub vom Vorjahr bedeckt, das von einem schon seit Ewigkeiten nicht mehr beschnittenen Lindenbaum stammte.

Nr. 46 in der Claremont Street war ein schmales zweistöckiges Gebäude und das erste in einer Reihe von vier ursprünglich identischen Häusern, die für Immigranten aus den ärmeren Gegenden Osteuropas gebaut worden waren.

Doch nach jahrzehntelanger Vernachlässigung, gepaart mit der ein oder anderen unbesonnenen Modernisierungsmaßnahme, hatte jedes Haus ein ganz individuelles Flair. Nebenan blätterte die rote Farbe von der Backsteinfassade und die verstreute Ansammlung von Werbeprospekten ließ darauf schließen, dass sich Colin, ein exzentrischer Theaterdirektor, wieder einmal auf einer Tournee in Fernost befand. Eine Tür weiter hatte man die Hausfassade mit Klinkerstein aufgehübscht, der zu dem zugepflasterten Vorgarten passte, und daneben hatte ein Yuppie-Paar in der Hoffnung, seinem Haus Prestige zu verleihen, ein Vermögen an eine Verkleidung aus Zedernholz verschwendet.

»Trautes Heim, Glück allein«, sagte Rose so erleichtert, als wäre sie gerade von einer aufreibenden Forschungsreise nach Hause zurückgekehrt. Es war ein erstaunlicher Anfall von Großzügigkeit seitens Tatos gewesen, dem sie es zu verdanken hatte, dass sie nach Nicks Geburt in die Claremont Street zurückkehren konnte – in das Haus, in dem sie aufgewachsen war. Niemand war überrascht gewesen, als Eugene sich der Herausforderung, Vater zu sein, auch nicht ansatzweise gestellt hatte, geschweige denn in der Lage gewesen war, für seine Familie zu sorgen. »Warum sollte ich das Haus an fremde Leute vermieten, wenn mein Enkelsohn ein Zuhause braucht?«, hatte Tato damals gesagt und keinerlei Widerspruch geduldet, nicht einmal von Sonya, die sich bitterlich beschwert hatte, weil sie meinte, ein Recht auf ihren Anteil zu haben.

»Möchtest du vielleicht auf einen Drink oder so was reinkommen, Alex?«, fragte Rose, die das Alleinsein mit Tom so lange wie möglich hinauszögern wollte.

»Ich muss los, der Verkehr ist das reinste Chaos«, antwortete Alex. »Aber lass uns das auf ein andermal verschieben, ja? Bitte!«

Rose kletterte aus dem Wagen und hievte Toms Gepäck aus dem Kofferraum. »Na, du weißt ja, wo du mich findest.«

Als sie die Haustür aufschloss, saß Tom immer noch im Auto, starrte ins Leere und lutschte an seinem Daumen. Die Spucke tropfte ihm von den Lippen.

»Du kannst auch bei Alex bleiben«, sagte Rose. »Ganz wie du willst. Aber ich gehe jetzt rein.«

Sofort sprang Tom aus dem Auto und rannte ins Haus.

»Viel Glück«, rief Alex, kurz bevor er losfuhr. »Ihr werdet es brauchen. Alle beide.«

»Iss, so lange es noch warm ist«, sagte Rose und machte es sich vor dem Fernseher gemütlich. »Das Zeug wird nicht besser, wenn man es stehen lässt.«

Aber Tom rollte sich nur noch enger in dem Sessel aus Velours zusammen, der früher einmal Tatos Lieblingsplatz gewesen war, und weigerte sich, auch nur einen Blick auf das Fertiggericht aus Makkaroni mit Käse zu werfen, das Rose vor ihn hingestellt hatte. Auch davor hatte Sonya sie gewarnt. »Er isst schon«, hatte sie gesagt. »Aber nie dann, wenn man es von ihm erwartet.« Reste verschwanden aus dem Kühlschrank oder Kekse aus einer Dose. »Aber wenn man einen Teller vor ihn hinstellt«, beschwerte Sonya sich, »dann rümpft er die Nase, als wäre es ein Haufen Scheiße.«

»Das ist ein toller Sessel, nicht wahr? Die Freundin von deinem Großvater mochte ihn nicht, aber ich finde ihn urgemütlich, und das ist, was zählt, bei Möbeln genau wie bei Männern.«

Keine Reaktion. Nicht die geringste.

»Würdest du gern was anderes essen? Vielleicht ein gegrilltes Käsesandwich? Oder einen Toast mit Erdnussbutter und Marmelade?«

Keine Antwort.

»Wie wär's mit was zu trinken? Kakao? Tee? Ich fänd jetzt, glaube ich, einen Tension Tamer ganz gut.«

Rose schwieg einen Moment. Fragen brachten sie ganz offenbar nicht weiter.

»In meiner Kindheit war ich auch ein Einzelgänger. Kein Problem also, wenn du nichts sagen willst. Ganz ehrlich.«

Sie schwieg wieder.

»Liest du gern? Das hat mich immer gerettet.«

Erneut wartete sie.

»Wie wär's denn mit dem Wissenschaftsmuseum? Ich habe gehört, die haben da eine richtig tolle Ausstellung über Schlangen und Eidechsen.«

Wieder wartete sie.

»Oder was hältst du davon, wenn wir uns mal den Nacktbadestrand auf der Insel anschauen?«

Endlich ein Blick.

»Cool, dann gehen wir da morgen hin.«

Tom steckte sich den Daumen in den Mund. Schlürf. Schlürf. Schlürf. Schlürf. Schlürf.

»Ich habe natürlich nur Spaß gemacht.« Rose nahm sich die Fernbedienung und zappte durch die Sender.

Sie würde einen Teufel tun und dieselben Fehler begehen wie Sonya. Sie würde sich weder aus der Bahn werfen lassen noch wütend werden. Warum etwas persönlich nehmen, das überhaupt nicht persönlich gemeint war? Dem Jungen ihren Willen aufzwingen, das war doch vollkommen sinnlos. Man brauchte gute Nerven, um ein Kind großzuziehen. Rose wusste das. Schließlich hatte sie nicht nur Nicks explosionsartige Kotzanfälle, sondern auch seine Läuse überstanden (und das gleich dreimal).

Nick kam um halb zehn Uhr abends nach Hause. Er trug sein »Ich bin kein Hipster«-T-Shirt, kombiniert mit seiner gleichfalls ironisch gemeinten, wenn auch in diesem Fall widersprüchlichen Fernfahrerkappe, auf der in großen roten Buchstaben das Wort »Loser« stand.

»Ich weiß ja, du hast gerade Ferien«, sagte Rose und schaltete den Fernseher auf stumm. »Aber wir haben uns auf neun Uhr geeinigt, schon vergessen?«

»Ryan hat seinen Geldbeutel verloren, deshalb waren wir erst um fünf bei ihm zu Hause, und dann hatten wir schrecklichen Hunger, also haben wir uns was zu essen besorgt. Und überhaupt: Er darf bis zehn Uhr ausbleiben, also ist es total unfair, dass ich so früh zu Hause sein muss.«

Mit vierzehn war Nick fast über Nacht zum Teenager geworden. Seine Stimme war eine Oktave tiefer gesunken, er roch plötzlich merkwürdig und überragte Rose nun um mehrere Zentimeter. Trotzdem gab es manchmal noch Momente, da wurde er plötzlich wieder zu ihrem süßen kleinen Jungen, wenn er ihr zum Beispiel von Steve erzählte, der Ritalin schnupfte, um abzunehmen, oder Ms Chapman, einer Lehrerin, die er abgöttisch liebte, auch wenn es total uncool war, gut in Mathe zu sein. Aber diese Momente ungezwungener Vertrautheit wurden immer seltener. Und bedauerlicherweise gab es – anders als bei einem Buch, das man ein Weilchen zur Seite legen konnte, um die guten Passagen noch ein wenig länger auszukosten – keine Möglichkeit, die Weiterentwicklung ihres Sohnes aufzuhalten. Hinaus in die große weite Welt. Fort von ihr.

»Was macht der denn hier?«, fragte Nick und zeigte auf Tom.

»Er wird von jetzt an bei uns wohnen«, sagte Rose. »Das ist besser so, und überhaupt, ich bin mir sicher, dass wir viel Spaß haben werden.«

»Cool«, sagte Nick, um Rose am Weiterreden zu hindern. »He, das willst du doch nicht mehr, oder?«, fragte er und griff sich Toms unberührten Teller, ohne auf eine Antwort zu warten.

Tom blinzelte nicht einmal.

Nick interpretierte Toms fehlende Reaktion als ein Zeichen der Zustimmung und machte sich über das Essen her. Genau wie sein Vater, dem er schon seit Jahren nicht mehr begegnet war, hatte er die Angewohnheit, seine Gabel ungeschickt zwischen Mittel- und Zeigefinger zu balancieren, doch bisher hatte er glücklicherweise noch keinerlei Interesse daran gezeigt, mit Eiern zu jonglieren, Kaninchen zu malen oder Leute mit einem Schneeballsystem abzuzocken.

»*Murdoch Mysteries*«, sagte Nick zwischen mehreren gierigen Bissen. »Ist doch total kacke, Mama. Das ist eine kanadische Serie.«

»Wie geht es Carmen?«, fragte Rose und zappte zu der Katastrophenserie *In Sekunden zerstört* hinüber.

»Wovon redest du da? Ich war bei Ryan. Und außerdem geht sie gar nicht mehr auf meine Schule.«

Rose beschloss, den Knutschfleck nicht zu erwähnen, der knapp unterhalb des linken Ohres ihres Sohnes prangte. Sie hatte ihn in Alarmbereitschaft versetzt. Das sollte vorerst reichen.

*

Der Geruch nach gebratenem Speck machte es Tom unmöglich, noch länger zu warten. Er öffnete die Augen und sah sich in dem Zimmer um, in dem früher Onkel Will gewohnt hatte und das jetzt ihm gehörte. Durch das Fenster, das zum Garten hinausführte und von einer dichten Schicht aus wildem Wein überwachsen war, fielen schimmernde Lichttupfer. Die Wände des nahezu quadratischen Raumes waren mit einer gelb gestrichenen Holztäfelung verkleidet, an deren Fußleisten sich Staubwolken sammelten. In der Ecke stand ein ausgeschlachtetes Radio und daneben eine Bassgitarre, an der zwei Saiten fehlten, die aber trotzdem noch an einen Verstärker angeschlossen war.

Tom schlüpfte aus dem Bett und zog den nassen Schlafanzug aus. Nachdem er stundenlang vergeblich versucht hatte einzuschlafen und es schließlich auch geschafft hatte, war er dann mit einem warmen, geborgenen und ganz friedlichen Gefühl aufgewacht. Als wäre plötzlich alle Last von ihm abgefallen, erleichtert, ja befreit, sodass er genau wusste, dass es unmöglich stimmen konnte. Und klar, es dauerte nicht lange und sein Pipi wurde kalt, die Glückseligkeit wich der Panik, und dann musste er wieder einmal für den Rest der Nacht inmitten seiner Pfütze der Scham auf den Morgen warten.

Als Tom seinen Koffer aus dem Schrank zog, fiel ihm ein Stapel Sweatshirts auf den Kopf. Er stopfte sie, so gut es ging, zurück, obwohl es wahrscheinlich sowieso niemandem auffallen würde. Kein einziges von Onkel Wills Kleidungsstücken war ordentlich gefaltet. »Bist du ein Schwein oder ein menschliches Wesen?«, hätte Mama gefragt und Tom gezwungen, seine Pullover einen nach dem anderen zu falten. Mama hasste Unordnung. Das machte sie traurig.

Tom öffnete seinen Koffer. Unter seinem Maple-Leaf-Pullover (der ihm jetzt schon zu klein war) und Mamas blauem Fotoalbum entdeckte er seine Transformer-Armee. Irgendjemand – wahrscheinlich Tante Sonya – hatte alles wild durcheinander in den Koffer geworfen, und jetzt waren Flügel und Kanonen und Arme und Beine und Schwerter verdreht und kaputt. Aber das war Tom egal. Er hatte schon lange die Hoffnung aufgegeben, von ein paar dämlichen Spielzeugen gerettet zu werden.

Tom warf seine nasse Schlafanzughose in den Koffer und knallte ihn zu. Dann zog er seinen Kapuzenpullover an und wagte sich in den Flur hinaus. Bei jedem seiner Schritte knarrten die Holzdielen. Nicks Zimmertür war geschlossen, aber die Tür zum Bad stand offen und gab den Blick auf den hochgeklappten Toilettensitz frei, einen über und über mit längst getrockneter Zahnpasta besprenkelten Spiegel und eine einzelne herrenlose Socke, die auf dem Boden lag. »Wer im Durcheinander lebt, ist selbst durcheinander«, hätte Mama gesagt. Aber Tom war sich da nicht so sicher. Schließlich war Tante Sonyas Haus blitzsauber gewesen.

Tom ging an Tante Roses Zimmer vorbei – das Bett war ungemacht, und auf der Erde lagen überall Kleider verstreut – und dann die ausgetretenen Stufen zur Küche hinunter, in der Nick gerade ein paar Eier in eine Schüssel schlug.

»Was gibt's?«, fragte Nick, als er Tom im Türrahmen stehen sah. »Mama ist nicht zu Hause, aber keine Sorge, die kommt bald wieder.« Dann ließ er die Eier in eine Pfanne gleiten und strich sich Butter auf seinen Toast.

»Setz dich. Du machst mich ganz nervös«, sagte Nick und wandte seine Aufmerksamkeit wieder seinem Omelett zu. Das gab Tom die Gelegenheit, sich in der Küche umzusehen. Es war ein schmaler Raum mit einer doppelten Glastür, die in einen kleinen eingezäunten Garten führte. Über dem Küchentisch befand sich ein Fenster, durch das man auf die rissige Backsteinwand des Nachbarhauses schauen konnte. Auf der Fensterbank stand ein buntes, dicht gedrängtes Durcheinander aus fleckigen Kochbüchern, Kerzen, die in der Sonne geschmolzen waren, mehreren Gesteinsbrocken und einer

Haarbürste. Der riesige altmodische Gasherd war über und über mit Fett verschmiert, und in der Spüle tummelten sich Zwiebelschalen, verkohlte, mit Wasser vollgesogene Toastscheiben und eine Ansammlung dreckiger Teller und Pfannen. Eine Gabel, an der schleimige Eierreste hingen, war auf dem Boden gelandet. Mama irrte sich, dachte Tom. Dieses Durcheinander hatte etwas Gemütliches. Ja, es kam ihm ganz richtig vor.

*

Als Rose nach Hause zurückkehrte, saß Nick am Küchentisch und spielte mit seinem Handy rum, während Tom ihm gegenübersaß und zusah.

»Na, das ist aber nett. Ihr zwei lernt euch besser kennen ... He, was ist das denn?« Rose stellte ihre vier Einkaufstaschen ab und zeigte auf den einzelnen dreckigen Teller. »Nick! Was ist denn mit Toms Frühstück?«

»Ich wusste nicht, dass ich ihn füttern muss.«

Rose trat gegen den Stuhl ihres Sohns. »Ich hab dir gesagt, du sollst nett zu ihm sein.«

»Ich hab's ihm angeboten.«

»Und was war dann? Hat er Nein gesagt? Hat er tatsächlich Nein gesagt?«

»Mama«, sagte Nick und stand auf, »er wird schon nicht verhungern, also lass ihn doch einfach in Ruhe.«

Rose sah ihrem Sohn nach, wie er sich nach oben verzog. Ganz unrecht hatte er nicht. Trotzdem stellte sie eine Schüssel mit Crunchies vor Tom. Sicher ist sicher.

Dann räumte sie ihre Einkäufe weg, nahm den Abwasch in Angriff und tat so, als würde es sie nicht kümmern, dass Tom ihre Gegenwart nicht im Geringsten zur Kenntnis genommen hatte. Stattdessen baute sie eine Geschirrpyramide aus frisch abgespülten Tassen, Schüsseln und Tellern. Einen halben Meter hoch und auf der Spitze thronten ein Pfannenwender, drei Messer und ein Schneebesen. »Mount Evergeschirr!«, verkündete sie stolz.

Tom schaute nicht einmal auf.

»Im Ernst jetzt? Du willst dir mein meisterhaft konstruiertes Geschirrwunderwerk gar nicht ansehen?«

Nicht einmal ein Blinzeln.

»Vielleicht für eine klitzekleine Sekunde?«

Wie war es für einen Jungen möglich, so vollkommen still zu sitzen? Nick war dazu nie in der Lage gewesen, es sei denn, es handelte sich um einen Film, bei dem es um Aliens oder Hobbits oder am besten beides gleichzeitig ging.

»Eine Millisekunde?«

»Eine Pikosekunde?«

War das ein Lächeln? Rose wartete noch eine Minute und gab dann auf. Da war kein Lächeln. Kein Nicken. Nichts.

»Ich bin mir nicht sicher, ob du das mitgekriegt hast«, sagte sie schließlich, nunmehr wild entschlossen, irgendeine Reaktion aus dem Jungen herauszulocken. »Aber das hier ist kein Hotel. Hier muss jeder seinen Teil beitragen, auch du, sonst schicke ich dich zu Sonya zurück.«

Sofort sprang Tom auf, packte sich seine Schüssel und warf sie mitsamt den Crunchies ins Wasser. Rasch fügte er noch Nicks Teller hinzu, dicht gefolgt von seinem Besteck und Roses erst zur Hälfte ausgetrunkener Kaffeetasse.

»Tom, ich wollte dich doch nur ein bisschen veralbern«, sagte Rose, die sich sofort schämte. Was hatte sie denn erwartet? Dass der Junge sich aus seiner Erstarrung lösen würde, nur weil sie einen blöden Scherz gemacht hatte? Dass er ihren Geschirrberg bewundern oder gar zu reden anfangen würde, nur weil sie sich das wünschte? All die Dinge, die sie bei der Erziehung von Nick gelernt hatte, nützten ihr jetzt ganz offensichtlich gar nichts.

»Es tut mir leid«, sagte Rose. »Ich hab dich lieb, das steht ja wohl außer Frage, und das hier ist dein Zuhause. Wir schicken dich nicht fort, nie wieder!«

Unbeeindruckt von ihren Worten drehte sich Tom auf dem Absatz um, auf der Suche nach weiteren Dingen, die gespült werden mussten. Roses Teetasse von gestern Abend. Ein Löffel, der unter die Küchentheke gerutscht war. Eine Schüssel schimmeliger Pfirsiche. Aber dann, als er sich in Richtung Wohnzimmer umdrehte, um dort nach mehr Munition zu suchen, verfing sich sein Ärmel in einem Holzlöffel, der unter dem Geschirrstapel herausragte.

Ein Schritt vorwärts, zwei Schritte zurück, dachte Rose, während Töpfe, Pfannen, Teller und Tassen von der Abtropffläche rutschten und auf die Erde donnerten. Sie hatte eine Reaktion gewollt, und jetzt bekam sie, was sie verdiente.

Tom hörte erst am entgegengesetzten Ende des Wohnzimmers auf zu rennen. Dann drehte er sich langsam um, mit weit aufgerissenen Augen, beide Hände zu Fäusten geballt. Er rechnete damit, geschlagen zu werden, stellte Rose entsetzt fest.

»Oh, bitte, hab keine Angst, mein Schatz«, sagte sie und stieg über das Chaos auf dem Küchenboden hinüber. »Das ist doch nur ein Haufen alter Schrott. Um ehrlich zu sein, ist das jetzt die perfekte Gelegenheit, um endlich ordentliches Geschirr zu kaufen. Sonya liegt mir deswegen schon seit Jahren in den Ohren.«

Dann schaltete sie, ohne auf eine Antwort zu warten, die sie, wie sie wusste, ohnehin nicht erhalten würde, den Fernseher ein. »Da«, sagte sie und legte die Fernbedienung aufs

Sofa. »Du kannst gucken, was du willst. So lange du willst. Ich werde dir auch keine Fragen mehr stellen, versprochen!«

Rose kehrte in die Küche zurück, warf die Scherben weg und machte sich daran, den Boden zu putzen. Jetzt, mehr denn je, ergriff sie ein gewaltiger Respekt vor ihrer Mutter, die es immer geschafft hatte, das Haus blitzsauber zu halten, trotz vier Kindern und einem Ehemann, der erwartete, dass um Punkt sechs Uhr abends das Essen auf dem Tisch stand. Gleichzeitig hatte sie Kleider für die Mädchen genäht, Pullover gestrickt und Hemden, Hosen und Unterwäsche gebügelt. Darüber hinaus hatte sie die Buchhaltung für den stetig expandierenden Betrieb ihres Mannes erledigt, war ehrenamtliches Mitglied bei der Katzenrettung von Nord-Toronto gewesen und hatte jedes ihrer Kinder bei dem von ihm gewünschten Sportverein angemeldet. Aber dann war sie unter dieser Last in die Knie gegangen. Manchmal hatte sie tage-, wenn nicht gar wochenlang das Haus nicht mehr verlassen, um dann, wie durch ein Wunder, wieder auf die Beine zu kommen – bis sie es dann eines Tages einfach nicht mehr konnte.

Rose ging in den Keller, zog eine Ladung T-Shirts aus der Maschine und warf sie in den Trockner. Sie müsste die Wäsche aufhängen – das wäre besser für die Umwelt und auch für den Stoff –, aber das war wirklich viel zu viel Arbeit. Der Preis für die Hausfrau des Jahres würde auch dieses Mal wieder an Sonya gehen.

Rose hatte es schon vor langer Zeit aufgegeben, nach Perfektion zu streben. Stattdessen hatte sie aufgrund ihres jahrelangen Schlafmangels eine geradezu psychotische Begabung dafür entwickelt, sich sogar bei den alltäglichsten Situationen die fürchterlichsten Konsequenzen auszumalen.

Wenn sie nur fünf Minuten zu spät kam, um Nick von der Schule abzuholen, stellte sie sich bereits vor, er würde gekidnappt. Was, wenn die Kette der Schaukel riss, Nick zu Boden fiel, sich das Rückgrat brach und zu einem Leben im Rollstuhl verdammt wurde? Was, wenn sie selbst von einem Bus überfahren wurde, bevor Nick gelernt hatte, für sich allein zu sorgen? Sie hatte keinen Plan B, was ihr jetzt noch mehr Sorgen machte, denn von nun an war sie für zwei Jungen verantwortlich statt nur für einen.

Tatos Plan B hatte »Sonya« geheißen. Rose erinnerte sich noch gut daran, wie ihre Schwester aus Montréal zurückgekehrt war. Sonya hatte so getan, als sei sie total erwachsen und weltgewandt, aber in Wirklichkeit war sie genauso verloren gewesen wie ihre Geschwister. Eine Besserwisserin, die das Essen anbrennen ließ und Roses Lieblingspullover ruinierte, indem sie ihn in den Trockner warf. Und das wurde auch nicht besser, als Rose dann selber Mutter wurde. »Du weißt aber schon, dass Gummibärchen nicht den geringsten Nährwert haben, oder?«, war Sonyas Kommentar, als Rose endlich eine Lösung gefunden hatte, wie sie Nick ohne den üblichen Kampf ins Bett verfrachten konnte. »Kinder – und ganz besonders Jungs – müssen unbedingt im Haushalt helfen, sonst werden sie später zu sexistischen Faulpelzen«, belehrte sie Rose, nicht ahnend, dass die unbeholfenen Versuche eines Teenagers, im Haushalt zu helfen, meist mehr statt weniger Arbeit verursachten. Und jetzt, nachdem sie jahrelang von ihrem Wohnzimmersessel aus erzieherische Ratschläge verteilt hatte, hatte sie selbst gerade mal zwei Monate durchgehalten. Wenn nur die darin enthaltene Ironie nicht so bitter schmecken würde.

Rose stopfte gerade eine Ladung Handtücher in die Maschine, als Tom die Treppe herunterkam. Er zog sein Laken hinter sich her, als wäre es die Schleppe einer geistig verwirrten Braut.

»Wow. Du wäschst deine Wäsche selbst? Das ist ja wirklich lieb von dir. Danke!«, sagte Rose.

Der Junge warf das Laken auf den Boden und wandte sich zum Gehen.

»Hör mal, Tom. Das, was ich da eben gesagt habe, das war ein Witz. Ein total blöder Witz, das steht ja wohl fest. Es ist nur so, manchmal kann ich mich eben nicht beherrschen. Da rutscht mir irgendwelches dummes Zeug raus, ohne dass ich –«

Aber Tom war schon verschwunden.

Das Schweigen des Jungen war unheimlich, um nicht zu sagen zermürbend, aber Rose respektierte seine Entscheidung. Ihr eigenes Gerede hatte sie bei dem Versuch, das Geschehene zu begreifen, auch nicht einen Zentimeter weitergebracht. Sie wusste, dass ihre Schwester tot war. Von ihrem eigenen Ehemann ermordet, der sich dann selbst getötet hatte. Aber wie konnte Rose diese Tatsachen mit der Mona in Einklang bringen, die sie gekannt hatte? Mit der tanzenden, lachenden, atmenden Schwester, die ihr jeden einzelnen Tag ganz fürchterlich fehlte? Und sie vermisste nicht nur ihre Schwester. Es war beschämend, das zugeben zu müssen, aber Russell fehlte ihr auch. Denn er war ein Teil ihrer Familie gewesen, fast so lange sie denken konnte. Am zweiten Weihnachtsfeiertag hatte er immer Pfannkuchen zum Frühstück gemacht, am Victoria Day hatte er den Himmel mit seinem Feuerwerk zum Erstrahlen gebracht, und jetzt, wo es ihn nicht mehr gab, hatte sich niemand darum gekümmert, im Seehaus die nötigen Vorbereitungen zu treffen. Stattdessen stand es zum ersten Mal den ganzen Sommer leer.

Rose hob Toms Laken auf und ertastete sofort den feuchten Urinfleck. Sie sollte mehr Geduld mit dem Jungen haben und behutsamer mit ihm umgehen. Vielleicht sollte sie ja doch an diesem Yogakurs teilnehmen, von dem ihre Freundin Martha andauernd redete, weniger Kaffee trinken und … aber bevor Roses Pläne zur Selbstverbesserung noch weiter Fahrt aufnehmen konnten, wurde sie von einem Klopfen an der Haustür unterbrochen. Das war ein so unglaublich seltenes Geräusch, dass sie sich beim besten Willen nicht vorstellen konnte, wer das sein könnte. Es war Jahre her, dass der letzte Zeuge Jehovas versucht hatte, ihre Seele zu retten, oder dass Greenpeace sie um Hilfe für die Wale bedrängt hatte. Sie warf das Laken auf den Haufen für weiße Wäsche und ging die Treppe hinauf. Wehe, dieser Besuch war eine weitere Zeitverschwendung!

»Hallo, Ms Micha… Mickajo… Michel…« Als Rose die Haustür öffnete, stand ein schlanker Mann von Anfang vierzig vor ihr. Er schaute ihr ins Gesicht, lächelte unbeholfen und schaute dann wieder auf seine Notizen herunter, offenbar fest entschlossen, ihren Namen richtig auszusprechen. »Ms Mickela…«

»Michailovitsch. Aber ganz egal, was Sie verkaufen wollen, ich habe kein Interesse. Vielen Dank«, sagte Rose. Sie versuchte, die Türe wieder zu schließen, aber der Mann klemmte die Spitze seines abgetragenen Stiefels in die Türöffnung.

»Ich bin nicht hier, um etwas zu verkaufen«, sagte er und streckte ihr seine Hand entgegen. »Mein Name ist Raymond Lafond. Ray. Ich bin vom Jugendamt. Ich habe wiederholt versucht anzurufen, aber es ist nie jemand ans Telefon gegangen.«

Rose trat einen Schritt zurück, gerade weit genug, um Ray

besser betrachten zu können. Seine Haare mussten dringend geschnitten werden, die Cordjacke war ein wenig zu dick für die sommerliche Hitze, aber sein T-Shirt und seine Jeans waren schön abgetragen, genau wie seine Stiefel.

»Warum rufen Sie denn auf dem Festnetz an?«, fragte Rose. »Niemand ruft mehr auf dem Festnetz an. Ich weiß nicht mal, warum ich das überhaupt noch habe.«

»Wie auch immer«, sagte Ray. »Ich bin hier, weil man uns mitgeteilt hat, dass Tom nicht mehr bei seinem gesetzlich bestimmten Vormund wohnt.« Erneut glitt sein Blick zu den Notizen in seiner Mappe hinab. »Sonya Fleming«, las er, mit unverhohlener Erleichterung, dass dieser Name sich so problemlos aussprechen ließ. »Wir sind dafür verantwortlich zu gewährleisten, dass das Kind adäquat untergebracht ist, daher bin ich gekommen, um mich zu vergewissern, dass Tom in gesicherten Verhältnissen lebt.«

»Das tut er«, sagte Rose.

»Schön. Aber um ehrlich zu sein, würde ich gern reinkommen und mich kurz mit Ihnen und dem Jungen unterhalten. Dann können wir besprechen, was als Nächstes zu tun ist.«

»Ich weiß nicht, ob Sie schon davon gehört haben, aber Tom redet nicht gerade viel.«

»Das habe ich durchaus schon gehört.« Ray steckte seine Mappe weg und wartete darauf, dass Rose ihn ins Haus ließ.

»Ich bin gerade sehr beschäftigt«, sagte sie schließlich. »Wie wäre es, wenn Sie später noch mal wiederkommen? Irgendwann nächste Woche?«

»Nun, so funktioniert das nicht, Ms Mickel… Darf ich Sie Rose nennen?«

»Klar.«

»Super. Danke. Also wie gesagt –« Ray hielt einen Moment inne. Als er sah, dass Rose keine Anstalten machte, die Türe zu öffnen, sprach er plötzlich mit einer wesentlich dunkleren, autoritäreren Stimme. »Darf ich bitte reinkommen?«

»Habe ich eine Wahl?«

»Nein«, antwortete Ray. Sein Lächeln war jetzt eher traurig als freundlich. »Nein, eigentlich nicht.«

Mit den Augen eines Fremden gesehen, verlor der unkonventionelle Charme ihres Wohnzimmers plötzlich jeden Reiz. Der Reisekoffer, der als Couchtisch fungierte, sah schäbig aus, und das Ölgemälde, ein von Eugene gemaltes Kaninchen in dreifacher Lebensgröße, wirkte einfach nur bizarr. Doch Ray ließ sich nicht abschrecken. Er setzte sich in Tatos Sessel und faltete seine schmalen Hände, ganz so, als wollte er mit ihnen zusammen ein Gebet sprechen.

»Also, als Allererstes möchte ich Ihnen versichern, dass wir wissen, wie schwierig diese Situation für alle Beteiligten ist«, sagte Ray. Er warf einen Blick zu Tom hinüber, der neben Rose auf dem Sofa saß und immer noch den Fernseher anstarrte, obwohl dieser längst ausgeschaltet worden war. »Es gibt zahlreiche Hilfsprogramme, die Ihnen und Ihrer Familie zur Verfügung stehen«, fuhr Ray fort, seinen Blick jetzt auf Rose gerichtet. »Und ich werde mein Bestes tun, um Ihnen dabei zu helfen, sich bei dieser Fülle von Angeboten zurechtzufinden, aber wenn es irgendetwas Konkretes gibt, bitte zögern Sie nicht, mich zu fragen. Ich bin hier, um Ihnen in dieser äußerst schwierigen Situation zur Seite zu stehen.«

Rose nickte und hoffte, das möge reichen. Sie würde auf keinen Fall einen wildfremden Menschen um Hilfe bitten, egal wie gut seine Absichten waren oder wie toll er auch aussah.

»Im Hinblick auf seine ungeklärte Wohnsituation muss das Amt –«

»Ach, tatsächlich?«, warf Rose ein und verschränkte die Arme. Sie war fest entschlossen, nicht zu blinzeln. »Jetzt auf einmal kümmert sich das Amt? Seit wann das denn?«

»Ich meine das Jugendamt«, antwortete Ray, wobei er jede einzelne Silbe des Wortes Ju-gend-amt betonte. »In den kommenden Wochen wird das Amt eine Beobachtung der hiesigen häuslichen Verhältnisse durchführen, um die Tauglichkeit der gegenwärtigen Situation zu überprüfen. Wie Sie sicher mittlerweile wissen, wird sich die Behörde für Kinderangelegenheiten mit allen Fragen beschäftigen, die mit Toms Erbschaft in Zusammenhang stehen, aber wir werden zudem noch eine Einschätzung Ihrer Einkommenslage erstellen, um sicherzugehen, dass Toms Wechsel in Ihre Obhut auf finanzieller Ebene vertretbar ist. Und dann gibt es da ja noch die Frage seiner schulischen Ausbildung. Ab September wird er wieder am Unterricht teilnehmen müssen, und das Letzte, was wir wollen, ist, dass er mitten im Schuljahr die Schule wechselt. Sobald die Beobachtung der häuslichen Verhältnisse abgeschlossen ist, wird das Amt in Zusammenarbeit mit einem qualifizierten Psychologen beurteilen, ob die gegenwärtige Situation für den Jungen tatsächlich geeignet ist.«

»Geeignet? Was meinen Sie mit geeignet? Natürlich ist sie geeignet! Wir sind seine Familie.«

»Familie, und das wissen Sie sehr wohl, garantiert nicht immer Sicherheit.«

Rose kniff sich in den Arm, um nicht die Fassung zu verlieren.

»Rose, ich weiß, das muss sich jetzt wie eine ungeheure Verletzung Ihrer Privatsphäre anfühlen, aber bitte vergessen Sie nicht, dass wir beide dasselbe wollen, nämlich eine Lebenssituation für Tom zu finden, die ihm bei seinem Heilungsprozess behilflich ist. Falls es keine eklatanten Missstände, Beweise für grobe Fahrlässigkeit, anhaltende Gewalt oder den begründeten Verdacht auf ein schweres Fehlverhalten gibt, bin ich zuversichtlich, dass eine einvernehmliche Regelung gefunden werden kann.«

Rose stand gerade im Begriff zu sagen, dass es die einvernehmlichste Regelung wäre, wenn Ray jetzt gehen und nie wieder zurückkehren würde, als sie spürte, wie Tom näher an sie heranrückte. Überrascht merkte sie, dass er seine Hand in die ihre grub, wie ein kleines Küken, das sich in sein Nest schmiegt. Das hatte es noch nie gegeben.

»Wie wäre es mit einer Tasse Tee?«, fragte sie Ray, während sie ihre Finger fest um die des Jungen schloss. Um dieses Kind zu beschützen, würde sie alles tun, selbst ihr Haus einem wildfremden Menschen öffnen.

*

Wills Freund Jimmy hatte gelogen. Vorschulkinder in einem koreanischen Hagwon zu unterrichten, war alles andere als ein Zuckerschlecken. Wenn man es überhaupt Unterrichten nennen konnte, acht vierjährige Kinder unter Kontrolle zu halten. Das war eher Kinderzähmen. Eine Krücke für anderweitig beschäftigte Eltern. Ein Zeittotschläger. Diese Kinder wussten nicht einmal, wie man für mehr als drei Minuten stillsaß. Wie sollte er ihnen überhaupt irgendetwas beibringen, geschweige denn die englische Sprache?

Will hatte das Internet nach Tipps durchsucht und fing an zu singen: »If you're happy and you know it, clap your hands!« Klatsch, klatsch. Dann ließ er die Kinder Blumen, Bäume, Monde, Sonnen und Sterne malen. Als Nächstes zeigte er auf seine Nase und sagte: »Nose.« Auf seine Ohren:

»Ears.« Auf seinen Mund: »Mouth«. Und dann wiederholte er dieselben verdammten drei Wörter so oft, bis selbst die träge vor sich hinstarrende Angelina es begriffen hatte. Das hier war etwas vollkommen anderes, als mit Erwachsenen zu arbeiten, was Will zwar auch nicht gerade toll gefunden, aber jahrelang ertragen hatte, um seine Reisen zu finanzieren. Kein Wunder, dass Jimmy nach Bali geflohen war.

Das ihm versprochene freie Logis stellte sich als winziges Zimmer in einer Wohngemeinschaft heraus. In dem Zimmer gab es nichts außer einem verschlissenen Futon und einem Kleiderstapel mit Markenimitaten, den Jimmy zurückgelassen hatte. Die Wohnung selbst befand sich in einem neonröhrenbeleuchteten Hochhaus, in dem es nach vergammeltem Kohl stank. Seine Mitbewohner – Jason, ein schlampiger ein Meter achtzig großer Chaot aus Texas, und Chastity, eine furchtbar fröhliche Weltverbesserin aus Wisconsin – waren sauer auf Jimmy, weil er abgehauen war. »Das ist echt nicht cool«, sagten sie jedes Mal, wenn sie Will begegneten. »Das ist alles andere als cool, echt jetzt!«

»Sie wissen, dass ich mich nur Jimmy zu Gefallen auf diesen Tausch eingelassen habe«, sagte Ms Yoon, die Rektorin der Schule, bei Wills Ankunft. Der finstere Blick in ihrem starren Gesicht passte perfekt zu dem strengen Haarknoten, der an ihrem winzigen Hinterkopf saß. »Die Eltern mögen Jimmy, und ich nehme an, die Kinder auch, deshalb habe ich es ihm gestattet, in Urlaub zu fahren und Sie als seine Vertretung einzustellen, trotz Ihres eklatanten Qualifikationsmangels. Aber als Gegenleistung müssen Sie noch zwei zusätzliche Klassen unterrichten.«

»Jimmy hat mir gesagt, ich bräuchte nicht –«

»Wenn Sie diesen Job haben wollen, dann bitte. Wenn nicht, steht es Ihnen frei zu gehen, aber Sie müssten dann Ihr

Zimmer sofort räumen. Es gibt mehr als genug qualifizierte Lehrer, die nur darauf warten, hier unterrichten zu dürfen. Aber Jimmy wird dann natürlich wieder ganz von vorne anfangen müssen.«

Also hielt Will die Klappe und kehrte in sein stickiges Klassenzimmer zurück, dessen Wände mit fröhlichen Postern beklebt waren und wo sich in jeder Ecke grellbuntes Plastikspielzeug stapelte. Die ihm zugeteilte Kinderschar lümmelte sich auf den Sitzkissen und wartete darauf, unterhalten zu werden. »If you're happy and you know it clap your hands!« Klatsch, klatsch. Dem Himmel sei Dank für das YouTube-Video *Erlebnisse aus einem koreanischen Hagwon: Wie man mit Vorschulkindern umgeht*. Man muss die Kinder immer loben, sagte der Hipster mit den zotteligen Haaren in seinem Video, man muss ihnen Komplimente machen, noch mehr Komplimente und dann noch ein paar Komplimente. Glücklicherweise hatte er vollkommen recht. Es wirkte Wunder.

»Schaut euch mal Jin an, wie toll er hilft!«

»Seht ihr, wie wunderschön Mary zeichnen kann?

»Soooo laaaaaangsaaaaaam wiiiiiieeee eeeiiiineeee Schiiiiiiiildkröööööööte, soooooo leeeeeiiiiiiseeee wiiiiieeee ....«

Nachdem er mit dem Unterrichten seiner zwei zusätzlichen Klassen fertig war, machte Will sich zu Fuß auf den Weg, um wie jeden Abend die Stadt zu erkunden. Busan, an der Südspitze einer Halbinsel gelegen, war auf der einen Seite von Bergen und auf der anderen Seite vom Meer umgeben. Es war kein putziges Dorf, wie Will sich das im Vorfeld ausgemalt hatte, sondern ein Großstadtdschungel aus Beton-Hochhäusern, voller grellbunter Neonwerbung und Reklametafeln für plastische Chirurgie und Online-Partnervermittlungen. Nach Jahrhunderten der Entbehrung befand sich dieses Land nun in einem einzigen entfesselten

Konsumrausch. Auf zahllosen die ganze Nacht über geöffneten Märkten drängte sich ein Stand neben den anderen, an denen elektronische Geräte, billige Kleider, Schmuck und natürlich auch Essen verhökert wurden. Unglaublich viel gab es zu essen. Überall. Es gab klapprige, hastig zusammengezimmerte Garküchen, die einen äußerst appetitlichen Geruch nach gebratenem Schweinefleisch verströmten, Handkarren, auf denen scharf gewürzte Reiskuchen am Spieß angeboten wurden, und Plastikwannen, die bis zum Rand gefüllt waren, mit phallusartigen Würmern, Baby-Tintenfischen (die man noch lebend aß), rohen Seeohren (gar nicht mal so schlecht) und geschmorten Seidenraupenlarven (ekelhaft).

Endlich erreichte Will den Strand. Der Lärm der Stadt klang immer entfernter, je näher er dem Meer kam. Am Horizont, hinter einem Streifen schwarzer Dunkelheit, flammten die Lichter der Fischerboote, auf der Suche nach ihrer täglichen Beute, um den unersättlichen Appetit dieser von Meeresfrüchten besessenen Nation zu stillen.

Nicht weit vom nördlichen Ende des Gwangalli Beach hatte Will sein Ziel schließlich erreicht: die Millak Raw Fish Town. Womöglich weil er kein Interesse mehr daran hatte, sich jeden Abend zu besaufen, hatte er in dieser Stadt noch immer keine Freunde gefunden – und musste deshalb nun den achtzehnten Tag in Folge mutterseelenallein zu Abend essen.

Der geschäftige Fischmarkt nahm die gesamte erste Etage eines zehnstöckigen glasverkleideten Gebäudes ein. Meeräschen. Flundern. Jakobsmuscheln. Aale. Will wanderte ziellos durch die Halle, bis sich zwei Frauen mittleren Alters mit identischen gelben Schürzen und dauergewellten Haaren an seine Fersen hefteten und versuchten, ihm mit allen Mitteln ihre Waren zu verkaufen. Dabei war es ihnen ganz egal, dass

Will kein Wort von dem verstand, was sie sagten. Schließlich entschied er sich dafür, in der oberen Etage rohe Meerbrasse zu essen. »Hwe«, nannten das die Koreaner. Es war ganz ähnlich wie japanische Sashimi, aber so frisch serviert, dass es manchmal noch auf dem Teller zuckte.

Will steckte seine Füße unter den mit Plastik abgedeckten Tisch und schaufelte »Banchan« in sich hinein, ein in Korea in jedem Restaurant serviertes Vorspeisengemisch, das Will zu lieben gelernt hatte. Gewürzter Seetang, gedämpfte Shishito-Paprikaschoten, pikanter Tintenfisch, Kongnamul Muchim (ein kräftig gewürzter Sojasprossensalat) und natürlich Kimchi, jenes scharfe, mit Unmengen von Knoblauch angereicherte und ach so köstliche Krautgericht. Am Nachbartisch saß eine junge Frau, die recht hübsch war – auf eine Birkenstock-zerfetzte-Jeans-Art-und-Weise –, und lächelte.

»Hallo!«, sagte sie.

Will sah sich um, aber sie redete wirklich mit ihm. »Hallo?«, antwortete er unsicher.

»Woher kommst du?«

»Toronto. Und du?«

»Iowa.«

»Cool.«

»Du bist lustig!«

Will lachte. »Na, vielen Dank.«

»Bist du allein?«, fragte sie.

Erneut sah Will sich um. »Meinst du, abgesehen von meinen imaginären Freunden?«

»Ich heiße Marissa«, sagte das Mädchen. »Wie wär's mit einer Soju-Bombe? Ich trinke ungern allein.«

»Klar«, antwortete Will. »Warum nicht?«

»두 개의 폭탄 소주 하십시오«, sagte Marissa zu der Bedienung, um die Cocktails zu bestellen, und lachte, als sie

Wills erstaunten Blick sah. Ihr Lachen kam von ganz tief unten, wie Wasser aus einem geplatzten Rohr. »Ich lerne immer das Nötigste, egal, wo ich bin«, erzählte sie Will, der sein Glück kaum fassen konnte: eine amerikanische Frau, die Koreanisch konnte. »Da macht das Reisen doch gleich viel mehr Spaß, findest du nicht?«

Drei Soju-Bomben später stolperten die beiden auf die Straße hinaus. Die Welt war plötzlich so viel weicher und vergnügter geworden.

»Ich wette, bei mir ist es gemütlicher als bei dir«, sagte Marissa nach dem ersten, ziemlich feuchten Kuss. In ihrem Apartment mit Blick auf den Strand ließen sie sich auf die muffigen Laken ihres ungemachten Betts fallen, lachten und tranken und vögelten und lachten, bis die Nacht zum Tag wurde. Und dann, statt aufzustehen und zur Arbeit zu gehen, schloss Will die Augen und schlief ein.

*

Zur gleichen Zeit saß Sonya in Toronto in ihrem grauen Lieblingskostüm und brandneuen hochhackigen Schuhen vor dem Computer in ihrem Büro und ging die mehr als achthundert E-Mails durch, die sich während ihrer Abwesenheit angesammelt hatten. Das meiste davon war Spam, zahllose Betrug-E-Mails, einige längst überholte Nachrichtenbulletins der New York Times und dazwischen verstreut ein paar Kondolenzbezeugungen. Die Zeitungen hatten ausführlich über Monas Tod berichtet, deshalb hatte sich auch niemand bei der C&C-Unternehmensberatung darüber gewundert, dass Sonya nicht zur Arbeit gekommen war. »Du möchtest dir noch einen Monat freinehmen? Nimm dir doch bitte gleich zwei«, hatte J. D., der Leiter der Personalabteilung, zu ihr gesagt, als sie um zusätzlichen Urlaub gebeten hatte, um sich um Tom kümmern zu können. »Selbstverständlich«, hatte er hinzugefügt. »Was auch immer du brauchst, um diesem armen Kind zu helfen.« Aber ihre Dankbarkeit war getrübt worden, als sie letzte Woche angerufen hatte, um ihre frühzeitige Rückkehr bekanntzugeben. »Bist du sicher, dass du so weit bist?«, hatte J. D. gefragt. »Wir kommen gut klar, ganz ehrlich.« Er klang, als wäre ihm das alles peinlich. Um nicht zu sagen unwillkommen. Als würde ihre Gegenwart den Gestank des Todes in die Firma bringen.

»Es ist wunderbar, dass du wieder da bist«, sagte Kiara, während sie Sonyas Büro betrat, ohne es für notwendig zu halten anzuklopfen. Sie trug ein hochelegantes maßgeschneidertes Kostüm und brachte Sonya eine Tasse Kaffee, so wie sie das jeden Morgen getan hatte, seit sie zusammenarbeiteten. Anfangs war Kiara Sonyas Assistentin gewesen, doch jetzt, obwohl sie noch nicht einmal dreißig Jahre alt war, war Kiara ihre Vorgesetzte. Vielleicht um diesen Rückschlag ein wenig abzumildern, brachte sie immer noch jeden Morgen einen Kaffee vorbei. Und heute war Sonya mehr denn je dankbar dafür.

»Also, hier ist der neueste Tratsch«, sagte Kiara und ließ sich auf der Ecke von Sonyas Schreibtisch nieder. »Raheem will das Internet-Dating wieder aufgeben. Da draußen wären zu viele schräge Vögel auf der Suche nach Liebe, hat er gesagt, auch wenn ich mir nicht sicher bin, ob er in letzter Zeit mal in den Spiegel geschaut hat. Oh, und wo wir gerade von schrägen Vögeln reden, wir sind uns alle ziemlich sicher, dass Cheryl sich schon wieder ihre Brüste hat machen lassen. Und Leila aus der Personalabteilung ist wieder mit diesem Arschloch zusammen, obwohl er sich immer noch weigert, mit ihr zusammenzuziehen.«

Sonya versuchte keine Bitterkeit wegen Kiaras Beförderung zur Chefbuchhalterin aufkommen zu lassen, eine Position, die von Rechts wegen ihr zugestanden hatte. Kiara war mit einem der Teilhaber der Firma verheiratet, und wie Mutter immer gesagt hatte: Von Eifersucht kriegt man nur hässliche Falten um die Mundwinkel. Sie hatte natürlich recht, aber je älter Sonya wurde und je mehr Türen sich vor ihrer Nase schlossen, desto anstrengender wurde es, dabei auch noch nett zu bleiben.

»Es ist gut, wieder hier zu sein«, sagte Sonya und stellte überrascht fest, dass das tatsächlich der Wahrheit entsprach. Als Kiara gegangen war, trank sie einen Schluck Kaffee, streifte ihre Stilettos von den Füßen und öffnete das Ferguson-Kundenkonto. In einer sich ständig wandelnden, ungewissen Welt war das permanente Gefeilsche, das die Fergusons wegen ihres Zahlungsplans veranstalteten, Balsam für ihre wunde Seele. Ein Fels in der Brandung, auf dem sie für den Rest des Tages eine sichere Zuflucht fand, weit weg von Tom und sogar von den Gedanken an Mona.

Aber ihre Freude über die Rückkehr ins Berufsleben hielt nicht lange an. Sie verflog unter der Last der abgewandten Blicke, peinlich berührten Umarmungen und ungeschickten Beileidsbekundungen. »Es tut mir leid, dass du deinen Bruder bei einem Autounfall verloren hast«, sagte sie zu Leila und schaffte es gerade noch zur Toilette, bevor sie in Tränen ausbrach. Warum hatten die Leute immer das Bedürfnis, Vergleiche anzustellen? Mona war ermordet worden, von ihrem eigenen Ehemann, in ihrem eigenen Haus. Das hatte nicht das Geringste mit betrunkenen Autofahrern auf einer eisglatten Straße zu tun. »Ja, Raheem«, sagte sie, aber erst nachdem er ihr Büro verlassen hatte. »Das Leben geht weiter, aber wozu?« Und dann versicherte ihr Cheryl, dass irgendwann alles wieder gut werden würde. Der Trick sei, so sagte sie, einfach weiterzuatmen. Irgendwie schaffte es Sonya nicht loszubrüllen: »Nein, Cheryl. Es wird nie wieder gut werden. Meine Schwester ist tot, tot, tot, tot, tot!«

Um punkt fünf Uhr atmete Sonya erleichtert auf. Sie schaltete ihren Computer aus und schlich sich aus dem Büro, ohne sich zu verabschieden. Als sie endlich an der U-Bahn-Station ankam, war die Blase an ihrem rechten Fuß geplatzt. Wie dämlich, neue Stilettos zu tragen, und wie idiotisch, dann nicht einmal ein paar bequeme Schuhe zum Wechseln mitzubringen. Sie fand eine Bank, befreite ihre Füße und genoss es, wie das Blut wieder zurück in ihre zusammengequetschten Zehen floss. Um sie herum hasteten die Menschen über den Bahnsteig. Nach Hause, um Abendessen zu kochen, auf dem Weg zum Zweitjob oder zu einer Verabredung. Sie gingen aus, um zu essen, zu tanzen, sich zu amüsieren. Voller Leben und mit Hoffnung beseelt, Gefühle, die Sonya komplett abhanden gekommen waren. Auf dem gegenüberliegenden Bahnsteig fiel ihr eine junge Frau auf, die ebenfalls ganz allein dasaß, mitten in diesem Berufsverkehrsgedränge. Ihr Kopf nickte zu dem unhörbaren Rhythmus, der aus ihrem Handy kam, und ihre Gesichtszüge waren vollkommen entspannt – denn sie wusste noch nicht, wie grausam das Leben sein konnte.

Als Sonya ihr Zuhause betrat, kam es ihr auf einmal wie eine riesige leere Hülle vor. So viele Zimmer und niemand, der sie mit Leben füllte. Sie schob ihre Lieblings-Tiefkühlpizza – Spinat und Käse – in den Ofen und öffnete eine Flasche Rotwein. Das ist Arznei, redete sie sich ein, wenn man sich auf ein einziges Glas beschränkt. Außerdem hatte sie das jetzt verdient.

Seit sie sich kannten, hatte Alex darauf bestanden, dass der Donnerstagabend für seine Kumpels reserviert blieb. Sonya hätte es nie zugegeben, aber sie genoss diese allwöchentlichen Abende, die sie ganz für sich allein hatte. Sie musste kein Abendessen kochen, kein Gespräch in Gang bringen, keine Kompromisse aushalten. Keine Ansprüche zurückschrauben oder Enttäuschungen verbergen.

Mit dem Glas in der Hand ging sie in Toms Zimmer, setzte sich auf sein Bett und strich sanft mit der Hand über die Spiderman-Bettwäsche, die schon ganz weich war vom vielen Waschen. Nicht ein einziges Mal hatte Tom sich an seinen Schreibtisch gesetzt oder eines der Brettspiele gespielt, die sie für ihn gekauft hatte. Wie dämlich von ihr, dass sie die Wände neu gestrichen hatte. Es hatte nicht das Geringste dazu beigetragen, dass sich der Junge hier heimisch fühlte, und jetzt würde sie alles wieder neu machen müssen.

Der Ofen gab einen Signalton von sich, und Sonya kehrte in die Küche zurück. Die Kruste ihrer Pizza war dünn und wunderbar knusprig. Zusammen mit den Chilis von Terronis Pizzeria wurde das Ganze zu einer perfekten, wenn auch hinsichtlich des Nährwerts durchaus fragwürdigen Mahlzeit. Als Sühne würde sie morgen bequeme Schuhe zur Arbeit tragen, fünf Haltestellen früher aus der U-Bahn aussteigen und den Rest des Wegs zu Fuß gehen.

Nach einem Bad und noch zwei weiteren Gläsern Rotwein setzte Sonya sich auf die äußerste Ecke des Sofas, dorthin, wo Tom immer gesessen hatte. Ihr Blick fiel auf den Fleck im Teppich, der wie ein Muttermal geformt war und von Toms Blut stammte. Wie verzweifelt hatte sie doch versucht, ihn zu entfernen. Sie hatte geflucht, geweint, noch mehr geflucht und dann noch mehr geweint, aber der Fleck wollte sich nicht auswaschen lassen. Letztendlich hatte sie es aufgegeben. Nun erinnerte der Fleck sie daran, dass sie es zumindest versucht hatte, mit Tom auszukommen.

Um die Leere zu füllen, von der sie umgeben war, schaltete Sonya den Fernseher ein, aber egal wie laut sie ihn stellte, er schaffte es nicht, ihre düstere Stimmung zu vertreiben. Wie albern, sich nach einer Person zu sehnen, mit der auszukommen so vollkommen unmöglich gewesen war. Ein schlürfender Vulkan aus Schmerz. Ein schwarzes Loch des Elends. Teilnahmslos. Traurig.

Sie schämte sich ihrer Härte und schaltete CNN ein. Eine Frau mit künstlich blondierten Haaren und einem noch künstlicheren Lächeln leierte mit eintöniger Stimme einen Bericht über einen Selbstmordattentäter herunter, der irgendwo im Nahen Osten einen Bus mit dreiundfünfzig Menschen in die Luft gejagt hatte. Es gab so unendlich viel Wut auf der Welt, wie konnte man es schaffen, sich davon nicht zermürben zu lassen?

Sonya steckte die Hand in die Tasche ihres Bademantels und entdeckte dort eine kleine Tube mit »Sainte Anne's«-Fußcreme. Die Creme war ein Dankeschön von Mona gewesen, dafür, dass Sonya sie zu dem exklusiven Wellnesshotel am Ufer des Ontariosees eingeladen hatte. Das war an einem außergewöhnlich warmen Tag im März gewesen. Einer dieser Tage, die die Hoffnung auf einen vorzeitigen Frühlingsbeginn wecken, auch wenn ein Großteil der gefrorenen Erde immer noch von Schnee bedeckt ist.

»Es ist alles in Ordnung«, hatte Mona gesagt, sofort nachdem sie sich angeschnallt hatte, aber Sonya war es schwergefallen, ihr zu glauben. Die Augen ihrer Schwester waren gerötet gewesen, und Russell hatte mal wieder seinen Job verloren. Um welchen Job es sich dabei genau gehandelt hatte, wusste Sonya nicht. Es war nahezu unmöglich gewesen, bei seinen zahlreichen Versuchen, das große Los zu ziehen, den Überblick zu behalten. Je lautstärker Russell sich über die Ungerechtigkeiten des Lebens beschwerte, desto mehr zog Mona sich zurück. Sie verbrachte Stunden, ja ganze Tage auf dem Sofa und heckte die kompliziertesten Menüfolgen für das Abendessen aus, ohne sie je tatsächlich zu kochen. Stattdessen wurde sie jedes Mal davon überrascht, dass Tom schon von der Schule zurück war, und holte irgendetwas, egal was, aus der Gefriertruhe.

Der Ausflug der Schwestern zu dem Wellnesshotel war ein Versuch Sonyas gewesen, Mona vom Sofa herunterzulocken und dieser ganzen Trübsalblaserei einen Riegel vorzuschieben. Sie hatte gehofft, sie beide könnten sich gegenseitig das Herz ausschütten, wie sie es früher oft getan hatten, bevor Mona Russell geheiratet und sich alles verändert hatte. Sonya wusste, dass Russell von Zeit zu Zeit die Beherrschung verlor, sie wusste von einem Loch, das er mit der Faust in die Wand geschlagen hatte und auch von einem zertrümmerten Lichtschalter. Sie hatte sich natürlich Sorgen gemacht, aber jedes Mal, wenn sie versuchte, das Thema anzusprechen, zog sich Mona noch weiter zurück. »Es ist alles gut«, sagte sie dann immer. »So ist er eben.«

Im Wellnesshotel hatte sich Sonya von der Entspanntheit ihrer Umgebung und der überwältigenden Freundlichkeit des Personals in eine Wolke des Wohlbehagens einlullen lassen. Statt sich mit ihrer Schwester zu unterhalten, statt tiefer nachzubohren, was denn da nun eigentlich vor sich ging, hatte Sonya die Augen geschlossen und zugelassen, dass die Hände fremder Leute ihre Ängste fortmassierten.

Als sie nach Toronto zurückkehrten, hatte sich der Winter bereits wieder seinen angestammten Platz zurückerobert. Auf Hagel folgte Eisregen, der von zwanzig Zentimeter Schnee abgelöst wurde. Also packte man die kurzen Hosen noch mal für zwei Monate weg und holte stattdessen die Handschuhe und Mützen wieder aus dem Schrank. Ähnlich wie die für die Jahreszeit ungewöhnliche Wärme die zurückkehrende Kälte noch unerträglicher gemacht hatte, erschien Sonya diese kurze Phase der Ruhe rückblickend äußerst fahrlässig, angesichts dessen, was noch kommen sollte.

Die Fußcreme war Balsam auf Sonyas schmerzenden Füßen. Sie schraubte die Kappe wieder auf die Tube und wiegte sie in ihrer Hand. Ein greifbarer Beweis von Monas Liebe.

Die Nachrichten im Fernsehen wurden von einer Werbepause unterbrochen, also schaltete Sonya sich durch die Sender. Eine Wiederholung der Serie *Murdoch Mysteries* auf CBC. Männer, die sich übers Angeln unterhielten. Bräute, die auf der Suche nach dem schönsten Kleid vollkommen ausrasteten. Als könnte man einen perfekten Tag kaufen. Oder als würde das ein Leben auf der Sonnenseite garantieren.

Sonya schaltete den Fernseher auf stumm. War Tom vielleicht tatsächlich bei Rose besser aufgehoben? Es wäre nicht das erste Mal, dass sich das Haus in der Claremont Street als sicherer Hafen herausstellte. Ihre eigenen Eltern hatten dort Zuflucht gefunden, nach einer Odyssee, die sie von einem Dorf irgendwo in der Ukraine durch Osteuropa nach Deutschland und einem Jahr in Essen bis hin zur Innenstadt von Toronto geführt hatte. Sie hatten dieses schiefe Haus geliebt, trotz der knarrenden Treppenstufen, der zugigen Fenster und einem Keller voller Farbeimer, die noch aus den 1930er-Jahren stammten. Es war das erste Zuhause, das jemals ihr Eigentum gewesen war, und Tato hatte sich stets geweigert, es zu verkaufen. Eine gute Investition, hatte er zu Recht behauptet. Aber Sonya hegte den Verdacht, dass er das Haus auch deswegen behalten hatte, weil es eine Tür zur Vergangenheit war, eine Erinnerung an jene Zeit, als die glücklichen Phasen seiner Frau die unglücklichen noch überwogen hatten und ihre gemeinsame Zukunft sich noch grenzenlos vor ihnen ausdehnte.

Was wäre mit der Familie geschehen, was wäre mit Mutter geschehen, fragte Sonya sich jetzt, wenn sie damals in der Innenstadt wohnen geblieben wären? Wenn sie der Versuchung widerstanden hätten, ein größeres, besseres Haus zu kaufen? Wenn sie an dem Ort geblieben wären, wo sie ihren neu gewonnenen Wohlstand hätten vorzeigen können, statt ihn zu verstecken? Was, wenn ihre Eltern mit den Menschen in Kontakt geblieben wären, die in diesem neuen Land für sie zur Ersatzfamilie geworden waren? Leute wie die Sawatskys, die es nie geschafft hatten, genug Geld für ein Eigenheim zusammenzusparen, oder wie Onkel Andriy, der nicht wirklich ein Onkel war, aber an den meisten Wochenenden zu Besuch kam, um im Garten *Durak* zu spielen. Eine Gemeinschaft von Einwanderern, die durch den Umzug in die Vorstadt von Leuten abgelöst wurde, deren Namen man leicht aussprechen konnte, die ohne Akzent redeten, aber mit denen man auch keine Überlebensgeschichten teilen konnten.

Sonya leerte ihr Weinglas und stand vom Sofa auf. Plötzlich verspürte sie den Drang, mit Rose zu sprechen. Vielleicht war es ja doch besser, gemeinsam unglücklich zu sein, als alles allein zu ertragen. Vielleicht konnte sie ihr ja helfen, vielleicht *sollte* sie ihr ja helfen. Sie nahm ihr Handy, aber dann hielt sie inne. Was wäre, wenn Tom jetzt alles aß, was man ihm vorsetzte, wenn er seine Hausaufgaben machte und fröhlich lachte? Was, wenn sie in der Claremont Street jetzt alle glücklich bis an ihr Lebensende lebten, während sie in diesem leeren Haus festhing, immer noch allein, schon wieder gescheitert? Nein, entschied

Sonya und goss sich ein weiteres Glas Wein ein. Nein, sie würde nicht anrufen. Sie konnte nicht anrufen.

*

Marissa, die junge Frau aus Iowa, wollte unbedingt schwimmen gehen, aber Will hatte da Bedenken. Haeundae Beach, an dem tagsüber oft so viel los war, dass man kaum einen Fleck zum Hinlegen fand, dehnte sich jetzt in beiden Richtungen vollkommen menschenleer vor ihnen aus.

»Jetzt komm schon, du Angsthase«, rief sie und stand bereits bis zu den Knien im Wasser. »Wenn ich das kann, kannst du das auch!«

Erfüllt von einem Gefühl der Unbesiegbarkeit, das er dem Alkohol zu verdanken hatte, entledigte sich Will seiner Kleider und folgte ihr in das eisige Wasser. Sie hatte kein Recht, ihn als Feigling zu bezeichnen! Sofort schrumpfte sein Penis zur Größe einer Babykarotte zusammen. Unsicher, in welche Richtung Marissa verschwunden war, schob Will sich Zentimeter um Zentimeter in die Dunkelheit vor, die lediglich von den weit entfernten Lichtern der Fischerboote und dem kalt leuchtenden Mond durchbrochen wurde.

Hinter ihm lagen ein paar verrückte, aber berauschende Wochen. Marissa und er hatten sich jeden Abend getroffen. Zum Sex. In seiner Wohnung, während seine Mitbewohnerin die Lautstärke ihrer Skype-Gespräche immer höher drehte, um Marissas Stöhnen auszublenden, oder in ihrer Wohnung – was eindeutig vorzuziehen war, auch wenn Will fast eine Stunde brauchte, um nach der Arbeit dorthin zu kommen. Und danach gingen sie aus. Sie tranken Bier, gingen essen, tranken mehr Bier, dann Soju und schließlich noch mehr Bier. Gegen neun Uhr fingen sie an zu lallen und so ab elf fiel es ihnen schwer, nicht zu torkeln. Nachdem sie noch etwas mehr gegessen – und möglicherweise auch wieder Sex gehabt hatten, gingen sie noch einmal für eine Runde Drinks aus und fielen dann gegen drei Uhr morgens ins Bett. Das Unterrichten war schon vor Marissas Auftauchen eine Qual gewesen, aber jetzt, wo Will nahezu ständig einen Kater hatte, wurden die schrillen Kinderstimmen zur Tortur. Jedes Kreischen war ein Schmerz, der ihn näher an den Rand des Abgrunds schob.

»Wo bist du?«, brüllte Will jetzt, aber die einzige Antwort, die er bekam, war das Tosen der sich brechenden Wellen. Sein Rausch war nun fast gänzlich verflogen. Kleine Plastikstückchen trieben an ihm vorüber, ein Stein bohrte sich in seinen linken Fuß und als er sich zum Strand umdrehte, bellte am Ufer ein streunender Hund. »Marissa!«, rief Will. »Das ist nicht mehr lustig!«

In diesem Moment sah er einen Fuß, der etwa zehn Meter von ihm entfernt aus dem Wasser ragte. »Was für ein Scheißspiel ist das denn?«, rief Will und stürzte zu der Stelle hinüber. Doch bevor er sie erreichen konnte, verschwand Marissa wieder. Sein Blick durchsuchte die raue Oberfläche des pechschwarzen Meeres, aber hier war nichts als das unbarmherzigen Tosen und Donnern der Wellen. Das war kein Spiel. Jetzt nicht mehr.

Plötzlich tauchte links von ihm ein Schopf langer blonder Haare auf und trieb im Wasser wie losgerissene Algen, nur um im nächsten Moment wieder zu verschwinden. Will schwamm hinterher, so schnell er es in diesem so dunklen, unruhig wogenden Meer vermochte. Das verschluckte Salzwasser zwang ihn zu würgen, sein Herz schien jeden Moment platzen zu wollen, und seine Muskeln schrien vor Schmerz. Als er Marissa endlich erreichte, trieb ihr Körper in den Wellen, schlaff, kaum noch am Leben. Er brauchte drei Versuche, um sie auf den Rücken zu drehen und in den Rautekgriff zu nehmen – eine Technik, die er als Teenager im Rettungsschwimmerkurs gelernt hatte. Dann hielt er den schlüpfrigglatten Körper dieser Frau umklammert, eine Frau, die er in Wirklichkeit kaum kannte, und schwamm, so schnell er konnte, zum Ufer. Er spürte, wie ihr trotz all seiner Anstrengungen das Leben entglitt, und plötzlich wurde er von einem so starken Gefühl der Einsamkeit, der Isolation und der Trauer überwältigt, dass er beinahe aufgegeben hätte. Warum nicht in der Besinnungslosigkeit verschwinden? Einfach loslassen. Ertrinken.

Aber dann tauchte Mona vor seinem geistigen Auge auf. Ihr zerbrochener, geschundener Körper, wie er auf dem Boden ihres Schlafzimmers lag, wie Tom versuchte, sie wachzurütteln und nicht losließ, bis die Rettungssanitäter kamen und ihn von ihr fortzogen. Fest entschlossen, diese Frau nicht im Stich zu lassen, mit der er gelacht, getrunken und geschlafen hatte, kämpfte Will weiter. Das Adrenalin betäubte seinen Schmerz und schließlich auch all seine Zweifel.

Dann, endlich, spürte er den Strand unter seinen Füßen. Eine alte Frau in Gummistiefeln half ihm, Marissas bläulich angelaufenen Körper ans Ufer zu ziehen. Die Frau schrie und schüttelte den Kopf, wies auf seinen nackten Körper und das bewusstlose Mädchen zu seinen Füßen. Will musste kein Koreanisch können, um zu verstehen, dass sie ihn für einen totalen Versager hielt. Und sie hatte natürlich recht. Während die Frau fortrannte, um Hilfe zu holen, bog Will Marissas Kopf nach hinten, platzierte seine übereinandergelegten Hände auf ihren Brustkorb, drückte sie fest nach unten und begann mit der Herzdruckmassage. Dann kniff er ihr die Nase zu, atmete tief ein, senkte seine Lippen auf ihren Mund

und atmete, so fest er konnte, aus. Einatmen. Ausatmen. Einatmen. Drücken. Drücken. Und immer so weiter, bis Will schließlich vor Schmerzen zitterte und sein Kopf sich drehte, bis seine Knie vom Sand wundgerieben waren und das Blut seine Oberschenkel verschmierte. Er machte immer weiter, bis endlich eine weiße Flüssigkeit aus Marissas Mund geschossen kam.

Und dann schüttelte sie sich ins Leben zurück. »Total abgefahren«, sagte sie, während sie nach Luft schnappte, als sei das, was gerade passiert war, nur ein weiterer Spaß gewesen. Obwohl auch sie jetzt nüchtern war, genau wie er. »Wer hätte gedacht, dass ich mir einen Helden geangelt habe?«

Aber Will wusste, dass er kein Held war. Er hatte nur getan, was getan werden musste, genau wie Tom, der sich an seine sterbende Mutter geklammert hatte. Nur dass Mona nicht so viel Glück gehabt hatte wie Marissa. Sie hatte keine zweite Chance bekommen. Und in diesem Moment begriff Will, dass er nicht hierbleiben würde. Was er jetzt brauchte, mehr als alles andere, war seine Familie. Tom.

*

Am anderen Ende der Welt in Toronto saß Tom in Tante Roses Küche und zog mit ein paar schlaffen Nudeln Kreise durch eine Schüssel Fertigsuppe.

»Das wäre genau das Richtige für Tom«, sagte Nick zwischen zwei Löffeln Suppe. »Das gäbe ihm was zu tun, statt den ganzen Tag Trübsal zu blasen.«

»Also im Ernst, Nick, jetzt lass Tom mal aus der Geschichte raus!«, sagte Tante Rose und stand auf, um ihren Teller in die Spüle zu stellen. Irgendetwas war heute Abend anders an ihr, dachte Tom. Sie wirkte abgelenkt, fast ausgelassen und weniger gewillt denn je, sich Nicks Rumgemotze gefallen zu lassen.

»Aber jeder hat eine! Und es ist total peinlich, wenn man keine hat.«

»Etwas zu wollen, nur weil andere es haben, ist genau die Art von Konsumdenken, wie man es sich schlimmer nicht vorstellen kann. Und außerdem: Wie oft muss ich noch sagen, dass wir für so einen nutzlosen Scheiß kein Geld haben? Besonders jetzt, wo ich mir unbezahlten Urlaub nehmen musste.«

»Man verbessert dadurch seine visuelle und motorische Koordination. Deshalb ist es ja auch so perfekt, wenn man Pilot werden möchte.«

»Wenn du Pilot werden willst, dann geh zur Armee!«

So dankbar Tom auch war, dass sich Tante Rose für ihn einsetzte, so war er doch auf Nicks Seite, wenn es um die Frage ging, ob man eine Playstation4Pro kaufen sollte oder nicht. Seine eigenen Eltern waren auch dagegen gewesen. »Wir brauchen nicht noch mehr zeitraubenden Scheiß in diesem Haus«, hatte sein Vater gesagt, und Mama hatte ihm ausnahmsweise zugestimmt.

Glücklicherweise war Saanjhs Vater anderer Meinung gewesen. Und nicht nur das, er fügte immer etwas Neues zu der bereits gigantischen Sammlung seines Sohnes hinzu, wann immer er von einer seiner zahlreichen Dienstreisen zurückkehrte. »Schlechtes-Gewissen-Spiele«, hatte Saanjh sie genannt und dabei so getan, als wäre es ihm egal, dass sein Vater öfter unterwegs als zu Hause war. Dann gingen die beiden Jungen auf Saanjhs Zimmer und spielten, bis ihnen die Augen schmerzten und die Finger taub wurden.

»Ich schaue, dass ich nicht allzu spät wieder heimkomme«,

sagte Tante Rose. »Und danke, dass du dich um Tom kümmerst, Nick. Ich schulde dir was.«

»Ach ja? Also dann weiß ich genau, womit du –«

Kaum hatte sich die Tür hinter ihr geschlossen, da riss Nick sich Toms unberührt gebliebene Suppe unter den Nagel. Aber das machte Tom nichts aus. Es nervte, essen zu müssen, aber er zwang sich dazu, seit dieser Mann gekommen war, um zu schauen, wie sie wohnten, und damit gedroht hatte, ihn von hier fortzuholen. Es war keine gute Idee, diesem Ray noch zusätzliche Munition zu liefern, denn das schaffte Tante Rose schon sehr gut im Alleingang.

Nachdem Nick die Suppe aufgegessen hatte, ging er ins Wohnzimmer, um Fernsehen zu gucken. Das dreckige Geschirr ließ er auf dem Tisch stehen. Mama hätte das gar nicht gut gefunden. »Verzeihen Sie, Eure Hoheit«, hätte sie gesagt. »Aber das Dienstpersonal streikt gerade.«

Tom nahm seinen Teller und stellte ihn in die schon überfüllte Spüle. Hoffentlich würde Ray nicht in nächster Zeit wiederkommen, denn diese Küche hier war immer noch ein einziges Chaos. Neben zwei halb vollen Weinflaschen lagen ein Haufen überreifer Pflaumen und ein Stapel ungeöffneter Post. Der Kühlschrank war mit Aufklebern, Postkarten und Rechnungen zugepflastert. Tom ging einen Schritt näher heran, um eine Sammlung von Klassenfotos zu betrachten. Nicks Frisur hatte sich über die Jahre andauernd verändert, erst kurz, dann zottelig, dann kahl geschoren und schließlich wieder kurz. Als Tom das neueste Foto in die Hand nahm (wieder zottelig), fand er darunter ein Bild von Mama und ihm selbst. Es war am Seehaus aufgenommen worden, nachdem sie von einem Paddelausflug zum Bigwin Island zurückgekehrt waren. Tom hatte es genossen, ganz allein mit Mama unterwegs zu sein, von nichts als Wasser und Luft und dem

Geräusch ihrer ins Wasser eintauchenden Paddel umgeben. Wie still es auf dem See gewesen war, wie friedlich und geborgen. Er liebte alles daran, selbst als seine Arme anfingen zu schmerzen und seine Beine kribbelten, bevor sie ganz steif wurden. Das war das erste Mal gewesen, dass sie sich nur zu zweit in dem Kanu auf den See gewagt hatten. Und es war auch das letzte Mal.

Tom rutschte auf den Küchenboden hinunter, vergrub seinen Kopf in den Händen und versuchte mit wild klopfendem Herzen seine Mutter zu verbannen. Sie sollte jetzt gehen, ihn in Ruhe lassen.

»Das ist ja nicht gerade der beste Platz für ein Schläfchen«, sagte Nick und stieg über Tom hinüber, um zum Kühlschrank zu gelangen. »Mach Platz, dann hole ich uns da was Leckeres raus.«

Tom öffnete die Augen und sah zu, wie sein Cousin zwei mit einer Eisschicht überzogene Gläser aus dem Gefrierfach holte. Dann zog er eine Flasche Cola unter der Spüle hervor und goss beide Gläser genau gleich voll.

»Aber erzähl das bloß nicht Mama. Die meint nämlich, Cola sei die Wurzel allen Übels.«

Nick atmete tief aus, setzte das Glas an und leerte es in einem einzigen langen Schluck. Mama hätte das sehr unhöflich gefunden und Papa hätte gesagt, das sei eine Verschwendung, aber Tom war beeindruckt.

»Dazu braucht man jahrelange Übung«, sagte Nick. »Versuch's gar nicht erst.«

Tom wartete, bis Nick die Treppe hinaufgegangen war. Die Eisschicht auf seinem Glas hatte schon zu schmelzen begonnen und bildete jetzt am Rand des Glases kleine Rinnsale, deren Muster wie die Spitzengardinen in Tante Sonyas Haus aussahen.

Die ersten paar Schlucke waren kinderleicht, ja sogar köstlich, doch dann fing seine Kehle an zu jucken. Aber Tom trank weiter, dem Jucken und dem Stechen zum Trotz. Noch ein Schluck, verlangte er von sich selbst, und noch einer, aber dann explodierte der Schmerz, und die dunkle, sirupartige Flüssigkeit sprudelte aus seinem Mund und an seinem Kinn herunter, gefolgt von einem unkontrollierbaren Hustenanfall und Tränen.

Tom schloss die Augen und kehrte in Gedanken zu dem Kanu zurück. Wie er vorne im Boot gekniet und sein Paddel in einem präzisen, stetigen Rhythmus ins Wasser eingetaucht hatte, unbeirrt von dem Schweiß, der ihm in die Augen stach, der brennenden Sonne und seinen schmerzenden Knochen. Und hinter ihm saß seine Mutter, die das Boot lenkte und stolz auf ihre gemeinsame Leistung war. Stolz und glücklich, genau wie er selbst.

Als das Glas endlich leer war, stieß Tom einen Seufzer aus. Seine Mission war erfüllt. Dieser Herausforderung hatte er sich gestellt.

*

Die Aufzugtür schloss sich hinter Rose. Jetzt gab es kein Zurück mehr. Der verschmierte Spiegel verzerrte ihre Gesichtszüge, aber sie war trotzdem zufrieden mit dem, was sie da sah. Ihre kurzen stacheligen Haare verliehen ihr eine Aura der Stärke, ohne allzu burschikos zu wirken. Ihre Lippen waren noch immer voll und die Fältchen um ihre Augen kamen eher vom Lachen als vom finsteren Dreinblicken. Die Riemen ihrer neuen Sandalen gruben sich in ihre Füße, aber es gefiel ihr, wie ihre Zehen unter den regenbogenfarbigen Bändern hervorlugten. Und außerdem würden ihre Füße nicht mehr lange darin gefangen sein.

Als sie das sechzehnte Stockwerk erreichte, öffneten sich die Aufzugtüren mit einem billig klingenden Gong. Rose streckte das Rückgrat durch und ging zu dem Zimmer mit der Nummer 1616. Der Teppich im Hotelflur war fleckig, die Messingverkleidungen geschmacklos, an den Wänden hingen derart nichtssagende Bilder, dass einem geradezu schlecht davon werden konnte. Landschaften, Meerespanoramen, Pferde, Bäume. Als Rose um die Ecke bog, kam sie an einem Tablett mit Essensresten vorbei, das jemand vor eine Tür mit dem Schild »Bitte nicht stören!« gestellt hatte. Es war nicht schwer zu erraten, was es da zum Nachtisch gab. Sie ging weiter den Flur entlang, wohl wissend, dass sie niemals hätte herkommen dürfen.

Vor einer Woche hatte Alex sie angerufen, um die verschobene Verabredung nachzuholen. Aber statt auf einen Drink auszugehen, waren sie im High Park spazieren gegangen. Es hatte eine schwere, hochsommerliche Hitze geherrscht, und die schwüle Luft wirkte geradezu fieberhaft lebendig. Ohne sich abzusprechen, hatten sie den Pfad verlassen und sich in das immer dichter werdende Unterholz geschlagen. Ein heimtückischer Ast peitschte Rose ins Auge, und als sie über eine Wurzel stolperte, hatte Alex ihre Hand genommen und sie nicht wieder losgelassen, bis sie eine Lichtung fanden. Dort hatte er sich zu ihr heruntergebeugt und sie geküsst. Ein etwas zaghafter, aber doch auch erwartungsvoller Kuss. Selbstbewusst, aber nicht aggressiv. Rose schloss die Augen und ließ es zu, denn die Umarmung war eine Wohltat für ihr gepeinigtes Herz. Danach waren sie zum Pfad hinaufgeklettert und zurück zur Bloor Street gegangen. Sie hatten sich schon voneinander verabschiedet und ein letztes Mal geküsst, da fassten sie den Plan, sich wieder zu treffen. Heute.

Rose blieb vor der Zimmernummer 1616 stehen. Sie atmete tief ein und klopfte.

Alex öffnete sofort die Tür. »Bin ich froh, dass du hier bist!«

»Warum? Hast du geglaubt, ich würde nicht kommen? Hätte ich nicht kommen sollen? Ich kann auch wieder …«

Alex zog Rose ins Zimmer und in seine Arme. Er fühlte sich warm an, erregend und ach so lebendig.

Kaum eine Stunde später, ihre Lust befriedigt, lag Roses Kopf auf Alex' Brust. Sie schloss die Augen und gab sich der Stille hin. Erfüllt von einem Gefühl der Geborgenheit, ließ sie Mona in ihre Gedanken zurück.

»Warum hat sie uns nie erzählt, wie verrückt er war?«, flüsterte sie. »Wir hätten ihr doch helfen können.«

»Rose. Bitte. Nicht dieses Thema«, sagte Alex.

»Ich muss ununterbrochen an sie denken. Daran, wie ihre letzten Tage wohl waren. Ihre letzte Nacht. Wie es sich angefühlt haben muss, plötzlich zu wissen, dass es keinen Weg mehr zurück gibt, dass es dieses Mal –«

»Rose, diese Art von Gedanken führen zu nichts.«

»Vielleicht ist das Nichts ja gar nicht so schlecht.«

Alex stand auf und zog seine Hose an. Er hatte einen schlanken Körper, mit starken, muskulösen Beinen, an deren Waden noch immer die Abdrücke seiner Strümpfe zu erkennen waren. Dann nahm er seine Uhr vom Nachttisch. »Scheiße«, sagte er. »Es ist spät. Ich muss los.«

Er stolperte über Roses achtlos auf den Boden geworfenes Kleid und packte sich sein Hemd. Seine Socken. Seine Krawatte.

Rose drehte sich auf den Rücken. Durch die Zimmerdecke verlief ein Riss, und plötzlich wurde sie von der Vorstellung erfasst, wie das Hotelgebäude in sich zusammenstürzte. Fenster zerbarsten, Scherben tanzten im Wirbel der Zerstörung, Stahl schmolz wie Kandiszucker. Staub füllte ihre Lunge.

»Glaubst du, Mona hat es kommen sehen?«, fragte sie.

Alex zog seine Jacke an und setzte sich ans Bett. Er berührte ihr Gesicht und wischte ihr die Tränen von den Wangen.

»Natürlich nicht. Warum wäre sie sonst bei ihm geblieben?«

Ja, warum wohl?

Am nächsten Morgen wurde Rose von einem dumpfen Poltern geweckt. Sie rannte aus ihrem Zimmer und entdeckte Tom, wie er am Fuß der Treppe auf dem Boden lag, verheddert in seinem schon wieder eingenässten Laken und umgeben von einem Stapel verstreuter Bücher.

»Hast du dir wehgetan?«, rief Rose, während sie die Treppe hinunterlief, aber bevor sie ihn erreicht hatte, war Tom schon aufgestanden und davongehumpelt. Alles, nur bloß keine Berührung.

»Wie wär's mit einem Frühstück?«, fragte sie, als sie Tom in der Küche eingeholt hatte. »Milch? Toast? Cornflakes?«

»Klingt toll, Mama. Wie wär's mit ein bisschen Rührei dazu?«

Rose wirbelte herum und sah ihren Sohn im Türrahmen stehen, der nichts als eine drei Nummern zu große Unterhose trug. Seine Haare waren zerzaust und er rieb sich die Augen.

»Wie oft muss ich dir noch sagen, dass du nicht irgendwelchen Scheiß auf der Treppe liegen lassen sollst?«, fragte Rose.

»Wie war das mit dem Glashaus und dem Steinewerfen?«, entgegnete Nick, während er eine Schüssel aus dem Schrank zog und sie bis zum Rand mit Cornflakes füllte. »Und außerdem finde ich es nicht in Ordnung, Bücher als Scheiß zu bezeichnen.«

Rose vermisste ihren Bruder. Will hätte gewusst, wie man Nick zurechtstutzen konnte. Nachdem er jahrelang immer mal wieder bei ihnen gewohnt hatte, war Will für ihren Sohn das, was einer Vaterfigur am nächsten kam, wenngleich Will diese Rolle nur widerstrebend übernommen hatte. Damals zum Beispiel, als Nick die Windpocken gehabt hatte, war es Will irgendwie gelungen, den armen Jungen zum Lachen zu bringen, obwohl er von oben bis unten mit Quaddeln bedeckt war. Und später, als Nick drei Zähne an einem Tag verloren hatte und fest davon überzeugt gewesen war, er müsse jetzt sterben, hatte Will ihm seine eigene komplette Sammlung von Milchzähnen gezeigt, die er in einer verbeulten Blechdose mit dem Aufdruck »Süße Köstlichkeiten« aufbewahrte. Nick, der mit seinen Zahnlücken so aussah wie ein greiser Matrose, hatte sofort mit seiner eigenen Sammlung angefangen.

»Halli, Hallo, Hallu?«

Rose erstarrte. Was hörte sie da?

»Irgendjemand zuhizuhozuhause?«

Sie rannte in die Diele und sah Will in der Eingangstür stehen. Sein T-Shirt war genauso fettig wie seine Haare, aber auf seinem Gesicht lag ein breites Grinsen. »Ist das dein Ernst?«, sagte Rose. Ihre Stimme klang barsch, trotz ihrer Freude. »Hast du schon mal was von einem Telefon gehört? Oder SMS?«

»Ich bin Standby geflogen«, antwortete Will, und stellte seinen Rucksack ab. »Und außerdem dachte ich, du magst Überraschungen.«

»Und du hast vor, wieder hier zu wohnen?«

»Ja, schon. Warum?«

*

»Ich weiß, es ist alles andere als ideal«, sagte Tante Rose und schob ein schon vor langer Zeit aufgegebenes Kunstprojekt ihres Sohnes in die Ecke, um Platz für eine aufblasbare Matratze zu schaffen. »Aber für jetzt muss es genügen.«

Während sie die Luftpumpe holen ging, schaute Tom sich in Nicks Zimmer um, das er von nun an mit ihm würde teilen müssen. Auf dem Boden lagen zahllose Klamotten und Schuhe verstreut, und an den Wänden hingen eine italienische Fahne, ein violettes T-Shirt der Toronto-Raptors-Basketballmannschaft und ein Poster, auf dem ein langhaariger Junge zu sehen war, der mit seinem Skateboard hoch in den Himmel sprang, als wäre es ein fliegender Teppich. Unter dem ungemachten Bett seines Cousins entdeckte Tom die Bart-Simpson-Schneekugel, die er für Nick am Old Orchard Beach selbst gekauft hatte. Doch dann, während der langen Heimfahrt, hatte er seine Meinung geändert. Er wollte die Schneekugel lieber selbst behalten, als Andenken an die Ferien am Meer, an einen Urlaub, in dem er viel Spaß gehabt hatte, obwohl seine Eltern die letzten zwei Tage nicht mehr miteinander gesprochen hatten. Aber Mama hatte diese Idee im Keim erstickt. »Es sollte ein Geschenk sein«, hatte sie gesagt. »Also wird es auch ein Geschenk bleiben.«

Wie er jetzt die Schneekugel betrachtete, vollkommen vergessen und von einer dicken Staubschicht überzogen, erkannte Tom, dass Mama unrecht gehabt hatte. Nichts bleibt, wie es ist, ganz gleich, was man sich wünscht oder wie oft man es beschwört.

»Also gut«, sagte Tante Rose, als die Matratze fertig aufgepumpt war und sie noch eine Nachttischlampe danebengestellt hatte. »Ich finde, das sieht doch supergemütlich aus. Sag Bescheid, wenn du noch irgendwas brauchst.«

Kaum war sie zur Tür hinaus, da zog Nick eine imaginäre Linie quer durchs Zimmer. »Diese Grenze darfst du auf keinen Fall überqueren, sonst gibt's Ärger! Kapiert?«

Tom schlüpfte in sein neues Bett, das bei jeder Bewegung quietschte. Er hatte nicht die geringste Absicht, unbefugt das Territorium seines Cousins zu betreten. Genauso wenig, wie er die Absicht hatte, jemals wieder zu lachen oder zu schwimmen oder Kanu zu fahren.

»Und diese Geschichte mit dem Nichtreden«, sagte Nick, während er in sein eigenes Bett schlüpfte, »hast du vor, damit endlich mal aufzuhören, jetzt so in näherer Zukunft? Denn das geht mir allmählich ein bisschen auf die Nerven, um ehrlich zu sein. Nein, falsch, es geht mir wahnsinnig auf die Nerven.«

Tom zog sich die Decke über den Kopf und begann zu zählen. 1. 2. 3. 1. 2. 3. 1. 2. 3. 1. 2. 3.

»Aber ich muss zugeben: Du kriegst eine Eins fürs Konsequentbleiben«, sagte Nick und löschte das Licht. »Schlaf gut.«

Danach kehrte in der Claremont Street eine neue Art von Normalität ein. Onkel Will unterhielt Tante Rose mit verrückten Geschichten über ein Mädchen namens Marissa und begeisterte Nick mit aufwendig zubereiteten Mahlzeiten. Tom saß währenddessen unbeteiligt dabei, sah dem Ganzen zu und war froh, dass man ihn in Ruhe ließ. Gefangen, in seiner eigenen Welt, genau wie die anderen auch.

»Ich werde so gegen neun wieder da sein«, sagte Tante

Rose an einem Donnerstagabend. Sie war seit einer Stunde oben in ihrem Zimmer hin und her geflitzt und als sie endlich die Treppe herunterkam, trug sie ein eng anliegendes Kleid und hatte knallroten Lippenstift aufgetragen. »Im Kühlschrank sind noch ein paar Reste, es sei denn, du hättest Lust, was zu kochen, Will. Die Tomaten müssten dringend gegessen werden.«

»Ich kann nicht, tut mir leid. Bin mit Burt verabredet«, sagte Onkel Will, ohne von *Der gefährlichste Job Alaskas* aufzuschauen, einer Dokuserie, die gerade im Fernsehen lief.

»Nick?«

»Heute ist Ryans Geburtstag, Mama. Hab ich dir doch gesagt. Ich zieh gleich nach dem Essen los und übernachte auch dort.«

Tom, der sich so klein wie möglich gemacht hatte, während er zwischen Onkel Will und Nick auf dem Sofa saß, ließ sich noch tiefer in das Polster gleiten. Bitte vergesst, dass ich hier bin, dachte er. Tut einfach so, als wäre ich nicht da. Bitte. Bitte. Bitte.

»Tut mir leid, Will, aber mal einen Abend zu babysitten ist wirklich nicht zu viel verlangt. Du schuldest mir schließlich Miete.«

»Tom ist kein Baby, Rose, also muss auch keins gesittet werden.«

»Jetzt sei doch nicht so ein Arsch, Will. Ich bin ohnehin schon spät dran.«

»Spät wofür denn?«

Tante Rose war nicht einmal zehn Minuten fort, als Onkel Will schon Nicks Gejammer nachgab, der unbedingt etwas Leckereres essen wollte als drei Tage alte Reste.

»Zwiebeln, Pilze, Tomaten – und die Geheimzutat lautet …«

Onkel Wills Gesicht tauchte über der Kühlschranktür auf. Er hielt eine knorrige Wurzel in der Hand. »Nick? Tom? Hat irgendjemand eine Idee, was das hier ist?«

»Keine Ahnung«, sagte Nick. »Knoblauch?«

»Oh weia, du hast aber noch so einiges zu lernen. Nein, das ist Ingwer. Eine Wurzel, die ganz großartig schmeckt und dann auch noch gut gegen Magenprobleme, Halsschmerzen, Übelkeit, Appetitlosigkeit und sogar Krebs ist.«

»Faszinierend. Ruf mich, wenn du fertig bist«, sagte Nick und wandte sich zum Gehen.

»Jetzt mal hübsch langsam mit den jungen Pferden, Freundchen. Das ist hier keine Ferienanlage mit einem All-You-Can-Eat-Büfett! Wenn du was essen willst«, sagte Onkel Will, griff sich eine Zwiebel und zielte, »dann musst du helfen.«

Die Zwiebel flog nur sehr knapp an Nicks Kopf vorbei und hinterließ eine Spur aus trockener, krümeliger Haut auf dem Boden.

»Und was ist mit dem da?« Nick zeigte auf Tom, der sich an den Küchentisch gesetzt hatte. »Es ist nicht fair, dass der immer eine Sonderbehandlung –« Aber bevor Nick seinen Satz zu Ende sprechen konnte, waren schon fünf Pilze und ein Messer vor Tom auf dem Tisch gelandet.

»Da. Zufrieden?«

»Aber kann der bitte mal seine Hände waschen, bevor er seine Spucke über unser Essen schmiert? Hast du gesehen, was er mit seinen Fingernägeln anstellt? Das ist absolut widerlich.«

»Im Ernst jetzt, Nick? Du solltest dich dringend um deine eigenen Angelegenheiten kümmern. Nur weil er nichts sagt, heißt das noch lange nicht, dass er nicht hören kann.« Aber trotzdem warf Onkel Will ein feuchtes Handtuch vor Tom auf den Tisch.

»Und was soll ich jetzt genau mit dem Ding hier anfangen?«, fragte Nick und betrachtete die Zwiebel, als sei sie ein Besucher von einem anderen Stern.

»Na, nimm sie an die Leine und geh damit Gassi, Nick, und vergiss bloß nicht die Tütchen zum Kackesammeln. Was denkst du denn? Schäl sie. Schneide sie klein. Und dann brate sie an. Und Tom, diese Pilze müssen jetzt gleich in Scheiben geschnitten werden und nicht erst irgendwann nächste Woche.«

Tom nahm das Messer und ließ die Klinge ganz sanft über seine Handfläche gleiten, genau an der Wunde entlang, die sich gebildet hatte, als er Mamas getöpferte Tasse zerschmettert hatte. Die Haut war immer noch dünn und empfindlich, und das Metall fühlte sich scharf an. Aufregend. Aber bevor er tiefer bohren und sich ins eigene Fleisch schneiden konnte, um zu sehen, wie weit er es schaffte, ohne zusammenzuzucken, packte Onkel Will das Messer und drückte es ihm andersherum wieder in die Hand.

»Beim Kochen ist das richtige Timing das Allerwichtigste, Tom, also lass das Team nicht im Stich. Ich will diese Pilze in Scheiben sehen, und zwar pronto!«

Die Zubereitung des Essens – einer Gemüsepfanne mit Reis – dauerte eine Ewigkeit, doch aufgegessen war es im Nullkommanix. Selbst Tom aß seinen Teller vollkommen leer, aber weder Onkel Will noch Nick gaben einen Kommentar dazu ab. Nachdem sie das Geschirr in die Spüle gestellt hatten, setzten sie sich aufs Sofa, um fernzusehen.

»Das ist echt die dämlichste Sendung, die es je gab«, sagte Nick.

»Nein, ist sie nicht«, entgegnete Onkel Will.

»Wohl! Die Musik ist doof, die Trikots sind doof, die Nummern sind doof, die Tanzschritte sind doof, die Kampfrichter sind doof, der –«

»Nick! Ich hab's ja begriffen. Es ist doof. Aber um Himmels willen, tu uns allen einen Gefallen und erweitere mal deinen Wortschatz.«

Onkel Will schaltete trotzdem ein paar Sender weiter, bis er schließlich bei *So wird's gemacht* hängen blieb. Riesige glänzende Maschinen sortierten, wuschen, schälten, zerkleinerten und salzten Kartoffeln, bis sie zu Kartoffelchips geworden waren und in Tüten verpackt werden konnten. Eine düstere, geradezu bedrohliche Stimme erklärte in eintönigem Singsang, wie viele Chips man aus einer durchschnittlich großen Kartoffel gewinnen kann (nämlich sechsunddreißig) und erläuterte dann noch einige andere, ebenso abwegige Details zur Herstellung von Kartoffelchips. »Diese Sendung ist so scheiße langweilig, da krieg ich Zahnschmerzen«, sagte Nick.

»Zahnseide könnte da gut helfen«, entgegnete Onkel Will. »Und außerdem, erweitere doch mal deinen Horizont, du bist doch kein Spasti.«

»Ich bin ziemlich sicher, dass es nicht okay ist, dieses Wort zu benutzen.«

»Bist du nicht auf irgendeine Party eingeladen?«

»Okay, schon gut«, sagte Nick und griff sich sein Skateboard. »Viel Spaß dann noch!«

»Und, wie schaut's bei dir aus?«, fragte Onkel Will und wandte sich an Tom. »Du hast doch wohl nichts dagegen, deinen Horizont zu erweitern, oder?«

Tom schloss die Augen, in der Hoffnung, die unerwünschte Aufmerksamkeit möge wieder verschwinden.

»Wie du willst«, sagte Onkel Will. Dann schaute er wieder seine Sendung an, in der es mittlerweile um Mikroprozessoren ging. Nur dass in Toms Augen dieses Mal nichts davon irgendeinen Sinn ergab. Woher wusste das Infrarotlicht, wo genau es die Mikrochips platzieren musste? Wie war es möglich, Erinnerungen zu speichern, und vor allem warum? Tom wollte nur vergessen.

Während die Stimme im Fernseher immer weiter redete, ergriff Tom eine so schwere, köstliche Müdigkeit, als würde er mitten im Sommer im Seehaus in der Hängematte liegen und von der schweren Hitze in den Schlaf gelullt werden. Er schloss die Augen und schlummerte ein. Wasser spritzte ihm ins Gesicht, erfrischend und kühl. Aber dann wurde aus dem See in seinem Traum ein Fluss, der nach einer Weile in eine tiefe Schlucht einmündete. Die Strömung wurde stärker, das Rauschen des Wassers lauter, und dann erinnerte er sich plötzlich, dass direkt hinter der nächsten Biegung ein Wasserfall in die Tiefe stürzte. Panisch versuchte Tom, zum Ufer hinüberzupaddeln, aber die Strömung riss ihn mit sich fort. Dann verwandelte sich das Wasser zu Schlamm, zu einem klebrigen, schmierigen Matsch und schließlich zu Beton. Tom steckte fest. Er versuchte zu schreien, aber aus seinem Mund kam kein Ton. Die Luft ging ihm aus. Dunkelheit umhüllte ihn – bis er aus dem Schlaf hochschreckte.

Tom sah sich um und wusste einen Moment lang nicht, wo er war. Neben ihm lag Onkel Will, der fest schlief und dabei schnurrte wie eine Katze. Im Fernseher redeten hässliche alte Männer mit riesigen Bierbäuchen über ihre genauso hässlichen Autos. Um einen anderen Sender zu suchen, brauchte Tom die Fernbedienung, aber die steckte fest in Onkel Wills zusammengeballter Hand.

Ganz vorsichtig bog Tom die Finger auf, einen nach dem anderen. Onkel Wills Nägel waren zerfurcht, mit scharfen, gezackten Rändern. Mama hätte es nie zugelassen, dass Toms Nägel so schlampig aussahen. Sie hatte ihm die Fingernägel immer mit ihrer Spezialschere geschnitten, gleich nach dem Baden. »Dann sind sie weicher«, hatte sie gesagt. »Und lassen sich viel leichter schneiden.« Vielleicht hatte sie Onkel Will diesen Trick nie verraten. Vielleicht würde Tom es ja tun, eines Tages.

Es dauerte zehn Minuten, aber dann hatte Tom seinem Onkel endlich die Fernbedienung aus der Hand gezogen. Er schaltete sich durch die Programme: Die Blue Jays spielten gerade gegen die Yankees, Leute redeten, andere tanzten. Der Wetterbericht. Gesang. Gerede. Schokolade. Gerede. Gerede.

Dann ein Ringkämpfer mit nacktem Oberkörper und einem riesigen Drachen-Tattoo auf dem Rücken, der gerade seinen Widersacher in Shorts mit Sternenbanner-Muster in den Brustkorb trat. Der Amerikaner stolperte, aber schaffte es irgendwie, auf den Beinen zu bleiben, bis der Drachenmann plötzlich hoch in die Luft sprang und seinen Gegner noch einmal hart mit dem rechten Fuß traf. Der Schweiß spritzte von dem Amerikaner auf, der prompt zusammenbrach und wie ein Fisch zappelte, der nicht entkommen konnte. Aber der Drachenmann hörte nicht auf. Schlag auf Schlag ließ er auf seinen Gegner herabhageln. Blut spritzte auf, und das Jubeln der Menge steigerte sich zu einem frenetischen Brausen. Tom stockte der Atem.

»Was zum Teufel?«, fragte Onkel Will, der von dem vor Aufregung kreischenden Ansager aufgeweckt worden war. Er schnappte sich die Fernbedienung und schaltete den Fernseher auf stumm. »Was zum Teufel ist mit den Chips passiert?«

# September

Sonya streckte sich über das gesamte Bett aus, aber es war leer. Bevor sie sich jedoch zu sehr in ein Gefühl der Enttäuschung hineinsteigern konnte, stieg ihr der Geruch von frisch gebrühtem Kaffee in die Nase. Vielleicht war doch nicht alles verloren. Vielleicht würde sich Alex sogar an die Croissants erinnern, die sie gestern Abend in den Ofen geschoben hatte, damit sie heute früh anlässlich ihres Geburtstagsfrühstücks im Bett zu einer köstlich buttrigen Vollkommenheit aufgebacken werden konnten. Sonya schaltete das Radio ein und wartete auf die Nachrichten zur vollen Stunde. Als sie das nächste Mal aufwachte, verkündete Mary Ito gerade das Wetter: fünfzehn Grad und sonnig. Perfekt für ein herbstliches Grillfest.

Ohne die Augen zu öffnen, ging Sonya in Gedanken ihre To-do-Liste durch. Sie hatte bereits genügend Wein eingekauft, das Haus von oben bis unten geputzt und die Dips vorbereitet. Heute waren nur noch einige wenige letzte Vorbereitungen zu treffen: Mutters Lieblingskartoffelsalat zubereiten (keine Mayonnaise, keine Gurken, kein Speck, dafür selbst gemachte Bouillon, Petersilie und Rapsöl), Zutaten für Alex' Burger klein schneiden und zu Cindys Bäckerei fahren, um den Kuchen abzuholen.

»Herzlichen Glückwunsch«, sagte Alex und stellte ihren

Kaffee auf den Nachttisch. »Ich bin in einer Stunde wieder da.«

»Wie wär's mit ein bisschen Kuscheln?«, fragte Sonya mit ihrer verführerischsten Stimme. Wie peinlich, dass sie um Sex betteln musste, und dann auch noch an ihrem Geburtstag.

»Ich kann nicht, Schatz. Ich muss noch Grillkohle und Bier kaufen gehen.«

»Jetzt? Warum hast du nicht …?« Aber dann verstummte sie. Im Gegensatz zu ihr selbst liebte Alex es, die Dinge auf den letzten Drücker zu erledigen. Wenn ihm ein dringender Termin im Nacken saß, fühlte er sich lebendig. Was machte es da schon, wenn diese Vorgehensweise manchmal nach hinten losging? Wie damals, als er die – zugegebenermaßen zauberhafte – Idee gehabt hatte, ihren Hochzeitstag in Prince Edward County zu feiern, und sie dann noch in derselben Nacht wieder nach Hause fahren mussten, weil alle Hotels ausgebucht gewesen waren. Oder die zahllosen Gutscheine, die er Sonya statt richtiger Geschenke überreicht hatte. Oder die Croissants, die vergessen im Ofen lagen, während Alex forteilte, um etwas zu tun, was er schon vor Tagen hätte erledigen können.

Sonyas Vormittag wurde von da an nicht besser. Als sie in Cindys Bäckerei ankam, stellte sich heraus, dass jemand ihre Bestellung verschlampt hatte und der einzige noch übrig gebliebene Kuchen eine rosafarbene Monstrosität mit violettem Blumenmuster war. Sie beschloss, vom Kauf dieses toxischen Kuchens (wenn so etwas überhaupt noch Kuchen genannt werden konnte) abzusehen, und steckte dann auf dem Weg zum Friedhof die ganze Zeit im Stau fest.

Sonya liebte es, an ihrem eigenen Geburtstag das Grab ihrer Mutter zu besuchen. Es war der perfekte Ort, um das vergangene Jahr Revue passieren zu lassen und sich Ziele für das kommende zu setzen. Wie immer klaubte Sonya die herabgefallenen Blätter vom Grab, aber dieses Mal verspürte sie nichts als Mutters Unmut. Als wäre es ihre Schuld, dass Mona gestorben war, dass ihrer aller Leben in Scherben lag und sie schon wieder am Muttersein gescheitert war.

Es war nicht das erste Mal, dass Sonya das heftige Missfallen ihrer Mutter erregt hatte. Sie war untröstlich gewesen, als Sonya sich an der McGill-Universität eingeschrieben hatte. »Warum musst du unbedingt nach Montréal? Gibt es an der Universität von Toronto keine Mathematikkurse? Wirst du mich denn nicht vermissen? Ich werde dich bestimmt vermissen!«

Sonya hatte es nicht gesagt, aber ein Teil des Reizes, in eine andere Stadt umzuziehen, lag in dem Umstand, dass sie dadurch den immer schlimmer werdenden Stimmungsschwankungen ihrer Mutter entrinnen konnte. Anfangs hatte Mutter jeden Tag angerufen, weil sie sich sorgte, ihr ältestes Kind könnte verhungern oder erfrieren oder vor lauter Einsamkeit sterben. Sonya brauchte Monate, um sie davon zu überzeugen, dass es ihr gut ging und dass sie es durchaus schaffte, aus eigener Kraft zu überleben. Dass sie es sogar besser so fand.

Sie hatte damals in der Rue Duluth gewohnt, im dritten Stock eines alten, heruntergekommenen Hauses, dem ausschließlich junge Leute einen gewissen Charme abgewinnen konnten. Sie hatte sich die Wohnung mit zwei Mitbewohnerinnen geteilt, einer unfassbar ernsten Astronomie-Studentin aus British Columbia und einer gutmütigen, aber leicht muffig riechenden Studentin der Politikwissenschaft, die aus Neuschottland stammte. Selbst nach all diesen Jahren erinnerte sich Sonya bei dem Geruch von verbrannter Milch an die Vormittage in der schlecht geheizten Gemeinschaftsküche, wo sie über Monica Lewinsky, die letzte Seinfeld-Folge und Quantenphysik diskutiert hatten.

Und dann war da ja noch die McGill-Universität. Wie beflügelt hatte Sonya sich doch gefühlt, als sie zum ersten Mal den sagenumwobenen Sherbrooke-Campus betreten hatte. Sie hatte geglaubt, dass sie nun – ganz so wie James McGill, jener Pelzhändler, der zum Ende seines Lebens der reichste Mann Montréals geworden war – auf der Schwelle zu einer besseren, glänzenderen Zukunft stand. Sie hielt sich links und erreichte die Burnside Hall, wo die mathematische Fakultät ihren Sitz hatte, ein dreizehnstöckiges, brutalistisches Gebäude, das sich von dem ansonsten so eleganten Campus abhob wie eine missgebildete Promenadenmischung in einem Wurf aus reinrassigen Welpen.

Dort, inmitten dieser pickeligen, unsicheren Studenten, unter die sich auch ein paar superschlaue Nerds mischten, hatte sie sich sofort heimisch gefühlt. Hier löste man Probleme mithilfe von Logik, Schlussfolgerungen und Abstraktion. Antworten waren entweder richtig oder falsch. Die Ergebnisse – hatte man sie erst einmal verstanden – begeisterten Sonya wegen ihrer Einfachheit, Zwangsläufigkeit und unwiderlegbaren Wahrhaftigkeit. Sie liebte die absurd verworrenen Kursbeschreibungen und suchte sich unweigerlich immer das aus, was sie am wenigsten verstand: Lineare Abhängigkeit und Unabhängigkeit, immer her damit. Umkehrfunktionen und Determinanten, aber gerne doch!

Dann war sie Xavier begegnet, und alles hatte sich verändert. Xavier, der wie das Meer roch, wie Holz, wie das Leben selbst. Xavier, dessen Berührung Sonya aus ihrem Kopf heraus und in ihren Körper hinein beförderte, der ihr das Gefühl gab, wunderschön zu sein und ach so begehrt. Wenn sie in seinen Armen lag, konnte sie keinen Sinn mehr in der Jacobimatrix, der bedingten Wahrscheinlichkeit oder dem Satz von Bayes erkennen. Gleichungen, die ihr zuvor noch verlockend erschienen waren, stellten sich jetzt als abstrus, rätselhaft und undurchschaubar heraus. Und so kam es, dass sie am Ende des Jahres durch einen Großteil ihrer Prüfungen fiel. Aber das war Sonya egal. Während sie dem betörenden Singsang von Xaviers Québécois-Akzent und den Gesprächen seiner coolen, wenn auch größtenteils nicht zu verstehenden Freunde lauschte, fiel es ihr ganz leicht, sich als rebellische Studentin im Paris der Zwanzigerjahre zu sehen statt als gestrauchelte Studienanfängerin der Mathematik im kanadischen Montréal.

Aber dann war Xavier in den Bann einer anderen geraten und weitergezogen. Sonya versank in Selbstmitleid und verkroch sich in ihr Bett, bis sie eines Tages ihre Mitbewohnerin mit Tränen in den Augen wachrüttelte: Mutter war gestorben. Rose hatte sie gefunden, in einer Pfütze ihrer eigenen Kotze, und daneben einen Zettel: *Es tut mir leid.*

Am Ende war es nur ein kurzes Intermezzo in Montréal. Anderthalb Jahre lang war es ihr vergönnt gewesen, ein Leben nach ihren eigenen Regeln zu führen. Die Geschichte, die sie sich selbst erzählte und jedem, der sich die Mühe machte nachzufragen, war, dass sie ihr Studium und ihre Zukunft aufgegeben hatte, um das steuerlose Wrack ihrer Familie zu retten. Und so, mit knapp einundzwanzig Jahren, wurde sie die Ersatzmutter dreier Kinder. Das muss man sich mal vorstellen! Xavier erwähnte sie nie. Kein einziges Mal. Stattdessen gab sie sich mit einem Mann zufrieden, bei dem sie sich geborgen fühlte. Ein Mann, der verlässlich war. Ein Mann, der für sie da war.

Als Sonya vom Friedhof nach Hause zurückkehrte, war Alex gerade damit beschäftigt, sich auf YouTube anzuschauen, wie wildfremden Leuten irgendwelche Dinge um die Ohren flogen. *FailArmy,* wie Sonya vermutete, oder *Idiots at Work,* seine neuesten Lieblingskanäle. Sonya konnte unmöglich sagen, wann genau ihr Ehemann zu einem Klischee geworden war. Ein kleiner Bierbauch ragte aus seiner ansonsten zugegebenermaßen immer noch schlanken Gestalt, er war süchtig nach Videos, in denen andere Männer schmerzliche Unfälle erlitten, und wartete immer, bis sie anfing zu nörgeln, bevor er den Arsch hochbekam.

»Alex«, sagte Sonya. Sofort hasste sie den Klang ihrer eigenen Stimme. »Der Garten ist immer noch ein einziges Chaos.«

Alex verdrehte die Augen, machte sich aber sofort auf, um das Laub zusammenzurechen. Sonya zog ihre Schürze an und ging an die Arbeit. Während sie die Zutaten zu Mutters Zitronenkuchen-Rezept verrührte, hob sich ihre Stimmung. *200 Gramm Butter mit 200 Gramm Zucker verkneten,* las sie in Mutters gehetzter Handschrift auf einer Seite voller Butterflecken und verkrustetem Mehl. Das leise Brummen des Rührgeräts hatte etwas Energisches und doch auch Beruhigendes. *Einzeln drei Eier hinzufügen, eins nach dem anderen, und dann abgeriebene Schale von einer Zitrone.* Sonyas Handgriffe waren rasch und präzise. Die Zahlen auf dem Papier gaben ihr eine Aufgabe, alle Zweifel räumten das Feld, und was blieb, war Zufriedenheit. *Jetzt 40 g Mehl dazugeben, zusammen mit 140 g geriebenen Mandeln, und so lange schlagen, bis der Teig glatt ist.* Und voilà, fertig ist das Ganze. Glückseligkeit.

Sonya schob die Backform in den Ofen und stellte die Schaltuhr auf fünfundvierzig Minuten. Wie peinlich, dass sie sich ihren eigenen Geburtstagskuchen backen musste. Aber es konnte ja auch schlimmer kommen. Man könnte auch gar keinen Geburtstag mehr haben.

*

Rose liebte den Samstagmorgen. Sie hatte sich den Luxus gegönnt, zwei Stunden lang im Bett zu lesen, über Amina, eine gehorsame Ehefrau im Kairo des Jahres 1917, die ihr Leben der Erziehung ihrer Kinder und der Besänftigung ihres ständig fremdgehenden Ehemanns widmete. Es war ein so kleines, so begrenztes Dasein, das jedoch gleichzeitig so herrlich klar durchstrukturiert war, dass Rose sich auf einmal nach mehr Gewissheit in ihrer eigenen so widerspenstigen Welt sehnte.

In ihrer Kindheit waren Bücher ihre Rettung gewesen, sie schenkten ihr Ruhe, in einem Haus, das immer voller Menschen war. Zuerst waren es Geschichten von Geheimnissen gewesen, die allein die Detektivin Nancy Drew hatte lösen können. Später war sie zu der verzwickten Suche nach dem *Monddiamanten* übergegangen und dann, mit vierzehn, hatte sie *Krieg und Frieden* gelesen. Tato hatte verächtlich gelacht: »Die können schöne Reden schwingen, diese Russen, aber wehe, wenn du unter ihrer Knute stehst.«

Rose schlug Nagib Machfus' Kairo-Trilogie zu und ging nach unten. In der Küche saß Will und las Zeitung – *The Globe and Mail* –, während Nick gerade einen Toast mit Erdnussbutter verschlang. Tom saß am gegenüberliegenden Tischende und schien die Risse in der Wand zu zählen. »Hier«, sagte Rose und stellte eine Schüssel mit Crunchies vor ihn hin. »Und?«, fragte sie Will dann. »Sollte nicht die Person, die für die Zeitung bezahlt, sie auch als Erste lesen dürfen?«

»Das Leben ist ungerecht, Schwesterherz. Das solltest du doch wohl mittlerweile wissen«, antwortete Will, ohne von der Zeitung aufzuschauen. »Wer lange schläft, hat schon verloren.«

Rose griff sich die Reisebeilage. »Alle einsteigen! Der Marrakesch-Express fährt los«, las sie. Im Gegensatz zu ihrem Bruder war sie nie weiter als zu den Niagarafällen gekommen, seit sie mit einundzwanzig Mutter geworden war. »Die Feinschmecker-Renaissance in Wales.« Noch mehr nutzlose Informationen für ein Gehirn, das bis obenhin voll war mit Geheimnissen von Freunden, die schon vor einer Ewigkeit fortgezogen waren, dem Passwort für Eugenes Geldkarte (nicht, dass jemals besonders viel Geld auf dem Konto von Nicks Vater gewesen wäre) und Telefonnummern, unter denen man niemanden mehr erreichte.

Ein Klopfen an der Haustür riss Rose aus ihren Gedanken und brachte sie wieder in die Claremont Street zurück. »Will! Du hast doch versprochen, die Klingel zu reparieren«, sagte sie.

»Verklag mich doch.«

Wieder wurde geklopft.

»Mach doch bitte irgendjemand die Tür auf. Ich bin noch gar nicht richtig angezogen.« Und das stimmte auch. Über ihrem alten, abgetragenen Pyjama trug sie einen fadenscheinigen Bademantel, der früher einmal leuchtend grüne und braune Streifen gehabt hatte, und ihre Füße steckten in ihren heiß geliebten, aber inzwischen äußerst traurig aussehenden braunen Pantoffeln.

Das Klopfen hörte nicht auf. Nick verschlang einen weiteren Toast und Tom starrte nun nicht mehr an die Wand, sondern auf seine Schüssel mit Crunchies.

»Das klingt ganz so, als hätte die Person da draußen nicht

vor, aufzugeben«, sagte Will und blätterte die Zeitung um. »Aber wie du ja immer wieder betonst, dies ist dein Haus, Rose, nicht meins.«

Nachdem Rose versucht hatte, mit ein paar Handgriffen ihre widerspenstigen Haare ein wenig zu ordnen, öffnete sie die Tür. Dort, in ihrem Vorgarten, stand Ray. Sein gewohntes Grinsen wich einem entsetzten Gesichtsausdruck, um dann in ein freundliches, wenn auch peinlich berührtes Lächeln überzugehen. »Es tut mir schrecklich leid, dass ich Sie geweckt habe«, sagte er schließlich.

»Ich bin schon seit Stunden wach«, entgegnete Rose, während sie sich den Bademantel ein wenig enger um den Körper zog. »Was kann ich für Sie tun?«

»Wir hatten einen Termin, Rose.«

»Scheiße. Wie konnte ich das vergessen?«

»Ja, das frage ich mich auch.«

Rose verfrachtete Ray ins Wohnzimmer, während sie nach oben lief, um sich anzuziehen. Als sie zurückkehrte, war Ray gerade damit beschäftigt, das Bild zweier Polizisten der berittenen kanadischen Polizei zu betrachten, die sich an den Händen hielten. Will hatte die Zeichnung vor Jahren einem obdachlosen Mann auf der Queen Street abgekauft.

»Also. Was gibt's?«, fragte sie und hoffte, dass Ray die riesigen Schwänze noch nicht aufgefallen waren, die sich unter den feschen Hosen der Polizisten wölbten. Sie haderte mit diesen regelmäßigen Besuchen, hasste es, dass Fremde jetzt ihr Leben inspizierten und jede Entscheidung unter die Lupe nahmen, die sie jemals gefällt hatte. Wo waren diese Weltverbesserer, wenn man sie wirklich brauchte?

»Jetzt mal im Ernst, Rose, müssen wir das denn jedes Mal durchkauen?«

»Nein«, log sie und biss sich auf die Zunge. Bis diese »Beobachtung der häuslichen Verhältnisse« abgeschlossen war und man über Toms Schicksal entschieden hatte, war Rose fest entschlossen, zumindest scheinbar mitzuspielen.

»Ich fürchte, Ihre Wut macht diese Situation nicht leichter.«

»Aber Tom zu zwingen, in die Schule zu gehen, das hilft?«

»Bitte geben Sie nicht mir die Schuld, Rose. Der Sommer ist vorbei, und in Ontario verlangt es das Gesetz, dass alle Kinder zur Schule gehen. Außerdem habe ich gestern mit der Vertrauenslehrerin gesprochen, und die hat gesagt, er käme einigermaßen klar.«

»Er kommt einigermaßen klar? Ach ja? Damit geben wir uns also jetzt zufrieden?«

»Es ist ein Anfang, Rose. Dann erzählen Sie mir doch mal, wie es Ihrer Ansicht nach gelaufen ist.«

Am vergangenen Montag waren Rose und Nick mit Tom zusammen zur Charles-G.-Fraser-Junior-Schule gegangen. Nick hatte vor sich hin geplappert, von der Zeit, als er selbst auf diese Schule gegangen war: von einem Fußballturnier, das sie in strömendem Regen gewonnen hatten, und von dem Ausflug zum Zoo, wo sie ein neugeborenes Gorillababy bewundern konnten. Rose hatte geschwiegen, denn das, woran sie sich am deutlichsten von Nicks Zeit auf der Fraser-Schule erinnerte, war der Moment, als eine Kunstlehrerin seine filigrane Zeichnung mit einem fetten roten Filzstift korrigiert hatte und ihr Sohn deswegen verzweifelt geweint hatte.

»Als Erstes zeig ich dir mal dein Schließfach«, hatte die strenge, aber offenbar sehr erfahrene Vertrauenslehrerin zu Tom gesagt. »Und dann schauen wir weiter.«

Der Junge war der Lehrerin widerspruchslos durch den langen Flur gefolgt, dessen Bodenbelag bei jedem Schritt quietschte, vorbei an zahlreichen Fotos irgendwelcher Klassen, die schon vor langer Zeit ihren Abschluss gemacht hatten. Toms Kopf war gebeugt, seine Gestalt winzig. Und gerade in dem Moment, als er um die Ecke verschwand, hatte Nick nach Roses Hand gegriffen, sodass es ihr unmöglich wurde, die Tränen noch länger zurückzuhalten. Am Gesetz lässt sich nicht rütteln, dachte sie, okay, aber sobald dieses Kind einmal zu Hause bleiben will, werde ich es ihm erlauben. Ohne irgendwelche Fragen zu stellen.

»Ich habe ein paar Nachforschungen angestellt«, sagte Ray. »Und ich glaube, ich habe die richtige Person gefunden, um die gegenwärtige Situation zu verbessern.«

»Sie haben jemanden gefunden, der mir umsonst das Haus putzt?«

»Rose, es geht um Therapie.«

»Oh bitte, nicht schon wieder. Was ist denn für euch Typen daran so schwer zu verstehen? Tom ist stumm, verdammt noch mal.«

»Dies ist jemand, der mit nonverbalen Techniken arbeitet. Sie ist mir auf das Wärmste empfohlen worden, Rose, und es war alles andere als leicht, einen Therapieplatz für Tom zu bekommen. Und was das Verbalisieren anbelangt, da habe ich keine Sorgen. Er wird schon reden, wenn die Zeit reif dafür ist.«

»Apropos Zeit«, sagte Rose. »Wie spät ist es?«

»Kurz nach elf.«

»Oh nein. Sonya wird mich umbringen. Jungs!«, brüllte Rose so laut sie konnte. »Wir müssen los!«

Als sie eine Stunde später an der Ecke der Yonge Street und Sheppard Avenue aus der U-Bahn kamen, waren sie von hässlichen Glastürmen umgeben und von lauter Baukränen, die im Begriff standen, noch mehr hässliche Glastürme zu bauen.

»Nur weil eine Mannschaft gerade nicht gewinnt, heißt das noch lange nicht, dass sie scheiße ist«, sagte Will, als Nick und er endlich Rose und Tom eingeholt hatten, die an einer roten Ampel warteten. Irgendwie hatten es die beiden geschafft, sich, seit sie das Haus verlassen hatten, über Sport zu streiten. Was für eine Zeitverschwendung, erwachsenen Männern dabei zuzuschauen, wie sie einem Ball hinterherrannten, und dann auch noch darüber zu diskutieren! Und was war so toll daran, wenn man dann sah, wie dieser Ball endlich zwischen zwei Pfosten landete? Warum benutzte man diese Energie nicht für etwas Sinnvolles? Wie zum Beispiel sein Zimmer aufzuräumen? Oder einen Weg zu finden, wie man Tom zum Lachen bringen konnte? Oder noch besser – zum Reden.

Die Ampel schaltete auf Grün. Rose packte Tom an der Hand und zog den Jungen hinter sich her wie einen Ballon an einer Schnur. Er mochte es nicht, wenn man ihn berührte, aber sie hatte keine andere Wahl. Sie waren ohnehin schon spät dran, und in Toms üblichem Tempo würde der zwanzigminütige Fußweg eine Stunde dauern.

»Herzlichen Glückwunsch zum Geburtstag«, sagte Rose, als sie endlich die Elmwood Avenue erreicht hatten, und legte ihr Geschenk auf Sonyas Küchentisch. »Ich hoffe, es gefällt dir.«

»Ich habe bereits die Vorspeisen serviert«, sagte Sonya, ohne von ihrem berühmten Wassermelonensalat mit Basilikum und Fetakäse aufzuschauen, den sie gerade mischte. »Aber ich sollte wohl dankbar sein, dass ihr es überhaupt geschafft habt. Wie geht es Tom?«

»Gut.«

»Gut?«

»Ja, Sonya, es geht ihm gut. Er isst. Er schläft. Er geht mittlerweile sogar zur Schule. Und nein, er hat noch nicht zu sprechen angefangen, falls es das ist, was du wissen willst. Und ja, er macht immer noch ins Bett, auch wenn es immer seltener passiert. Fortschritt also, kann man sagen. Wo kriege ich hier was zu trinken?«

Rose sah den noch heißen Zitronenkuchen auf dem Küchentisch stehen. Den hatte Mutter früher immer gebacken, wenn sie aus einem ihrer Depressionsanfälle aufgetaucht war. Der Geruch nach Butter und Zitrone war oft das erste Zeichen dafür, dass sie ihre Abwärtsspirale durchbrochen hatte und ihnen fröhlichere Tage, vielleicht sogar Wochen, bevorstanden. Rose brach sich ein Stück von der goldenen Kruste ab und ließ sich genüsslich den Geschmack ihrer Kindheit auf der Zunge zergehen. Er weckte Erinnerungen an die in eine Wolke aus Mehl eingehüllte Küche ihrer Mutter und wie sie heimlich ihre Finger in den Teig gesteckt hatte, der köstlich nach Butter, Zitronen und Nüssen schmeckte.

»Lass das, Rose. Er muss noch abkühlen.«

Durch Sonyas makellos geputztes Fenster konnte Rose ihren Bruder sehen, der bereits ein Bier in der Hand hielt und mit Nick über irgendwelchen neuen Unsinn diskutierte. Ein paar Schritte weiter hatte Tom sich in einem Haufen Herbstlaub vergraben. Ein BMW fuhr auf den Bürgersteig, und die Teenager-Tochter der Nachbarn stieg aus. Sie trug einen Rucksack auf dem schmalen Rücken, die langen Haare flossen ihr bis unter die Taille herab und ihr Tanktop endete knapp über den hautengen Jeans.

»Dieses Mädchen ist ein Flittchen«, sagte Sonya. »Genau wie ihre Mutter.«

»Wow, du bist aber hart.«

»Manchmal ist die Wahrheit hart, Rose«, sagte Sonya, während sie den letzten Rest des Geschirrs spülte. Jeder ihrer Handgriffe war von Effizienz geprägt, genau wie ihre Küche, ihr Haus und ihr ganzes Leben. »Erstaunlich gut eingepackt«, sagte Sonya, als sie Roses Geschenk in die Hand nahm. Es war ein violettes Kästchen mit einer riesigen grünen Schleife. »Ich bin beeindruckt.«

»Das hat der Mensch im Laden gemacht und nicht etwa Christo.«

»Christo?«

»Der Künstler, der Inseln einpackt und so was. Egal, Sonya. Jetzt mach es halt einfach auf.«

Sonya löste die Schleife, rollte sie zur späteren Wiederverwendung zusammen, knibbelte ganz behutsam den Tesafilm ab und faltete das Geschenkpapier, bevor sie endlich das Kästchen öffnete. Im Innern fand sie eine rote Kerze, auf der in Großbuchstaben das Wort HOFFNUNG stand.

»Oh, perfekt! Sieh mal.« Sonya verschwand im Esszimmer und winkte Rose, ihr zu folgen. Dort, neben der Urne ihrer Schwester, standen drei ganz ähnliche Kerzen, die jeweils mit den Worten VERTRAUEN, LIEBE und GLAUBE beschriftet waren. Violett, beige und grün. »Penelope hat sie mir geschenkt. Ist das nicht hübsch? Jetzt habe ich die ganze Sammlung.«

Es war eine blöde Idee gewesen, im Hudson's-Bay-Kaufhaus shoppen zu gehen, dachte Rose. Aber noch blöder war es, Sachen zu kaufen, nur weil sie runtergesetzt waren.

»Ah, da habt ihr's also doch hergeschafft!«

Beim Klang von Alex' Stimme zuckte Rose zusammen. Sie drehte sich auf dem Absatz um, und da stand er in der Tür. Er sah seltsam aus, hier in seinem eigenen Haus, viel realer und gleichzeitig so viel weniger attraktiv, als habe man eine Schicht Wunderbar von ihm heruntergeschabt. »Sonya hatte schon Sorge, ihr hättet euch verirrt.«

»Ich habe nichts dergleichen gesagt, Alex. Warum behauptest du so was?«

Rose drehte sich wieder um und packte sich aufs Geratewohl irgendeinen Gegenstand von Monas Schrein, eine Karte, in die ein Muster aus weißen Rosen gestanzt worden war. »›Wenn ein geliebter Mensch nur noch in der Erinnerung lebt, wird die Erinnerung zum Kleinod‹«, las sie feierlich vor, in jenem gekünstelten, gemessenen Stimmton, wie ihn drittklassige Poeten gerne anschlagen. »›Mit innigster Anteilnahme, die Husbys.‹ Wow. Das ist aber tiefsinnig.«

»Rose«, sagte Sonya. »Bitte.«

Von Sonyas Worten angespornt griff Rose sich eine weitere Karte: »›Kann ich dir eine Hilfe sein / egal womit, sag's frei heraus / lautet die Antwort niemals Nein / ich steh' alsbald vor deinem Haus.‹«

»Das reicht.«

»›Wenn heute dich die Tränen blenden / so fasse Mut, es kommt die Zeit / da wird Gedenken Trost dir spenden / und mildern dir das Herzeleid.‹«

Eine Karte nach der anderen warf Rose in den Kamin, auch wenn sie dort niemals irgendwelche Flammen verschlingen würden. Wie so viele andere Dinge im Haus ihrer Schwester war auch die Feuerstelle nicht echt.

»Wer denkt sich so einen Scheiß aus? Wer druckt diese hirnverbrannten Karten? Wer kauft so was? Und wie kannst du das Ganze dann auch noch zur Schau stellen, als hätten diese fürchterlichen Klischees irgendetwas mit Mona zu tun oder damit, was passiert ist oder wie wir uns gerade fühlen?«

»Einen Drink vielleicht, die Damen?«, fragte Alex, der immer noch in der Tür stand.

»Im Ernst jetzt«, fragte Rose. »Wie erträgst du das?«

»Ich«, begann Alex, änderte dann aber mitten im Satz seine Richtung, »ich liege ihr schon seit Wochen in den Ohren, dass sie diese Sachen wegpacken soll.«

»Wenigstens versuchen diese Leute zu helfen«, sagte Sonya und bückte sich, um die Karten wieder aufzuheben.

»Wein? Bier? Vielleicht einen Caesar Cocktail? Kommt schon, Mädels, jetzt entspannt euch mal. Sonya hat schließlich Geburtstag.«

»Gin Tonic«, sagte Rose. »Und mach einen Doppelten draus.«

*

Tom hasste es, bei Tante Sonya zu sein, und von dem Geruch des verfaulten Laubs wurde ihm übel. Früher hatte er sich jeden Herbst in den Blätterbergen versteckt, die Papa zusammenrechte, und hatte dann geduldig gewartet, bis Mama mit schweißüberströmtem Gesicht nach draußen gerannt kam und mit zitternder Stimme nach ihm rief, voller Sorge um ihn und voller Liebe. Jetzt kam ihn niemand suchen. Nicht einmal Tante Rose.

Auf der anderen Straßenseite spielte eine Gruppe von Teenagern Hockey. Sie brüllten so wild, als ginge es um den Stanley Cup. Ein Mädchen fuhr auf einem BMX-Fahrrad vorbei und hatte ihren Rock so hoch hinaufgezogen, dass Tom ihre rosafarbene Unterhose sehen konnte. Sie lächelte den Hockeyspielern zu und verschwand um die Ecke. Tom hatte sein Fahrrad geliebt, aber erst jetzt bemerkte er, dass es weg war. Fort, zusammen mit all dem anderen nutzlosen Zeug, das ihm früher einmal gehört hatte.

Er grub seine Finger in die Erde. Die Kieselsteine, Wurzeln und steinigen Erdklumpen waren vielversprechend, aber er suchte weiter, bis er auf die scharfe Kante eines Steins traf. Er zog seine Handfläche darüber, hin und her, genau an der Stelle, wo die Wunde war, die er auf keinen Fall heilen lassen wollte. Mit jedem Stoß presste er die Hand fester in den Stein. Schneller. Tiefer. Endlich verschwanden die Jungen und ihr Geschrei, genau wie der Geruch nach verfaultem Laub, das gelbe Haus, die Doppelgarage. Je fester er drückte, desto weiter weg schaffte er es. Old Orchard Beach. Das Seehaus. Daheim.

»TOR!«, schrie einer der Jungen, zu nah und zu laut, als dass Tom es hätte ignorieren können.

»Das war nicht fair!«, schrie der Torwart.

»Abseits!«

»Ach, verpiss dich doch!«

»Revanche!«

»Du Schlappschwanz!«

Tom rannte in den Hintergarten, an einem Dutzend fremder Leute vorbei, und fand Onkel Will neben dem Grill stehen. Onkel Alex war gerade damit beschäftigt, die verbrannte Kruste von einem Stück Fleisch abzukratzen. Eine schwarze Schliere zog sich über seine Wange, der Schweiß tropfte ihm von der Stirn und seine Kochschürze war voller Fettflecken. Etwa zwanzig Burger-Frikadellen brutzelten über den sengend heißen Flammen.

»Außen verbrannt und innen noch roh. Keine besonders tolle Kombination, Alex.«

Onkel Will trank einen Schluck Bier. Er wirkte entspannt, auch wenn seine Entspanntheit gleichzeitig etwas seltsam Übertriebenes hatte.

»Du musst warten, bis die Flammen etwas runtergebrannt sind, bevor du das Fleisch auf den Rost legst. Sonst servierst du den Leuten schon wieder E. coli im verkokelten Kohlemantel.«

»Da hast du also beschlossen, wieder nach Toronto zurückzukommen«, entgegnete Alex und tat so, als hätte er nicht zugehört, während er jedoch gleichzeitig die Frikadellen an den weniger heißen Rand des Grills schob. »Hoffentlich diesmal mit besseren Ergebnissen.«

»Wie bitte?«

»Sich in Korea zu amüsieren, es dort mit neunzehnjährigen Mädels zu treiben, bloß um hier wiederaufzutauchen, vollkommen pleite, und dann wieder mit der Zockerei anzufangen, das ist echt nicht okay, Will. Nicht in deinem Alter.«

»Wer hat dir das alles erzählt?«

»Das ist doch wohl jetzt egal, oder?«

Tom wurde sofort ganz mulmig vor Angst. Er schob sich näher an den Grill heran. Die Hitze hatte etwas Tröstendes, etwas Einladendes. Vielleicht konnte er ja seine beiden Onkel einfach ausblenden, wenn er nur nahe genug an den Grill herankam.

»Rose. Es muss Rose gewesen sein. Wann hast du mit ihr gesprochen?«

»Ich hoffe«, flüsterte Onkel Alex, aber immer noch laut genug, dass Tom ihn verstehen konnte. »Ich hoffe, du begreifst, dass du deine Schwester in eine sehr heikle Situation bringst. Sie hat schon genug um die Ohren. Das Letzte, was sie jetzt gebrauchen kann, ist noch mehr Ärger deinetwegen.«

Tom streckte seine Hand aus, um näher an die rot glühenden Kohlen zu kommen. Er würde die Hand nicht zurückziehen, er würde es schaffen, den Kurs zu halten und diese Sache hier zu Ende zu bringen, die er angefangen hatte.

»Kehr du doch erst mal vor deiner eigenen Tür, Alex!«

»Was soll denn das heißen?«

»Jetzt verkauf mich nicht für dumm. Du weißt genau, was ich damit meine.«

»Nein, das tue ich nicht.«

Doch, das tust du wohl, dachte Tom. Aber statt sich zu Wort zu melden, schob er seine Hand noch näher an die Kohlen heran.

»Brent hat mir erzählst, dass du jetzt schon mehrmals am Donnerstagabend nicht zum Hockeyspielen gekommen bist.«

»Was hat er? Wann hast du denn Brent getroffen? Er –«

Die Hitze grub sich in seine Haut. Glühend rot. Erbarmungslos.

»Was zum Teufel!«, schrie Onkel Will und riss Tom vom Feuer weg. »Was um alles in der Welt tust du da? Du hättest dich böse verletzen können. Und was ist das da an deiner Hand? Ist das Blut?«

Noch nie hatte Tom eine solche Angst auf dem Gesicht eines Erwachsenen gesehen. Einen Moment lang überlegte er, ob er Onkel Will nicht ein wenig entgegenkommen sollte, ihm gestehen sollte, dass das alles nur eine Wette war, die er mit sich selbst geschlossen hatte. Aber dann entschied er sich dagegen. Dies war ein Geheimnis, sein Geheimnis, und Geheimnisse teilte man nicht.

»Warum gehst du nicht und ...« Onkel Alex sah sich im Garten um. Am Zaun entdeckte er den Jungen von nebenan, der mit einem langen Stock gegen einen Baum schlug. »Wasch dir mal die Hände, und geh dann ... ich weiß auch nicht. Dann geh halt spielen!«

»Ja«, sagte Onkel Will, der seinem Schwager ausnahmsweise zustimmte. »Genau! Geh spielen!«

*

Will machte sich eine weitere Flasche Bier auf. Aus rein medizinischen Gründen. Das hier war ein echt ätzender Ausflug, inklusive ein paar verkokelter Burger, serviert mit einer Beilage aus Vorwürfen und einem Riesenhaufen Spannungen. Jedes Jahr dachte Will sich fünfzig brillante Entschuldigungen aus, um nicht zu Sonyas Party gehen zu müssen. Aber dann warf er jedes Mal wider besseren Wissen und wegen irgendeines fehlgeleiteten familiären Pflichtgefühls seine ursprüngliche Entscheidung über den Haufen, nur um dann jede einzelne Minute zu hassen, die er in Sonyas scheinbar so perfekter Welt verbringen musste.

Sonyas Freunde, von denen sich die meisten gemütlich in ihrem langweiligen Durchschnittsleben eingenistet hatten, schwirrten im Garten umher. Penelope, Sonyas tonnenförmige Kindergartenfreundin, lachte über irgendeinen dämlichen Witz, als hätte sie noch nie in ihrem Leben etwas Lustigeres gehört. Es war höchste Zeit, beschloss Will, mal nach Nick zu sehen.

»Es ist nicht das, wonach es aussieht!«, rief Nick, als Will ihn hinter der Garage aufstöberte, in Gesellschaft des hübschen Mädchens von nebenan. Die zwei konnten gar nicht mehr aufhören zu kichern.

»Das wäre jetzt ein guter Moment, um euch Knallköpfen die Langzeitwirkung von Rauschgift auf das Gehirn von Teenagern zu erläutern«, sagte Will, während er den immer noch glimmenden Joint aus einem Beet mit rosafarbenen Petunien pflückte. »Wenn man bedenkt, dass deins ohnehin nur zeitweise funktioniert, Nick, dann ist das hier jetzt eine Lektion, die du auf keinen Fall verpassen solltest. Ich hingegen«, fügte Will hinzu, während er einen tiefen, genüsslichen Zug nahm, »ich muss unbedingt ein bisschen runterkommen.«

Will schloss die Augen und ließ sich auf den Rasen fallen. Warum war er bloß zurückgekehrt? Zu dieser nervigen Familie, diesem absurden Haus in diesem stinklangweiligen Land mit seinen engstirnigen Regeln und selbstzufriedenen Leuten, die herzlose Dinge taten, während sie gleichzeitig lächelten und »Oh, tausend Dank« sagten. Korea war nicht so gelaufen, wie er sich das vorgestellt hatte, zugegeben, aber er hätte woanders hingehen können. Er hätte sich noch mal von Rose Geld leihen und irgendwohin reisen können, wo es nicht so teuer war. Merida, zum Beispiel, mit seinen Häusern aus der Kolonialzeit und den billigen Cervezas im Tequila Rock. Vor ein paar Jahren hatte Will dort sechs köstliche Wochen damit zugebracht, die Freuden des »Hamacasutra« – des Kamasutras in einer Hängematte – zu entdecken, zusammen mit Geatanne aus Sept Îles, die vollkommen unwiderstehlich gewesen war, mit ihren keck hervorstehenden Titten. Doch eines Tages hatte sie Will dann genauso plötzlich verlassen, wie sie in sein Leben getreten war, um einen neuen Typen in die Feinheiten des frei in der Luft schwebenden Sex einzuweisen.

»He! Hast du jetzt echt vor, hier einzupennen?«

Will öffnete die Augen und sah Nick über sich stehen, der nervös von einem Bein auf das andere trat. Eine Strähne nass gekauter Haare klebte ihm an der Wange und über seiner Oberlippe prangte ein grell leuchtender Pickel. Dieser Junge hatte auch mal eine Belohnung verdient.

»Hier«, sagte Will, und gab ihm den Joint zurück. »Aber lasst euch verdammt noch mal von niemandem sonst erwischen!«

Das Bad im Obergeschoss war fast doppelt so groß wie Wills Zimmer in der Claremont Street, und dabei war es nur eines von insgesamt vier Bädern in diesem Haus. Will konnte das nicht begreifen. »Lass uns das Leben, unser Geld und unsere Körperflüssigkeiten teilen, aber um Gottes willen, zwing mich nicht dazu, auf demselben Örtchen zu scheißen wie du?« Aber selbst als er und seine Geschwister klein gewesen waren, hatte es eine unsichtbare Linie gegeben, die sich quer durch den Familientisch gezogen hatte. Auf der einen Seite saß Warum-bist-du-schon-wieder-von-der-Schule-geflogen-Will neben Du-kannst-doch-so-nicht-in-aller-Öffentlichkeit-rumlaufen-Rose, und auf der anderen Seite saßen Immer-so-lieb-und-goldig-Mona und Unglaublich-verantwortungsbewusst-wenn-auch-ein-bisschen-langweilig-Sonya.

Will ging in die Küche, um sich ein weiteres Bier zu holen, blieb aber auf dem Weg dorthin vor Monas Schrein stehen. Mehrere Beileidskarten waren umgefallen, andere waren zur Seite geschoben worden, um Platz für vier kitschige Kerzen zu machen, die mit irgendwelchen klischeehaften Botschaften zur Heilung der Seele bedruckt waren. Und inmitten des Ganzen lachte ihm Mona aus einer eingerahmten Fotografie entgegen. Ihre Stirn war mit Sommersprossen übersät, und die ersten, kaum sichtbaren Krähenfüße hatten sich um ihre Augen gebildet, winzige Falten, die sich niemals tiefer in ihre Haut eingraben, Haare, die niemals grau werden, und Augen, die sich niemals vor Kummer trüben würden.

Will floh in die Küche, wo er den oben auf dem Kühlschrank versteckten Zitronenkuchen entdeckte. Perfekt. Besonders wenn man drei Gläser Milch dazu trank.

*

Rose hasste die U-Bahn. Es stank und war laut und das Licht äußerst unvorteilhaft. Auf der anderen Seite des Ganges saß Nick, der gebannt an seinem Handy hing, und neben ihm saß

Tom, der eifrig an seinen Nägeln kaute. Will, der neben ihr saß, hatte sich zu einem Knäuel zusammengerollt und schien zu versuchen, seinen Bierrausch auszuschlafen.

Rose zog ihrem Bruder die Montréal-Expos-Mütze vom Gesicht und rückte näher an ihn heran. Dies war eine Unterhaltung, die man besser *sotto voce* führte.

»Du solltest nicht so mit Alex reden.«

»Er hat damit angefangen«, entgegnete Will und rollte sich in eine etwas bequemere Position. »Außerdem – mit welchem Recht verurteilt er mich? Er hat selbst genug Dreck am Stecken.«

»Was meinst du damit?«

»Ich weiß, wo du donnerstags abends hingehst, wenn du dich immer so auftakelst.«

Rose rutschte das Herz in die Hose, und ihr wurde speiübel. Wie war das möglich? War es überhaupt möglich? Ihr Bruder konnte doch unmöglich Bescheid wissen. Erst als sie an der Bloor Station ausgestiegen waren, fand sie ihre Stimme wieder. »Es ist nicht das, was du denkst.«

»Das ist ja wohl die lahmste Ausrede, die man sich nur vorstellen kann.«

Am darauffolgenden Donnerstag kehrte Rose in das Hotel zurück, fest entschlossen, nun das Richtige zu tun und diese Geschichte zu beenden, bevor sie in ihrer eigenen Scham unterging. Sie wusste, dass es falsch war, mit Alex zusammen zu sein. Anfangs mochte das Ganze noch verständlich gewesen sein, weil es aus einem Moment der Schwäche heraus passiert war, aber sie hätte schon längst damit aufhören müssen. Aber als Alex dann eintraf, zog er sofort erst sein Hemd und dann ihre Bluse aus und schob sie aufs Bett, bevor er überhaupt »Hallo« gesagt hatte.

Also wartete sie, bis sie fertig waren und sie sich für einen kurzen Augenblick von dem Gefühl der Schwere befreit fühlte, das sie seit Monas Tod zu ersticken drohte.

Dann erzählte sie Alex, was Will gesagt hatte.

»Willst du mich verarschen?«, rief Alex und sprang aus dem Bett. »Was für eine Scheiße!«

Rose biss sich auf die Unterlippe und zog sich die Bettdecke bis zum Kinn hoch. »Ich bin mir nicht sicher, wie Will es herausbekommen hat, aber entgegen der landläufigen Meinung kann er ziemlich scharfsichtig sein. Da gab es zum Beispiel diesen Moment, als er –«

»SCHEISSE SCHEISSE SCHEISSE SCHEISSE SCHEISSE!« Alex zog den Reißverschluss an seiner Hose hoch und packte sich seinen Mantel. Er war schon fast zur Tür hinaus, als er sich noch einmal umsah. »Was ist mit Nick?«

»Was soll mit ihm sein?«

»Nun, wenn Will uns auf die Schliche kommen konnte, könnte Nick es dann nicht auch?«

»Sie würden es Sonya nie erzählen. Nie im Leben.«

Alex ließ die Tür wieder zufallen, lief im Zimmer hin und her und versuchte, eine Rechtfertigung für etwas zu finden, was sich nicht rechtfertigen ließ. Schließlich setzte er sich zu Rose. Zwang sich, ihr in die Augen zu sehen. »Es ist Zeit, dass wir wieder Vernunft walten lassen.«

»Ich weiß.«

Aber als sie seine Hand nahm, wehrte er sich nicht. Wie sich herausstellte, gibt es nichts, was die Leidenschaft mehr anfacht als der nahende Untergang.

Zwanzig Minuten später schob Rose die Decke beiseite und setzte sich auf die Bettkante. Dies würde ihr letzter Besuch in diesem Hotel sein. Sie würde Alex nie wieder küssen. Sie zog sich an und war schon fast zur Tür hinaus, als ihr auffiel, dass die Nachttischlampe immer noch brannte. Neben der Lampe lag Alex' Uhr. Sie war groß und klobig und hatte drei verschiedene Ziffernblätter. Eine Taucheruhr, was seltsam war, denn Alex hatte nie viel für Wassersport übrig gehabt. Er war sogar immer erst dann in den See gesprungen, wenn alle anderen längst im Wasser waren.

Rose wog die Uhr in ihrer Hand. Sie war immer das Erste, das Alex ausgezogen, und das Letzte, das er wieder angezogen hatte. Als wollte er sich eine Pause von der Zeit gönnen, einen Urlaub von der Realität und von der Person, die er geworden war. Hier, in diesem Zimmer, war die Zeit fließend gewesen, wie damals, als Rose noch ein Kind gewesen war und sich die Stunden bis zur Unendlichkeit vor ihr ausgestreckt hatten, ganz still und träge. Sie hatte die Tage, Stunden, ja manchmal sogar Minuten gezählt, bis zu dem Moment, an dem etwas ganz Wunderbares passieren würde, wie zum Beispiel, dass sie Geburtstag hatte oder dass man es ihr erlaubte, ohne Schwimmflügel zu schwimmen, oder dass sie endlich Schuhgröße 36 tragen konnte, vorne im Auto sitzen durfte, zwölf Jahre alt wurde, ein Auto fahren, sich betrinken oder Sex haben konnte – ja, ganz besonders das mit dem Sex. Ihre Wünsche konnten ihr niemals schnell genug in Erfüllung gehen, auch wenn die Realität dann meist weit hinter ihren Erwartungen zurückblieb.

Und jetzt steckte sie im Rückwärtsgang fest. Es gab so viele Dinge, die ihr nicht mehr möglich waren: bis drei Uhr morgens aufzubleiben, zu essen, ohne zuzunehmen, oder jungen Männern ein anerkennendes Pfeifen zu entlocken. Ihr Rücken schmerzte. War die Zeit der Schlaglöcher wirklich schon gekommen? Musste das Seehaus bereits für den Winter geschlossen werden? War ihr Sohn jetzt tatsächlich schon vierzehn? Gott (oder wem auch immer) sei Dank für Stretch Jeans, Vitamin K und gedämpftes Licht im Badezimmer.

Rose presste sich Alex' Uhr an die Wange und ließ ihren Tränen freien Lauf. Aber im Gegensatz zu ihrer Jugendzeit, als sie zu hysterischen Heulanfällen geneigt hatte, war ihr Schmerz heute lautlos. Seit dem Tag, an dem ihre Schwester gestorben war, fühlte sich alles verkehrt an. Verdreht. Unwirklich. Und jetzt, statt die Dinge besser zu machen, statt zu versuchen, sich und ihre Familie zu heilen, hatte sie alles noch viel schlimmer gemacht.

*

»Sugarplum Spice.« Perfekt. Sonya goss kochend heißes Wasser über den Teebeutel und trug ihre Eulentasse – grau, mit großen runden Augen – ins Wohnzimmer. Donnerstags abends ging Alex immer zum Hockey und Sonya hatte das Haus für sich allein.

Sie nahm die Fernbedienung und machte es sich auf dem Sofa gemütlich. Seit einigen Tagen schon fühlte sie sich nicht ganz auf der Höhe. Morgen würde sie zum Fitnessstudio gehen, Grünkohl kaufen und vielleicht Penelope anrufen und sie fragen, ob sie zusammen mittagessen gehen sollten. Aber heute Abend würde sie sich entspannen, Netflix gucken und vergessen, dass sie gerade einen weiteren vollkommen vergeudeten Scheißtag bei der Arbeit hinter sich hatte. »Wer rastet, der rostet«, hatte Mutter immer gesagt, ein deutsches Sprichwort, das sie unterwegs auf ihrer Flucht aus der Ukraine nach Kanada aufgeschnappt hatte. Und wie so oft hatte ihre Mutter vollkommen recht gehabt. Während Sonyas Abwesenheit hatte sich Kiara die Macht über die Abteilung noch fester unter den Nagel gerissen. Hinter diesem ganzen leutseligen Gegrinse und dem morgendlichen Kaffeeritual versteckte sich ein Raubtier, das zum Sprung ansetzte. Und Sonya hatte diese Frau auch noch selbst eingestellt. Sie hatte sich wieder einmal von einer charmanten Fassade blenden lassen.

Überrascht hörte sie, wie sich die Haustür öffnete, und schaute auf die Uhr. »Was ist passiert?«, fragte sie Alex, als er das Wohnzimmer betrat. »Es ist noch nicht einmal acht.« In all den Jahren, in denen sie verheiratet waren, hatte Alex sein Spiel so gut wie nie abgesagt. Einmal an Sonyas Geburtstag. Und als er mit Bronchitis im Bett lag. Und in der Woche, in der Mona gestorben war.

»Die Eismaschine ist kaputt, also war die Arena geschlossen.«

»Und du und die Jungs, ihr wolltet nicht noch einen trinken gehen?«

»Schau mal, was ich mitgebracht habe«, sagte Alex und zog eine Schachtel Pralinen hervor. »Für dich.«

Hin und her gerissen zwischen Argwohn und dem Bedürfnis, geliebt zu werden, nahm Sonya das Geschenk entgegen.

»Möchtest du ein Bier?«, fragte sie dann.

»Aber klar doch«, sagte Alex und ließ sich aufs Sofa fallen. »Und ob!«

*

Ein leichtes Fieber und ein Husten, den er fast nicht hatte übertreiben müssen, bewahrten Tom davor, in die Schule gehen zu müssen. Stattdessen verbrachte er den Vormittag mit Warten. Auf der anderen Seite des Zimmers wechselte Nick viermal sein T-Shirt, nur um am Ende genau dasselbe wie gestern anzuziehen. Dann legte er seine Stifte, einen nach dem anderen, in seinen Rucksack, gefolgt von den Büchern und Mappen. Als er endlich das Haus verlassen hatte, begann Tom zu zählen. Als er bei 35 angelangt war, kehrte Nick zurück, um sein Skateboard zu holen, bei 72 kam er noch einmal, diesmal wegen seines Lunchpakets. Aber Tom hatte es nicht eilig. Schließlich hatte er den ganzen Tag Zeit, um Nicks riesige, wenn auch verbotene Comicsammlung zu durchforsten: *Spiderman, Asterix, Daredevil* und die *Bone*-Reihe, die Tom sehr liebte, seit Nick ihm letztes Jahr *Flucht aus Boneville* zum Geburtstag geschenkt hatte.

Unten schloss sich die Haustür, und Tom fing wieder bei null zu zählen an. Als er 123 erreicht hatte, fügte er zur Sicherheit noch weitere 50 hinzu und danach noch mal 50, um ganz sicher zu gehen. Und dann musste er natürlich noch 23 hinzuzählen, damit es eine runde Zahl wurde, denn 246 durch 2 ergeben ja schließlich wieder 123. Tom war gerade im Begriff, aus dem Bett zu schlüpfen, als Tante Rose in sein Zimmer kam.

»Tut mir leid, aber im Gegensatz zur Schule darf man von der Arbeit nicht einfach so wegbleiben«, sagte sie und setzte sich auf Nicks Bett. »Bist du sicher, dass du heute nicht zur Schule gehen willst?«

Ja, Tom war sicher, und damit sie das auch ganz bestimmt wusste, nickte er mit dem Kopf. Er hasste die Schule, hasste es, das Haus verlassen zu müssen, hasste es, am Leben zu sein. Auch wenn es in der Fraser-Schule nicht annähernd so furchtbar war wie in seiner alten Schule. Hier machte sich wenigstens niemand die Mühe, besonders nett zu ihm zu sein, und es starrte ihn auch keiner an, als würde ihm eine Spitzhacke aus dem Schädel ragen. Nachdem sich die erste Aufregung gelegt hatte, ließ man Tom in Ruhe, sodass er ungestört zusehen konnte, wie die Zeit Sekunde um Sekunde vorwärtstickte.

»Ich bin um zwei wieder da, und dann schauen wir mal, was diese Ms Colter so draufhat, okay?«

Ms Colter? Tom konnte sich nicht an diesen Namen erinnern. Aber man hatte ihn schon zu so vielen Experten geschleppt, dass er längst den Überblick verloren hatte. Da war zum Beispiel dieser alte Mann mit der winzigen Brille gewesen, der Bildchen gemalt hatte, bis Sonya schließlich beleidigt aus der Praxis gestürmt war. Oder die Frau mit den orangefarbenen Haaren, die ihn aufgefordert hatte, sich für jede seiner Ängste ein entsprechendes Förmchen auszusuchen. Oder die mit der aufgedrehten Stimme, die wollte, dass er meditierte, was er dann auch getan hatte, bis er einschlief. Glücklicherweise war er dieses Mal aufgewacht, ohne sich in die Hose gemacht zu haben.

»Will ist zu Hause, also könnt ihr zwei ja was zusammen machen. Er liebt Monopoly, aber überlass ihm bloß nicht die Bank!«

Genau wie Nick brauchte auch Tante Rose eine Ewigkeit, bis sie endlich das Haus verließ. Während Tom an die Decke starrte und rückwärts von 1.000 herunterzählte, schlief er irgendwann ein. Es war die Art von wunderbar tiefem Schlummer, die einen manchmal morgens überkommt, besonders nach einer schlaflos verbrachten Nacht. Wunderbar, bis dieser Traum zurückkehrte. Und zwar genau der, den Tom durch das Nichteinschlafen hatte verhindern wollen.

Zuerst war da nichts als reine Freude. Er saß auf einer Schaukel und schwang sich, so kräftig er konnte, dem Himmel entgegen. Es war herrlich, wie der Wind ihm durch die Haare fuhr, wie er den Wolken entgegenflog und dann wieder zur Erde zurückfiel. Aber dann erhöhte sich die Fliehkraft, die Kette begann zu ächzen, und der Wind trieb ihm Tränen in die Augen. Die Welt verwischte sich, sein Magen schoss in die Höhe und wieder nach unten, und seine Finger klammerten sich so fest an die Metallkette, dass sie ganz weiß und taub wurden. Und dann erinnerte er sich daran, dass er springen musste, und in diesem Moment verwandelte sich die Freude in Angst, die Schwerkraft nahm von ihm Besitz, und all sein Glücksgefühl ging in Panik über. Und dann wachte er auf, in einer Pfütze der Scham.

Tom setzte sich auf und entdeckte ein frisches Laken am Fußende seines Bettes. Tante Rose musste es dorthin gelegt haben, nachdem er wieder eingeschlafen war. Er schlüpfte aus dem Bett, wechselte das Laken, zog sich an und öffnete die Tür.

Im Flur war es dunkel. Er blieb stehen, aber es war nichts zu hören. Kein nörgelnder Nick, keine schimpfende Rose, keine klappernden Töpfe, kein Fernseher. Kein Radio. Nichts. Tom presste sein Ohr gegen die Tür von Onkel Wills Zimmer, aber auch dort herrschte Stille. Kein Tippen, keine Musik und auch kein Schnarchen. Die Stille wurde noch verschärft, als ein Auto mit schriller Musik am Haus vorbeiraste. Tom drückte die Klinke herunter, ganz vorsichtig, falls Onkel Will sich hinter der Tür versteckte, um sich auf ihn zu stürzen. Er wartete noch ein paar Sekunden, dann öffnete er die Tür ganz.

Aber niemand stürzte sich auf ihn. Niemand lachte. Niemand knurrte. Onkel Wills Zimmer war leer. Zum ersten Mal, seit Tom in die Claremont Street gezogen war, zum ersten Mal überhaupt, seit seine Eltern gestorben waren, war er allein.

*

Als Rose kurz nach zwei heimkehrte, war sie keineswegs überrascht, dass sie von niemandem begrüßt wurde. Will hatte schon immer die Ansicht vertreten, gesellschaftliche Feinheiten seien nur etwas für Leute, die Angst davor hatten, ohne sie nicht auskommen zu können, und Tom hatte noch immer kein einziges Wort von sich gegeben.

Sie warf die tägliche Flut aus Werbepost auf den Stapel im Esszimmer, der wie ein bösartiger Tumor immer weiterwuchs. Jahrelang hatte sie die ungeöffneten Briefe einfach in den Papiermüll geworfen, aber dann hatte Martha, ihre Kollegin in der Bibliothek, ihr den Kopf gewaschen. »Identitätsdiebstahl ist kein Witz!«, hatte sie mit Nachdruck gesagt, und Martha musste es wissen. Irgendein Arschloch hatte ihren Papiermüll durchwühlt, ein Angebot für eine neue Kreditkarte herausgefischt und dann fünftausend Dollar auf den Kopf gehauen, bevor Martha die erste Rechnung erhalten hatte. »Ein Reißwolf kostet nur hundert Dollar«, hatte sie gesagt. »Dein Seelenfrieden ist mindestens so viel wert.« Natürlich hatte Rose ihr zugestimmt. Was jedoch noch lange nicht hieß, dass sie in nächster Zeit dazu kommen würde, sich so ein Ding auch zu kaufen.

»Ich hab, eine Überraschung!«, rief sie, und stopfte die Styroporschachteln in den Kühlschrank. Lammfleisch mit scharf gewürzten Kartoffeln, Chana Masala mit Kichererbsen, Jalfrezi-Hähnchencurry mit Blumenkohl und Erbsen. Rose liebte das Ghandhi Roti, ein winziges Restaurant auf der Queen Street, wo westindisches Fladenbrot mit ostindischem Curry zusammentraf. Das Ergebnis ließ einem das Wasser im Mund zusammenlaufen.

»Tom? Wo bist du? Sieh mal, was ich mitgebracht habe!«

Die einzige Antwort war der entfernte Klang einer Mundharmonika irgendwo im Haus, möglicherweise im oberen Stockwerk.

»Will?«

Seit dem Sommer, in dem Will neun Jahre alt geworden war, hatte Rose ihn nicht mehr spielen gehört. Damals hatte er eine Mundharmonika im Seehaus gefunden, in die mit blumiger Kursivschrift die Worte *Voor Huub* eingraviert worden waren. Niemand wusste, wer dieser Huub war oder wie die Mundharmonika auf den Speicher des Seehauses gelangt war, das ihre Eltern damals gerade gekauft hatten. Den ganzen Sommer hatte Will die Familie damit gequält, das gesamte *Beatles Mundharmonika Songbook* lernen zu wollen, wobei er sich zudem noch vorgenommen hatte, erst dann zum nächsten Lied überzugehen, wenn er es geschafft hatte, das vorherige hundertmal hintereinander ohne einen einzigen Fehler zu spielen. Es war eine einzige Tortur, bis der Bann endlich gebrochen war und die Mundharmonika auf einem Stapel mit all den anderen von Will ausrangierten Dingen landete, zusammen mit dem Zauberwürfel, den Rollerblades und seinem einst so unverzichtbaren Gameboy.

Vom oberen Stockwerk flutete weiterhin der Klang der Mundharmonika durchs Haus. Erst wie ein Klagelied, dann wie ein Jammern, manchmal ganz schwach und zaghaft, aber immer dissonant und unendlich traurig. Besorgt rannte Rose die Treppe hinauf. Das Zimmer ihres Bruders war leer. »Scheiße.«

Rose flitzte in Nicks Zimmer und entdeckte Tom, wie er in sich zusammengekauert auf der hintersten Ecke seiner aufblasbaren Matratze hockte. Er hielt die Mundharmonika fest zwischen die Lippen gepresst und sein winziger Körper bebte. Als sie näherkam, umschlang er die Beine mit seinen spindeldürren Armen und schloss gleichzeitig seine Faust fest um die Mundharmonika, als könnte sie böse Geister oder pflichtvergessene Tanten vertreiben. Als wäre er sich nicht sicher, welches von beiden schlimmer war.

»Es tut mir furchtbar leid, Tom. Will hätte heute zu Hause sein sollen. Er hat es fest versprochen.«

Tom starrte sie an, ohne zu blinzeln. Er saß vollkommen bewegungslos da, wie festgefroren.

Rose ging so vorsichtig auf den Jungen zu, als wäre er eine streunende Katze. Glücklicherweise knurrte und fauchte er nicht. Stattdessen starrte er ihr unverwandt in die Augen. Ein fester, starker Blick. Ermutigt ging Rose einen Schritt weiter auf ihn zu, aber in dem Moment, als sie ihre Hand zu ihm ausstreckte, hob Tom die Mundharmonika an seine Lippen und ließ einen furchtbar schrillen, lang anhaltenden Ton erschallen.

Rose hielt sich die Ohren zu und floh in den Keller. Sie würde auf keinen Fall dieselben Fehler machen wie Sonya. Sie würde den Jungen nicht zum Gehorsam zwingen. Sie würde nicht auf Teufel komm raus versuchen, ihren eigenen Willen durchsetzen. Nein, diese Situation konnte sie aussitzen. Und genau das würde sie auch tun.

»Nimm doch die Mundharmonika mit!«, sagte Rose, als sie eine Stunde später aus dem Keller wieder nach oben kam, wo sie die Wäsche ausnahmsweise einmal ordentlich gefaltet hatte. Mittlerweile war aus dem kreischenden Wehklagen nur noch ein Brummen geworden, das zwar erträglich, aber doch unendlich traurig war. »Weil wir nämlich jetzt bitte, bitte los müssen! Ich habe Ray versprochen, dass wir uns diese Ms Colter mal anschauen, und, wer weiß, vielleicht wird es ja ganz nett.«

Als sie endlich die Treppe zu der im zweiten Stock gelegenen Praxis der Psychotherapeutin hinaufstiegen, waren sie zwanzig Minuten zu spät.

»Nenn mich doch einfach Claire«, sagte Ms Colter und

beobachtete, wie Rose und Tom sich nebeneinander auf eine Couch quetschten, die für eine Person gedacht war. Rose griff sich *Psychologie Heute* von dem Couchtisch aus Mahagoni, aber als sie zu einem Artikel mit dem Titel »Der Weg zur glücklichen Familie« kam, legte sie die Zeitschrift wieder weg. Wenn es so einfach wäre, warum, bitte, brauchte man dann überhaupt noch einen Therapeuten? Neben ihr saß Tom, klammerte sich an die Mundharmonika, als wäre sie eine Boje, die ihn vorm Ertrinken bewahrte, und starrte auf den Boden zwischen seinen Füßen. Gebannt vom Nirgendwo.

Ihnen gegenüber saß Ms Colter und lächelte. Sie sah cool aus, wie sie da in ihrem Wassily-Stuhl saß. Ganz ruhig und gelassen. Sie war so um die sechzig, hatte einen unglaublich dichten Schopf aus weißen Haaren und trug eine Seidenbluse, unter der sich ihre immer noch sehr wohlgeformten Brüste abzeichneten. Ihre Praxis bestand aus einem Zimmer innerhalb ihrer Privatwohnung, in der es vor Andenken an Reisen in weit entfernte Länder nur so wimmelte: handgewobene Schals, Masken aus Holz und ein ganzes Regal, das ausschließlich Elefanten gewidmet war und in dem eine Postkarte mit einem Jungen, der einen Elefanten umarmte, neben einem Leuchter aus Stoßzähnen und sogar einem Sparelefanten aus Messing stand.

»Wie Sie wahrscheinlich wissen, weisen viele Symptome auf einen selektiven Mutismus hin«, sagte Ms Colter, nachdem sie Rose eine ganze Litanei von Fragen gestellt hatte, nicht nur zu Toms gesundheitlichem Befinden und seinem Verhalten, sondern auch, was ihre eigene Wohnsituation und sogar Nick anbelangte. »Aber meiner Ansicht nach wäre es ein Fehler, sich auf das Symptom statt auf die ihm zugrunde liegenden Ursachen zu konzentrieren. Man muss sich im Klaren sein, dass Mutismus nicht aus irgendeiner leichtfertigen

Laune heraus entsteht, sondern eine Form der Selbsterhaltung ist, die bei Traumaopfern relativ häufig auftritt. Eines Tages, wenn er dazu in der Lage ist, wird Tom auch wieder reden, aber es lässt sich unmöglich vorhersagen, wann, wo oder wie das geschehen wird.«

»Das sind ja wohl kaum neue Erkenntnisse. So viel haben wir auch schon mithilfe von Google herausbekommen.«

»Wie Sie dann sicherlich auch wissen werden«, fuhr Ms Colter fort, »findet jede psychologische Betreuung in einem vertraulichen Rahmen statt. Wenn es Ihnen also nichts ausmacht, wäre es gut, wenn Sie uns für den Rest dieser Sitzung allein lassen könnten.«

»Im Ernst? Sie schmeißen mich raus? Was soll das bringen? Schließlich ist es ja nicht etwa so, als würde er besonders viel sagen.«

»Da bin ich anderer Ansicht. Es gibt zahlreiche Methoden, um Gefühle auszudrücken. Das geht nicht nur mit Worten.«

»Was Sie nicht sagen.«

»Wir haben alle ein Recht auf Privatsphäre«, entgegnete Ms Colter in einem so seelenruhigen Tonfall, dass Rose nur noch wütender wurde. »Und dieser Junge hat sie mehr verdient als die meisten anderen Menschen.«

Rose stand schon im Begriff, ihr zu widersprechen, als sie bemerkte, wie Tom die Mundharmonika in seine Hosentasche gleiten ließ. Als er aufschaute, lag auf seinen Lippen ein ganz leichtes, kaum erkennbares Lächeln.

*

Claire war wie eine Insel in einem stürmischen Meer. Vollkommen ruhig und gelassen. Kaum hatte Tante Rose die Türe hinter sich geschlossen, da streifte sie sich schon die

Schuhe von den Füßen und warf Papier und Zeichenstifte auf die Erde.

»Du kannst malen, was auch immer du willst«, sagte sie und suchte sich einen rosafarbenen Stift aus. »Ich mag Bäume, also werde ich einen zeichnen.«

Tom hätte ihr fast gesagt, dass es rosafarbene Bäume nicht gab, aber dann fielen ihm die Bilder ein, die er im Flur gesehen hatte. Fotos von Claire, wie sie in einen Klettergurt geschnallt oben auf einer steilen Klippe hing, wie sie mit einer riesigen Schildkröte posierte, wie sie lachend in einem Karren saß, der von zwei Stieren gezogen wurde. Sie hatte schon so vieles gesehen, wie konnte er da die Existenz von rosafarbenen Bäumen ausschließen?

Danach ging die Stunde schnell vorbei. Während Claire redete, zeichnete Tom den Transformer Brawl, wie er einen Berg überquerte, und zwar mit ausgerissenem linken Arm, damit es auch eine wahrheitsgetreue Darstellung war. Claire fragte nicht, warum das so war, zum Glück, denn er wusste ja selbst nicht, warum der Arm immer wieder abging. Er wusste nur, dass er es tat.

Um Punkt 16:55 zog Claire ihre Schuhe wieder an. »Ich behalte das mal hier, wenn du nichts dagegen hast?«, fragte sie Tom und nahm seine halb fertige Zeichnung. »Und ich sehe dich dann nächsten Montag, okay?«

Auf dem Nachhauseweg gingen sie bei California Sandwiches vorbei, um sich dort etwas zum Abendessen zu holen. Eine lange Schlange von Männern wartete schon auf ihre Schnitzelsandwiches, die mit scharfen Chilischoten und geschmolzenem Käse serviert wurden. Zwei Feuerwehrmänner flirteten mit Tante Rose. Sie trugen noch immer ihre dick gepolsterten Hosen, und ihre roten Hosenträger baumelten an den Hüften herab. »Nein«, sagte sie lachend, »ich kann nicht mit euch trinken gehen. Ich muss heim und den kleinen Kerl hier ins Bett bringen.« Aber sie lächelte trotzdem, auf dem ganzen Weg die Claremont Street hinunter.

Doch als sie zu Hause eintrafen, war das Haus abgeschlossen. Tante Rose klopfte, trat gegen die Tür und klopfte noch einmal. »Will kann sich echt auf was gefasst machen«, sagte sie, während sie ihre Handtasche durchwühlte. »Er hat mir versprochen, dass er sich um dich kümmern würde. Er hat gesagt, er würde zu Hause bleiben. Er hat versprochen, diese verdammte Klingel zu reparieren. Und wo zum Teufel ist Nick?«

Sie trat noch einmal gegen die Tür und leerte dann den Inhalt ihrer Tasche am Treppenaufgang aus: zwei Bücher, eine Schere, Lippenstift, ein halb gegessener Schokoriegel, benutzte Taschentücher und, endlich, der Schlüssel. Tom konnte das nicht fassen. Warum band sie sich den Schlüssel nicht einfach an einer Schnur um den Hals? Das war super praktisch, total sicher, und Mama hatte das auch immer so gemacht.

Endlich öffnete Tante Rose die Tür und Tom verschwand sofort nach oben, froh – im Gegensatz zu seiner Tante –, dass niemand zu Hause war.

*

Rose stieß den Gummistampfer mit aller Gewalt in den Abfluss. Diese Seelenklempnerin hatte ja wohl Nerven! Schmiss sie einfach raus, als würde sie Toms Heilungsprozess behindern. Als würde ihre Gegenwart alles noch schlimmer machen. Durchweichte Zwiebel-, Speck- und Nudelreste trieben an die Oberfläche, während Rose ihren Frust an dem Stampfer ausließ. Ihr ein schlechtes Gefühl zu vermitteln, nur, weil sie den Jungen beschützen wollte. Das abgestandene braune Wasser schwappte in der Spüle hin und her und ergoss sich auf den Fußboden, aber das war Rose vollkommen egal. Sie war eine alleinerziehende Mutter mit zwei Kindern und konnte es sich nicht leisten, zweimal in der Woche untätig in dieser Praxis herumzusitzen. Sie musste schon mit genug Scheiße klarkommen. Wie mit diesem Abfluss hier in der Spüle zum Beispiel, der schon seit Wochen Ärger machte.

Ein Stockwerk höher blies Tom mit unverminderter Vehemenz in die Mundharmonika. Seit ihrer Rückkehr hatte er nur ein einziges Kreischen und Jaulen fabriziert. Diese Kurpfuscherin sollte mal versuchen, auch nur einen Tag mit diesem Kind zu verbringen, bevor sie es wagte, über Rose den Stab zu brechen.

»Da leistest du aber wirklich tolle Arbeit!«

Rose wirbelte herum und sah Will in der Küchentür stehen. Er hatte einen Karton von Sony unterm Arm und ein selbstzufriedenes Lächeln im Gesicht. »Wir hatten eine Vereinbarung, Will! Du hast mir versprochen –«, begann sie.

»Ich habe dir gerade die Miete bezahlt, Rose. Jetzt werd bloß nicht gierig, so wie der widerliche Rest der Welt.«

»Es geht nicht ums Geld, du Arschloch. Du hast versprochen, dich um Tom zu kümmern.«

»Eh, Mann, jetzt mach mal halblang. Tom muss schließlich nicht Tag und Nacht überwacht werden. Er ist gern allein. Und außerdem werden Kinder heutzutage viel zu viel bespitzelt und nicht genug gefordert. Als wir klein waren, hat man uns doch auch immer uns selbst überlassen. So haben wir gelernt, verantwortungsvoll zu handeln und –«

»Du bist echt das Allerallerletzte, Will. Nicht zu fassen.«

»Was denn? Das ist doch die Wahrheit! Weißt du noch,

wie Mutter und Tato zu Tante Myrna nach Winnipeg gefahren sind? Wie alt war ich da? Fünf? Sechs?«

»Du hattest drei ältere Schwestern, Will. Sie haben dich in der Obhut von drei älteren Schwestern zurückgelassen.«

»Sie waren eine ganze Woche weg.«

In diesem Moment wurde die Luft von einem besonders schrillen Ton aus der Mundharmonika durchbohrt.

»Was ist das denn?«, fragte Will.

»Ein Kind, das man sich selbst überlassen hat.«

*

Will stellte den Karton in sein Zimmer und sah sich um, doch es ließ sich unmöglich erkennen, ob noch irgendetwas anderes fehlte. Unfassbar. Er hatte keine Mühen gescheut, um diesen kleinen Scheißer ein wenig aufzumuntern, und zum Dank schnüffelte der in seinen Sachen herum.

»Das, mein Freund, gehört mir«, sagte Will und riss Tom die Mundharmonika aus dem sabbernden Mund. »Du bist alt genug, um den Unterschied zwischen Mein und Dein zu verstehen, und das hier gehört mir.«

»Jetzt sei nicht so ein widerlicher Tyrann«, sagte Rose, die ihn endlich eingeholt hatte. »Ausgerechnet du!«

Als ob Will es nötig hätte, dass man ihn an die Hölle erinnerte, die er in seiner Schulzeit hatte durchmachen müssen. »Du Stadtnutte!«, hatten ihm die Kinder hinterhergerufen, wobei sie wahrscheinlich gar nicht wussten, was das zu bedeuten hatte. Sie wollten ihn nur wegen des Umzugs seiner Familie in die Vorstadt aufziehen. Später nannten sie ihn dann »Elefantenkopf«, wegen seiner ausgeprägten Ohren, und »Muttersöhnchen«, weil er Miss Doniz von der Hänselei erzählt hatte. Es dauerte zwei Jahre, um Tato dazu zu überreden, ihn die Schule wechseln zu lassen. Aber bis dahin hatte sich Will eine so dicke Haut angeschafft, dass es ihm gar nichts ausgemacht hätte, wenn sie ihn tatsächlich als Elefanten beschimpft hätten.

»Was hast du bloß für ein Problem, Will?«, fragte Rose jetzt. »Hör auf, dem Jungen Angst einzujagen. Sei nett!«

»Ich soll nett zu ihm sein, wo er doch derjenige war, der mich beklaut hat?«

»Um genau zu sein, war es sein Zimmer, bevor du dich dazu herabgelassen hast, uns wieder mit deiner Gegenwart zu beehren. Also ist er hier der Nette, nicht du. Und seit wann legst du überhaupt so großen Wert auf diese dämliche Mundharmonika?«

»Es geht ums Prinzip«, entgegnete Will, aber kaum dass ihm diese Worte rausgerutscht waren, kam er sich selbst schrecklich albern vor. Als ob er wüsste, was richtig und was falsch ist. Als gäbe es überhaupt ein Richtig und Falsch. Um seinen Lapsus wiedergutzumachen, warf Will die Mundharmonika auf Toms Bett. »Aber es ist eine Leihgabe, kein Geschenk. Ist das klar?«

Tom schnappte sich das Instrument und führte es sofort wieder an seine Lippen. Dann schenkte er Will einen langen, dankbaren Blick, um gleich darauf das Zimmer wieder mit Klagelauten zu überfluten.

Wofür hielt sie ihn? Einen unbezahlten Babysitter? Will knallte die Tür hinter sich zu und ging die Claremont in Richtung Dundas Street hinauf. Als wären sie bei dieser dämlichen Babysitter-Show *Nanny 911!* Will trat eine leere Bierdose über den Parkplatz des 7-Eleven-Supermarkts und bog in Richtung Innenstadt ab. Eine Straßenbahn ratterte an ihm vorüber. Die Passagiere glotzten mit traurigen

Blicken durch die dreckigen Fenster, wie eingesperrte Fische in einem Aquarium. Will hatte keine Ahnung, wo er überhaupt hingehen wollte, aber so lange Rose immer noch wütend war und diese Mundharmonika ununterbrochen durchs Haus heulte, war es am besten, sich aus dem Staub zu machen.

Dabei war es gar nicht so, als hätte Will etwas gegen Tom. Ganz im Gegenteil, er mochte den Jungen. Schon als Kleinkind war Tom klug genug gewesen, um den Reiz des Angelns zu begreifen, auch wenn die Parkverwaltung von Ontario sie dazu zwang, alles, was sie fingen, wieder zurück in den See zu werfen. Sie hatten damals stundenlang zusammen im Kanu gesessen, an Wills Geheimplatz am anderen Ende des Sees, wo ihre Ruhe lediglich ab und zu von einem anbeißenden Fisch gestört wurde. Was für eine Wohltat nach dem ständigen Geschnatter drüben im Seehaus.

Aber das war damals. Jetzt hatte Tom die Schotten dicht gemacht, als wäre er ein Küstenort am Ende der Sommersaison, in dem die ausgeblichenen Wimpel müde im Wind flatterten. Sein Schweigen war eine ständige Erinnerung daran, wie furchtbar alles war und wie hilflos Will der ganzen Sache gegenüberstand, trotz all seiner hehren Absichten.

Und was die Sache noch schlimmer machte – Will wusste, dass er bei der Geschichte mit der Mundharmonika vollkommen unangemessen reagiert hatte. Als Kind hatte er selbst regelmäßig das Haus durchforstet, insbesondere in der Weihnachtszeit. Leider hatten seine Geschwister es gehasst, wenn man ihnen die Überraschung verdarb. »Wer wartet, wird belohnt«, hatte Mona ihn belehrt, als er ihr erzählte, dass er diese hässliche Flickenpuppe gefunden hatte, um die sie schon monatelang gebettelt hatte. Dann hatte sie das Ganze Tato gepetzt, und Will war zu einer Woche

Schneeschaufeln verdonnert worden. Das hatte ihn gelehrt, die Macht des Wissens zu genießen, ohne es mit anderen teilen zu müssen.

Will ging an ein paar dieser pseudocoolen Läden vorbei, die in den letzten Jahren wie aus dem Nichts aufgetaucht waren und unter Beweis stellten, dass sogar eine so hässliche Straße wie die Dundas Street gentrifiziert werden konnte. Er sehnte sich nach dem Caffe Brasiliano und den portugiesischen Männern mit ihren markanten Gesichtern, die sich damals immer am Fenster aufgereiht hatten. Sie hatten winzige Espressotassen in ihren schwieligen Pranken gehalten und sich gegenseitig in stundenlange, oft von schallendem Gelächter unterbrochene Debatten verwickelt, in denen es – wie Will vermutete – um mehr oder minder gar nichts gegangen war. Jetzt befand sich hier nur noch ein weiteres teures Restaurant, das sich auf »coole kalifornische Küche« spezialisiert hatte, was auch immer das sein mochte.

Will erreichte gerade die Bathurst Street, als sein Handy klingelte. Es war Coco, die Managerin vom Supper Club. Eine Gesellschaft von zwanzig Leuten hatte im letzten Moment einen Tisch reserviert, und die Wettervorhersage war gut, also würde die Terrasse gerammelt voll von jungen Leuten sein, die mit Vergnügen ihr Geld an überteuertes Essen und kostspielige Cocktails verschwendeten.

»Warte, ich schaue mal in meinen Terminkalender«, sagte Will. Nicht dass Coco auf diesen Trick reingefallen wäre. Nein, diese Frau war total auf Zack, trotz ihrer Push-up-BHs und hochhackigen Schuhe.

»Ich sag dir mal was«, ließ sie mit dieser weichen, einschmeichelnden Stimme verlauten, die sonst nur ihren Kunden vorbehalten war. »Ich weiß, dass du dich fürs Kochen interessierst, also wie wär's, wenn wir deine Schichten aufteilen? Die eine Hälfte kellnerst du, und die andere Hälfte machst du eine Ausbildung bei Chefkoch Patrick.«

»Danke«, sagte Will ins Leere, nachdem er das Gespräch schon beendet hatte. »Danke, du liebe Glücksgöttin. Hab tausend Dank!«

*

Am nächsten Tag brauchte Tom nur einmal kurz aufzustöhnen, und schon erlaubte Tante Rose ihm, die Schule zu schwänzen. Während er unter der Bettdecke vergraben darauf wartete, dass sich das Haus leerte, hämmerte Nick gegen die Badezimmertür. »Jetzt beeil dich mal, Will, oder ich sag Mama, dass du schuld bist, wenn ich zu spät komme.«

Die Tür öffnete sich mit einem Knarren, und Onkel Will schlurfte in sein Zimmer zurück. Erst gestern hatte Tante Rose zu Onkel Will gesagt, er solle sich endlich mal wie ein Erwachsener verhalten. Nicht, dass Tom wusste, was das heißen sollte. Soweit er das beurteilen konnte, waren Erwachsene genauso ahnungslos wie Kinder, nur dass sie von niemandem gezwungen wurden, ihren Teller leer zu essen oder zur Schule zu gehen, und dass ihnen niemand sagte, es würde alles gut werden, wenn das ganz offensichtlich nicht stimmte. »Das Leben ist ungerecht«, hatte Papa immer gesagt, wenn ihm die Gründe ausgingen. Jetzt wusste Tom, dass Papa recht gehabt hatte.

Auf der anderen Seite des Zimmers erspähte Tom mehrere *Scott Pilgrim*-Bücher. Saanjh und er hatten den Film geliebt, in dem es um einen Typen ging, der erst die sieben bösen Exliebhaber seiner Freundin besiegen musste, bevor er ihr Herz gewinnen konnte. Da Tom noch nie die Graphic-Novel-Reihe gelesen hatte, die dem Film zugrunde lag, schlüpfte er jetzt aus dem Bett und griff sich eines der zerfledderten Taschenbücher. Er durchblätterte die Seiten und erkannte den CN-Tower wieder, den Pizza-Pizza-Laden auf der Bloor Street in der Nähe von Claires Praxis und viele von den Geschäften, die sich auf der Queen Street West befanden. Die Geschichte spielte in der Innenstadt von Toronto, genau dort, wo er jetzt lebte. Ein Ort, der allmählich zu seinem Zuhause wurde.

»Ich hab dir doch gesagt, du sollst die Finger von meinen Sachen lassen!«, rief Nick, der gerade das Zimmer betreten hatte. »Das ist eine Erstausgabe. Ein absolutes Sammlerstück.«

Tom ließ das Buch fallen, verkroch sich unter seine Bettdecke und griff die Mundharmonika, die er unter dem Kopfkissen versteckt hatte. Es hatte etwas Tröstliches, sich daran festzuhalten. Sie war so stabil und real.

1, 4, 9, 16.

»Echt jetzt?« Nick warf das Buch auf Toms Bett. »Das war ein Witz, Mensch. Wie kannst du bloß glauben, dass ich das ernst gemeint habe?«

25, 36, 49, 64.

»Na, ganz wie du willst, Kumpel. Ich muss jetzt los.«

Als Tante Rose und Nick endlich das Haus verließen, hatte Tom bereits das erste Buch mit dem Titel *Scott Pilgrim: Das Leben rockt!* ausgelesen. Darin trägt Scott ein Martial-Arts-Duell mit Matthew Patel, dem ersten der bösen Exliebhaber, aus. Tom öffnete die Tür und schlich auf Zehenspitzen den Flur entlang. Nur ein einziges Mal landete sein Fuß zu weit rechts und eine Bodendiele knarzte ganz leise. Er hielt inne, aber hinter der geschlossenen Tür schnarchte Onkel Will seelenruhig weiter.

Tom fand die PlayStation im Wohnzimmer neben vier leeren Bierdosen und einer Tüte Chips. Aber wo waren die Controller? Er durchsuchte die Zeitungen, Pullover, Schals und

Socken. Er hob die gehäkelte Decke von Opas Sessel hoch, schaute hinter der Doppeltür zum Esszimmer nach und spähte unters Sofa, wo er jedoch nur einen einzelnen gelben Fausthandschuh fand. Frustriert stand er wieder auf und runzelte die Stirn.

Jede Oberfläche im Raum war mit irgendwelchem Zeugs vollgestellt. Auf dem Esstisch lag ein Berg aus ungeöffneter Post, zusammen mit einem dreibeinigen Teddybären und, wie konnte es auch anders sein, zahllosen Büchern. Tom hatte noch nie so viele Bücher in einem Hause gesehen wie hier. Sie waren überall. Allein im Badezimmer, neben der Toilette, lagen schon drei: *Altwerden ist nichts für Weicheier,* ein Fotoband, in dem ganz viele verschrumpelte Sportler abgebildet waren, *Maus,* ein Comic, der nicht den geringsten Sinn ergab, und *Die Freude am Kochen,* ein dicker Brocken, dessen Einband so zerfleddert war, dass er von einem Gummiband zusammengehalten werden musste. Mama wäre gar nicht begeistert gewesen.

Dann fiel Toms Blick auf die Schrankwand, die im Esszimmer stand. Hinter der ersten Tür entdeckte er ein paar uralte Brettspiele und eine Sammlung von *National Geographic*-Zeitschriften, die bis in die Achtzigerjahre zurückreichte, und Schulhefte, die so aussahen, als könnten sie noch von Tante Rose stammen. Das Papier war spröde, aber die Schrift klar und ordentlich. Jeder i-Punkt war ein kleines Herz.

Tom öffnete die nächste Schranktür. Im untersten Regal, zwischen einem Sortiment aus Kerzen und Servietten, entdeckte er endlich den gesuchten Controller. Gerade als er die Tür wieder schließen wollte, blieb sein Blick an etwas seltsam Vertrautem hängen. Er hielt inne, unsicher, ob er die Sache tatsächlich weiter untersuchen sollte. Wie in jener Nacht, als er vor dem Schlafzimmer seiner Eltern gestanden hatte, in dem Moment, in dem er hätte umkehren können, es jedoch nicht getan hatte. Ganz langsam machte er die Tür wieder auf. In der hintersten Ecke des Schranks stand eine Urne aus Marmor. Sein Vater.

Kleine graue Bruchstückchen und klobige Aschebrocken trieben in der Toilettenschüssel. Sie schienen infrage stellen zu wollen, ob er auch den nötigen Mut besaß, um die Sache zu Ende zu bringen. Doch was vor wenigen Augenblicken noch so selbstverständlich gewesen war, kam ihm jetzt irgendwie falsch vor. Auf einmal war es unmöglich, den Hebel herunterzudrücken, der nur wenige Zentimeter von ihm entfernt war. Tom lehnte sich ans Waschbecken und spürte erleichtert die kalte Keramikfläche an seiner schweißnassen Hand.

»Was ist denn hier los?«

Tom drehte sich mit einem Ruck um, und bei dieser Bewegung rutschte ihm die Urne aus der Hand. Das Geräusch des auf den Kacheln aufschlagenden Marmors durchbohrte die fassungslose Stille. Onkel Wills Augen schnellten von der Toilette zu Tom und von Tom zu der Urne. Als er seine Stimme endlich wiedergefunden hatte, schwankte sie zwischen Ungläubigkeit und Respekt. »Du hast doch nicht etwa –? Hast du wirklich?«

Und in diesem Moment, einfach so, wusste Tom wieder genau, was er tun musste. Er streckte die Hand nach dem Hebel aus und sah zu, wie sein Vater heruntergespült wurde. Von einem plötzlichen Gefühl unendlicher Kraft erfüllt, drehte er sich zu Onkel Will um. Bereit, alle Konsequenzen zu tragen.

Onkel Will nahm sich die Toilettenbürste und schrubbte die letzten Aschereste herunter, die noch an den Seiten der Toilettenschüssel klebten. Noch zwei Klospülungen, und Papa war endgültig weg.

*

Will beugte sich über den rostigen Hibachi-Grill und fügte noch ein wenig Pappe zu der schwelenden Mischung aus Küchenabfällen, Kohle, Hähnchenknochen und Haaren aus Roses Bürste hinzu. »Damit müsste es eigentlich hinhauen«, sagte er zu Tom, der jeden seiner Schritte aufmerksam verfolgte.

Will setzte sich auf die wackelige Gartenbank und Tom tat es ihm gleich. Es würde eine Weile dauern, bis dieses Gebräu die richtige Konsistenz hatte und aussah wie ein Haufen zerstoßener Muscheln. Erst dann konnte man es als die Asche eines Menschen ausgeben. Aber Will hatte keine andere Wahl, denn wie könnte er es jemals rechtfertigen, dass er tief und fest geschlafen hatte, während Tom im Haus herumgeschnüffelt und die Urne seines Vaters gefunden hatte? Dass er erst dann aufgewacht war, als Russells sterbliche Überreste bereits in der Toilette schwammen? Selbst wenn es ein passendes Ende für den Mann war, der seine Schwester ermordet hatte, so hätte Will doch wach sein müssen. Und das wäre er auch gewesen, wenn er nicht nach seiner Schicht einen Jägermeister nach dem anderen mit Coco getrunken hätte und dann auf dem Heimweg noch ein paar Gläschen Bier mit Burt. Rückblickend hätte er dann wohl auch besser daran getan, die PlayStation nicht auszupacken, bis zum Sonnenaufgang mit dem Ding zu spielen und die Controller dann zu verstecken, auch wenn ihm das zu diesem Zeitpunkt wie eine absolut geniale Idee vorgekommen war.

Will stand auf und rührte noch einmal die Asche um. Die Konsistenz war fast perfekt. Er griff sich die Urne und begann sie zu füllen, aber weil er nicht sicher war, wie viel Asche der Körper eines erwachsenen Mannes hergab, zeigte er Tom die halb volle Urne. Der schüttelte den Kopf, nahm den Löffel und fügte zwei weitere gehäufte Ladungen hinzu.

Wills Plan, die traurige Stimmung des Vormittags mit ein paar Videospielen zu vertreiben, hätte durchaus funktionieren können, wenn Tom seine Finger nicht mit einer so unglaublichen Begabung über die Tasten des Controllers tanzen gelassen und Will damit zur Weißglut gebracht hätte.

»Und schon wieder besiegt von einem stummen Neunjährigen. Bitte, habt Erbarmen mit mir. Irgendjemand, egal wer!«, jammerte Will. Aber Toms Konzentration geriet nicht eine einzige Sekunde ins Wanken. Es galt, Terroristen zu töten, Panzer zu zerstören und Feinde aufzustöbern. Das Ziel immer fest im Blick. Genau wie Russell. Vater und Sohn waren sich verdammt ähnlich, wurde Will mit einem Mal klar. Winzige Ohren, die sich unter großen Haarbüscheln versteckten, aber auch der schlaksige Körper und diese unerschütterliche Entschlossenheit, die Russell jeden Berg hinauf und über Flüsse hinweg hinaus in die große weite Welt getrieben hatte.

»Dein Vater und ich ...«, begann Will, aber er war sich nicht sicher, wie er auf diesem Weg weitergehen sollte, der – ganz ähnlich wie der Weg auf dem Bildschirm – mit zahllosen Minen gespickt war, die ihm jeden Moment um die Ohren fliegen konnten. »Wir hatten früher so unglaublich viel Spaß. Jahrelang haben wir jeden Sommer zusammen im Seehaus verbracht, sind um die Wette geschwommen –« Will hielt inne. Besser, er erwähnte nicht, dass er selbst das Gewehr auf dem Speicher des Seehauses gefunden hatte. Russell hatte es mit in die Stadt genommen, angeblich, damit er es zur Hand hatte, wenn er das nächste Mal jagen gehen wollte. »Was ich sagen will«, fuhr Will fort, »er war für mich wie ein Bruder, ich hatte ja nur Schwestern, und als er dann mit Mona ausging, da schien alles so perfekt. Und für eine lange –«

Tom schleuderte den Controller quer durch den Raum und verfehlte Wills Kopf nur knapp.

»Verdammte Scheiße, Tom! Ich habe doch nur versucht, dir zu …«

Tom floh aus dem Zimmer, rannte die Treppe hoch und knallte die Tür so fest hinter sich zu, dass die Fenster in ihren Rahmen schepperten.

*

Alle Wartezimmer waren deprimierend, doch dieses hier, entschied Sonya, war definitiv das Allerschlimmste. Die Wände waren in einem schleimigen Gelb gestrichen, keine einzige der zerlesenen Klatschzeitschriften war weniger als drei Jahre alt, und die einzige Dekoration war eine Pinnwand voller Karten mit Geburtsanzeigen und »Danke, Dr. Blumenthal, Sie sind ein Genie«-Widmungen. Na, herzlichen Dank auch dafür, dass ihr Salz in meine Wunden streut! Die drei anderen Frauen, die zusammen mit ihr hier warteten, wirkten genauso unbehaglich, wie es die Sitze der modisch grauen Stühle aus Vinyl waren, auf denen sie saßen.

Die Tür zur Praxis öffnete sich und eine hochschwangere Frau kam heraus. Ihrer müden, schlaffen Haut nach zu urteilen war sie mindestens dreiundvierzig. In diesem Alter wäre Sonyas Mutter bereits Großmutter gewesen.

»Ms Fleming«, sagte die Sprechstundenhilfe. »Dr. Blumenthal erwartet Sie.«

Sonya ließ das Handy in ihre Handtasche gleiten. Kiaras sechste E-Mail innerhalb einer Stunde würde warten müssen. Sie stand auf und ging den nur allzu vertrauten Flur entlang. Seit Jahren schon war Sonya Dr. Blumenthals Patientin. Am Anfang war sie voller Hoffnung hierhergekommen, dann mit Angst, gefolgt von Trauer, wieder plötzlicher Hoffnung, noch mehr Trauer und in letzter Zeit Resignation. Und nun veränderte sich ihr Körper, es ließ sich nicht mehr leugnen. Sie wurde alt, war müde, fühlte sich aufgedunsen, und jetzt setzte auch noch ihre Periode aus. Vollständig.

»Es ist die Perimenopause, hab ich recht?«, fragte Sonya, bevor sie die Tür hinter sich geschlossen hatte. »Was mache ich jetzt am besten? Soll ich mir einen anderen Arzt suchen? Denn bei Ihnen bin ich ja nun nicht mehr an der richtigen Adresse.«

»Setzen Sie sich«, sagte der Arzt mit einem Lächeln. »In Ihrem Zustand sollten Sie sich besser schonen.«

»Zustand? Was meinen Sie mit Zustand? In der Perimenopause muss man sich doch nicht schonen!«

»Da haben Sie recht. Aber Sie sind nicht in der Perimenopause. Sie sind schwanger.«

Verblüfft setzte Sonya sich hin. »Und wie stehen meine Chancen, es diesmal zu behalten?«, fragte sie.

Dr. Blumenthal lehnte sich in seinem Ledersessel zurück und seufzte. Aber was hatte er denn erwartet? Dass sie vor Freude Luftsprünge machen und ihn begeistert umarmen würde? Sonya wusste nur zu genau, was es für Risiken gab. Sie könnte verbluten, dem Baby altersbedingte genetische Erkrankungen aufbürden oder auch sterben, bevor das Kind alt genug für die weiterführende Schule war.

»Wir sollten uns lieber um die Dinge Gedanken machen, gegen die wir auch etwas tun können«, sagte Dr. Blumenthal und drückte seine Handflächen erschöpft auf den Mahagonischreibtisch. Dann zückte er seinen Füllfederhalter und schrieb ein Rezept. »Sie wissen ja, wie das jetzt läuft: Ich verschreibe Ihnen vaginale Progesteron-Kapseln, die Sie dann bitte zweimal am Tag einführen. Danach müssen Sie mindestens eine halbe Stunde in einer horizontalen Position verbleiben, damit der Wirkstoff nicht ausläuft. Ansonsten ruhen Sie sich so viel aus wie möglich, achten Sie auf eine ausgewogene Ernährung und natürlich sollten Sie jede Form von Stress vermeiden.«

Sonya war überrascht gewesen, als Alex ein Rendezvous im Barberian's vorgeschlagen hatte, dem altehrwürdigen Steak-Restaurant auf der Elm Street. Aber wie sich jetzt herausstellte, war das Timing perfekt. Das Restaurant war genau der richtige Ort, um ihm die Neuigkeiten zu erzählen, denn hier hatte Alex ihr nicht nur seinen Heiratsantrag gemacht, sondern sie hatten hier auch seinen MBA-Abschluss gefeiert und später Sonyas Vollzeitstelle in der Firma.

Ein rundlicher Kellner, der ebenso bieder wirkte wie seine Umgebung, führte Sonya und Alex durch das bereits vollkommen überfüllte Restaurant. »Dies«, verkündete er voller Stolz, »ist der Tisch, an dem Richard Burton Liz Taylor einen Heiratsantrag gemacht hat. Allerdings bin ich mir nicht ganz sicher, ob es der erste oder der zweite Versuch der beiden war.«

Das Restaurant war voller Männer in teuren Anzügen, die heißhungrig ihre Rindfleischbrocken verschlangen, und dazwischen saßen einige verstreute Paare, die irgendwelche besonderen Anlässe feierten. Es war ein Fehler gewesen, hierherzukommen, das wurde Sonya jetzt klar. Sie hätte Alex von dem Baby erzählen sollen, als er von der Arbeit nach Hause gekommen war. Dann hätte er die Neuigkeiten ungestört verdauen können, ohne von Kellnern umringt zu sein.

»Ich habe beschlossen«, sagte Alex, während er sein Rotweinglas hob, »dass wir mehr Spaß verdient haben. Wir sollten das Leben genießen. Mehr verreisen. Erinnerst du dich noch an Connemara? An diese verrückte Lady in dem Bed and Breakfast, die steif und fest behauptet hat, du wärst Nika, ihre verschollene Nichte? Wie hieß dieses bezaubernde Dorf noch mal?« Während Alex weiterfaselte, wanderte er mit seiner Gabel über den Teller mit eingelegtem Gemüse, das ihnen zusammen mit einem Korb voll Knoblauchbrot serviert worden war, als Gruß aus der Küche. Er betastete die Möhren, den Sellerie, die Jalapeños und die Essiggurken, bevor er sich schließlich für ein winziges Stück kreideweißen Blumenkohl entschied.

Sonya öffnete den Mund, um Einspruch zu erheben, hielt dann jedoch inne. Plötzlich wusste sie nicht mehr, was sie von einem Mann halten sollte, der sich unter allen ihm angebotenen Dingen für das langweiligste entschied.

»Roundstone«, sagte Alex, »das war es! Wie auch immer, ich finde …«

Früher hatten sie alles übereinander gewusst, aber jetzt war sich Sonya unsicher, auch bei den grundlegendsten Tatsachen, die ihren Mann anbelangten. Was machte er eigentlich im Fitnessstudio? Riss ihm der Anblick eines Vaters, der sich mit seinem Sohn einen Hotdog teilte, immer noch das Herz entzwei? Wenn er nach einem Schiffbruch auf einer einsamen Insel gestrandet wäre, würde er sich dann wünschen, dass sie bei ihm wäre, oder hätte er lieber etwas Praktischeres, wie zum Beispiel eine Schachtel mit Streichhölzern oder einen Topf aus Metall? Wie war es möglich, dass dieser Mann, nachdem sie dreizehn Jahre miteinander gelebt hatten, ihr heute fremder war denn je?

»Lange Rede, kurzer Sinn«, sagte Alex, »ich habe beschlossen, dass wir beide eine Prise Abenteuer verdient haben.«

»Ach ja?«

»Ja! Wie zum Beispiel Italien. Du wolltest doch dort immer schon mal hinreisen, und im Augenblick gibt es da ziemlich tolle Flugpreise. Ich kann mir im Mai locker drei Wochen freinehmen. Was meinst du?«

Jahrelang hatte Sonya davon geträumt, einmal an die Amalfiküste zu fahren, die Ruinen von Pompei zu besuchen, in der blauen Grotte von Capri zu schwimmen und einen Kaffee mit Blick auf den Strand von Positano zu trinken. Doch Alex hatte sich gesträubt. Italiener sprechen kein Englisch, hatte er gesagt. Der Verkehr war der absolute Wahnsinn. Diebe würden sie bis aufs letzte Hemd ausrauben. Und so waren sie, statt nach Italien, Paris, Costa Rica oder Spanien, nach Florida, Hawaii und letztes Jahr in das vollkommen verregnete Irland gereist.

»Auf uns!«, fuhr Alex fort und hielt sein Glas in die Höhe, wobei ihm noch immer nicht aufgefallen war, dass Sonya ihr Glas kein einziges Mal angerührt hatte. »Und darauf, dass die guten Zeiten zurückkehren mögen!«

Sonya wusste natürlich, dass das Kind nicht ihr allein gehören würde. Sie würde es mit Alex teilen müssen. Aber sie war trotzdem überrascht, dass sie sich nicht freute, ihm die Neuigkeit zu erzählen, sondern dass es sich vielmehr wie eine Verpflichtung anfühlte. »Ich war heute bei Dr. Blumenthal.«

»Ich dachte, das hätten wir hinter uns. Du hast doch gesagt, du wärst in den Wechseljahren.«

»Nein, ich habe gesagt, ich wäre in der Perimenopause.«

»Ah, ja, alles klar. Peri. Meno. Pause.«

»Nun, wie sich herausgestellt hat, habe ich mich geirrt.«

Alex trank sein Glas aus, bevor er seine Stimme wiederfand. »Im Ernst? Du willst das alles noch mal durchmachen?«

»Das Verrückte ist«, sagte Sonya, »dass ich schon in der neunten Woche bin.«

Alex nahm Sonyas Hand. »Du bist dir ganz sicher, dass du das tun willst?«

»Natürlich«, entgegnete Sonya und zog ihre Hand fort. »Das ist genau das, was ich schon immer gewollt habe.«

# Oktober

Rose ließ ihren Blick über die Buchtitel gleiten. *Tod im Mittelalter, Tod und Sterben im zentralen Hochland der Appalachen, Todesrituale der Maori*. Die Bibliothek an der baumbestandenen Palmerston Avenue, in der sie arbeitete, mochte zwar klein sein, doch sie bot Platz für Zehntausende von Büchern, unter denen sich auch erstaunlich viele ausgefallene Werke befanden. Im Grunde genommen gehörte das Wiedereinräumen der Bücher in die Regale nicht mehr in ihr Aufgabenfeld, aber ihre Kollegin Vanessa hatte ihr Kind mit Verdacht auf Kehlkopfdiphtherie zum Arzt bringen müssen, und es machte Rose nichts aus, für sie einzuspringen. *Spaßige Zeitvertreibe bei irischen Totenwachen,* las sie. *Die amerikanische Art zu sterben.* Und *Jubelt, wenn ihr tot seid: Jazz-Begräbnisse in New Orleans*. Tja, dachte sie. Jedem das Seine.

»Also: Heute Abend ist es so weit, oder?«

Rose drehte sich um und sah sich Martha, ihrer Kollegin und Freundin, gegenüber. Martha trug ein weit geschnittenes orangefarbenes Kleid, das ihr ganz wunderbar stand, hatte sich die unbändigen Haare zu einem lockeren Knoten hochgesteckt, und auf ihren sanften Lippen lag ein ebenso sanftes Lächeln. Ihre Hilfsbereitschaft war unerschöpflich, sie hatte zwei entzückende Kinder und wohnte in einem Haus, das zwar klein, aber genau wie sie selbst absolut bezaubernd war. Auch nach fünf Jahren der Zusammenarbeit war es Rose noch immer nicht gelungen, Marthas dunkle Seite zu finden. Und das lag nicht etwa daran, dass sie es nicht versucht hätte.

»Ach, komm schon, Rose. Jetzt mach nicht so ein Gesicht. Das wird bestimmt nett.«

»Wenn du es so großartig findest, dich mit einem vollkommen fremden Menschen über irgendwelchen Scheiß zu unterhalten, in der vagen Hoffnung, flachgelegt zu werden, warum gehst du dann nicht hin?«

»Ich bin verheiratet. Schon vergessen?«

»Ach ja. Wie konnte mir das bloß entfallen.«

Rose mochte Marthas Ehemann Evan, auch wenn er – genau wie seine Frau – geradezu unerträglich perfekt war. Er war ein talentierter Maler, der sogar Geld mit seiner Kunst verdiente, und darüber hinaus auch noch ein liebevoller Vater und genialer Koch. Also fehlerlos, mal abgesehen von seiner Neigung, sich albern gemusterte Bärte wachsen zu lassen, aber das konnte Rose ihm nachsehen.

»Irgendwo musst du ja schließlich anfangen«, sagte Martha mit einem so verschmitzten Gesichtsausdruck, dass es Rose unmöglich wurde, griesgrämig zu bleiben. »Und Fred ist ein toller Kerl. Ihr werdet euch bestimmt großartig verstehen.«

Rose schüttelte den Kopf und wandte sich wieder der Aufgabe zu, das Buch in ihrer Hand einzuordnen. Sie hätte sich niemals auf dieses Blind Date einlassen sollen. Es war gar nicht so übel, Single zu sein. Sie konnte flirten, mit wem sie wollte, hatte genug Zeit, um sich um ihre Arbeit, Tom und Nick zu kümmern, und wenn dann noch ein freier Moment übrig blieb, könnte sie ja endlich damit anfangen, *Auf der Suche nach der verlorenen Zeit* zu lesen.

»Ich habe gehört, das sei sehr lesenswert«, sagte Martha,

als sie einen Blick auf das Buch warf, das Rose nun schon seit mehr als fünf Minuten einzuordnen versuchte.

»Vielen Dank«, entgegnete Rose, während sie *Durch das Dunkel zum Licht: Seelisches Leiden als erster Schritt zur Weisheit* zurück in den Bücherwagen warf. »Eine Verkupplung pro Monat, oder nein, sagen wir lieber pro Jahr reicht vollkommen.«

Rose hatte das »Kalendar« auf der College Street selbst vorgeschlagen, aber jetzt bereute sie diese Entscheidung, denn sie mochte dieses Restaurant mit seinem unaufdringlichen europäischen Charme. Wie kurzsichtig, sich einen Ort, der ihr am Herzen lag, mit einem Rendezvous madig zu machen.

Die Kellnerin, ein junges Mädchen, frisch von der Schule, bemerkte sofort das Buch in Roses Hand. »Er sitzt hinten«, sagte sie. »Am Fenster.«

Das nächste Mal würde sie etwas Unauffälligeres aussuchen, dachte Rose. Ein nicht ganz so altes und sperriges Buch.

Fred, in einem Polohemd, Khakihosen und mit einer eckigen Brille im Gesicht, blätterte in seiner eigenen, makellosen Ausgabe von Alice Munros *Zu viel Glück*. Viel zu makellos, als dass er das Buch tatsächlich gelesen haben konnte, ganz gleich was er in seinen zugegebenermaßen lustigen E-Mails behauptete. Aber Rose hatte kein Recht, ihn wegen dieses Schwindels zur Rechenschaft zu ziehen. Schließlich hatte sie selbst vorgegeben, eine Leidenschaft fürs Wandern zu hegen, was tatsächlich nur theoretisch zutraf, denn an den damit verbundenen Sonnenbränden, Blasen am Fuß oder dem unerträglichen Durst war sie offen gestanden nicht interessiert.

Rose legte ihr Buch neben Freds Exemplar und setzte sich. »Tut mir leid, dass ich zu spät bin.«

»Kein Problem«, sagte er, während sein Blick unwillkürlich zu ihren Brüsten hinunterglitt. »Ich bin selbst gerade erst gekommen.«

Das leere Glas, das vor ihm stand, strafte ihn Lügen. Ein rücksichtsvoller Lügner, aber ein Lügner nichtsdestotrotz. Rose trank einen Schluck Wasser und unterzog den Mann, der da vor ihr saß und sich nervös auf die schmale Unterlippe biss, einer eingehenden Betrachtung. Er hatte dichte, volle Haare, aber seine grauen Augen wirkten stumpf. Und dann war da noch dieses fliehende Kinn. Martha mochte ihn ja charmant finden, und er war sicher super erfolgreich im Feld der Mikrobiologie, aber aus dieser Sache hier würde nichts werden. Rose war schon im Begriff, aufzustehen und dieser Farce ein Ende zu setzen, als Fred sagte: »Und, hast du so was schon mal gemacht?«

»Nein. Du?«

»Du liebe Güte, nein. Das ist mir einfach zu schräg.«

Um ehrlich zu sein, war Rose schon auf ziemlich vielen Blind Dates gewesen, die ihre Freunde oder die Freunde ihrer Freunde und manchmal sogar auch Sonya in die Wege geleitet hatten. Einmal hatte sie sich sogar mit jemandem getroffen, den sie online kennengelernt hatte, aber die Geschichte war sehr schnell zu Ende gewesen, als der Typ sie noch vor dem Abendessen gefragt hatte, ob er ihr in den Mund pinkeln dürfte. Sie hatte mehr Glück mit Männern, die sie selbst irgendwo kennengelernt hatte. Wie zum Beispiel dieser Apotheker, ein begeisterter Fallschirmspringer, oder der strohblonde Berufsberater aus Schweden, den sie in der Straßenbahn aufgegabelt hatte. Was für ein Pech, dass der schon verheiratet gewesen war. Oh, und nicht zu vergessen Nicks Hockeytrainer, der sich als eine ziemliche Kanone im Bett herausgestellt hatte, aber dann leider zurück nach Alberta hatte ziehen müssen.

Die Kellnerin brachte das von Rose bestellte Bier und Freds Chardonnay, und beide bestellten ein »Rollo«, die Spezialität des Hauses. Roses Teigtasche war mit Rindfleisch und karamellisierten Zwiebeln gefüllt, während Fred sich für Ricotta und Pesto entschieden hatte. Am anderen Ende des Raumes strich ein junger Mann seiner Freundin gerade eine lose Haarsträhne aus dem Gesicht. Die Frau lächelte und redete weiter. Die Ungezwungenheit dieser Geste versetzte Rose einen Stich. Es dauerte lange, bis man einem anderen Menschen so nahe war, bis man es geschafft hatte, sich zusammen über diesen Berg aus Kompromissen, Verständnis, Toleranz, Loyalität und Liebe zu kämpfen. Die längste Zeit, die sie es mit einem Typen ausgehalten hatte, waren drei Jahre gewesen, damals, mit Eugene. Und selbst das hatte sie größtenteils aus einem Gefühl der Verpflichtung heraus getan, damit Nick einen Vater hatte, auch wenn es zu Eugenes Vorstellungen von Kindererziehung gehört hatte, mit einem Zweijährigen *Fear and Loathing in Las Vegas* zu gucken. Schließlich hatte Eugene vor jetzt schon acht Jahren dem vorgegaukelten Familienglück ein Ende gesetzt, war nach Alaska abgehauen und nie wieder zurückgekehrt.

»Martha hat mir erzählt, du hättest einen Sohn, den du allein großziehst«, sagte Fred. »Ich finde, alleinstehende Mütter sind die wahren Helden der heutigen Gesellschaft. Das ist so unglaublich viel Arbeit und eine so riesige Verantwortung, und trotzdem hat kaum jemand Respekt dafür. Ganz ehrlich, du hast meine Hochachtung.«

Wenn man sich diese alberne Brille einmal wegdachte, sah Fred eigentlich gar nicht so schlecht aus. Seine Arme waren erfreulich muskulös, und dann waren da ja noch diese dichten, vollen Haare. Nur schade, dass er dieses Polohemd trug, das dann auch noch in der mit Bügelfalten versehenen Hose steckte, aber schließlich waren dies ja alles Dinge, von denen man ihn befreien konnte.

Fred hielt Roses Lächeln fälschlicherweise für eine Aufforderung weiterzureden. »Ich habe auch einen Sohn«, sagte er. »Meiner ist sieben. Und eine Tochter. Sie ist neun und heißt Lyla. Sie ist mein kleiner Sonnenschein. Meine Frau, ich meine, meine Exfrau Susie, die versteht das nicht, diese ganz besondere Verbindung zwischen Vater und Tochter. Sie wird immer eifersüchtig, wegen der dämlichsten Sachen, zum Beispiel, wenn wir –«

»Fred«, unterbrach ihn Rose, bevor er sich in irgendeine Geschichte stürzen konnte, die anzuhören sie nicht die geringste Lust hatte. Fred selbst hingegen hatte durchaus Potenzial, insbesondere, wenn man ein paar Gläser Bier intus hatte. Er hatte ein liebenswürdiges Lächeln, und seine Hände machten einen recht fähigen Eindruck.

»Was denn?«

Rose liebte diesen Moment kurz vor der Eroberung. Was für ein berauschendes Gefühl. Eine Frau zu sein, die haben konnte, was sie wollte. Stark. Mächtig. Sie erinnerte sich noch gut an ihr jüngeres, so viel mutigeres Selbst. So voller Begierde und deshalb auch so begehrenswert. Die Eroberungen waren ihr leichtgefallen. Ein Lächeln. Ein Lachen. Eine kaum merkliche Handbewegung ihrerseits, und schon spürte sie eine fremde Hand auf ihrer Haut, roch neue Düfte, schmeckte unvertraute Aromen. Heutzutage war viel mehr Arbeit erforderlich, um eine Belohnung einzufahren, die zudem auch noch immer mickriger wurde.

»Wie wäre es …« Rose stellte ihr Bierglas ab, lehnte sich vor und streckte ihm einladend ihren Busen entgegen. Fred konnte seinen Blick nicht mehr von ihrem Dekolleté wegreißen und wurde rot. »Wie wär's, wenn ich nach unten in die Damentoilette gehe, und wenn du Lust hast, komm doch nach?«

»Gib mir was zu trinken«, sagte Rose zu Will, als sie eine Stunde später nach Hause kam. »Ich weiß, dass du irgendwo eine Flasche versteckt hast. Bitte!«

»Hat dir niemand beigebracht anzuklopfen?«, fragte Will und klappte mit einem lauten Knall seinen Computer zu. Als wäre es Rose nicht vollkommen egal, was sich ihr Bruder im Internet so ansah. Sie setzte sich auf sein Bett und hielt ihm ihr Glas entgegen. »Jetzt lass mich hier nicht so rumbetteln. Ich hab mir einen Drink verdient.«

»Ach ja? Ich habe den Eindruck, als hätte hier jemand heute Abend schon Glück gehabt. Du bist doch ganz offenbar flachgelegt worden.«

»Was bringt dich denn auf die Idee?«

»Deine Haare. Die sind ganz aufgebauscht. Das ist bei dir immer ein bombensicheres Zeichen.«

Will holte eine Flasche Jameson hinter seinem Nachttisch hervor und füllte Roses Glas bis zum Rand. Der Whiskey hatte etwas Beruhigendes, auch wenn er weder die Erinnerung an das kalte Waschbecken vertreiben konnte, gegen das sich ihre nackte Haut gepresst hatte, noch an Freds ungeschickte Finger, wie sie versuchten, das Kondom aufzurollen, oder schließlich seinen bekümmerten Blick, als er nach weniger als einer Minute gekommen war.

»Wie auch immer«, sagte Rose, nachdem sie ihr Glas in einem Zug ausgetrunken hatte. »Glück hat damit nicht das Geringste zu tun.«

*

Sonya wachte genau in dem Moment auf, als Alex' Hand an der Innenseite ihrer Oberschenkel hinaufglitt. Er schob ihr Nachthemd zur Seite, ließ seine Finger einen Moment auf ihrem Po ruhen, bevor sie dann zu ihren Brüsten hinaufwanderten. Ein heftiges Verlangen, das tief in ihr vergraben gewesen war, aber sofort wieder lebendig wurde, erfasste Sonya und erweckte den Wunsch nach mehr. Sie drückte sich mit ihrem ganzen Körper an Alex und spürte nun auch seinen harten, drängenden Penis. Er umfasste ihre Brüste fest mit beiden Händen und zog sie noch näher zu sich heran. Sonya spreizte die Beine, und er ließ seinen Penis in ihre bereits feuchte Scheide gleiten. Dabei war er mit jeder seiner Bewegungen auf ihre Reaktion bedacht. Ihre Körper waren noch immer perfekt aufeinander abgestimmt, ganz anders als ihre Gedanken und Gefühle.

Es war eine Ewigkeit her, dass sie so wie jetzt Sex miteinander gehabt hatten. Ohne sich um Sonyas Zyklus kümmern zu müssen, ohne zu rechnen, wann die Chancen für eine Empfängnis am besten standen, oder zu beten, dass dies der Beginn der Geschichte sein möge, die sie ihrem Kind erzählen würden. Nachdem sie jahrelang im menschlichen Evolutionszug in der zweiten Klasse gesessen hatte, war Sonya nun endlich in die erste aufgestiegen. Dieses Mal war die medizinische Assistentin beim Ultraschall nicht losgerannt, um den Arzt zu holen. Stattdessen hatte sie den unförmigen Klumpen angelächelt, der sich auf dem schwarz-weißen Bildschirm ausdehnte und wieder zusammenzog. Der Herzschlag war laut und klar. Das Kind sollte am 16. April geboren werden, fast ein Jahr nach Monas Tod.

Alex war mit Tränen in den Augen aufgesprungen und hatte die Assistentin so fest umarmt, als wäre es ihrer Genialität zu verdanken, dass sich endlich ein überlebensfähiger Embryo in Sonyas Gebärmutter eingenistet hatte. Dann hatte er sein Handy gezückt, um aller Welt die Neuigkeiten mitzuteilen. Doch Sonya hatte ihr Veto eingelegt. »Lass uns abwarten«, hatte sie gesagt. Es war ihr noch nicht danach zumute, anderen davon zu erzählen. Was, wenn das Baby unter einer Spina bifida litt, argumentierte sie, oder Mukoviszidose, das Down- oder Turner-Syndrom hatte oder irgendeine andere, bisher noch namenlose Chromosomenanomalie? Besser, sie warteten bis nach der Amniozentese, sagte sie, und Alex hatte ihr zugestimmt, wenn auch widerstrebend.

Mittlerweile hatte das Baby es durch die gefürchtete zehnte, elfte und zwölfte Woche geschafft. Dieses Mal jedoch entschloss Sonya sich, damit zu warten, ihrem Kind einen Namen zu geben.

Während sie sich am nächsten Morgen für die Arbeit fertig machte, betrachtete Sonya sich in ihrem Spiegel. Die waldgrüne Bluse stand ihr ausnehmend gut, besonders in Kombination mit dem grauen Rock, den sie eben erst neu gesäumt hatte. Ihre Brüste waren bereits angeschwollen, was den Kauf drei neuer BHs gerechtfertigt hatte. Auch ihr Bauch war etwas größer geworden, doch niemand würde ihre leichte Pummeligkeit für etwas anderes halten als die üblichen Fettröllchen, die sich mit den Jahren ansammeln.

Sonya holte ihre hochhackigen Wildlederschuhe aus dem Schrank, aber ihre Füße passten nicht mehr hinein. Schwanger zu sein war ganz anders, als sie sich das vorgestellt hatte. In ihren Träumen hatte sie sich ausgemalt, sie würde in einer Blase der stillen Zufriedenheit dahintreiben, so gemütlich und geborgen, als wenn man eingehüllt in einer warmen, wollenen Decke zusieht, wie draußen der erste Schnee fällt, wie die Welt plötzlich, von einem Moment auf den anderen, vollkommen verzaubert und friedlich ist. In Wirklichkeit war ihr den ganzen Tag lang schlecht, und sie war so müde, dass sie letzte Woche sogar auf der Toilette eingeschlafen war. Sie hatte erwartet, von einer großen Glückseligkeit erfüllt zu sein, aber stattdessen empfand sie nichts als nackte Angst. Jeder unüberlegte Schritt konnte zu einem verheerenden Sturz führen, ein einziger Biss in ein mit Listeriose infiziertes Stück Käse konnte sich als tödlich erweisen, jedes vorbeifahrende Auto konnte plötzlich ausscheren und in ihr ungeborenes Kind hineinprallen. Ihr Fötus hatte kaum die Größe einer Limette, aber Sonya hatte bereits jetzt das Gefühl, als sei sie gekidnappt worden. Als sei sie nicht länger Herrin über ihre Emotionen. Beim geringsten Anlass kamen ihr die Tränen: beim Anblick eines Jungen, der im Fahrstuhl feststeckte, bei einem YouTube-Video von einer Sängerin ohne Arme und Beine oder einer Katze, die sechzehn kleine Kätzchen gebar.

Sie verwarf die Idee, sich in ihre hochhackigen Schuhe hineinzuzwängen, und wählte stattdessen ihre vom jahrelangen Tragen äußerst bequem gewordenen Stiefel. Doch beim Zuschnüren fiel ihr ein Faden auf, der lose vom Saum ihres Rocks herabbaumelte. Verärgert machte sie sich auf den Weg ins Gästezimmer, das seit Toms Weggang zu ihrem Nähzimmer geworden war. Das Schnurren von Mutters Nähmaschine hatte etwas Beruhigendes, genauso wie die wunderbar geraden Linien, die sie hervorbrachte. Während der vergangenen Wochen hatte sie Toms Vorhänge in eine Decke umgewandelt, Alex' alten Pullover zu einer Mütze und sie war zur absoluten Expertin geworden, wenn es darum ging, ihre Kleidung ihrer sich stetig wandelnden Figur anzupassen. »Nähen ist eine Kunst, die jede Frau beherrschen muss«, hatte Mutter immer wieder betont. »Es ist mir egal, wie veraltet das klingt.«

Sonya schnitt den überschüssigen Faden ab und betrachtete sich noch einmal prüfend im Spiegel. In Kombination mit den abgewetzten braunen Stiefeln wirkte der Rock plötzlich altbacken. Und sie hatte vergessen, sich die Haare zu kämmen. Wie sollte sie bloß einen weiteren Tag in diesem muffigen Büro überleben, während sie so tun musste, als würde sie über Raheems dämliche Witze lachen oder als wäre es ihr egal, dass J. D. ihr aus dem Weg ging? Sie hatte neun lange Jahre bei C&C gearbeitet, wo sich hinter der protzigen marmornen Empfangshalle ein fensterloses Großraumbüro mit fleckigen Teppichen und abgewetzten Stühlen verbarg. Ohne jemals eine offizielle Ausbildung in diesem Bereich gemacht zu haben, war sie die Karriereleiter nach oben geklettert und war nun in einem Leben gefangen, das sie nicht selbst gewählt hatte. Und dann hatte sie auch noch zusehen müssen, wie Lisa verschwand, um Zwillinge zu gebären, dicht gefolgt von Albina und schließlich auch Stefanie und Savita. Alle hatten behauptet, dass sie zurückkehren würden, doch keine hatte es tatsächlich getan.

»Ich habe eben mit dem Arzt gesprochen«, sagte Sonya zu Kiara, als diese endlich ans Telefon ging. »Er sagt, es sei ansteckend, also sollte ich für den Rest der Woche wohl besser zu Hause bleiben.« Sonya hasste es zu lügen, aber heute hasste sie die Vorstellung, ins Büro gehen zu müssen, noch mehr. Sie wechselte ihre elegante Kleidung gegen eine Jogginghose und griff sich die Autoschlüssel. Trotz der kühlen Herbstluft ließ sie die Fenster herunter und sang lauthals die Hits ihrer Jugend mit, die gerade im Radio liefen: »Love will tear us apart«, »Time after Time« und »Don't you (forget about me)«.

Kaum hatte sie den Stoffladen »Designer Fabrics« betreten, wurde ihre Laune sofort viel besser. Auf zwei herrlichen Etagen lagen endlose Reihen von Seiden-, Baumwoll- und Brokatstoffen ausgebreitet, die von grimmigen, schon etwas betagten, aber sehr sachkundigen Verkäuferinnen bewacht wurden. Die Damen waren mit Scheren bewaffnet, die ebenso bedrohlich wirkten wie sie selbst, und schienen nicht im Geringsten dazu aufgelegt, ihre Zeit mit Dilettanten zu verschwenden. Nachdem Sonya zunächst von exquisiten Velours, delikaten Leinenstoffen und schließlich einer purpurroten italienischen Wollmischung in Versuchung geführt worden war, entschied sie sich letztendlich für einen ochsenblutfarbigen Wollstoff und eine wunderbar moosgrüne Viskose. Dann vertrödelte sie noch zwei weitere Stunden damit, sich beim Kurzwarengeschäft »Neveren's« Knöpfe anzusehen: manche rund, andere viereckig, etliche aus Leder, wieder andere aus Metall oder Holz und einige sogar aus Stein. Von der Auswahl vollkommen überwältigt kaufte sie schließlich bloß ein paar Messingknöpfe, die sich sowohl für eine Hose als auch einen Rock eignen würden. Ein paar entzückende rosa Baby-Knöpfe konnte sie sich jedoch gerade noch verkneifen.

Auf dem Heimweg fuhr Sonya die Claremont Street entlang. Als sie das Haus erreichte, versuchte sie einen Blick hinter die ausladenden Äste des wild wuchernden, immer noch nicht ordentlich beschnittenen Lindenbaums zu werfen. Sie ließ das Fenster herunter, um besser sehen zu können, aber es war unmöglich festzustellen, ob irgendjemand zu Hause war. Sie dachte kurz darüber nach, das Auto zu parken und zu schauen, wie es Tom ging. Sie könnte ihre Hilfe anbieten, vielleicht sogar Rose von dem Baby erzählen, aber dann tat sie es doch nicht. Sie konnte es nicht. Was wäre, wenn Tom nicht das geringste Interesse daran hatte, sie zu sehen, was, wenn Rose wunderbar mit der Situation klarkam, was, wenn sie alle total glücklich waren, fröhlich über irgendwelche Witze lachten und das Leben genossen? Sonya trat aufs Gaspedal und rauschte davon. Nein, sie war gescheitert, nicht nur, was Tom anbelangte, sondern auch bei ihrer toten Schwester.

*

*Telefonverkäufer. Kinderbetreuer. Hausmeister.* Will schaltete sein Handy aus. Keiner dieser Jobs würde genug Geld einbringen, um ausziehen zu können, also blieb er besser weiter im Supper Club. Die Glücksgöttin würde ihm schon irgendwann wieder hold sein. Das musste sie einfach. Unbedingt. In der Zwischenzeit war er gezwungen, sich mit Roses täglich wachsenden Anforderungen herumzuschlagen: Räum den Garten auf, kümmere dich um die Küchenspüle, bring Tom zweimal die Woche zum Seelenklempner.

Will zog ein *Now Magazine* aus dem Zeitungskasten. Wie lustig, dass es noch Leute gab, die ihre Nachrichten in Papierform lasen. Er überflog die Stellenangebote (eine noch üblere Ausbeute als im Internet), las sein Horoskop (Widder, sein Sternzeichen, wurde wie immer als Erstes genannt, aber trotzdem fand Will das Ganze total bescheuert) und überflog die Rezensionen der neuen Alben irgendwelcher Bands, die er sich niemals anhören würde. Dann sah er auf die Uhr: Tom würde in zehn Minuten fertig sein, und wenn er den Jungen dann nach Hause gebracht hatte, stand ihm der Rest des Tages zur freien Verfügung.

Will überquerte die Bloor Street und warf die Zeitung in den Mülleimer.

»Entschuldigen Sie, Mister«, meldete sich ein kleines Stimmchen zu Wort. Will drehte sich um und sah sich einem kleinen Jungen gegenüber. Sieben oder vielleicht acht Jahre alt, mit einer runden Brille und einem viel zu großen Rucksack, den er sich auf den winzigen Rücken geschnallt hatte. »Zeitungspapier ist kein Müll, Sir. Das kann man wiederverwerten.«

»Ich weiß deine Besorgnis zu schätzen, Kleiner, aber wie wär's, wenn du dich jetzt um deine eigenen Angelegenheiten kümmerst?«

»Das hier *ist* meine Angelegenheit, Sir. Ich will nicht mit einem Haufen Müll aufwachsen, nur weil Sie zu faul sind zu recyceln.«

»Im Ernst jetzt?«

Der Junge nickte. Die Ernsthaftigkeit schien förmlich wie Honig von ihm herabzutropfen. Klebrig und widerlich süß. Und total unverdient.

»Komm, Carl, wir gehen«, sagte die rothaarige Mutter des Jungen, die sich endlich dazu herabgelassen hatte, den Blick von ihrem Handy loszureißen.

»Aber, Mami, Zeitungspapier ist kein Müll. Man kann es wiederverwerten.«

»Ja, Carl, das weiß ich doch. Jeder weiß das.«

»Der Mann da«, sagte Carl und zeigte mit dem Finger geradewegs auf Will, »weiß das eben nicht. Der Mann da ist doof.«

Will holte die Zeitung aus dem Müll. »Da. Zufrieden?«

»Es gibt eine Recycling-Tonne ganz in der Nähe. Ich kann sie Ihnen zeigen.«

Als Will es endlich geschafft hatte, sich aus den Fängen des Jungen zu befreien, schwor er sich, einen fetten SUV zu kaufen, Pelzmäntel zu tragen, bei Walmart einzukaufen und niemals wieder auch nur das geringste Fitzelchen zu recyceln. Und um sich ganz schnell wieder besser zu fühlen, ging er bei McDonald's vorbei und bestellte sich zwei Big Macs zum Mitnehmen.

Die Rushhour hatte schon längst angefangen, als Will zu seinem Posten gegenüber von Ms Colters Praxis zurückkehrte. Während er darauf wartete, dass der Verkehr einen Moment nachließ, damit er die Straße überqueren konnte, bemerkte er drüben ein Kind, das auf dem Boden saß, sich zu einer Kugel zusammengerollt hatte und hin und her wiegte.

»Scheiße!«, rief Will und ließ die Burger fallen. Ohne auf die entgegenkommenden Autos zu achten, rannte er – von einem wilden Hupkonzert begleitet – über die stark befahrene Straße. Gerade in dem Moment, als er Tom erreichte, fing der Junge an, seinen Schädel gegen die Wand zu rammen. Zuerst nur zögerlich, aber dann mit aller Gewalt. Er hielt den Blick fest auf Will gerichtet, hatte die Hände zu Fäusten geballt und starrte ihn an, ohne ein einziges Mal zu blinzeln. Eine Passantin blieb stehen, war aber zu fassungslos, um auch nur einen einzigen Finger zu rühren. Ein kleines Mädchen schrie.

Will drehte sich der Magen um. »Es tut mir leid! Es tut mir so leid. Ich habe nur –« Aber dann versagte ihm die Stimme. Er schluckte die bittere Galle hinunter und fing Toms Kopf mit seiner Hand auf. In den Haaren des Kindes hatte sich bereits ein Blutfleck gebildet.

»Was ist hier los? Brauchen Sie Hilfe?«

Will schaute hoch und sah, dass sie mittlerweile von drei Frauen, einem Jungen im Teenageralter und einem Mann in einem rosafarbenen Anzug umgeben waren. Die Besorgnis der Leute war mit Neugier und Abscheu vermischt, genau wie an dem Tag, an dem Mona gestorben war und sich eine Menschenmenge vor ihrem Haus versammelt hatte. Die Polizei hatte den Tatort abgesperrt, aber die neugierigen Gaffer waren trotzdem stehen geblieben und hatten mehr erfahren wollen. Sie wollten wissen, warum.

»Wo ist denn seine Mutter?«

»Sollen wir die Polizei rufen?«

»Jemand sollte die Polizei rufen.«

»Er hat einen epileptischen Anfall«, blaffte Will die Leute an. »Da können die Bullen gar nichts ausrichten.«

Die Menge ließ sich von seiner Lüge beschämen und löste sich auf. Will rutschte aufs Pflaster hinunter und blieb neben Tom sitzen, der den Kopf zwischen den Beinen vergraben hatte. »Es tut mir leid, Tom, ganz ehrlich. Aber da war dieser Junge, der hieß Carl, und der hat mich gezwungen, den ganzen Weg bis zur Bathurst Street zu gehen und dann …« Will verstummte. Das Ganze war seine Schuld, da gab es überhaupt keine Entschuldigung. Er hatte Ms Colter versprochen, dass er direkt vor der Haustür warten würde. »Sie können sich auf mich verlassen«, hatte er gesagt, und das hatte sie dann unklugerweise auch getan.

Autos brausten an ihnen vorüber, ein Hund schnüffelte an Wills Bein und ein Obdachloser bettelte ihn an, während Tom sich immer enger zusammenrollte.

»Das war wirklich bescheuert. Ich hätte hier warten sollen, so wie ich es versprochen habe. Das war total gedankenlos von mir. Verantwortungslos. Absolut dämlich. Und es wird nie wieder passieren. Das verspreche ich dir.«

Will wartete, aber Tom bewegte sich nicht.

Er versuchte, seinen eigenen Atem dem des Jungen anzupassen und begann zu zählen: Eins. Zwei. Drei. Vier. Fünf und sechs. »Okay, komm, lass uns gehen!«

Aber Tom bewegte sich noch immer nicht.

Will stand auf. Seine Beine waren steif und sein Hals schmerzte. »Also, das reicht jetzt. Lass uns heimgehen.«

Tom sah auf, aber statt Wills ausgetreckte Hand zu nehmen, blinzelte er in die untergehende Sonne und schüttelte den Kopf.

»Was willst du denn noch von mir?«, fragte Will. »Ich bin ein Idiot, ein Schwachkopf, ein totales Arschloch, und du hast alles Recht der Welt, wütend auf mich zu sein. Das stimmt. Nur, so ist das Leben eben. Es geht dauernd was schief, und trotzdem müssen wir irgendwie damit klarkommen. Also bitte, können wir jetzt gehen?«

Tom schloss die Augen und ließ den Kopf wieder zwischen die hochgezogenen Knie sinken.

»Bitte!«, sagte Will, aber es gab noch immer keine Reaktion.

»Es tut mir leid, es tut mir leid, es tut mir leid, es tut mir leid!«

Nichts.

»Also gut. Wie du willst. Bleib da sitzen, so lange du möchtest. Ich gehe jetzt. Es ist schließlich nicht so, als hätte ich nicht noch was Besseres zu tun.«

Will drehte sich um und ging davon. Glücklicherweise hatte er erst zwei Schritte gemacht, als Tom schon aufsprang und an ihm vorbeirannte, um die Führung zu übernehmen. Erleichtert, dass sich der Junge nicht ernsthaft verletzt hatte und kein dauerhafter Schaden entstanden war, folgte Will Tom die Bloor Street entlang, eine Straße voller billiger Sushi-Läden, kleiner Cafés und Ramschgeschäften, in denen sich jetzt schon die Skelette und Plastik-Grabsteine mit albernen Aufschriften stapelten.

Früher hatte Will Halloween geliebt. Als kleiner Junge waren die Süßigkeiten die Hauptattraktion gewesen, aber je älter er wurde, desto mehr Spaß machte es ihm, schockierende Kostüme anzuziehen. Letztes Jahr hatte er sich bei Burts alljährlichem Kostümwettbewerb als James Dean verkleidet (inklusive des Kühlergrills eines Fords, den er sich an die Stirn geheftet hatte). Doch jetzt, nachdem er dem Tod aus nächster Nähe begegnet war, hatte er seinen ursprünglich Plan, sich als Jackie zu verkleiden (wobei ihm J. F. Kennedys zerschmettertes Gehirn von der Schulter hatte herabtropfen sollen), wieder aufgegeben. Nein, dieses Jahr würde er zusammen mit Rose zu Hause bleiben, Süßigkeiten an Kinder verteilen und darauf verzichten, die Toten zu verspotten.

Drei Straßen später hatte Will es satt. »He, Kumpel, die U-Bahn ist da hinten, in die andere Richtung. Und können wir bitte mal eine Toilette aufsuchen, damit ich dein Gesicht sauberwischen kann?«

Aber Tom ging unbeirrt weiter. Ihn scherten ganz offenbar weder logistische noch ästhetische Details.

»Also gut, du hast gewonnen. Ich bin ein Arschloch, und du bist ein Heiliger. Herzlichen Glückwunsch. Und was willst du jetzt von mir? Eine Trophäe? Eine Einladung zu Sonyas *Club der Perfektionisten?*«

Tom wurde langsamer, als wartete er auf ein verlockenderes Angebot.

»Einen Fußball?«

Hatte der Junge gerade mit den Augen geblinzelt?

»Ein Schweizer Taschenmesser?«

War das etwa ein Lächeln?

»Was denn nun? Sag mir einfach, was du willst, und ich besorge es dir!«

Tom öffnete den Mund, aber bevor er etwas sagen konnte, hupte nur wenige Zentimeter von Will entfernt ein Taxi, sodass er erschrocken zusammenfuhr.

»He! Aus dem Weg, du Idiot!«, brüllte der Fahrer.

Erst jetzt wurde Will bewusst, dass er mitten auf der Straße stehen geblieben war.

»Hör zu«, sagte Will, als er neben Tom auf dem Bürgersteig stand. »Es tut mir absolut total und von ganzem Herzen leid. Ich habe versprochen, direkt vor der Tür auf dich zu warten, und das habe ich nicht getan. Ich hätte nicht fortgehen dürfen. Aber es gibt nichts, absolut gar nichts, was ich tun kann, um die Vergangenheit ungeschehen zu machen. Das kann niemand. Das Einzige, was wir tun können, ist, uns irgendwie weiter durchzuwursteln und auf das Beste zu hoffen.«

Tom zuckte mit den Schultern. Er wartete offenbar immer noch auf ein akzeptables Angebot. Und in diesem Moment hatte Will eine Idee.

*

Tom konnte sich beim besten Willen nicht vorstellen, was Onkel Wills »Lieblingsort auf der ganzen weiten Welt« sein sollte. Während er in der U-Bahn in Richtung Westen saß, dachte er, sie könnten vielleicht auf dem Weg zu den Wasserrutschen sein – aber im Oktober? Oder fuhren sie zum »Ghost Blasters Dark Ride« an den Niagara-Fällen? Oder eventuell ins »Canada's Wonderland«? Schon möglich, aber dafür waren sie jetzt in der falschen Richtung unterwegs.

Die U-Bahn kam mit kreischenden Bremsen an der Old Mill Station zum Halten, und ein schwarzes Mädchen mit Hunderten von winzigen Zöpfen stieg aus. Kurz bevor sie die Treppe hinauf verschwand, drehte sie sich noch einmal um, als spürte sie Toms Blick in ihrem Rücken, und winkte ihm zu. Glücklicherweise schlossen sich in diesem Moment die Türen und die U-Bahn fuhr weiter, bevor Onkel Will irgendetwas bemerken konnte. Menschen waren komisch. Besonders Mädchen.

Jetzt war nur noch ein alter Mann in ihrem Abteil, der sehr aufmerksam eine Zeitung las, in der nichts als Nummern und Diagramme standen. Tom steckte die Hand in die Tasche und ertastete dort erleichtert die Mundharmonika. Onkel Will saß auf dem Sitz gegenüber und war eingeschlafen. Er hatte die Arme über der Brust gefaltet, die Füße in beide Richtungen von sich gestreckt, und seine fleckigen Jeans waren an den Knien aufgerissen. Tom konnte sich nicht vorstellen, jemals so zu schlafen. Inmitten fremder Menschen, vollkommen diesen Blicken ausgesetzt. Ungeschützt.

Beim nächsten Halt stiegen drei in Schuluniformen gekleidete Jungen ein und setzten sich auf die andere Seite des Gangs. Sie diskutierten lautstark über ein Hockeyspiel, das sie gerade verloren hatten, und übertönten sich dabei gegenseitig. Onkel Will wachte trotzdem nicht auf. Die U-Bahn wurde immer schneller, und das sich aneinander reibende Metall erzeugte ein fürchterliches Kreischen. Tom ließ seine Mundharmonika los, um sich die Ohren zuzuhalten. Er presste die Handflächen, so fest er konnte, gegen den Kopf und wartete auf das tröstliche Meeresrauschen, das ihn an den Old Orchard Beach versetzen sollte. Zurück zu den Wellen und dem Sand und seinen Eltern, wie sie lachend unter diesem gestreiften Sonnenschirm saßen. Aber das Rauschen kam nicht. Ganz gleich, wie fest er die Hände auf die Ohren drückte oder wie leidenschaftlich er darauf hoffte, selbst dieser Fluchtweg war ihm nun versperrt.

Tom steckte sich den Daumen zwischen die Lippen und zerrte mit den Zähnen, so fest er konnte, an einem losen Stück Haut. Einer der Jungen, dessen pickeliges Gesicht von einem dichten roten Haarschopf überragt wurde, starrte ihn mit offenem Mund an. Also biss Tom noch fester zu. Tränen verschleierten seinen Blick, aber er gab nicht auf. »Kommt, wir setzen uns woanders hin«, sagte der pickelige Junge zu seinen Freunden. »Der Typ da ist total komisch.« Aber das war Tom egal.

»Und? Ist das nicht toll hier?«, fragte Onkel Will, als sie endlich angekommen waren. Tom betrachtete den riesigen, nahezu leeren Parkplatz und war sich nicht sicher, was so fantastisch an einem Glasgebäude sein sollte, das so aussah wie ein Einkaufszentrum. Unter einem riesigen rotgrünen Schild, auf dem »Woodbine« stand, las er *Pferderennen* und *Spielautomaten*.

»Als Rose und ich so alt waren wie du jetzt«, fuhr Onkel Will fort und wirkte dabei so schwindelig vor Freude, als wäre es Weihnachten, Ostern und Halloween zusammen, »da haben wir uns vor Aufregung in die Hose gemacht, wenn Tato uns zum Pferderennen mitgenommen hat. Das hier war nämlich der einzige Ort, wo wir Hotdogs und Pommes frites mit Unmengen Ketchup und Mayonnaise essen durften.«

Die gewölbten Wände der Eingangshalle waren mit großen schlaksigen Pferden, Männern mit schwarzen Hüten und Frauen mit Sonnenschirmen bemalt. In der Mitte stand ein runder Informationsstand, der so aussah wie ein Unterteller ohne Tasse. Dahinter wankte ein alter, auf seinen Rollator gelehnter Mann durch eine Tür, vor der zwei uniformierte Männer Wache hielten.

»Spielautomaten«, schnaubte Onkel Will verächtlich und bog nach rechts ab. »Dämlicher elektronischer Scheiß! Fauler Zauber, wenn du mich fragst. Genau das Richtige für Vollidioten.«

Dann eilten sie an bunten Fahnen und Plakaten für längst vergangene Rennen vorbei. Tom hatte Mühe, Onkel Wills Tempo zu halten, und bei jedem Schritt quietschten seine Turnschuhe auf den schwarz-weiß karierten Fliesen. Er hatte noch immer nicht die leiseste Ahnung, wo sie hingingen und warum. Am Ende des langen Gangs blieb Onkel Will oben an einer Rolltreppe stehen und wartete ungeduldig auf ihn. *Pferdekoppel,* las Tom, als er ihn eingeholt hatte, nur, um im nächsten Moment über den Fuß eines fremden Mannes zu stolpern.

»Pass doch auf!«, rief der und schob Tom unwirsch beiseite.

»Menschen sind Arschlöcher«, sagte Onkel Will und griff nach Toms Hand. »Noch ein Grund, warum man sich lieber an Pferde halten solltet. Und an uns selbst.«

Während sie die Rolltreppe hinunterfuhren, ließ Tom die Hand seines Onkels kein einziges Mal los. Sie fühlte sich warm und stark und beruhigend an, lauter Gefühle, die er bis zu diesem Augenblick gar nicht vermisst hatte.

Die Koppel befand sich im unteren Stock des Gebäudes und roch nach Heu, Tieren, Schweiß und Angst. Onkel Will begrüßte einen hageren Mann, der nervös von einem Fuß auf den anderen trat, während seine Augen pausenlos hin und her huschten: von dieser seltsam aussehenden Zeitung, die er in der Hand hielt, zu den Fernsehbildschirmen, die von der Decke herabhingen, von dort zu seinem Handy, dann zu den Pferden, die zur Besichtigung herumgeführt wurden, und schließlich wieder zu der Zeitung in seiner Hand. Es war dieselbe komische Zeitung, die auch der Mann in der U-Bahn so aufmerksam gelesen hatte. »Das ist das Rennprogramm«, erläuterte Onkel Will, als ihm Toms verwirrter Blick auffiel. Als würde das die Sache verständlicher machen.

Tom wanderte zu dem Metallgeländer am anderen Ende des Raumes hinüber und gesellte sich zu Männern, die sich dort aufgereiht hatten wie eine Schar von Vögeln auf einer

Stromleitung. Ein Pferd nach dem anderen zog an ihnen vorüber, geführt von winzigen Jockeys in grellbunten Hemden. Um besser sehen zu können, drängelte sich Tom zwischen einen Mann mit einer orangefarbenen Mütze und einen bärtigen Typen in einem schweißverfärbten Nirvana-T-Shirt. »Scheiße«, schimpfte der Nirvana-Typ, ohne den Blick von einem Fernsehbildschirm abzuwenden, auf dem ein Pferderennen gezeigt wurde, das irgendwo anders auf der Welt stattfand. »Verfickte Scheiße!«

»Jetzt benutzen Sie doch nicht solche Ausdrücke!«, sagte der Mann mit der Mütze und zeigte auf Tom.

»Wir sind hier auf einer Pferderennbahn und nicht im Kindergarten«, entgegnete der Typ und wandte sich zum Gehen. »Es ist nicht mein Problem, wenn die Leute so bescheuert sind, ihre Kinder hierherzubringen. Die haben hier nichts zu suchen!«

»Beweis Nummer 53: Menschen sind Arschlöcher«, sagte Onkel Will und ging wieder zurück in Richtung Rolltreppe. »Und nur damit das klar ist: Solange du keine Wetten abschließt, ist das total legal, dass du hier bist. Und jetzt vorwärts. Gleich ist Wettschluss für mein erstes Rennen.«

Sie rannten die Rolltreppe hinauf, durch den Gastronomiebereich und erreichten schließlich eine lange Reihe von Kassen. Onkel Will überflog die verschiedenen Kassierer mit einem raschen Blick und suchte sich dann einen Mann aus, der wie ein Bücherwurm aussah und Tom an Mr Dukali erinnerte.

»Ich wusste gar nicht, dass du einen Sohn hast«, sagte der Mann, der bei näherer Betrachtung nicht die geringste Ähnlichkeit mit Toms ehemaligem Mathematiklehrer hatte. Dieser Typ hier machte einen harten, angespannten Eindruck –

ganz anders als Mr Dukali, der lustig und liebenswürdig und wahnsinnig klug gewesen war.

»Er ist nicht mein Sohn. Er ist …«, sagte Onkel Will und tätschelte Toms Kopf, »er ist mein Glücksbringer.«

»Immer eine gute Idee, so was dabei zu haben. Ganz besonders für dich, Will.«

»Wie du meinst, Madhu. Gib mir Woodbine zu 50 Dollar. Auf Sieg. Nummer fünf.«

»Das ist alles?«

»Ich lauf mich grad erst warm, Mensch. Jetzt mach mal halblang.«

Madhu gab Onkel Will eine Quittung und beugte sich dann über den Schalter, um Tom besser sehen zu können. »Bist du das erste Mal bei einem Rennen, Kleiner?«

Tom schob sich hinter seinen Onkel und fing an zu zählen: Zehn mal sechs ist sechzig, neun mal sechs ist vierundfünfzig, acht mal sechs ist achtundvierzig.

»Er redet nicht viel«, sagte Onkel Will, drehte sich um und schlang schützend seinen Arm um Toms Schultern. »Ziemlich cool, wenn du mich fragst.«

Am Ende stellte sich der Sog der Hoffnung als unwiderstehlich heraus. Während sie zwischen den roten Plastiksitzen der Zuschauertribüne, dem Wettbereich im ersten Stock und der Pferdekoppel im Untergeschoss hin und her rannten, gelang es Tom zum ersten Mal seit jener furchtbaren Nacht, seine Eltern für mehr als eine Minute zu vergessen. Onkel Will wettete ein Rennen nach dem anderen, gewann manchmal, verlor oft, sprang auf und ab, jubelte, schrie, fluchte, schwor, sich nie wieder auf ein Glückspiel einzulassen, schwor, ein besserer Mensch zu werden und sein Leben in den Griff zu bekommen. Aber dann kehrten sie doch wieder zu Madhu zurück, platzierten die nächste Wette und jubelten erneut los.

»Willst du es nicht auch mal probieren?«, fragte Onkel Will, nachdem er drei Rennen hintereinander verloren hatte. »Das mit dem Anfängerglück stimmt nämlich. Das gibt es wirklich!« Dann erklärte er den Unterschied zwischen Sieg-, Platz- oder Show-Wetten. Sie studierten aufmerksam die »Beyer Speed Figures«, ein Punktesystem zur Bewertung von Rennpferden, und zogen so komplizierte Wetten wie Dreierkombinationen, Fünferwetten oder Tagesdoppel in Betracht. Aber Tom entschied sich bei seinen Wetten allein aufgrund der Namen der Pferde. Er gewann dreißig Dollar mit »Spring davon« und zehn Dollar mit »Wüstenprinz«, nur um darauf fünfzehn Dollar mit »Träumer« zu verlieren.

Am Ende machte weder Onkel Wills Pferdewissen noch sein Aberglaube auch nur den geringsten Unterschied und er verlor alles mit »Tango in der Nacht«. Ein so dämlicher Name, dass Tom fast gelacht hätte.

*

Es war an der Zeit, etwas zu unternehmen. Nachdem die Küchenspüle monatelang nur sporadisch funktioniert hatte, floss nun gar nichts mehr ab. Rose warf den Gummistampfer weg und griff stattdessen nach einer Flasche Abflussreiniger, aber die Anleitung darauf war so winzig gedruckt, dass sie zum Entziffern eine Lupe gebraucht hätte. Also schüttete sie eine großzügig bemessene Menge in den Abfluss und hoffte auf das Beste.

Doch der Wasserspiegel weigerte sich hartnäckig, auch nur einen Millimeter zu sinken.

Rose packte sich den extrastarken industriellen Abflussreiniger, den Tato im Keller zurückgelassen hatte. Sofort fingen ihre Augen an zu tränen und ihre Kehle brannte. Trotzdem goss sie noch drei weitere Ladungen hinterher, die jedoch nichts bewirkten, außer, dass sich noch schlimmere Dämpfe bildeten. Sie wollte gerade das Internet nach Ratschlägen durchforsten, als ihr Handy klingelte. TD Bank, las sie auf dem Display, bevor sie den Anruf entgegennahm. Rasch goss sie den Rest des Abflussreinigers in die Spüle und ging ins Wohnzimmer, in der Hoffnung, der Zauber möge sich in ihrer Abwesenheit von ganz allein entfalten.

»Ja, am Apparat«, antwortete Rose.

»Wir melden uns bei Ihnen, um ein paar außergewöhnliche Aktivitäten zu besprechen, die es auf Ihrem Konto gegeben hat.«

Rose setzte sich und hörte zu, wie der Bankangestellte eine Liste von Geldabhebungen vorlas, von denen sie sich nicht erinnerte, auch nur eine einzige getätigt zu haben.

»Was bin ich für ein Idiot«, sagte sie schließlich. »Ich hatte geglaubt, mein Bruder würde sein eigenes Geld verspielen und nicht meins.«

»Ihr Bruder?«, fragte der Mann am anderen Ende und konnte seine Fassungslosigkeit kaum vertuschen. »Hat der denn Zugang zu Ihrem Konto?«

»Ich habe ihm das Passwort gegeben. Das erleichtert die Sache, wenn es ums Bezahlen von Rechnungen und ...« Rose hielt inne und hoffte, ihr würde irgendetwas Geniales einfallen, aber alles, was sie zustande brachte, war: »... und anderem Kram geht.«

»Nun, es ist wichtig, dass Sie die Transaktionen genau im Auge behalten«, sagte der Mann am anderen Ende der Leitung. »Insbesondere dann, wenn man sich dafür entschieden hat, den Zugang zu seinem Konto mit anderen Personen zu teilen.«

»Ich bin eine alleinstehende Mutter mit zwei Kindern und einem Vollzeitjob. Ich habe kaum Zeit, mir die Zähne zu putzen, geschweige denn mein Konto im Auge zu behalten.«

Aber Rose wusste, dass es keine Frage der Zeit war. Sie hasste es einfach, sich um ihre Finanzen zu kümmern. Diese Aversion war ein Erbe ihrer Kindheit, denn sie war mit einem Vater aufgewachsen, der – wenn auch größtenteils auf legalem Wege – keine Mühen scheute, um einen finanziellen Vorteil herauszuschinden, und sei er auch noch so winzig. Besonders wenn es um Steuerzahlungen ging. »Die verschwenden mein hart verdientes Geld ja doch nur für irgendwelche Ausgaben, die erstunken und erlogen sind. Und ich weigere mich, auch nur einen Cent zu zahlen, es sei denn, ich habe absolut gar keine andere Wahl.«

»Also diese Transaktionen sind legitim«, sagte der Mann am Telefon abschließend. »Dann sind von unserer Seite ja keinerlei Maßnahmen vonnöten.«

Rose stimmte ihm widerstrebend zu und hängte auf. Gerade, als sie wieder zurück in die Küche gehen wollte, klopfte es an der Tür.

»Was ist denn jetzt schon wieder?«

»Okay«, sagte Ray, nachdem Rose endlich damit fertig war, ihrem Ärger über ihren idiotischen Bruder Luft zu machen. Während sie redete, machte er Notizen, und es kam Rose so vor, als wollte jede Bewegung seines Stifts sie verurteilen. Wie um alles in der Welt war es möglich, dass er schon so eine dicke Akte zusammengetragen hatte? Mit wem hatte er sonst noch gesprochen? Und warum, warum, warum, warum bloß hatte sie ihm diese Geschichte mit Will erzählt?

Ohne von seinen Notizen aufzuschauen, sagte Ray schließlich: »Was Ihr Bruder mit seinem Geld oder sogar mit

Ihrem Geld anstellt, geht uns nichts an, solange gewährleistet ist, dass Tom sich in Sicherheit befindet und angemessen versorgt wird.«

»Gut. Denn Will ist zwar ein rücksichtsloses Arschloch, keine Frage, aber das hat nichts mit Tom zu tun.«

»Aber«, sagte Ray und schaute Rose mit seinen blauen Augen geradewegs ins Gesicht, »wie wollen Sie garantieren, dass Will nicht auch an das Geld herangeht, das für Tom gedacht ist?«

»Das würde er niemals tun«, sagte Rose rasch, denn auf einmal wurde ihr klar, worauf Ray hinauswollte. »Ja, er hat Geld von mir geborgt, und ja, das stimmt, er hat das getan, ohne mich zu fragen. Das ist natürlich keine gute Sache, klar. Aber er zahlt immer alles zurück.«

»Also war das nicht das erste Mal, dass er Geld von Ihnen ›geborgt‹ hat, ohne Ihnen das zu sagen?«

Rose wurde von einer so plötzlichen Wut erfasst, dass es ihr den Atem verschlug. Um nicht die Beherrschung zu verlieren, kniff sie sich in die Hand. »Warum –«, begann sie, aber sie musste erst Luft holen, bevor ihre Stimme wieder einigermaßen ruhig klang, »warum kümmern Sie sich nicht um echte Probleme, Ray? Wie zum Beispiel diese Babys, die in Mülleimern zurückgelassen werden, oder die Väter, die ihre Söhne mit Hakenkreuzen bemalen, oder wie wär's mit den Kindern von Indigenen, die ihr Typen vom Jugendamt immer so gerne ihren Müttern wegnehmt?«

»Rose, es ist meine Aufgabe, sicherzustellen, dass Toms Interessen gewahrt werden. Und wenn ich sehe, dass Ihr Bruder ein paar – seien wir einmal nett und nennen es ›eigenwillige‹ – Vorstellungen hat, was ihm gehört und was nicht, warum sollte er dasselbe fragwürdige Urteilsvermögen nicht auch auf Toms Eigentum anwenden?«

»Will ist kindisch, sicher. Und etwas seltsam auch, okay, aber er ist kein Dieb. Und Tom und er haben sich in letzter Zeit richtig gut verstanden. Will hat sogar angeboten, den Jungen zur Therapiestunde zu bringen.«

»Und da sind die beiden jetzt auch immer noch?«, fragte Ray und schaute auf die Uhr.

»Ich ... », begann Rose, wurde jedoch von einer giftigen Wolke unterbrochen, die aus der Küche gewabert kam. »Oh nein«, jaulte sie und sprang auf. »Oh nein, nein, nein!«

Als sie in der Küche ankam, sah Rose, wie ihre Spüle toxische Gase ausspie, als wäre sie ein übelgelaunter isländischer Vulkan. Von einem unkontrollierbaren Hustenanfall übermannt, wollte sie sich zurück ins Wohnzimmer flüchten, stieß jedoch mit Ray zusammen, der ihr gefolgt war.

»Wow, das ist ja ...«, begann er, doch dann brachte auch ihn der unsägliche Gestank zum Verstummen. Trotzdem gelang es ihm, die Küche zu durchqueren und die Tür zum Garten aufzureißen, um den Raum zu lüften. »Was für ein Schlamassel!«

»Ihre Beobachtungsgabe ist atemberaubend«, sagte Rose und folgte ihm in den Garten. »Aber im Ernst, versuchen Sie mal, dieses Haus in perfekter Ordnung zu halten, wenn die drei Kerle, mit denen Sie zusammenleben, ihr Bestes tun, um das größtmögliche Chaos zu kreieren!«

»Es geht gar nicht darum, dass alles perfekt ist«, sagte Ray. »Ertragbar wäre schon gut.«

Rose blickte zurück auf die Küche, die von dichtem dunklen Qualm erfüllt war, und wurde von einer neuerlichen Welle der Wut durchströmt. Das Ganze war in der Tat ein totales Schlamassel. Ihr ganzes Leben war ein Schlamassel. Und was war Will doch für ein unglaublicher Idiot! Wie konnte er es wagen, ihr Geld zu nehmen, ohne sie zu fragen? Nach allem, was sie für ihn getan hatte und immer noch für ihn tat. Rose machte einen Schritt rückwärts und stolperte über den alten Hibachi-Grill, den wegzuräumen Will schon vor einer Ewigkeit versprochen hatte. Sie verlor die Beherrschung und trat so heftig dagegen, dass sich sein widerlicher Inhalt über den ganzen Garten verteilte.

Rose schloss die Augen und versuchte, ihren Zorn in den Griff zu bekommen. Seit Monas Tod wurde sie immer wieder von diesen plötzlichen Wutattacken heimgesucht. Das erste Mal war das passiert, als Suzanne, die Friseurin, zu der sie schon seit fünfzehn Jahren ging, sie eine Dreiviertelstunde hatte warten lassen. Rose hatte die arme Empfangsdame angeschrien, war hinausgerauscht und mit ungefärbtem Haaransatz zur Beerdigung gegangen. Ein paar Wochen später hatte ein Lexus es gewagt, ihr den Weg abzuschneiden, während sie die Bathurst Street überquerte, woraufhin sie mit der Faust so fest auf die Motorhaube geschlagen hatte, dass eine Delle zurückblieb. Der Fahrer hatte entsetzt das Weite gesucht, ohne die Polizei zu rufen.

Rose setzte sich auf die schmale Holzbank und zündete sich eine Zigarette an.

»Geben Sie mir eine ab?«, fragte Ray und Rose tat ihm den Gefallen. Es freute sie, ihre schlechte Angewohnheit mit jemandem teilen zu können.

Ray setzte sich dicht neben Rose ohne sie jedoch zu berühren. Schweigend saßen sie da und sahen den Blättern zu, die überall um sie herum von den Bäumen fielen. Der eisige Hauch, der in der Luft lag, ließ sich nicht länger leugnen. Es würde nicht mehr lange dauern, bis die kurzen grauen und regnerischen Tage kamen. Der Winter näherte sich mit großen Schritten.

»Hören Sie«, sage Ray schließlich. »Das, was Ihrer Schwester, Tom und Ihnen selbst zugestoßen ist, ist absolut unfassbar. Sie machen einen Albtraum durch, wie man ihn sich schlimmer nicht vorstellen kann. Aber die Vergangenheit lässt sich nicht auslöschen.« Ray nahm einen Zug von seiner Zigarette, bevor er fortfuhr: »Als meine Mutter starb, habe ich jahrelang geleugnet, was geschehen ist. Und darin liegt ein gewisser Trost, das verstehe ich gut. Aber Sie müssen stärker sein. Tom zuliebe. Es mag Ihnen manchmal unmöglich vorkommen, aber Sie müssen mit den Dingen fertigwerden, die Ihnen das Schicksal aufgebürdet hat. Das ist eine Herausforderung, ganz klar, aber es bietet auch die Gelegenheit, daran zu wachsen.«

»Meine Schwester musste sterben, damit ich ein besserer Mensch werden kann?«

»Rose! Das habe ich doch gar nicht gesagt. Oder jedenfalls habe ich das nicht so gemeint. Alles, was ich damit sagen will, ist, dass wir ein Umfeld schaffen müssen, in dem nicht nur Tom, sondern auch Sie selbst und Ihre ganze Familie genesen können.«

Ray stand auf und ging zur Küchentür, aber dann drehte er sich noch einmal um. »Als Zeichen des Respekts Ihnen gegenüber und für all die Arbeit, die Sie hier tun, werde ich das, was heute passiert ist, für mich behalten. Aber bitte, Rose, versprechen Sie mir, dass Sie endlich den Kopf aus dem Sand ziehen. Manchmal sind die Menschen, die wir lieben, eben nicht so, wie wir uns das erhoffen.«

»Danke«, flüsterte Rose. Aber da war Ray schon gegangen.

*

Es war peinlich, Tom für die U-Bahn-Fahrt nach Hause bezahlen lassen zu müssen, aber manchmal konnte man eben nichts an dem Mist ändern, der einem so passierte. Die Glücksgöttin würde ihm schon irgendwann wieder hold sein, da war Will sich ganz sicher. Es war nur eine Frage der Zeit. Und dann würde er Tom das Geld zurückzahlen, und Rose auch.

»Bist du wahnsinnig?«, fragte Rose, kaum dass sie das Haus in der Claremont Street betreten hatten. Ihr Gesicht war mit zahllosen roten Flecken übersät. Tom rannte die Treppe hinauf, während Rose ihren Bruder sofort wieder nach draußen zog. »Ich habe dir vertraut, und du revanchierst dich dafür, indem du mir mein Geld klaust?«

»Wer hat dir das erzählt?«

»Das ist doch jetzt egal! Du hast mich bestohlen. Warum?«

»Streng genommen habe ich dich nicht beklaut, Rose. Ich habe mir ein bisschen Geld ausgeliehen, ja, aber ich werde es dir zurückzahlen. Versprochen!«

»Und du glaubst im Ernst, deine Versprechen hätten für mich noch die geringste Bedeutung?«

Will sah seine Schwester an und war sich zum ersten Mal nicht sicher, dass sie nachgeben würde. Irgendetwas hatte sich geändert. Da war plötzlich etwas Hartes, Unnachgiebiges.

»Was ist los, Rose?«

»Tom muss für uns oberste Priorität haben. Was ist, wenn das Jugendamt herausfindet, dass du mein Geld geklaut und alles verzockt hast? Was, wenn sie uns Tom wegnehmen?«

»Ach, das ist doch totaler Quatsch, und das weißt du ganz genau. Wo sollten sie ihn denn hin verfrachten? Und warum? Es geht ihm gut bei uns. Großartig geradezu. Wir haben einen total schönen Nachmittag zusammen verbracht. Ich habe es sogar geschafft, ihn einmal zum Lächeln zu bringen.«

»Aha. Und wo wart ihr? War die Therapiestunde nicht schon vor einer Ewigkeit zu Ende?«

»Wir sind nach Riverdale gefahren.«

»In den Streichelzoo?«

»Genau.«

»Und das fand Tom gut?«

»Er fand es jedenfalls nicht schrecklich.«

»Echt jetzt?«

»Wenn du mir nicht glaubst, dann frag ihn doch selbst!«

# November

Irgendetwas stimmte nicht. Sonya war sich nicht sicher, was es war, aber es gab da etwas, das nicht so war, wie es sein sollte. In letzter Zeit stand Alex immer sehr früh auf und fuhr zur Arbeit, ohne auch nur einen Kaffee zu trinken. Nach Hause kam er immer sehr spät, nach dem Fitnessstudio, einer in letzter Minute angesetzten Konferenz oder vielleicht einem spontanen Eishockeyspiel mit Bill und seinen Kumpanen. Gestern Abend hatte er nach Zigaretten gerochen, was seltsam war. Wenn sie jetzt in einem Film wären, dachte Sonya, dann wäre das hier genau der Moment, in dem die besorgte Ehefrau die Jackentaschen ihres Ehemanns durchwühlte, die Telefonrechnung überprüfte oder einen Privatdetektiv engagierte.

Nur, dass sie keine Lust hatte, sich die Mühe zu machen. Sonya genoss es, das Haus für sich allein zu haben, besonders jetzt, da sie der Zukunft nicht mehr allein gegenüberstand. Was machte es da schon, dass Alex sich nicht ganz so überschwänglich über das Baby gefreut hatte wie sie selbst? Bis er seine Tochter lächeln sah – Sonya war sich sicher, dass es ein Mädchen werden würde –, bis er den köstlichen Duft ihrer Pfirsichhaut einsog, existierte sie nur in der Theorie. Eine Theorie, die für ihn genauso abstrakt war, wie es schwarze Löcher für sie selbst waren.

Sonya drehte die Wasserhähne zu und knöpfte ihre Bluse auf. Ein Bad würde diesen Tag wegwaschen, an dem sie sich wieder einmal mit wichtigtuerischen E-Mails und dem hohlen Gegrinse ihrer Kollegen hatte rumschlagen müssen. Selbst wenn ihre Karriere ihr früher einmal etwas bedeutet haben mochte – jetzt hatte sie jegliche Anziehungskraft verloren. Sobald Sonya das Büro verließ, streifte sie ihr Berufsleben ab wie einen schlechten Traum, der sich zu einem vagen Gefühl des Unbehagens auflöst, kaum dass man die Augen geöffnet hat.

Sonya stieg aus ihrer Unterhose und legte die Hände auf ihren kleinen, aber sich fraglos wölbenden Bauch. Sechzehn lange Wochen war dieses Leben jetzt in ihr gewachsen, ohne dass die Außenwelt es bemerkt hatte – dank ihres talentierten Umgangs mit der Nähmaschine und ihrer geschickt ausgewählten Kleidung. Ihr Baby, das mittlerweile so groß wie eine Avocado war, konnte nun bereits blinzeln, die Stirn runzeln, das Gesicht verziehen und pinkeln.

Sonya warf einen prüfenden Blick auf das Thermometer. 36 Grad. Vollkommen ungefährlich. Dieses Bad war die Belohnung dafür, dass sie das erste Trimester überstanden hatten – aber das hieß noch lange nicht, dass Sonya ein Risiko eingehen würde, also stellte sie den Wecker auf zehn Minuten. Das Wasser brannte auf ihrer Haut und auf ihren Oberschenkeln bildete sich eine Gänsehaut. Ein Schauder ergriff sie. Während sie unter der dicken Schaumschicht abtauchte, entspannten sich ihre Muskeln und ihr Herz. Wenn bei der Amniozentese alles in Ordnung war, dann wären sie in fünfzehn weiteren Wochen in Sicherheit. Vielleicht würde ja alles gut gehen. Vielleicht hatte sich das Blatt endlich gewendet.

»Wow, du nimmst ein Bad«, sagte Alex, als er ins Badezimmer kam. »Hat der Arzt nicht davon abgeraten?« Mit einem gezwungenen Lächeln stellte er die Hockeytasche ab, zog die Schuhe aus und warf seine Sportkleidung in den Wäschekorb.

»Tu mir einen Gefallen«, sagte Sonya. »Bring mir doch bitte ein Glas Orangensaft.«

»Soll ich einen Mimosa draus machen?«

»Bist du wahnsinnig?«

»Warum? Wir haben das erste Trimester hinter uns gebracht, das ist doch ein Grund zu feiern! Und du liebst Mimosas, also wer sollte dir ein Gläschen verdenken? Wir haben immer noch die Kiste Sekt, die ich damals in Vermont zu einem Spottpreis gekauft habe. Weißt du noch?«

Sonya holte tief Luft und ließ sich wieder unters Wasser gleiten. Ja, sie erinnerte sich an die Reise nach Vermont. Sie waren dort hingefahren, um ihren zehnten Hochzeitstag zu feiern. Alex hatte unbedingt nach Stowe gewollt, einem Luftkurort in den Bergen, in dem seine Eltern immer ihre Hochzeitstage gefeiert hatten. Ein Ort, der in Alex' Fantasie einen ganz besonderen Platz einnahm, obwohl sich seine Eltern schon vor zwanzig Jahren hatten scheiden lassen und seitdem kaum noch ein Wort miteinander gewechselt hatten. Aber diese Reise zurück in Alex' glorifizierte Vergangenheit war ein Fiasko gewesen. Es regnete drei Tage lang ununterbrochen, das Essen war fürchterlich und der Hotelbesitzer nur dreist. Auf dem Nachhauseweg fuhren sie ein Reh an, und dann lag es dort auf der Straße, das weiße Bäuchlein blutverschmiert, mit verdrehten Beinen und weit aufgerissenen, todesstarren Augen.

Als Sonya aus dem Schaum wiederauftauchte, sagte sie: »Ich sehe nicht ein, warum ich das Baby mit Alkohol gefährden sollte, nur weil du mal wieder einem Schnäppchen nicht widerstehen konntest.«

Aber dann stellte sie erleichtert fest, dass Alex bereits gegangen war.

*

»Das ist doch totaler Quatsch«, sagte Will zu Tom, der sich große Mühe geben musste, Schritt zu halten. Will bog in einen Gang mit billig aussehenden Wasserhähnen, übergroßen Spülbecken, hässlichen Toilettenschüsseln und den dazu passenden, noch hässlicheren Sitzen ab. »Nur weil man ein Y-Chromosom hat, heißt das noch lange nicht, dass man es toll findet, irgendwelchen Kram zu reparieren. Ich würde mal gerne wissen, wie sie es fände, wenn ich sie auffordern würde, meine Hemden zu bügeln, nur weil sie eine Frau ist!«

Aber die Reparatur der Küchenspüle war Teil der Abmachung gewesen, die er mit Rose nach der Rennbahnaffäre ausgehandelt hatte, also würde er es auch tun. Will fegte mit wachsender Empörung durch den riesigen Baumarkt. »Wo zum Teufel ist denn hier mal ein Angestellter? Arbeitet hier überhaupt irgendjemand? Hallo???«

Endlich stießen sie am äußersten Ende von Gang acht rein zufällig auf den Sanitärbedarf. Will nahm eine Rohrreinigungsspirale – nicht, dass er gewusst hätte, was er damit anfangen sollte – und warf sie in seinen Einkaufswagen. Dann fügte er noch einen Druckluftrohrreiniger, eine Abflussreinigungsblase und drei unterschiedliche Flüssigchemikalien hinzu. Besser ist besser. Die Küchenspüle musste repariert werden, und zwar sofort, denn Roses Drohungen, ihn ansonsten aus dem Haus zu schmeißen, klangen mittlerweile ziemlich überzeugend.

Auf dem Weg zur Kasse legte Will noch einen Kanister mit WD-40, ein paar Gartenhandschuhe und einen äußerst günstigen Satz Boccia-Kugeln in den Wagen. Als sie den Laden verließen, war er um fünfundachtzig Dollar ärmer und schleppte im Austausch sieben schwere Tüten mit sich herum.

»Tom, bitte, lass uns das Herumtrödeln heute auf ein Minimum beschränken, okay?«, sagte Will, während sie in Richtung U-Bahn gingen. »Im Done Right Inn wird gleich ein Pokerspiel ausgetragen, und ich weiß, dass die Glücksgöttin heute auf meiner Seite sein wird.«

In der U-Bahn-Station warf Will zwei Tickets in den Automaten und ging durch das Drehkreuz, aber als er sich umdrehte, hatte sich statt Tom ein Mädchen in einem orangefarbenen Parka durchgedrängelt. »Mein zweites Ticket war für diesen Jungen gedacht«, sagte Will zu dem Kassierer. »Und nicht für die da!«

Der Kassierer zuckte mit den Schultern und wandte seine Aufmerksamkeit wieder dem Buch zu, in dem er gerade gelesen hatte. Will eilte weiter, aber Tom folgte ihm in seinem üblichen Schneckentempo, langsam, als sei das dazugehörige Haus unfassbar schwer, mit fest verschlossenen Fensterläden. Während Will an der Treppe auf ihn wartete, warf ein Mann gerade seine Zeitung in den Müll.

»He, das ist wiederverwertbar«, sagte Will und war selbst überrascht, was ihm da gerade aus dem Mund gerutscht war. Trotzdem konnte er es nicht lassen hinzuzufügen: »Da drüben steht eine Tonne für Altpapier!«

Der Mann richtete seine stahlgrauen Augen auf Will. Zweihundert Pfund Muskelkraft, bereit, sich auf ihn zu stürzen. In einem Anzug, der zwei Nummern zu klein war.

»Na, dann erklären Sie mir doch mal«, sagte der Mann mit einer Stimme, die in Anbetracht seiner gewaltigen Körpergröße erstaunlich piepsig klang, »wieso Sie das etwas angeht, was ich mit meiner Zeitung mache?«

»Unsere Welt erstickt in Müll«, antwortete Will und atmete tief ein, bevor er fortfuhr, »nur weil Leute wie Sie zu faul sind, ihren Teil beizutragen.«

»Im Ernst?« Der Mann kam näher. Der Moschusgeruch seines Aftershaves ließ Will zurückzucken, nur wenige Zentimeter von der Treppe entfernt, die zum Bahnsteig hinunterführte. »Sie glauben tatsächlich, Sie hätten das Recht, mir zu sagen, was ich tun soll?«

In diesem Moment spürte Will, wie etwas an seinen Einkaufstaschen zerrte, und als er hinunterschaute, entdeckte er Tom. Einen Moment lang überlegte Will, ob er den Mann nicht einfach weitergehen lassen sollte. Mochte es doch eine berufenere Person übernehmen, ihm den Kopf zu waschen. Aber dann musste Will an Mona denken und daran, wie er sich rausgehalten hatte, statt einzuschreiten, wie er schweigend danebengestanden hatte, statt Einspruch zu erheben, und sofort war er entschlossen, das Richtige zu tun.

»Es gibt nur diesen einen Planeten, den wir uns alle teilen müssen, und es ist unsere Pflicht, dafür zu sorgen, dass er auch überlebt.«

»Na, ich gratuliere zur Heiligsprechung, Arschloch!« Der Mann machte mit höhnischer Geste ein Kreuzzeichen, tippte Will dann ganz leicht mit dem Finger gegen die Stirn und ging fort.

Durch die überraschende Berührung aus dem Gleichgewicht gebracht, schwankte Will rückwärts, genau auf der Kante der steilen, rutschigen Treppe. Um Halt zu finden griff er nach dem Geländer, aber die vielen Einkaufstaschen machten es unmöglich, sich festzuhalten. In dem verzweifelten Versuch, das Gleichgewicht wiederzuerlangen, beugte Will sich vor, doch in diesem Moment rutschte sein rechter Fuß von der Treppenkante ab. Er kippte nach hinten, trat ins Leere, stürzte eine Stufe nach der anderen hinunter und kam erst zum Halten, als sein Körper auf dem Betonboden am Fuß der Treppe aufschlug.

*

Wenn er nur seine Schritte nicht gezählt hätte, dachte Tom, wenn er ein paar von Onkel Wills Taschen getragen hätte, wenn er nicht zu der Therapiestunde bei Claire hätte gehen müssen, wenn er es geschafft hätte, mit Tante Sonya auszukommen, wenn er nicht mit seinen dämlichen Transformern gespielt hätte, wenn er Mama beschützt hätte, dann wäre nichts von alledem passiert. Tom griff nach seiner Mundharmonika und schlug sie sich, so fest er konnte, gegen die Lippen. Das Metall fühlte sich kalt an, hart und unnachgiebig, aber sein Blut schmeckte gut. Es war alles seine Schuld. Schon wieder.

Tom blieb am oberen Ende der Treppe stehen, unfähig, sich zu bewegen, und starrte den Gummistampfer an, der aus einer der wild verstreuten Tüten senkrecht in die Luft ragte. Da unten lag Onkel Will. Sein rechtes Bein war seitlich abgeknickt, verdreht wie bei Brawl. Wie bei Mama. Toms Knie gaben unter ihm nach, aber bevor er ganz in sich zusammensinken konnte, bevor er einfach loslassen und Onkel Will in den Abgrund folgen konnte, packte ihn ein Paar Hände an den Schultern und schüttelte ihn so heftig, dass er die Augen aufriss. Das Gesicht einer Frau schwebte unmittelbar vor ihm, so dicht, dass er seinen Blick unmöglich fokussieren konnte. Ihr Mund bewegte sich, aber nichts von dem, was sie sagte, ergab irgendeinen Sinn. Immer, wenn es Tom gelang, ein Wort zu verstehen, entwischten ihm die nächsten fünf, wie kleine silberne Fische in einem tobenden Fluss. Die

Frau schüttelte den Kopf und kam noch näher, aber ihr übel riechender Atem zwang Tom zurückzuweichen. Er spürte die Treppenkante hinter sich, aber in diesem Moment packte sie fest zu, und dann zog ihn die Polizistin – jetzt erkannte er die Uniform – von der Treppe fort.

»Komm mit«, sagte sie und führte Tom aus der U-Bahn-Station und auf die Straße hinaus. »Unterhalten wir uns doch mal ein bisschen.«

Die Frau, auf deren Uniform »Officer Dunkirk« stand, stellte Tom lauter Fragen, auf die er keine Antworten hatte. Genau wie das letzte Mal, dachte er und biss sich mit aller Gewalt auf die Zunge. »Wie können wir deine Mutter erreichen? Willst du nach Hause oder lieber zu deinem Vater? Wo wohnst du denn?«

Dann wiederholte sie jede ihrer Fragen in dreifacher Lautstärke, als sei er schwerhörig.

»Wo wohnst du?«

Tom schloss die Augen.

»Willst du lieber heim oder zu deinem Vater?«

Seine Zunge glitt an seinen Schneidezähnen entlang, auf der Suche nach einer besonders empfindlichen Stelle.

»Wo können wir deine Mutter erreichen?«

Tom biss zu, so fest er konnte.

»Rede mit mir«, sagte Officer Dunkirk, deren Stimme mittlerweile flehentlich klang. »Bitte!«

In diesem Moment tauchte Onkel Will auf – auf einer Trage. Tom versuchte, sich loszureißen, er wollte um Verzeihung bitten, sich an seinem Onkel festklammern und nie wieder loslassen, aber Officer Dunkirks Griff war unerbittlich.

»Du kannst nicht mit ihm gehen, tut mir leid«, sagte sie. »Aber wir fahren direkt hinterher, das verspreche ich.«

Und dann brauste der Krankenwagen davon. Wenigstens heulten diesmal die Sirenen.

Im Krankenhaus angekommen, warteten Tom und Officer Dunkirk in einem Raum voller alter und verletzter Menschen darauf, dass Onkel Wills Operation endlich vorüber war. Ein Mann mit nur noch drei Zähnen und einem dementsprechend krummen Grinsen machte die Runde, bis sich sein verbeulter Pappbecher mit Kleingeld füllte. Ein Baby schrie sich die Lunge aus dem Leib und verstummte erst, als seine Mutter ihm ihre dunkelviolett verfärbte Brustwarze in den Mund steckte. Die darauf folgende plötzliche Stille ließ den alten Mann, der neben Tom saß, aus dem Schlaf hochschrecken. Dann suchte er sich eine andere Position und nickte wieder ein. Er hatte offenbar nicht das geringste Problem, in aller Öffentlichkeit zu schlafen, genau wie Onkel Will, als sie zum Pferderennen gefahren waren. Ein Gedanke, bei dem Tom jetzt speiübel wurde.

»Hast du Hunger?«, fragte Officer Dunkirk, und Tom nickte. Vielleicht würde etwas zu essen ja den ekelhaften Geschmack in seinem Mund vertreiben.

Als Tante Rose endlich angerannt kam – ihre Absätze prasselten auf dem gefliesten Boden wie ein aufziehbares Gebiss –, hatten Tom und Officer Dunkirk sich bereits eine riesige Tüte Chips geteilt, was Toms Übelkeit allerdings nicht gelindert hatte. Dann riss Tante Rose ihn in ihre Arme. Ihre Augen waren schwarz verschmiert, so dass sie aussah wie eine Eule.

»Jetzt bin ich ja hier«, sagte sie immer wieder und umarmte ihn ganz fest. »Ich bin hier.«

Tom ließ es zu, dass sie ihn berührte. Er drückte sogar sein Gesicht in ihre Haare und ließ sich von dem vertrauten Geruch trösten, ja genoss ihn sogar, denn schon bald würde Tante Rose ihn hinauswerfen, und Tom wusste, dass er das nur sich selbst zuzuschreiben hatte. Es war seine Schuld, dass Onkel Will in so einem Schlamassel steckte. Seine Schuld ganz allein.

»Ich habe keine Ahnung, warum uns immer wieder so ein Scheiß passiert«, sagte Tante Rose mit tränenzittriger Stimme. »Als wären wir Kackmagneten. Also ehrlich!«

»Dürfte ich bitte Ihren Ausweis sehen?«, fragte Officer Dunkirk, die von Roses Ausdrucksweise eindeutig nicht begeistert war.

Tante Rose schaute hoch, weigerte sich jedoch, Tom loszulassen. »Sie wollen mich auf den Arm nehmen, oder? Das hier ist mein Neffe. Er wohnt bei mir. Er kennt mich.«

»Ich bin nicht befugt, ein Kind in die Obhut einer nicht identifizierten Person zu übergeben. So lautet das Gesetz. Das werden Sie doch sicher verstehen.«

Bevor Tante Rose anfangen konnte, sich mit der Frau zu streiten, schlang Tom seine Arme noch enger um seine Tante und drückte, so fest er konnte, zu. Bitte, sagte er in Gedanken immer wieder. Bitte nicht. Tu's nicht. Tu's nicht. Tu's nicht! Bitte. Bitte. Bitte!

Irgendwie begriff Tante Rose sein wortloses Flehen. Sie zückte ihren Ausweis und ließ zu, dass Officer Dunkirk sich ihre Daten notierte.

Als sie Onkel Will endlich besuchen durften, schlief er. Sein Kopf steckte zwischen zwei Gummipolstern, die mit einem Gurt um seine Stirn befestigt waren, und aus seinen Armen ragten Plastikschläuche. Neben ihm standen lauter piepende Apparate und sein linker Arm war eingegipst, genau wie sein rechtes Bein, das an einer Schlinge über dem Bett hing.

Trotz all dieser Verletzungen schien Tante Rose erleichtert zu sein. »Kaputte Knochen heilen auch wieder«, sagte sie. »Man muss ihnen nur Zeit geben.« Und dann verließ sie den Raum, um auf die Toilette zu gehen.

Tom sah sich um. Zwei andere Betten waren auch besetzt. In der Nähe der Tür schlief ein Mann, dessen Bauch sich zur Größe eines Basketballs aufgebläht hatte. Sein Krankenhaushemd war bis über die Knie hinaufgeschoben, sodass man seine mit einem Geflecht aus dunkelvioletten Venen durchzogenen Oberschenkel sehen konnte. Auf der gegenüberliegenden Seite machte eine vogelartige Frau gerade Kringel um Buchstaben in einem Rätselheft. Eins ihrer drahtigen Beine hing ebenfalls in einer Schlinge, und auf ihrem Nachttisch stand die eingerahmte Fotografie einer schwarzen Katze.

Tom rückte seinen Stuhl ganz nah an Onkel Wills Bett. Die Keile, die seinen Kopf umrahmten, quetschten sein Gesicht ganz komisch zusammen, und seine Wangen waren mit Blutsprenkeln übersät. Auf seiner Stirn prangte eine große, eiförmige Beule, die noch zu wachsen schien, und die Haut darüber sah weich, ja fast matschig aus, wie die eines überreifen Pfirsichs. Onkel Wills Atemzüge waren wahnsinnig langsam, und nach jedem Einatmen folgte eine Ewigkeit, in der er überhaupt nicht atmete. Tom wollte ihn gerade anstupsen, als Onkel Will plötzlich mit einem stotternden Geräusch wie der Motor eines launischen alten Autos wieder ansprang. Sofort traten dem Jungen Tränen in die Augen. Vielleicht würde Onkel Will ja doch weiterleben.

*

Rose drückte ihre Zigarette aus und beschloss, die Treppe zu nehmen, in der Hoffnung, durch die körperliche Anstrengung einen Teil ihrer Wut loszuwerden. Warum um alles in der Welt musste Will sich in eine Auseinandersetzung verwickeln lassen? Direkt vor Toms Augen? Und warum mussten sie ihn hierherbringen, nach Sunnybrook, statt in ein Krankenhaus in der Innenstadt? Und *warum, warum, warum* musste diese dämliche Polizistin Toms allererste Umarmung verderben? Wie hatte sie sich nach diesem Moment gesehnt, und jetzt war er durch diesen bürokratischen Scheiß ruiniert.

Als Rose den sechsten Stock erreicht hatte, brannten die Muskeln in ihren Oberschenkeln wie Feuer, und ihr Herz fühlte sich an, als wollte es explodieren. Komm schon, du alte Schabracke, du schaffst das, feuerte sie sich selbst an. Ich muss. Ich werde. Ich kann! Sie zwang sich ein weiteres Stockwerk hinauf und dann noch eins, aber als sie in der neunten Etage ankam, lief ihr der Schweiß das Rückgrat hinunter und ihr Kopf schien zu platzen. Schließlich musste sie sich ihre Niederlage eingestehen und nahm für den Rest des Wegs den Fahrstuhl. Ihre Wut war nun, durch ihre Unfähigkeit, ein paar Schmerzen zu ertragen, noch weiter angeheizt.

Als Rose das Zimmer 1503 betrat, stand Tom am Bett ihres Bruders. Im Näherkommen sah sie, dass der Junge seine Hand unmittelbar über eine riesige Beule hielt, die sich auf Wills Stirn gebildet hatte. Ganz so, als wäre die Beule ein Knopf, der nur darauf wartete, gedrückt zu werden. Rose wusste, dass sie einschreiten sollte, aber ihre Neugier, was Tom wohl als Nächstes tun würde, war größer und so blieb sie stehen. Tom senkte ganz langsam seine Hand, dann wartete er. Dann senkte er seine Hand noch ein weiteres Stück und wartete erneut. Dann ließ er mit einem vollkommen gebannten Gesichtsausdruck seine Hand noch weiter sinken. Jetzt lagen nur noch Millimeter zwischen Toms Hand und der Beule. Aber kurz bevor Tom sie berühren konnte, riss Will die Augen auf.

»He, Finger weg!«, sagte Will, und wehrte die Hand des Jungen ab. »Man muss nicht immer alles anfassen, hat dir das denn noch niemand beigebracht?«

Tom setzte sich und lehnte sich mit einem leisen Lächeln zurück. Es war vollkommen egal, dass Will wie eine ägyptische Mumie eingewickelt war, dachte Rose, dass die Stoppeln seines Zehn-Tage-Barts eher schmuddelig als cool aussahen, dass er auf dem Bett festgeschnallt war wie der Insasse eines Irrenhauses, den man anders nicht bändigen konnte – Wills Lebensgeister waren zurückgekehrt.

»Tut mir leid, dass es so lange gedauert hat«, sagte Ray, als er mehrere Stunden später im Krankenhaus eintraf. »Aber der Verkehr ist einfach eine Katastrophe.«

»Kein Problem«, sagte Rose. »Um ehrlich zu sein, weiß ich gar nicht so genau, warum Sie sich überhaupt die Mühe gemacht haben. Es ist ja schließlich nicht so, als gäbe es hier irgendetwas zu tun. Will schläft, Nick treibt sich mit seinem Handy in irgendwelchen sozialen Netzwerken rum, und Tom und ich spielen Cribbage. Schön traditionell.« Und dann legte sie, nachdem sie ihre Karten noch einen Moment studiert hatte, die Herz-Fünf ab.

Tom spielte eine Zehn aus und schob seinen Stift auf dem Spielbrett weiter vor, sodass er nun mit dreiundzwanzig Punkten Vorsprung in Führung lag.

»Beeindruckend.«

»Na ja, nicht so richtig«, sagte Nick, der auf der Fensterbank hockte und eine Textnachricht schrieb, ohne auf das Display seines Handys zu schauen. »Mama ist bei diesem Spiel eine totale Niete, aber das hat sie noch nie vom Spielen abgehalten.«

»Vielen Dank, mein entzückender Sohn«, sagte Rose. »Ich liebe dich auch.«

»Ich habe ein paar Snacks mitgebracht«, sagte Ray und holte Chips, Nüsse und drei Müsliriegel aus seiner Tasche. Dann wandte er sich an Tom und fragte: »Was hättest du gern davon?«

»Sehr raffiniert«, sagte Nick, während er von der Fensterbank heruntersprang. »Als würde er einfach so anfangen zu reden.«

»Nick, bitte. Nicht heute.«

Tom nahm sich die Tüte Chips, legte einen Buben auf den Tisch und zog mit seinem Cribbage-Stift über die Ziellinie.

»Heilige Scheiße! Nicht schon wieder«, sagte Rose und warf den Rest ihrer Karten hin. »Das kann doch nicht wahr sein.«

Der Mann, der in dem Bett neben der Tür lag, stellte seinen Fernseher lauter.

»Tut mir leid«, sagte Rose, ohne allerdings das geringste Bedauern zu verspüren.

»Du musst eben lernen zu zählen, Mama.«

»Ich zähle doch. Glaub's mir.«

»Na klar.«

Ray ignorierte diese Kabbelei und ging zu Will hinüber, der unbeweglich im Bett lag. Seine Augen waren geschlossen, und sein Atem ging gleichmäßig. »Also, wie geht es ihm, Rose?«

»Er hat eine Gehirnerschütterung und zahlreiche Knochenbrüche, aber er wird sich wieder berappeln.«

»Na hoffen wir, er lernt was draus.«

»Genau«, stimmte Rose ihm zu und konnte sich ein Lächeln nicht verkneifen. Sie war froh, dass sie Ray angerufen hatte, denn so war sie nicht mehr die einzige Erwachsene hier. Nach den vielen Wochen der regelmäßigen Besuche hatte sie sich an Rays ruhige Präsenz gewöhnt und genoss sie sogar. Ganz gegen ihren Willen.

»Es tut mir leid, aber –« Wills Stimme ließ sie alle hochschrecken.

»Ja?«, fragte Rose. »Was brauchst du?«

»Ich muss mal pissen.«

»Komm, lass uns eine Krankenschwester holen«, sagte Nick, und dieses eine Mal war Rose sich mit ihrem Sohn einig.

»Und, alles okay?«, fragte Ray viele Stunden später, als sie auf der Schwelle des Hauses in der Claremont Street standen. Seine Hand ruhte leicht auf Roses Arm. Die portugiesische Witwe von nebenan schüttelte den Kopf, gab das Kehren ihres längst blitzsauberen Vorgartens auf und schlurfte ins Haus zurück.

»Natürlich ist alles okay«, sagte Rose. Sie zitterte, wollte aber noch nicht reingehen. In den vergangenen Tagen war es kühler geworden und die Temperaturen näherten sich jetzt der Frostgrenze, aber sie war noch nicht dazu gekommen, die Pullover, Mäntel, langen Unterhosen, Handschuhe, Mützen und Stiefel auszugraben, die man im harten kanadischen Winter zum Überleben brauchte. »Ich hab ja auch gar keine andere Wahl.«

»Ach, immer die Wahl haben zu können, ist eh überbewertet.« Ray lächelte, ohne seine Hand von ihrem Arm zu nehmen. Seine Berührung fühlte sich warm an. Beruhigend. »Manchmal ist es besser, sich treiben zu lassen.«

Seine Hände verschwanden in den Taschen seines Mantels, aber er blieb nahe genug neben Rose stehen, dass sie sein Aftershave riechen konnte. Old Spice. Schlicht und doch männlich.

»Möchten Sie – «, setzte Rose an. Sie hielt einen Moment

inne und überlegte, ob sie es wirklich tun sollte, bevor sie dann tatsächlich den Sprung wagte. »Möchtest du vielleicht auf einen Kaffee reinkommen?« Sie begleitete ihre Worte mit ihrem, wie sie hoffte, verführerischsten Lächeln.

»Ich –« Ray stolperte rückwärts und wäre fast auf den Gehweg gestürzt. »Ich sollte jetzt besser gehen, Rose. Tut mir leid.«

»Warum? Du hast mir doch erzählt, dass du Single bist. Genau wie ich. Und wenn du diskret sein kannst, kann ich das auch.«

»Es gib unendlich viele Gründe, warum das eine ganz katastrophale Idee ist.«

»Ich bin gut im Bewahren von Geheimnissen.«

»Rose«, sagte Ray und drückte den Rücken gerade, als könne ihm jetzt ein zusätzlicher Zentimeter Körpergröße helfen. »Selbst wenn ich leichtsinnig genug wäre, meinen Lebensunterhalt aufs Spiel zu setzen, ich bin anders gepolt.«

Hatte sie das gerade richtig gehört? Rose machte einen kleinen Schritt vorwärts und legte den Kopf schief. »Im Ernst jetzt? Ganz und gar und ohne Ausnahme?«

»Ganz und gar. Aber ich würde sehr gerne mal etwas mit dir unternehmen. Wir könnten vielleicht zusammen einen trinken gehen. Nur nicht heute Abend.«

*

Wellen der Angst und des Zweifels, gekoppelt mit einem Gefühl drohenden Unheils, überrollten Sonya in immer kürzer werdenden Abständen. Sie schaltete das Licht auf ihrem Nachttisch ein und versuchte zu lesen, aber ihre Gedanken wollten nicht zur Ruhe kommen. Was, wenn sie sich eine Infektion einfing? Fieber? Unkontrollierbare Krämpfe? Das waren alles mögliche Nebenwirkungen der Amniozentese, die für morgen früh angesetzt war. Würde sie ihr Kind abtreiben, wenn sich herausstellte, dass es das Downsyndrom hatte? Und wie war es mit Muskeldystrophie? Mukoviszidose? Stundenlang drehten sich Sonyas Gedanken im Kreis und waren von jeder nur erdenklichen Angst erfüllt, sodass sie vollkommen erschöpft war, als endlich der Tag anbrach.

»Ich koche uns einen Kaffee«, sagte Alex, doch Sonya lehnte ab. Es war keine gute Idee, das Baby aufzuregen. Was wäre, wenn es sich gerade in dem Moment bewegte, in dem die Nadel durch die Fruchtblase gestoßen wurde?

Während sie schweigend zum Sunnybrook-Krankenhaus fuhren, wusste Sonya plötzlich – mit einer Gewissheit, die so klar und ungetrübt wie ein sonniger Herbsttag war –, dass nun einmal mehr die Zeit des Abschieds gekommen war. Ihre Tage als Mutter waren vorüber.

»Lass uns diese Untersuchung lieber nicht machen«, sagte sie zu Alex. »Es ist dumm, ein solches Risiko einzugehen!«

»Sonya, Dr. Berger führt diese Amniozentesen schon seit über dreißig Jahren durch. Sie weiß, was sie tut. Da gibt es so gut wie gar kein Risiko.«

»Bei meinem Pech ist es gut möglich, dass ich zu dem einen von fünfhundert Fällen gehöre, in dem es schiefgeht.«

»Es ist Zeit, dass du auch mal Glück hast. Und –«, Alex zögerte, aber dann sprach er doch weiter, »du würdest es dir nie verzeihen, wenn du nicht sichergestellt hättest, dass wirklich alles okay ist.«

Als sie ankamen, nahm Alex Sonyas Hand und ließ sie nicht wieder los. Und so betrat sie das Krankenhaus mit stoischer Entschlossenheit. Schweigend warteten sie auf die Ärztin, während Sonya ihren Bauch umfasste, als wäre es das letzte Mal, und Alex die Wand anstarrte, als schaute er fern.

»Ms Fleming«, rief eine Krankenschwester, und Sonya lehnte sich zu Alex hinüber, um ihm einen Abschiedskuss zu geben.

»Oh, ich komme mit«, sagte er. »Es ist schließlich auch mein Kind.«

Sonya zog den Krankenhauskittel an und setzte sich auf das kalte Bett. Wieder ergriff Alex ihre Hand und drückte sie fest. Nachdem die Krankenschwester das Desinfektionsmittel auf ihren Bauch aufgetragen hatte, betrat Dr. Berger das Zimmer. Die Ärztin plauderte irgendwelches belangloses Zeug, zog sich ihre Latexhandschuhe an und taste Sonyas Bauch mit dem Ultraschallgerät ab. Dann stach sie eine Nadel, die genauso riesig war, wie die Internetseiten gewarnt hatten, in Sonya hinein – doch der Stich selbst schmerzte viel weniger als die Grippeimpfung letztes Jahr.

»Am besten nehmen Sie sich heute frei«, riet die Ärztin, als das Ganze vorbei war, und Sonya folgte ihrem Rat allzu gerne. Nach dem Risiko, das sie hier eingegangen war, brauchte sie jetzt dringend Ruhe.

Sonya hatte es sich zu Hause gerade mit einer Tasse Tee auf dem Sofa gemütlich gemacht, als ihr Telefon klingelte.

»Wollen Sie mich auf den Arm nehmen?«, fragte Sonya, aber das lag durchaus nicht in Rays Absicht.

»Er ist schon seit Dienstag im Sunnybrook-Krankenhaus, und Sie wussten das nicht?«

Sonya hätte am liebsten das Telefon an die Wand geschmettert. Rose war so eine blöde Kuh. Wie unglaublich, sie so zu behandeln, als gehörte sie in die Kategorie flüchtige Bekannte, die man mit den Worten »Wir erzählen ihr davon, wenn wir die Zeit dazu finden« abtat. Als wäre sie eine unbeteiligte Zuschauerin, die nicht das geringste Interesse am Ausgang dieser Affäre hatte. Verbannt, von ihrer eigenen Familie, auf die billigen Plätze.

»Nun ja, Kommunikation gehörte noch nie zu den Stärken meiner Schwester«, sagte Sonya schließlich und war überrascht und erfreut, als sie Ray leise lachen hörte. Sie mochte Ray. Er hatte sie im Rahmen der von ihm durchgeführten Beobachtung zu Toms häuslichen Verhältnissen besucht und hatte einen ehrlichen, ja liebenswürdigen Eindruck gemacht.

Ein heftiger Krampf zwang Sonya zum Einhängen. Sie umfasste ihren Bauch und versuchte, den Schmerz wegzuatmen. Nicht zu fassen, da würde sie womöglich im selben Krankenhaus enden wie ihr idiotischer Bruder. Wie konnte er sich vor Toms Augen in eine Schlägerei verwickeln lassen? Sonya schüttelte den Kopf. Das war ja nun wirklich ein überflüssiges Risiko. Aber vielleicht war Wills Weigerung, erwachsen zu werden, auch verständlich. Als jüngstes der vier Kinder war er beim Tod ihrer Mutter erst zehn Jahre alt gewesen. Er hatte sein Leben unter dem Schutz seiner drei älteren Schwestern verbracht und bei jedem seiner Abenteuer gewusst, dass es einen sicheren Hafen gab, in den er zurückkehren konnte. Endlich ließ der Schmerz nach, und Sonya konnte wieder etwas entspannter atmen. Wie anders es doch gekommen wäre, wenn ihre Geschwister mit ihr gesprochen hätten. Sie hätte Will nach der Fruchtwasserpunktion besuchen und ihrer Familie endlich von dem Baby erzählen können. Aber jetzt, nach diesem neuerlichen Verrat, fühlte Sonya sich bestätigt. Es war richtig gewesen, ihr Geheimnis für sich zu behalten.

Sonya stand auf und ging in die Küche. Sie hatte auf irgendetwas Appetit, konnte jedoch unmöglich sagen, auf was genau. Gurken? Eier? Pizza? Heute Abend war vielleicht der perfekte Zeitpunkt, um das alte Ritual des »Rendezvous-Daheim« wiederzubeleben, auch wenn sie auf den Wein würde verzichten müssen. Sonya nahm das Telefon und rief in der neu eröffneten Pizzeria auf der Sheppard Avenue an.

»Eine mittelgroße Pizza mit sonnengetrockneten Tomaten und Rucola«, sagte sie und fügte ihrer Bestellung dann noch eine Pizza mit Salami und Käse für Alex hinzu.

Erst als sie schon eingehängt hatte, wurde ihr klar, dass sie etwas Bargeld brauchen würde, um dem Pizzaboten ein Trinkgeld zu geben. Sie durchwühlte das Glas, das oben auf dem Kühlschrank stand, aber alles, was sie auftreiben konnte, waren ein Dollar und fünfunddreißig Cent. Als Nächstes klopfte sie ihre Mäntel ab, fand jedoch nichts außer alten Quittungen, einem Haargummi und einem ebenso nutzloses U-Bahn-Ticket vom letzten Frühjahr. Schließlich ging sie zu Alex' Jacke hinüber, doch bei dem, was sie dort entdeckte, blieb ihr das Herz stehen: Ein Dreierpack Kondome, von denen eins fehlte.

*

Roses Herz setzte aus, als sie das Datum im Kalender der Bibliothek las: 28. November. Heute war es genau sechs Monate her!

Sie hievte sich aus dem Stuhl und ging zur Toilette. Das eiskalte Wasser brannte auf ihrer glühenden Haut, aber sie spritzte sich immer mehr davon ins Gesicht. Wie war es möglich, dass schon sechs Monate verstrichen waren? Sechs Monate, seit ihre Schwester zu Tode geprügelt worden war. Von einem Ehemann, der sich dann in der Küche eine Kugel in den Kopf gejagt hatte, ohne sich um seinen Sohn zu scheren, der ängstlich im oberen Stockwerk lauschte.

Für eine lange Zeit war es Rose vorgekommen, als stünde das Leben still, aber dann war es doch irgendwie weitergegangen. Der Sommer war gekommen und wieder gegangen, an den Bäumen hatten sich die Blätter verfärbt und waren dann herabgefallen, doch während dieser ganzen Zeit hatte ihr Schmerz nicht nachgelassen. Mona war immer noch tot. Tom war immer noch in seiner eigenen Welt gefangen, auch wenn Ms Colter behauptete, es sei ein gewaltiger Schritt vorwärts, dass er jetzt nicht mehr Brawl, sondern Bilder von Mona zeichnete.

»Ich lauf mal eben und hole mir einen Kaffee«, sagte Martha. »Willst du auch einen?«

Rose schaute auf und sah ihre Kollegin in der Tür stehen. Sie hatte dieses »Du-tust-mir-leid«-Lächeln im Gesicht, mit dem Rose nur allzu vertraut war. Nachdem der brutale Mord an ihrer Schwester Gegenstand der Lokalnachrichten gewesen war, hatte Ming, der Besitzer des Kiosks an der Ecke, angefangen, ihr Preisnachlässe zu gewähren, und in der Bank wurde sie ins Büro gebeten, statt in der Schlange warten zu müssen wie alle anderen. Auch heute noch verstummten die Leute, wenn man Rose erkannte, wie zum Beispiel letzte Woche, als sie sich bei Terroni eine Pizza gekauft hatte. Man sollte meinen, dass in dieser Zeit der ständigen, ununterbrochenen Nachrichtenbeschallung die Leute rasch irgendein neues grauenvolles Ereignis finden würden, über das sie sich mit morbider Begeisterung die Mäuler zerreißen konnten.

»Alles okay bei dir?«, fragte Martha und tat dabei so, als wäre Roses Gesicht nicht klatschnass und tränenverschmiert.

»Alles okay«, sagte Rose, während sie den Wasserhahn zudrehte und hoffte, dass sie ruhiger klang, als sie sich fühlte. »Komm, gehen wir wieder an die Arbeit.«

»Warum nimmst du dir nicht den Nachmittag frei?«, fragte Martha, ohne sich von der Türschwelle fortzubewegen. »Geh und trink einen Gin Tonic im Hyatt. Früher hast du dich doch immer so gerne für einen kleinen Nachmittagsdrink davongestohlen. Ich springe für dich ein, gar kein Problem.«

Martha war eine großartige Freundin. Die Art von Freundin, die Arbeitsschichten übernahm, Aufläufe zubereitete und um Mitternacht Tee mit ihr trank. Die Art, wie es sie so unendlich selten gab.

»Danke, Martha. Das ist echt nett von dir. Aber wenn ich jetzt abhaue, wie soll dann jemals der Arbeitsplan fertig werden?«

»Es ist nur –« Martha hielt inne und sah Rose an wie eine Mutter ihr krankes Kind. »Du siehst so traurig aus.«

»Das bin ich auch«, antwortete Rose. »Das sind wir alle.«

Weil sie einfach nicht in der Lage war, sich zu konzentrieren, dauerte es zwei Stunden, bis Rose endlich mit dem Arbeitsplan fertig war. Dann war es höchste Zeit, Tom von der Schule abzuholen und zur U-Bahn zu laufen, um zum Krankenhaus zu fahren.

Rose packte Tom an der Hand und marschierte durch die Flure, in denen sich zahlreiche Betten aneinanderreihten, die noch gereinigt werden mussten, zusammen mit Wäschekörben voll dreckiger Bettwäsche und Rollwägen, auf denen Tablette mit halb gegessenen Mahlzeiten standen. Ein alter Mann saß schnarchend in seinem Rollstuhl. Ein Krankenpfleger wusch ein abgezogenes Bett mit Seifenlauge ab. Die Gegensprechanlage plärrte laut. Wie sollte an so einem Ort irgendjemand genesen? Gott – oder wem auch immer – sei Dank, dass Will heute entlassen wurde.

Rose spritzte sich und Tom etwas Desinfektionsmittel in die Handfläche und öffnete die Tür zu Raum 1503. Der Patient in der Nähe der Tür schlief gerade, seine Frau schaute fern, und gegenüber suchte die Vogelfrau immer noch nach Wörtern.

»Tut mir leid, dass ich zu spät komme, aber jetzt bin ich ja hier, und –«, sagte Rose, und zog den blauen Vorhang, der das Bett ihres Bruders umgab, zur Seite. Aber dort schlief ein vollkommen fremder Mann. Das Cribbage-Spielbrett, die Bücher und Will – alles war verschwunden.

»Wo ist er?«, verlangte Rose empört von der jungen Frau, die gerade die Schwesternstation besetzte.

»Wer?«, fragte sie, ohne von ihrem Computer aufzuschauen, und streckte mit dem müden Gebaren eines greisen Weltkriegsveteranen den Kopf vor, als bräuchte sie dringend eine Brille.

»Mein Bruder, Wilfred Michailovitsch. Wo ist er?«

»Der aus Raum 1503?«

»Ja«, sagte Rose. »Der Wilfred Michailovitsch aus Raum 1503, nicht der aus Raum 1504!«

»Er ist wie geplant entlassen worden.«

»Ja, und ich bin hier, um ihn abzuholen. Also wo ist er?«

»Wenn Sie ein Problem mit unserer Vorgehensweise haben«, sagte die Krankenschwester, während sie weiterhin tippte, Rose jedoch jetzt direkt in die Augen sah, »dann schlage ich vor, dass Sie sich an das dafür zuständige Büro für Patientenerfahrungen wenden. Hier ist deren Karte.«

»Sie haben ihn einfach auf die Straße gesetzt?«

»Wir sind kein Hotel, bei dem man ein- und auschecken kann, wie es einem gerade passt. Und jetzt habe ich zu tun, wenn es Ihnen nichts ausmacht.«

Rose und Tom durchsuchten das gesamte fünfzehnte Stockwerk, den Geschenkartikelladen und die Apotheke, aber Will war nirgends zu finden. An der Information in der Haupteingangshalle flirtete gerade eine Frau im Pelzmantel und in hochhackigen Schuhen mit dem Mann hinter dem Schalter.

»Entschuldigen Sie bitte«, unterbrach Rose die beiden, »aber ich mache mir Sorgen um meinen Bruder und ich –«

Der Mann schnitt Rose das Wort ab. »Ich kümmere mich um Ihr Anliegen, sobald ich Zeit dazu habe«, sagte er. »Aber bitte immer nur eine Person nach der anderen.«

Rose trat einen Schritt zurück, schaute sich um und musste im selben Moment feststellen, dass Tom verschwunden war. Vor einer Minute hatte er noch schweigend neben ihr gestanden und jetzt war er nirgendwo zu sehen. Scheiße.

Sie ging zur Herrentoilette und rief in der Tür nach Tom. Dann schaute sie noch einmal im Geschenkartikelladen und der Apotheke nach. Mittlerweile in Panik geraten, rannte sie in die Cafeteria, vorbei an cellophanverpacktem Gebäck und schlaff dahinwelkenden Pizzastücken. Rasch überflog sie mit den Augen den Speiseraum. Eine vielköpfige asiatische Familie hatte sich um eine verschrumpelte Matrone versammelt, deren Kopf mit immer gleichbleibendem Gesichtsausdruck auf und nieder wackelte, während zwei Männer, möglicherweise ihre Söhne, auf sie einredeten. In den Armen der alten Frau lag ein kaum drei Monate altes Baby und schlief. War der Mutter irgendetwas zugestoßen?, dachte Rose und wollte sich lieber nicht vorstellen, was das gewesen sein könnte. Zu ihrer Linken spielten zwei Männer in abgewetzten Morgenmänteln eine Partie Schach. Einer der beiden hing an einem Infusionsbeutel und der andere war in einem Rollstuhl festgeschnallt, der mit unflätigen Aufklebern zugepflastert war.

Rose stand im Begriff, es noch einmal bei dieser dämlichen Dumpfbacke am Empfang zu versuchen, als sie in der hintersten Ecke des Raumes, teils von einer riesigen künstlichen Palme verborgen, einen vertrauten Kopf mit lockigen schwarzen Haaren entdeckte. Dort saß er, ihr Bruder, zusammengesunken in einem Rollstuhl und schlief, und neben ihm stand Tom. Die eine Hand hatte er auf die Schulter seines Onkels gelegt, während er mit der anderen die Mundharmonika umklammert hielt. Und das Erstaunlichste: Auf Toms Gesicht lag ein Lächeln.

Als sie in der Claremont Street angekommen waren, half Rose ihrem von oben bis unten in Verbandsmull steckenden Bruder aus dem Taxi und die Treppe hoch. Ein qualvoll langsamer Aufstieg, der von Stöhnen und Ächzen begleitet wurde.

»Ich kann es nicht fassen, dass die dich in diesem Zustand entlassen haben«, sagte Rose zum hundertsten Mal. Dann baute sie eine improvisierte Apotheke auf Wills Nachttisch auf, für die unterschiedlichen Tabletten, die er in genau bemessenen Abständen im Verlauf des Tages nehmen musste, sowie Mull, Verbandszeug und Klemmen, um seine Wunden zu versorgen. »Ich sollte diese Leute verklagen.«

»Nun, um ehrlich zu sein«, gab Will zu, »habe ich eine ganze Reihe von Formularen unterschrieben und ihnen versichert, du würdest auf dem Parkplatz auf mich warten.«

»Warum um alles in der Welt tust du denn so was? Ich habe doch noch nicht mal einen Führerschein.«

»Ich weiß auch nicht, Rose. Ich musste einfach raus aus diesem bazillenverseuchten Gebäude. Wie hätte ich denn wissen sollen, dass du drei Stunden zu spät antanzen würdest?«

Und mit diesen Worten legte Will sich ins Bett und schlief

ein. Obwohl er schon dreißig Jahre alt war, sah er immer noch aus wie ein kleiner Junge. Ein Junge, der mit Muskat aufgepeppte Zigaretten geraucht hatte, auch wenn sie die Kotzeritis bei ihm ausgelöst hatten, statt ihn high zu machen. Der verprügelt wurde, weil er einfach die Klappe nicht halten konnte. Der abgehauen war, um die Welt zu entdecken. Ein Junge, der immer noch ein Kind war, auch wenn sein Körper längst zum Mann herangewachsen war.

Rose ging nach unten, um sich eine Tasse Tee zu kochen. Sie brauchte etwas Beruhigendes, etwas, das diesen Scheißtag erträglicher machen würde. Während sie den Stapel mit Kräutertees durchwühlte, stieß sie auf eine nobel aussehende, mit Staub überzogene Schachtel mit grünem Tee. Mona hatte sie ihr von ihrer Hochzeitsreise nach Bali mitgebracht, und da stand sie nun, all diese Jahre später, und wartete immer noch auf einen besonderen Anlass. Rose riss die Packung auf und häufte drei Löffel voll in ihre Teekanne. Sie würde ihre Schwester ehren, Schlückchen für Schlückchen, ganz gleich, wie geschmacklos der Tee mittlerweile geworden war.

Während sie darauf wartete, dass das Wasser kochte, packte sich Rose den Gummistampfer. Die Spüle hatte für den Großteil der Woche einigermaßen funktioniert, doch gestern Abend hatte sie schon wieder den Geist aufgegeben. Widerlich braunes Wasser bedeckte nun das Frühstücksgeschirr von heute Morgen. Wie erbärmlich, dass sie – die Tochter eines Klempners – nicht in der Lage war, mit einem verstopften Abfluss fertigzuwerden. Tato wäre nicht beeindruckt.

Rose räumte das Geschirr zur Seite und fing an zu pumpen. Warum passierte immer wieder so eine Scheiße, fragte sie sich, während sie immer heftiger pumpte. Das schmutzige

Wasser schwappte hin und her und besudelte ihre Jeans bis hinunter zu ihren Knöcheln. Aber das war Rose egal. Sie hatte es verdient von oben bis unten beschmutzt zu sein. Was war sie doch für eine Witzfigur! So zu tun, als hätte sie ihr Leben im Griff, während in Wahrheit alles um sie herum in sich zusammenbrach. Mist, dachte sie und pumpte noch heftiger. Mist, verflucht, Kacke, verdammter Dreck! »Verdammte Scheeeiiißße!!!«

Plötzlich spürte sie, dass jemand hinter ihr war, und drehte sich um. Tom stand im Türrahmen. Seine Augen waren weit aufgerissen und starrten sie unverwandt an. Hatte sie gerade laut geflucht? Hatte er sie gehört? Verurteilte er sie womöglich? Rose folgte Toms Blick, schaute nach unten und stellte fest, dass ihr eine Bananenschale am Fuß klebte.

Ein lautes gurgelndes Geräusch ließ sie beide zusammenschrecken. Vorsichtig näherten sie sich der Spüle und sahen zu, wie das Wasser abfloss. Rose drehte den Wasserhahn auf und das Wasser verschwand im Abfluss, als hätte es nie ein Problem gegeben. Als seien die Monate der Verstopfung, der in der Spüle stehenden Brühe und des ekelhaften Gestanks reine Einbildung gewesen.

»Es tut mir leid«, sagte Rose, als sie endlich ihre Sprache wiedergefunden hatte, »aber das Leben ist ein einziger, stinkender Mist.«

# Dezember

Die Sonne ging mittlerweile schon um kurz nach vier Uhr unter, und in diesem Jahr gelang es Sonya nicht, die winterliche Wehmut mit vorweihnachtlichem Trubel zu bekämpfen. Zwar hatte das vorläufige Ergebnis der Amniozentese keinerlei Abnormitäten aufgewiesen, aber das trug nicht im Geringsten dazu bei, sie zu beruhigen. Selbst eine flüchtige Suche im Internet ergab, dass es – wenn man ihr Alter, ihre Vorgeschichte und ihr vermaledeites Pech in Betracht zog – ein schier endloses Spektrum an möglichen katastrophalen Entwicklungen gab.

Und dann waren da noch diese Kondome. Weil Sonya es noch nicht über sich gebracht hatte, Alex damit zu konfrontieren, hatte sie stattdessen seine Kreditkartenrechnungen überprüft (nein, er war nicht so dämlich gewesen, die Karte für etwas zu benutzen, das ihn hätte überführen können), seine Hosen durchsucht (etwas Kleingeld, eingewickelte Kaugummireste, zusammengeknüllte Quittungen) und sogar an seinen Hemden gerochen. Aber der Umstand, dass sie kein fremdes Parfüm und auch keine weiteren Beweise für seinen offenkundigen Fehltritt fand, tröstete Sonya keineswegs. Alex hatte Sex mit jemand anderem gehabt, die Frage war nur, mit wem?

Das Telefon klingelte. »Tut mir leid, dass ich dich nicht

eher angerufen habe«, sagte Rose und kam damit Sonyas Standpauke zuvor. »Aber hier geht einfach alles drunter und drüber.«

Während sie Roses langer Liste von Beschwerden lauschte, wurde Sonyas Herz ein wenig weicher. Will, der kaum in der Lage war, es allein ins Bad zu schaffen, verlangte ständig selbst gekochtes Essen, Nick hing jetzt mit einer neuen, sehr viel wilderen Gruppe von Freunden ab, und dann war da ja noch Tom, der erst letzte Nacht schreiend und in kalten Schweiß gebadet aus dem Schlaf hochgeschreckt war.

Also fuhr Sonya zur Claremont Street, um zu helfen, auch wenn ihre Schwester sie nicht explizit darum gebeten hatte. Aber Rose gehörte einfach nicht zu den Menschen, die andere um Hilfe baten. Stattdessen verließ sie sich darauf, dass sie bekommen würde, was sie brauchte, wenn es wirklich nicht mehr weiterging, und wie durch ein Wunder geschah das dann auch tatsächlich jedes Mal. Wie zum Beispiel, als sie die Stelle in der Bibliothek genau dreiundfünfzig Wochen vor Nicks Geburt bekommen hatte und dadurch noch in letzter Minute die Berechtigung zu einem vollen Mutterschaftsurlaub erhalten hatte. Oder dass sie in dieses Haus ziehen konnte, als Nicks Vater sich als genauso unbrauchbar erwies, wie Sonya es vermutet hatte, als sie ihm das erste Mal begegnet war.

Sonya klingelte, aber natürlich war die Klingel noch immer nicht repariert. Wieso um Himmels willen war das so schwer? Ein einziger Telefonanruf und fünfzig Dollar, und schon wäre die Sache erledigt! Sogar Alex hätte es für Rose reparieren können, wenn sie nur darum gebeten hätte. Sonya klopfte erneut, aber es kam noch immer keine Reaktion. Also stieg sie die Eingangstreppe hinunter, um nach dem Ersatzschlüssel zu suchen, der früher immer unter dem Pflanzenübertopf aus Beton versteckt gewesen war. »Einer von euch vergisst immer seinen Schlüssel«, hatte Mutter gesagt. »Und was gibt es hier schon groß zu stehlen? Unseren Vorrat an Buchstabennudeln?« Sonya grub im fauligen Laub, aber das Einzige, was sie damit erreichte, war, ihren neuen beigefarbenen Mantel dreckig zu machen. Das war mal wieder typisch Rose: Sie brach mit allen Familientraditionen, sogar denen, die sinnvoll waren.

Sonya klopfte noch einmal und wartete. Und wartete. Um die Kälte abzuwehren, die ihr in die Knochen kriechen wollte, zog sie ihren Mantel enger zu. Was, wenn sie sich erkältete von dem blöden Herumstehen in diesem Frostwetter? Ja, Will sehnte sich nach Gesellschaft und Rose brauchte dringend Hilfe, aber das Wohlergehen ihres eigenen Kindes musste für Sonya jetzt absoluten Vorrang haben.

Nebenan hing ein mit blinkenden roten Lichtern besetzter Adventskranz aus Plastik an der Veranda, und dahinter standen drei Plastikstühle, die früher einmal blütenweiß gewesen waren, doch nun alt und verblichen aussahen. Auf diesen Stühlen hatte der portugiesische Mann, der fünfzig Jahre im Nachbarhaus gewohnt hatte, seinen Ruhestand verbracht. Erst hatte er immer eine Zigarette im Mund gehabt, später dann einen Inhalator und schließlich, während der letzten drei Monate seines Lebens, den Schlauch einer Sauerstoffflasche.

Hinter Sonya öffnete sich die Tür, wenn auch nur wenige Zentimeter. Sie drehte sich um und in der Türspalte sah sie Tom, wie gewohnt in seinen Kapuzenpullover gekleidet. Er machte weder Platz, noch lud er sie ein, das Haus zu betreten, sondern wartete nur darauf, dass Sonya ihr Anliegen vorbrachte. Als sei sie eine Fremde, der man nicht trauen konnte.

»Mir ist kalt«, sagte sie schließlich. »Darf ich bitte reinkommen?«

Ohne auch nur zu blinzeln, trat Tom zur Seite.

Sonya verbrachte die nächste Stunde damit, das dreckige Geschirr aus Wills Zimmer zu tragen, seine Kleider in den Schrank zu räumen und die vertrocknete Grünlilie zu gießen, die wunderbarerweise die zahllosen Jahre der Vernachlässigung überlebt hatte.

»Wirst du das denn nie leid, in einer Müllhalde zu leben, Will?«, fragte Sonya, während sie die nächste leere Chipstüte in den Müll warf.

»Du musst lernen, über den äußerlichen Glanz der Dinge hinwegzusehen«, sagte Will, der sich auf seinem Bett fläzte wie ein Pascha auf seinem Thron. Sein rechtes Bein steckte immer noch in einem Gipsverband. »Nehmen wir zum Beispiel mal dieses Schmuckstück hier«, sagte er und zeigte auf eine arg mitgenommene Gitarre. »Die ist bestimmt achtzig Dollar wert, wenn man sie auf eBay verkloppt. Ich muss einfach nur dazu kommen, sie endlich mal ins Netz zu stellen. Oh, und Tom«, fügte er hinzu und nickte mit dem Kopf zu einem Stapel mit Altpapier hinüber. »Könntest du mir das da bitte mal rübergeben?«

Tom hob eine vergilbte Ausgabe von *Gerade mal volljährig* auf, aber Sonya riss ihm die Zeitschrift sofort aus der Hand. »Wie kannst du nur dieses Zeug aufbewahren, in einem Haus, in dem zwei minderjährige Jungen wohnen? Und was fasziniert dich eigentlich so daran? Rosa Tangas mit weißen Tupfern? Im Ernst jetzt? *Oral-Unterricht?* Das ist doch nicht zu fassen.«

»Ach komm schon, Sonya, das ist lustig!«

»Lustig für wen? Glaubst du wirklich, es würde sich auch nur ein einziges dieser Mädchen so fotografieren lassen, wenn es Zugang zu einer ordentlichen Schulbildung, gerechter Bezahlung oder auch nur ansatzweise gleichen Berufschancen hätte?«

»Also echt jetzt, Sonya, wie alt bist du eigentlich?«

»Und überhaupt, was soll das mit diesen Zeitschriften? Ich dachte, heutzutage sorgt das Internet für die Bedürfnisse der Männer nach derartigem Dreck?«

»Manchmal ist es nett, wenn man etwas in Papierform hat. Um der guten alten Zeiten willen. Und auch, falls mal der Strom ausfällt.«

»Ich persönlich würde eine Taschenlampe, ein paar Bohnenkonserven und einen Grill auf die Liste meiner Überlebensausrüstung setzen, aber so bin ich halt, die langweilige alte Sonya. Und jetzt trink deinen Tee, bevor er kalt wird.«

»Igitt«, sagte Will und spuckte das meiste davon wieder aus. »Das ist ja widerlich. Was ist das?«

»Löwenzahn. Das unterstützt den Heilungsprozess in deinen Knochen. Ich habe ihn extra für dich im Bioladen gekauft. Und wo wir gerade von widerlich sprechen –«, Sonya zog einen mumifizierten Apfel unter einem Stapel ungeöffneter Post hervor, »eines Tages wird es dir noch leidtun, dass du diese ganzen Bakterien in deinem Zimmer gezüchtet hast.«

»Was uns nicht umbringt, macht uns stark.«

»Tatsächlich?«

»Aber klar. Weißt du noch, was Tato immer gesagt hat: ›Schwimmflügel sind was für Weicheier. Meine Kinder sind clever genug, um aus eigener Kraft schwimmen zu können, und falls nicht – sei's drum.‹«

»Wie wäre es«, sagte Sonya mit schneidender Stimme und drehte sich zu Tom um, »wenn du mir mal einen Besen von unten holen würdest?«

Tom schloss die Augen und kaute an seinem Daumen. Sonya schämte sich, aber sie war erleichtert, dass selbst Rose es nicht geschafft hatte, ihm diese scheußliche Angewohnheit auszutreiben.

»Ich wette«, sagte Will und zog eine Stoppuhr aus seinem Nachttisch hervor, »dass du es nicht schaffst, in unter drei Minuten nach unten zu laufen und den Besen für Sonya und Honig für meinen Tee zu holen. Aber falls du es doch schaffst, kriegst du den Rest von meiner Cola.«

Tom rührte sich nicht von der Stelle.

»Und wenn du es nicht schaffst«, fügte Will hinzu, »dann musst du mir meine Mundharmonika zurückgeben. Auf die Plätze, fertig, los!«

Sonya konnte es nicht fassen, aber die Bestechung funktionierte tatsächlich.

Sobald Tom verschwunden war, setzte Sonya sich auf die Bettkante. »Ich bin beeindruckt, Will, aber trotzdem solltest du vorsichtiger sein.«

»Ach, komm schon, das ist nur ein Spiel, das Tom und ich spielen, das ist doch jetzt echt nichts Schlimmes.«

»Ich meine den Satz, den du da gesagt hast: ›Was uns nicht umbringt, macht uns stark.‹ Das kann man doch nicht in Gegenwart eines Kindes sagen, das so traumatisiert ist wie Tom!«

»Ach, ich bitte dich. Das sagt man doch so.«

»Nein, das sagt Tato so. Und es stimmt nicht einmal. Tom ist nicht stärker, weil er überlebt hat. Keiner von uns ist stärker geworden. Und Mona ist tot. Manchmal bringt einen so eine Scheiße einfach um. Und Tatsache ist, dass keiner von uns irgendetwas unternommen hat, um das zu verhindern.«

»Echt? Du willst ausgerechnet jetzt über diese ganze Geschichte reden?«

»Was du heute kannst besorgen, das verschiebe nicht auf morgen. Das hat Tato auch immer gesagt.«

Will verdrehte die Augen, aber Sonya ließ sich nicht beirren. »Die Sache ist die: Mona hat mich angerufen. Mehrere Male. Sie hat mir erzählt, wie eifersüchtig Russell war und was für eine Angst ihr das eingejagt hat. Und ich«, fuhr Sonya fort, während sie ihre bereits ordentlich frisierten Haare glatt strich, »und ich war ein kompletter Schwachkopf und habe ihr gesagt, dass schon alles wieder gut werden würde. Dass Männer sich manchmal dämlich verhalten und es das Beste, das Einzige ist, was sie tun kann, Russell ein wenig mehr Freiraum zu gewähren und darauf zu warten, dass er sich wieder beruhigt.«

»Und jetzt glaubst du, dass du schuld daran bist, was passiert ist? Das ist doch lächerlich.«

»Nein, ist es nicht.«

»Ach, jetzt mach mal halblang«, sagte Will. »Mona hat Russell geliebt, und nichts, was du hättest sagen oder tun können, hätte an diesem Gefühl etwas geändert. Absolut nichts.«

Tom kam zurück ins Zimmer und gab Sonya den Besen und Will den Honig. Dann trank er in weniger als zehn Sekunden die Cola aus.

»Ich wünschte, du hättest recht«, sagte Sonya und stand auf. »Aber das hast du nicht.«

Der Anblick von Roses Küche ließ Sonya erschaudern. Warum bloß ließ man Butter so lange draußen stehen, bis sie ranzig wurde, und das Brot, bis es vertrocknete? Man brauchte sich doch nur eine Butterdose und einen Brotkasten zu kaufen und das verfaulte Obst wegwerfen. Wie schwer konnte das denn sein? Sonya sah auf die Uhr. Es war schon halb neun. Wo war Rose? Die Bibliothek musste längst geschlossen haben. Und was war mit Nick? Mit dem Abendessen? Mit Schlafenszeit? Was war mit Ordnung? Mit einem geregelten Tagesablauf?

Sonya warf den dreckigen Lappen in die bereits überquellende Mülltonne.

Nachdem sie nun schon das Badezimmer geputzt, das Chaos im Flur beseitigt und das Wohnzimmer aufgeräumt hatte, wäre es doch schade, die Arbeit nicht zu Ende zu führen. Also holte Sonya tief Luft und sah sich nach einem neuen Lappen um. Mutter hatte die Reinigungssachen immer in dem schmalen Schrank aufbewahrt, den Tato neben das Fenster gebaut hatte. Aber Rose hatte natürlich alles umgeräumt. Nicht um die Dinge zu verbessern, nein, sondern nur, um sie zu verändern und auf diese Weise allem ihren eigenen, dämlichen Stempel aufzudrücken.

Sonya öffnete die Schränke über der Heizung, schaute unter der Spüle nach und durchwühlte einen Haufen alter Plastiktüten. Nichts. Dann öffnete sie die Schublade neben dem Herd. Dort, ganz hinten in der Ecke, fiel ihr etwas Glänzendes ins Auge. Ein Metallband, das so vertraut war, dass ihr Herz für ganze drei Schläge aussetzte. Einen kurzen Moment lang überlegte sie, ob sie die Schublade nicht einfach wieder schließen und sich nicht weiter darum kümmern sollte. Sie zog es in Betracht, einfach zu leugnen, was sich in ihren Gedanken bereits zur Gewissheit heranbildete. Aber dann dachte sie an Mona, und wie all das Leugnen und Ignorieren ihrer Schwester das Leben gekostet hatte. Um die Schublade einfach wieder zu schließen, war es zu spät.

Sie ließ Alex' Uhr in ihre Handtasche gleiten und ging.

*

»Das Leben ist schon ganz schön beschissen, was?«, sagte Rose, während sie den letzten Schluck aus ihrer Bierflasche hinunterkippte. »Da lerne ich endlich einen einigermaßen anständigen Typen kennen, nur um festzustellen, dass er schwul ist.«

»Ich hatte eigentlich gehofft, du würdest ›toller Typ‹ sagen, aber ›einigermaßen anständig‹ muss dann eben reichen.«

»›Einigermaßen anständig‹ ist schon ziemlich gut, Ray. Du hättest mal ein paar von den Typen sehen sollen, mit denen man mich zu verkuppeln versucht hat. Aber egal, ich hab noch genug Zeit für eine weitere Runde, wie sieht's bei dir aus?«

Ray nickte, und Rose ging zur Bar, um die Sache ein wenig zu beschleunigen. Das »Clinton's« auf der Bloor Street, ein Pub, das mit seinen holzverkleideten Wänden, Tischen, Stühlen und Dekos hervorragend in einen Western gepasst hätte, war fast leer, von den paar unvermeidlichen, vereinzelten Kneipenhockern einmal abgesehen. Wenn dann später die übliche allabendliche Menge hereinströmen würde, wäre sie längst wieder zu Hause, um Tom ins Bett zu bringen. Bis dahin konnte er problemlos mit Will rumhängen. Der Barkeeper nahm die leeren Flaschen entgegen und öffnete zwei weitere »Steam Whistle«. Das Funkeln in seinen Augen veranlasste Rose dazu, ihm viel zu viel Trinkgeld zu geben.

»Der hat was«, sagte Ray, während sich Rose wieder zurück auf ihren Platz zwängte.

»Im Ernst? Bist du jetzt auch in den ›Lasst-uns-Rose-verkuppeln‹-Club eingetreten?«

»Ich sage nur, wie es ist, das ist alles.«

»Schade nur, dass das mit dem Typen da auf gar keinen Fall klappen wird. Und was noch trauriger ist, ich habe es eh aufgegeben, auf ein Happy End zu hoffen.«

»Aber früher hast du das mal getan?«

»Klar doch. Welches Mädchen tut das nicht?«

»Das gehört nicht in mein Fachgebiet«, sagte Ray und hob die Hände in die Höhe.

»Na, da kannst du von Glück reden!«

»Was meinst du damit? Mir fallen eine Million Gründe ein, warum es toll ist, ein Mädchen zu sein. Man kann zum Beispiel ›Ganz ohne Erfolgsdruck arbeiten‹ oder ›Deine Karriere nimmt bestimmt an Fahrt auf, wenn du erst achtzig bist‹. Und dann noch das gute alte ›Wenigstens steckst du nicht als Professor in einem Posten auf Lebenszeit fest‹.«

»Oh, du kennst die Guerilla Girls. Wie cool«, sagte Rose. Sie war tatsächlich beeindruckt, dass Ray so viel über die feministische Künstlergruppe wusste, die ihre Gesichter mit Gorillamasken aus Gummi tarnten und für Geschlechtergleichstellung kämpften. »Diese Aktivistinnen waren echt total klasse.«

»Genauer gesagt *sind* sie echt total klasse. Sie sind nämlich nach wie vor munter bei der Sache. Die letzte Aktion, von der ich gehört habe, war, dass sie Museen Ratschläge dazu erteilt haben, wie sie am besten mit Kunst von Sexualstraftätern umgehen.«

»Wow, du kennst dich aus.«

»Ich mag ja im Staatsdienst sein, Rose, aber das heißt noch lange nicht, dass ich ein Idiot bin.«

»Das habe ich auch nie behauptet.«

»Wie auch immer, es gibt tatsächlich viele Vorteile, wenn man eine Frau ist. Da ist zum Beispiel die Mode, für den Anfang –«

»Und wahnsinnige Ehemänner, die für das Ende sorgen. Wusstest du, dass über fünfzig Prozent aller ermordeten Frauen von ihren eigenen Partnern umgebracht werden?«

Ray lehnte sich zurück und sah sie an, als wäre sie ein Rätsel, das er lösen musste. Sofort setzte Rose sich gerade hin. Sie hatte diese Sache total missverstanden. Schon wieder. Ray war nicht auf einen freundschaftlichen Drink hierhergekommen. Dieses Treffen war Teil seiner Arbeit. Er war hier, um diesen Fall abzuschließen, damit er sich endlich um andere Leute kümmern konnte, die vom Schicksal an die Ufer des Sozialdienstes gespült worden waren.

»Du kannst Trauer nicht bezwingen, indem du so tust, als spürtest du sie gar nicht. Irgendwann wirst du dich deinen wahren Gefühlen stellen müssen, selbst wenn es sich dabei um Hass, Wut oder Traurigkeit handelt.«

»Echt jetzt? Ich brauche also nur ein bisschen zu weinen, und dann ist alles wieder gut? Wie wunderbar!«

»Sarkasmus ist nicht schwer, Rose. Aber sich mit einem Trauma auseinanderzusetzen, das ist harte Arbeit. Das ist genau so, als würde man versuchen, einen verspannten Muskel zu lockern. Oder einen schmerzenden Knoten wegzumassieren. Zuerst fordert der Körper, dass man damit aufhört, aber wenn man durchhält, wenn man sich durch den Schmerz hindurchatmet und wartet, bis er vergeht, dann wird das Gewebe wieder weicher und es tut nicht mehr weh.«

»Ich sollte besser los«, sagte Rose und schob ihre halb ausgetrunkene Bierflasche weg. Warum Zeit mit abgedroschenen Klischees verschwenden, wenn sie eigentlich zu Hause sein sollte, um für Tom etwas zum Abendessen zu kochen?

Ray legte seinen Kopf schief und schwieg einen Moment, bevor er schließlich sagte: »Ich bin für euch da, für die ganze Familie. Das weißt du doch, oder? Bitte, melde dich bei mir. Jederzeit.«

»Nur dass man sich noch so oft melden kann, noch so viel rumreden, nachdenken, sich wünschen, erflehen und was sonst noch, nichts davon macht meine Schwester wieder lebendig.«

»Ja, da hast du recht.«

»Na also, deswegen hat es gar keinen Sinn zu reden.«

Als Rose endlich die Queen Street erreicht hatte, schneite es bereits heftig. Wie gewöhnlich führte der erste Schneesturm des Jahres dazu, dass die Bürger von Toronto sich verhielten, als hätten sie noch nie einen Winter erlebt. In der Stadt, die vor einer Stunde noch geschäftig und voller Leben gewesen war, geschah nun alles in Zeitlupe. Die Restaurants waren menschenleer, und die Straßenbahnen kamen zum Stillstand. Die wenigen Autofahrer, die entweder keine andere Wahl hatten oder mutig oder dämlich genug waren, um sich auf die Straße zu wagen, krochen im Schneckentempo vorwärts und tasteten sich über die glitschigen Straßen wie Kinder, die zum ersten Mal auf Schlittschuhen stehen. Gerade als Rose die Manning Avenue überquerte, traf sie ein Schneeball in den Rücken, der eigentlich für eine Gruppe von kichernden Mädchen gedacht gewesen war. Doch ihre Wut verrauchte sofort, als sie sich umdrehte und in das beschämte Gesicht des pickeligen Jungen schaute, der den Schneeball geworfen hatte. Nach einer Sintflut von Entschuldigungen seinerseits und gern gewährten Worten der Nachsicht ihrerseits, sah sie zu, wie die Jugendlichen um die Ecke in Richtung King Street verschwanden, auf dem Weg zum nächsten Abenteuer. Wie sorglos sie waren, und wie energiegeladen. Früher war Rose genauso gewesen. Voller Träume, die erst noch geträumt werden mussten, mit so vielen Hoffnungen, die noch nicht verspielt waren.

Der Geruch nach Haushaltsreiniger schlug ihr entgegen, kaum dass sie die Tür geöffnet hatte. Der wilde Haufen von Schuhen, der sonst immer die Diele versperrte, war aufgeräumt worden, alle Paare ordentlich sortiert und aufgereiht. Im Wohnzimmer waren die Essensreste von gestern verschwunden, alle vier Fernbedienungen lagen nach Größe sortiert nebeneinander und die Kissen waren aufgeschüttelt.

»Sonya?«, rief Rose und lief zwei Stufen auf einmal nehmend die Treppe hinauf, vorbei an dem strahlend sauberen Waschbecken im Badezimmer, dem funkelnden Spiegel und dem Garderobenschrank im Flur, dessen Türen ausnahmsweise einmal geschlossen waren. »Wo bist du?«

»Psssst«, flüsterte Will und zeigte auf Tom, der sich in seine Armbeuge geschmiegt hatte. »Ist das nicht süß? Er ist einfach in mein Bett geklettert, hat die Augen geschlossen und ist eingeschlafen. Wer hätte das jemals für möglich gehalten? Nicht einmal gestern hätte ich das gedacht!«

Zu jedem anderen Zeitpunkt hätte Rose sich ganz schrecklich gefreut. Sie hätte sich hingesetzt, um den Anblick von Tom zu genießen, der ganz friedlich dalag, auch wenn seine Hände immer noch zu Fäusten geballt waren. Sie wäre vielleicht sogar ein bisschen eifersüchtig gewesen, dass er sich Will zum Kuscheln ausgesucht hatte statt sie selbst, und sie hätte vielleicht zu glauben gewagt, dass ihnen nun bessere Zeiten bevorstanden. Aber irgendetwas fühlte sich verkehrt an.

»Was zum Teufel soll das? Ich habe Sonya hergebeten, damit sie dir Gesellschaft leistet, und nicht, damit sie mein Leben in Ordnung bringt.«

»Sie wollte doch nur nett sein, Rose«, sagte Will und klang sehr viel erwachsener, als er es tatsächlich war. »Du solltest dankbar sein.«

»Sie soll sich um ihren eigenen Scheiß kümmern, statt ihre Nase in meine Angelegenheiten zu stecken.«

Rose setzte sich. Sie war erschöpft und obendrein beschämt. Sie sollte wirklich dankbar sein. Sonya hatte in wenigen Stunden geschafft, was sie selbst schon seit Monaten hatte tun wollen. Aber Rose spürte nichts als Groll und ein kindisches Konkurrenzgefühl, das sie einfach nicht hinter sich lassen konnte.

Will zückte die Whiskeyflasche und füllte seine Tasse. »Wo warst du denn überhaupt?«, fragte er. »Macht die Bibliothek nicht schon um acht zu?«

»Her damit«, sagte Rose, nahm einen ordentlichen Schluck und genoss es, wie sich der Alkohol bis in ihr tiefstes Innerstes hineinbrannte. Dann stand sie auf und ging. Plötzlich brauchte sie ganz dringend eine Zigarette.

*

Tom öffnete die Augen, als Tante Rose das Zimmer verließ. Erst wusste er nicht, wo er war, aber dann erinnerte er sich an das unwiderstehliche Verlangen, zu Onkel Will ins Bett zu kriechen, während dieser sich irgendwelche Videos über das Überleben in der Wildnis angeschaut hatte. Es war behaglich, so neben seinem Onkel zu liegen, und auch sein Geruch war irgendwie tröstlich. Tom erinnerte sich noch daran, dass er versucht hatte, die Augen offen zu halten, aber dann hatte er sich doch in den Schlaf gleiten lassen und im nächsten Moment schon rannte er durch den tiefsten indischen Dschungel. Er stolperte über sperrige Wurzelknoten und glitschige Steine, während er immer weiter und weiter in den Dschungel hineinrannte, fort von allem, was er kannte und hasste und fürchtete. In einer kleinen Lichtung mitten im Nirgendwo blieb Tom stehen und ließ sich auf die Erde gleiten. Umgeben von lautem Zwitschern, Kreischen und Krächzen atmete er die schwere, fruchtbare Luft des Dschungels ein. Jetzt war er bereit für sein Schicksal, ganz gleich, wie es aussehen mochte.

»Ich fasse nicht, dass sie immer noch mit diesem Arschloch abhängt«, sagte Onkel Will, nachdem Tante Rose nach draußen gegangen war. »Aber Alex muss wohl irgendwelche positiven Eigenschaften haben. Welche, die sehr gut versteckt sind. Irgendwo ganz tief drinnen.«

Tom schüttelte den Kopf.

»Du bist ein lustiger kleiner Kerl«, sagte Onkel Will. »Keine Frage. Irgendwo da unten steckt ein Witzbold in dir drin, der nur auf seinen Auftritt wartet.«

Tom lächelte, auch wenn er wusste, dass es keinen großen Auftritt geben würde. Jedenfalls keinen lustigen. Er glitt mit der Hand zu seiner Hose und stellte erleichtert fest, dass er nicht in Onkel Wills Bett gemacht hatte.

Nachdem sie zusammen noch ein Dutzend Katzenvideos geschaut hatten, ging Tom in sein eigenes Bett zurück und verbrachte die nächsten drei Stunden damit, darauf zu warten, dass er endlich wieder einschlief. Auf der anderen Seite des Zimmers lag Nick, ein Buch immer noch aufgeschlagen auf der Brust, und schnarchte leise vor sich hin, in glückseliger Ahnungslosigkeit, dass das Böse vielleicht ganz in der Nähe lauerte und nur darauf wartete, sich diejenigen unter den Nagel zu reißen, die zu dumm sind, um wachsam zu bleiben. Genau wie Kaa, die hinterhältige Schlange, die Mogli in die warmen, tröstlichen Windungen ihres Leibes eingerollt hatte und den nichts ahnenden Jungen mit ihrem hypnotischen Lied in den Schlaf gesungen hatte.

Tom wusste, dass das *Dschungelbuch* nur ein alter Film war und dass es im echten Dschungel längst nicht so nett und fröhlich zuging. Aber er liebte Mogli, seit er denken konnte.

An den Wochenenden, während Mama ausschlief, hatten Papa und er sich oft ins Wohnzimmer gesetzt, hatten Blaubeerpfannkuchen gegessen und zugesehen, wie Mogli vor den Menschen weg und in eine Welt voller Abenteuer und Spaß rannte. Und dann hatten sie, falls Mama immer noch schlief, ihre Lieblingslieder noch einmal auf YouTube angeschaut (Toms war »Versuch's mal mit Gemütlichkeit«, während Papas Lieblingslied »Ich wäre gern wie du« gewesen war), erst auf Englisch, dann auf Spanisch, Arabisch, Deutsch und Holländisch. Sie waren wie Witze, die immer besser wurden, je öfter man sie erzählte.

Aber jetzt wusste Tom, dass sich Balu, der Bär, von vorne bis hinten geirrt hatte. Ameisen zu essen war total ekelhaft, Tom hatte es ausprobiert. Und manche Sorgen konnte man eben nicht wegjagen. Sie schleichen sich an, wenn du am wenigsten damit rechnest, mitten in der Nacht oder wenn du gerade nach Controllern suchst, aber stattdessen die Asche deines Vaters findest.

Tom stand auf, um Nicks Nachttischlampe auszuschalten, und schlich dann auf Zehenspitzen zum Fenster, das zur Straße hinausging. Die geparkten Autos hatten sich in riesige Marshmallows verwandelt und die Bäume in Zaubertiere mit flauschigen Armen und Beinen. Im Licht einer einsamen Straßenlaterne ging eine Frau vorbei und wirbelte dabei dicke Wolken aus Schnee auf. Dieses Jahr würde es weiße Weihnachten geben. Aber das war Tom vollkommen egal.

Letztes Jahr hatte Weihnachten eigentlich gar nicht so schlecht angefangen. Mama hatte die köstlichsten Plätzchen aller Zeiten gebacken, das Haus herrlich geschmückt und eine Unmenge von Geschenken verpackt, aber dann musste Papa so heftig niesen, dass er einen Hexenschuss davon bekommen hatte. Er hatte sich vor Schmerzen gekrümmt und schließlich sogar geweigert, zum Seehaus hochzufahren. »Das ist doch sowieso besser«, hatte er gesagt, als Mama sich beschwerte. »Tom sollte am Weihnachtsmorgen auch mal in seinem eigenen Bett aufwachen dürfen, mit seinem eigenen Baum, in seinem eigenen Wohnzimmer, mit seiner eigenen Familie.«

Zunächst war Tom begeistert gewesen. Er fand seine neuen Spielzeuge ganz wunderbar (besonders Brawl), aber noch bevor er mit dem Auspacken seiner Schlittschuhe fertig war, hatten Mama und Papa angefangen zu streiten. Je mehr Mama redete, desto stiller wurde Papa. Und dann hatte das Brummen angefangen. Statt zu essen, hatte Papa gebrummt. Statt so zu tun, als fände er seine neuen braunen Pantoffeln schön, hatte er gebrummt. Und dann war er, statt mit ihnen *Ist das Leben nicht schön* zu schauen, auf einen Drink ausgegangen. »Es ist okay«, hatte Mama immer wieder gesagt. »Es ist schon okay.«

Später in dieser Nacht wurde Tom von einem Schrei geweckt. Es war seine Mutter. Er war aus dem Bett gestürzt und zum Schlafzimmer seiner Eltern gerannt. »Mama«, hatte er durch die geschlossene Tür gerufen. »Geht's dir gut?« »Na klar doch«, hatte sie geantwortet, aber sie war nicht rausgekommen, um ihn zu umarmen. »Und jetzt geh wieder ins Bett, bitte.«

Am nächsten Morgen hatten sie ihre Sachen gepackt und waren nach Norden gefahren, trotz des Schneesturms, der in der Nacht gewütet und lauter zerbeulte Autos in den Straßengräben zurückgelassen hatte. Mama wich Toms Blicken aus und trug einen Schal, obwohl es im Auto wahnsinnig heiß war.

»Wenn wir mit den anderen zusammen hochgefahren

wären, dann säßen wir jetzt gemütlich am Kamin«, sagte Mama schließlich.

»Ach, halt die Klappe«, sagte Papa. Seine Augen blinzelten im selben Rhythmus wie das Klickklack der Scheibenwischer, die heftig kämpfen mussten, um den Schnee von der Windschutzscheibe zu befördern. »Halt einfach die Klappe, okay?«

»Wir könnten Monopoly spielen. Mit den anderen nett bei einem Drink zusammensitzen.«

»Wenn du jetzt nicht sofort die Klappe hältst«, sagte Papa so leise, dass es Tom speiübel wurde, »dann kannst du zu Fuß gehen.«

Der Rest der Fahrt verlief schweigend. Papas Faust umklammerte das Lenkrad und Mama starrte aus dem Fenster ins Nirgendwo. Außer einem kurzen Halt zum Tanken und um Donuts und Tee zu holen, fuhren sie weiter, ohne dass auch nur ein einziges Wort gesprochen wurde. Eingesperrt in einem Auto, aus dem es kein Entkommen gab.

Als sie endlich beim Seehaus eintrafen, war sogar die Suppe mit den Truthahnresten vom Vortag schon aufgegessen. Sie sahen sich noch einmal *Ist das Leben nicht schön* an, was Tante Sonya zum Weinen brachte, obwohl sie den Film schon Millionen Mal gesehen hatte. Tante Rose redete ununterbrochen darüber, wie sexistisch der Film sei und wie lächerlich, weil er versuchte, das Leben in der amerikanischen Kleinstadt zu glorifizieren, das es so nie gegeben habe. Als Papa ihr sagte, sie solle die Klappe halten, tat sie es erstaunlicherweise auch. Onkel Will ging nach draußen, um noch mehr Holz zu hacken. Mama schaute einfach nur weiter den Film, sagte kein Wort und hatte den Schal immer noch eng um ihren Hals gewickelt.

Trotzdem begann der nächste Tag genauso wie alle Feiertagsvormittage begonnen hatten, solange Tom denken konnte: Papa machte Pfannkuchen und Mama schlief aus. Tante Sonya beschloss, den Speicher aufzuräumen, und Onkel Alex versuchte, Nick beim Schach zu schlagen. Nach dem Frühstück zog Tom los, um ein Iglu zu bauen, so wie er es im Internet gesehen hatte. Er stach mit einer Schaufel Schneeblöcke aus und zog sie auf einem alten Holzschlitten, den er im Schuppen gefunden hatte, zu seiner Baustelle. Nick gesellte sich zu ihm, nachdem er Onkel Alex hatte gewinnen lassen.

Nach dem Mittagessen, das für Mama das Frühstück war, sah Tom zu, wie seine Eltern auf dem gefrorenen See fortgingen. Zwei immer kleiner werdende Gestalten in einer ungeheuren weißen Weite. Sie waren nicht mehr als einen Schritt auseinander, und doch waren sie so weit voneinander entfernt, als lebten sie auf den entgegengesetzten Seiten des Mondes. Tom überlegte, ob er ihnen nicht hinterherrennen sollte, ob er nicht Nick und das halb fertige Iglu stehen lassen, sich zwischen seine Eltern drängeln und die Lücke zwischen ihnen mit seinen Händen schließen sollte. Vielleicht könnte er sie ja mit einem Witz zum Lachen bringen, oder er könnte Papa zu einem Wettrennen zurück zum Haus herausfordern. Aber irgendetwas veranlasste Tom dort zu bleiben, wo er war. Er schaute ihnen zu und redete sich ein, dass nichts unternommen werden musste, dass alles in Ordnung war.

Während der nächsten Stunde arbeiteten die beiden Cousins Seite an Seite, ohne ein Wort miteinander zu wechseln. Während das Iglu stetig in die Höhe wuchs, mussten sie den Schnee von immer weiter her holen und schließlich sogar den ganzen Weg bis zur Auffahrt laufen. Toms Zehen wurden nass und seine Finger fühlten sich spröde an, wie die Zweige eines toten Baums. Gerade als Nick und er im Begriff standen, das Dach fertigzustellen, kehrten Mama und

Papa zurück. Nicht vom See, sondern von der Auffahrt. Papa ging an Tom vorbei, ohne ihn auch nur eines Blickes zu würdigen, und alles, was Mama zu sagen hatte, war: »Pack deine Sachen – jetzt sofort.«

»Das war's«, sagte Papa, während er das Auto auf die von Glatteis überzogene Landstraße lenkte. »Ich habe die Schnauze voll von dieser Scheiße. Will ist ein dämlicher Esel, Sonya eine blöde Kuh und Alex ist ein Arschloch, das seine Augen nicht von Rose lassen kann. Klar, sie hat schöne Titten, aber sie ist seine Schwägerin, verdammt noch mal!«

»Du hast den Busen von Rose angeglotzt?«

Papa schlug so heftig mit der Faust auf das Armaturenbrett, dass eine Delle zurückblieb. Mama fing an zu weinen, aber das führte nur dazu, dass Papa noch lauter brüllte. Tom schrumpfte auf seinem Sitz in sich zusammen und sang in Gedanken fünfzehn Mal hintereinander *Jingle Bells*. Und weil sie sich danach immer noch stritten, fing er an zu zählen. Dreimal bis hundert. Vorwärts und rückwärts. Wieder und wieder und wieder und wieder.

Als sie dann schließlich die Stadt erreichten, stimmte Mama mit Papa überein. Es würde keine weiteren Weihnachtsfeiern im Seehaus mehr geben. Und wie sich herausstellte, sollte sie damit recht behalten.

Als Tom am nächsten Morgen aufwachte, hatte Nick bereits das Haus verlassen und Tante Rose stand unten im Flur und telefonierte. Er zog seinen Kapuzenpullover an und schaute kurz nach Onkel Will. Die Beule auf der Stirn seines Onkels hatte mittlerweile eine kotzgelbe Farbe angenommen, seine fettigen Haare wucherten wie eine wahnwitzige Krone über seinem unrasierten Gesicht und von seinem schlaffen Mund tropfte der Sabber auf die Bettwäsche. Aber es ging ihm eindeutig besser. Er konnte sich schon ganz allein aufsetzen und in der Woche vor Weihnachten würde man auch seine Gipsverbände entfernen. Aber trotzdem hatte Tante Rose eine Fahrt zum Seehaus ausgeschlossen. »Das ist viel zu viel Aufwand«, hatte sie gesagt. »Und überhaupt – es ist Zeit für neue Traditionen.«

Tom ging ins Bad, um sich die Zähne zu putzen. So sehr er diese doofe Schule auch hasste, mit diesen ganzen doofen Kindern, die keine Ahnung hatten, wie doof das Leben in Wirklichkeit war, brachte es dennoch eine gewisse Routine mit sich, dort an seinem Pult zu sitzen. Etwas Verlässliches in einer so unzuverlässigen Welt.

Plötzlich stand Tante Rose in der Badezimmertür. »Nick wird dich nach der Schule zu Ms Colter bringen«, sagte sie. »Aber danach hat er ein Hockeyspiel im Park. Also gehst du da mit, okay?«

Seit Onkel Wills Unfall hatte Tante Rose ihn zur Schule gebracht und an den Tagen, an denen sie länger arbeiten musste, hatte sie sich darum gekümmert, dass ihn jemand abholte. Manchmal hatte sie Deirdre dafür bezahlt, eine etwas verstrahlte Biologiestudentin, die früher oft auf Nick aufgepasst hatte. Manchmal hatte sie auch Jeffs Mutter gebeten, die ihren Sohn ohnehin abholen musste und in der Nähe wohnte. Von Nick abgeholt zu werden, mochte Tom am wenigsten. »Glaub gar nicht erst, dass ich es toll finde, dich mit mir herumschleppen zu müssen«, hatte sein Cousin gesagt. »Also mach es nicht noch schlimmer, indem du dich wie ein Volltrottel benimmst. Und hör auf, an deinen Nägeln zu kauen. Das ist widerlich.«

»Das wird dir bestimmt Spaß machen«, sagte Tante Rose. »Aber zieh eine lange Unterhose an und vergiss deine Handschuhe nicht. Die Temperatur wird auf minus fünf Grad fallen, und ich möchte nicht, dass du dich erkältest.«

Es war schon erstaunlich, wie oft Erwachsene nicht einmal die einfachsten Dinge wussten, dachte Tom. Sich zu erkälten hatte nicht das Geringste mit Kälte zu tun, und mit Nicks Freunden abzuhängen, klang alles andere als spaßig.

Tom liebte die Stunden, die er bei Claire verbrachte. Ihre Praxis war wie ein Rettungsboot in einem stürmischen Meer: Hier war er in Sicherheit, und wenn es mal schwierig wurde, gab es ein warmes Sofa, in das man sich hineinkuscheln konnte. Claire gab glasklare Anweisungen, die meist von einem Lächeln abgemildert wurden. Sie forderte ihn auf, mit verschiedenen Spielzeugen zu spielen, hatte ihm eine Trommel, ein Xylophon und einmal sogar eine Tuba zu spielen gegeben und ihn gebeten, Bilder zu malen, davon, was er fühlte, was er sich vorstellte, und von seiner Mutter, wie er sie zuletzt gesehen hatte. Tom schämte sich, denn er konnte sich nicht mehr daran erinnern, wie das Lachen seiner Mutter geklungen hatte, aber er wusste immer noch genau, wie sie dort auf dem Boden gelegen hatte, blutüberströmt, in welchem Winkel ihr verrenktes Bein abgestanden hatte, und er erinnerte sich nur zu deutlich an ihre blutverklumpten Haare.

»Interessant«, sagte Claire, während sie die Zeichnung betrachtete und sie in ihren Händen hin und her drehte, als wäre es nicht total offensichtlich, wo oben und unten war. »Möchtest du es behalten?«, fragte sie schließlich.

Tom schüttelte den Kopf. Er wusste, dass er das letzte Mal, als er seine Mutter gesehen hatte, niemals in seinem ganzen Leben vergessen würde.

»Danke«, sagte Claire und legte die Zeichnung in ihren Schreibtisch. Dann schloss sie die Tür mit einem lauten

Knall. »Eines Tages«, sagte sie, ohne aufzuschauen, »eines Tages kannst du vielleicht genau das Gleiche tun. Du verstaust diese Erinnerungen an einem sicheren Ort, sodass du immer weißt, wo sie sind, falls du sie brauchst, aber doch weit genug entfernt, damit sie dir keine Steine mehr in den Weg legen.«

Als Nick und Tom im Trinity Bellwoods Park ankamen, konnte Tom schon das Geschrei von einem Dutzend Jungen hören, die auf der immer noch Hunderte von Metern entfernten Eisbahn ihre Kreise zogen. »Jetzt schwing mal die Hufe«, rief Nick und rannte los. »Deinetwegen komme ich viel zu spät.«

Nick setzte sich auf eine Bank, um seine Stiefel auszuziehen. Am anderen Ende der Eisfläche saß eine Gruppe von Mädchen dicht beieinander und tat so, als scherte sie sich nicht um die Eskapaden, die auf dem Eis vor sich gingen. Ein Junge, der sich rosafarbene Shorts über seine violette Thermohose gezogen hatte, kam direkt vor ihnen mit einem perfekt ausgeführten Halt zu stehen, wobei er das Eis wie ein Profi von der Oberfläche hobelte. »Eh, Mann, wir fangen um vier an. Wenn du's nicht pünktlich schaffst – Julian würde nur zu gerne deinen Platz einnehmen.«

»Ich musste noch irgendso 'n Scheiß erledigen, also verpiss dich, Nuwan.«

Tom, der neben Nick auf der Bank saß, kauerte sich zusammen und wartete auf das unvermeidliche Trommelfeuer aus Beleidigungen, das nun folgen würde, aber Nuwan lachte einfach nur und lief auf seinen Schlittschuhen davon. Tom war fassungslos. So einfach konnte man einen tyrannischen Quälgeist loswerden?

»Hör auf damit!«, sagte Nick und schlug Tom die Hand

vom Mund. »Wie oft soll ich dir das noch sagen? Nägelkauen ist ekelhaft.«

»Du bist so ein Arsch«, sagte ein Mädchen, deren Haare so kurz geschoren waren, dass man die Kopfhaut sehen konnte. Dann schaute sie Tom direkt in die Augen und fragte: »Alles okay?«

Tom sah sich um, aber hinter ihm war niemand. Sie redete mit ihm. Ihr Lächeln war so schief wie ihre Zähne. Sie war anders als die anderen Mädchen. Sie wirkte furchtlos. Lebendig.

»Jetzt ermutige ihn nicht auch noch, Carmen«, sagte Nick. »Außer du bist bereit, die Sauerei auch aufzuwischen.«

Tom schloss die Augen und zählte: 8, 16, 24, 32, 40 …

»Was hat er denn für ein Problem?«, fragte sie.

»Er hat ziemlich viel Scheiß durchgemacht.«

56, 64, 72 …

»Was denn?«

9, 18, 27, 36 …

»Na, Scheiß halt.«

»Wow, du kannst ja echt supergut mit Worten umgehen.« Dann wandte sich Carmen direkt an Tom und fragte: »Also, wie heißt du?«

Tom biss sich auf die Zunge und musste heftig gegen den Drang ankämpfen, einfach wegzulaufen.

»Lass ihn in Ruhe«, sagte Nick. »Er hat seit Monaten nicht gesprochen und wird auch jetzt hier im Park nicht einfach wieder damit anfangen.«

54, 54, 54. Die Zahl schallte Tom immer wieder durch den Kopf, wie eine Glocke, die ununterbrochen läutete. Warum konnten die Leute ihn nicht einfach in Ruhe lassen? Warum konnten sie sich nicht um ihren eigenen doofen Kram kümmern? Besonders Leute wie Carmen, die eine Art hatte, ihn anzuschauen, bei der Tom sich ganz nackt und bloß fühlte.

»Er braucht vielleicht Hilfe«, sagte ein anderes Mädchen, dessen Stimme so piepsig klang wie die eines kleinen Vogels. »So was wie 'n Therapeuten oder so.«

Tom öffnete die Augen und stellte fest, dass er von einem Kreis von Teenagern umringt war, die ihn anstarrten, als wäre er ein Tier im Zoo. Als gehörte er zu einer anderen Spezies. Als könnte er sie nicht hören. Oder sehen.

»Ist der echt so komisch oder tut der nur so?«, fragte ein Mädchen in einem rosafarbenen Anorak. Tom steckte die Fäuste in seine Manteltaschen und entdeckte dort erleichtert Wills Mundharmonika.

»Sind wir hier, um Hockey zu spielen, oder was?«, fragte Nick und stand auf.

Aber außer ihm bewegte sich niemand. Tom schloss die Augen, in der Hoffnung, er könne sie damit alle einfach wegwünschen.

»Wow«, sagte Nuwan. »Der spricht ja echt nicht. Cool.«

»Ich hab das auch mal versucht«, sagte eines der Mädchen. »Aber nach ein paar Stunden fand ich es total langweilig.«

»Das Kind von der Schwester der besten Freundin meiner Mutter hat ganze drei Monate kein Wort gesprochen«, sagte das Mädchen mit der piepsigen Stimme. »Nachdem sie nach British Columbia umgezogen waren.«

Es gab noch andere, die sich weigerten zu sprechen? Tom öffnete die Augen und wartete auf weitere Informationen.

»Aber dann hat ihre Mutter ihr einen Hund gekauft und plötzlich konnte sie wieder ganz normal reden.«

»Vielleicht stimmt was nicht mit seinem Gehirn«, sagte Nuwan, der plötzlich ganz wissenschaftlich wurde. »Ich hab mal diese Sendung gesehen, über so 'n Typen, der keine Ahnung hatte, wer er war. Die haben fünf Jahre gebraucht, um herauszufinden, wo er herstammte.«

»Der kam bestimmt aus einem ganz scheußlichen Ort. Wie Tadschikistan.«

»Du weißt doch gar nicht, wo Tadschikistan überhaupt liegt.«

»Natürlich weiß ich das. Du etwa nicht?«

Wann würden sie endlich aufhören, hier rumzufaseln und zu ihrem Hockeyspiel zurückkehren?

Nuwan wandte sich an Nick: »Und wie lange wohnt der jetzt noch bei euch?«

»Keine Ahnung«, sagte Nick. Er klang müde. »Für immer, denke ich.«

Tom zog seine Mundharmonika aus der Tasche und setzte sie an die Lippen.

»Heißt das, dass du dein Zimmer mit ihm teilen musst?«, fragte Nuwan.

»Ja.«

»Oh Scheiße, das ist ja wohl voll ätzend.«

Das kannst du laut sagen, dachte Tom. Dann holte er so tief Luft wie noch nie zuvor in seinem ganzen Leben und blies mit solcher Kraft in die Mundharmonika, dass ein furchtbares, fast gewalttätiges Kreischen ertönte. Sofort hörten alle auf zu reden, kicherten erst nervös und runzelten dann peinlich berührt die Stirn. Doch Tom hörte nicht auf zu blasen, er blies und blies und blies noch mehr und hörte erst auf, als die Jungen sich aufs Eis und die Mädchen sich wieder ans äußerste Ende der Bank zurückgezogen hatten. Mission erfüllt.

Die nächste Stunde verbrachte Tom damit, den Jungen beim Spielen zuzusehen. Das dämliche Mädchen in dem pinken Parka und ihre ebenso dämliche Freundin gingen fort, aber Carmen blieb und tippte auf ihrem Handy herum. Als Nick schließlich das Siegestor schoss, fühlten sich Toms Füße wie Eisklumpen an.

»Wie wär's mit einem Quickie?«, fragte Dillon, ein Junge mit schläfrigen Augen und Streichholzbeinen. Nicks Gesicht wurde sofort knallrot.

»Tut, was ihr nicht lassen könnt«, sagte Carmen und nahm sich ihren Rucksack. »Bis später.«

Irgendetwas war da los. Sobald Carmen in der Nähe war, konnte Nick nicht aufhören, an seinen Haaren herumzufummeln. Er redete zu viel und lachte über Sachen, die überhaupt nicht lustig waren. Und Carmen mochte noch so sehr so tun, als fände sie es toll, trotz der Kälte auf ihrem Handy herumzuspielen – jedes Mal, wenn Nick den Puck ergatterte, schaute sie auf.

»He, jetzt hört mal auf mit eurer dreckigen Fantasie, ihr Spinner«, sagte Dillon und zog eine seltsam geformte Zigarette aus seiner Tasche. »Das habe ich doch gar nicht gemeint.«

Carmen lachte und stellte ihren Rucksack wieder auf die Bank.

Kurze Zeit später standen sie abgeschirmt von der Nordwand des Gemeindezentrums hinter einer dichten Reihe von Sträuchern, und Dillon nahm einen gigantischen Zug aus der krummsten Zigarette, die Tom jemals gesehen hatte. Er atmete tiefer ein als Tante Rose, wenn sie total sauer war, und länger als Onkel Alex, bevor er endlich in den See sprang. Nick ließ sich nach einem ebenso ausgedehnten Zug in den Schnee hinuntersinken und lehnte sich mit dem Kopf an die Backsteinwand, während sein ausgestreckter Fuß fast – aber nicht ganz – den Fuß von Carmen berührte. Dann fing Carmen an zu kichern und konnte nicht mehr aufhören, und nachdem Dillon noch einen Zug genommen hatte, schloss er die Augen, mit dem immer noch glühenden Stummel zwischen den Fingern, und verschwand in weite, weite Ferne, irgendwohin, wo es offensichtlich total friedlich und vergnüglich war.

Tom lehnte sich vor und nahm Dillon den Joint aus der Hand. Das aufgeweichte Papier fühlte sich ekelhaft zwischen seinen Lippen an, aber er zog trotzdem daran. Doch er wurde weder in die friedliche Ferne versetzt, noch zauberte es ein Lächeln auf sein Gesicht. Stattdessen brannte sich der Rauch in seine Lunge und zwang ihn zu husten und zu würgen. Carmen riss die Augen auf.

»Heeee! Das ist jetzt aber echt total daneben!«, sagte sie und klang ganz besorgt, auch wenn sie sich nicht von der Stelle bewegte. »Der ist doch viel zu jung für so 'n Müll. Viel, viel, viel zu jung!«

»Ach du Scheiße!«, sagte Nick, packte den Stummel und warf ihn weit fort, als könnte das alles wieder ungeschehen machen. »Wenn Mama das herausfindet, bringt sie mich um!« Dann sah er Tom an und verstummte. »Scheiße, tut mir leid, ich wollte dich nicht daran erinnern ...«

Aber es war Tom ganz egal, was Nick sagte. Er hustete so heftig, dass ihm die Tränen die Wangen herunterliefen, und seine Lunge fühlte sich an, als würde sie jeden Moment explodieren. Er hustete immer weiter, bis der Schmerz endlich abebbte, sein Atem sich wieder beruhigte und die Tränen versiegten. Und dann, während er dort auf der Erde lag, spürte er plötzlich, wie die Last, die ihn seit der Nacht zu ersticken drohte, in der er seine im Sterben liegende Mutter gefunden hatte, von ihm genommen wurde. Er rollte sich auf die Seite und stellte überrascht fest, wie frei er sich plötzlich fühlte. Der Schnee kühlte sein glühendes, pochendes Gesicht, und er schloss die Augen und hörte – von weit, weit weg –, wie Dillon irgendetwas über ein Wettrennen zu den Schaukeln sagte. Tom fing an zu zählen, aber die Zahlen ergaben keinen Sinn mehr: 83, dachte er, gefolgt von 73. Oder war es 38? Wie wäre es mit 84 oder 804? 888 entschied er dann, denn wer wusste schon, was zuerst, was danach und was zuletzt kam?

*

»Da hast du es also nicht geschafft, die Finger von dem einen Mann zu lassen, den du nicht haben konntest!«, sagte Sonya und ließ die Uhr auf Roses Schreibtisch fallen. »War das der Grund?«

»Warte, ich kann das erklären«, begann Rose, auch wenn es da nichts zu erklären gab. Sonya, die in einen riesigen waldgrünen Anorak eingewickelt war, türmte sich drohend und mit wutverzerrtem Gesicht über ihr auf. Rose sah sich um, aber Martha war glücklicherweise schon nach Hause gegangen und die Bibliothek war menschenleer – abgesehen von einem obdachlosen Mann, der schlafend am Fenster saß.

»Da gibt's nichts zu ›erklären‹«, sagte Sonya. »Ich möchte, dass du aus meinem Leben verschwindest und zur Hölle fährst. Und nimm deinen widerlichen Mist, den du da verzapfst, mit. Wie konntest du auch nur daran denken, mit Alex zu vögeln? Bist du wahnsinnig? Hirnlos? Herzlos? Was ist dein Problem?«

»Was soll ich sagen, Sonya? Es ist irgendwann passiert, und dann –«

»Und dann konntest du nicht mehr anders? Dann hat es zu viel Spaß gemacht, um darauf zu verzichten?«

»Ich weiß nicht, Sonya. Ich konnte nicht damit aufhören. Jedenfalls nicht rechtzeitig.«

»Du bist ein mieses Arschloch.«

Rose packte sich einen Bleistift und fing an, auf dem Akzessionsbericht herumzukritzeln, den sie gerade Korrektur gelesen hatte, als ihre Schwester in die Bibliothek gestürmt war. Dunkle, immer größer werdende Kreise löschten alle Zahlen und Fakten aus. Vielleicht konnte sie diese Auseinandersetzung ja einfach aussitzen, dachte Rose. Lass es über dich ergehen, widersprich nicht. Halt nur irgendwie durch.

»So ist das immer schon mit dir gewesen, Rose. Du bist nicht in der Lage, auf andere Menschen Rücksicht zu nehmen und über deinen eigenen dämlichen Tellerrand zu schauen. Du bist egozentrisch und niederträchtig. Eine fünfunddreißig Jahre alte Frau mit der emotionalen Reife eines Teenagers. Genauso unersättlich und selbstsüchtig, nur ohne das entsprechende Potenzial oder den dazugehörigen Charme.«

»Das ist nicht fair. Ich –« Aber dann verstummte Rose. Was gab es schon zu sagen? Sie hatte mit dem Ehemann ihrer Schwester gevögelt. Sie hatte es mehr als einmal getan. Sie hatte gewusst, dass es falsch war. Und dennoch hatte sie es immer wieder getan.

»Du bist erbärmlich, Rose. Absolut erbärmlich.«

»Das bin ich nicht.«

»Doch, das bist du!«

»Nein, bin ich nicht!!!«

»Hörst du dir selbst eigentlich zu? Schon die Art und Weise, wie kindisch du da gerade diskutierst, bestätigt alles, was ich gesagt habe. Du widerst mich an.«

»Jetzt hör mir mal zu«, begann Rose und stand dabei auf, als könnte es ihre Chancen in dieser Auseinandersetzung verbessern, sich mit ihrer Schwester auf Augenhöhe zu befinden. »Ich weiß, dass das, was ich getan habe, falsch war, und es tut mir leid. Wirklich. Aber damals, in der Zeit kurz nach Monas Tod, da war alles so total beschissen, und …« Rose atmete tief ein, bevor sie fortfuhr: »Und die Momente, in denen ich mit Alex zusammen war, so verkorkst das auch klingt, waren die einzigen, in denen ich überhaupt irgendetwas gespürt habe.«

»Also hast du dir genommen, was du brauchtest?«

»So ungefähr, Sonya. Ja.«

Sonya zog ihren riesigen Mantel enger um sich und schlang die Arme fest um ihren Körper, als könnte sie Trost in der eigenen Umarmung finden, als würde es ihr helfen, so aufrecht wie möglich dazustehen. Nach einer langen Pause sagte sie schließlich:

»Nur damit du's weißt, Alex hatte früher auch schon Affären.«

»Willst du damit sagen, du hast davon gewusst?«

»Nein, natürlich nicht. Für wie jämmerlich hältst du mich denn? Glaubst du allen Ernstes, ich hätte deine Müllhalde von einem Haus aufgeräumt, wenn ich auch nur die geringste Ahnung gehabt hätte, dass du meinen Mann fickst?«

»Nein.«

»Genau. Und nur damit das klar ist –« Sonya senkte ihre Stimme, sodass sie noch bedrohlicher klang als vorher. »Ich werde dir niemals verzeihen. Nie. Du hattest kein Recht, ihn dir zu nehmen.«

Dann wandte sie sich um und ging fort. Ohne zu zögern, ohne sich zu verabschieden und ohne sich an der Tür noch einmal umzudrehen.

Rose hob Alex' Uhr auf und wog sie in der Hand. Schwer, mit mehreren Ziffernblättern und einem klobigen Silberarmband. Warum hatte sie ihm die Uhr nicht zurückgegeben? Warum hatte sie sie nicht besser versteckt? Oder weggeworfen? Aber andererseits, warum war Alex nicht zurückgekehrt, um sie sich zu holen? War die Vorstellung, sich ein letztes Mal allein mit ihr zu treffen, so unerträglich gewesen? Oder hatte er sie als eine Art Andenken für sie zurückgelassen? Als Erinnerung an den Zuspruch, den sie beieinander gefunden hatten, in jenen verzweifelten Wochen nach Monas Tod, als sich alles so hohl angefühlt hatte und es keinen Trost gegeben hatte außer jenem, den sie sich gegenseitig geschenkt hatten.

Rose packte die Uhr und schleuderte sie quer durch den Raum. Sie wusste, dass sie auch dann noch zu Alex zurückgekehrt war, als das erste Stadium der unerträglichen Trauer schon vorbei gewesen war, und sogar dann noch, als es nicht mehr zu übersehen war, dass Alex und sie außer Sex nicht viel gemeinsam hatten. Eine Woche nach der anderen war sie in dieses Hotel zurückgekehrt, außerstande, die richtige Entscheidung zu treffen. Unfähig, genau wie Mona, sich zu befreien, bevor es zu spät war.

Die Uhr prallte von der Wand ab, fiel erst auf einen Berg aus grauen Kartons und dann an einem Stapel koreanischer Bücher vorbei, um schließlich auf dem schmutzigen Fußboden der Bibliothek zu landen. Dort lag sie nun, vollkommen unversehrt, und verspottete Rose mit ihrer glitzernden Perfektion.

Rose ging hinüber und trat so fest auf die Uhr, wie sie nur konnte. Ihre Scham und ihre Wut im Krieg gegen Schweizer Handwerkskunst. Immer wieder sprang sie auf das Scheißding, bis ihr der Schweiß von der Stirn tropfte und in den Augen brannte. Ihre Wut war beängstigend, aber ausnahmsweise war die Zielscheibe real, greifbar. Sie lag direkt vor ihren Augen und war ihrem Angriff schutzlos ausgeliefert. Endlich brach das Glas entzwei und gab die Eingeweide der Uhr frei. Nutzlos, irreparabel, zerschmettert, genau wie sie selbst.

*

Diese Schlampe! Hure! Nutte! »Fotze!« Hatte sie dieses letzte Wort jetzt gerade tatsächlich laut gesagt? Sonya schaute über ihre Schulter, als könnte jemand – Mutter – plötzlich auf dem Rücksitz ihres Autos auftauchen, um sie wegen dieses vulgären Ausrutschers zu rügen. Aber Sonya war nach wie vor allein.

»Du Fotze!«, wiederholte sie, und obwohl sie das Wort nur geflüstert hatte, hinterließ es auf ihrer Zunge einen Geschmack, der so scharf war wie ranzige Milch. Nur dass sie jetzt statt Scham Erleichterung verspürte. »Fotze!«, sagte sie ein wenig lauter und mit ein wenig mehr Überzeugung. Es hatte etwas Befreiendes, das Unsagbare zu sagen, etwas Reinigendes, Wahrhaftiges. »Fotze. Fotze. Fotze. Fotze. FOTZE!«

Sonya klappte den Rückspiegel herunter. Ihre Wimperntusche war verschmiert und bis zu den Lippen hinuntergelaufen, aber ihre grünen Augen loderten wie Feuer. Wenn sie zaubern könnte, würde sie Rose jetzt in einen Haufen Scheiße verwandeln. Und wenn sie noch einmal von vorn beginnen könnte, dann würde sie die Heirat mit Alex streichen und nach Bora Bora abhauen, um nie wieder irgendjemandem begegnen zu müssen, den sie kannte. Mit Freuden. Und ohne es auch nur eine Sekunde zu bereuen.

»Fotze!«, sagte sie noch einmal. Und dann noch einmal. Sie wiederholte es wie ein Mantra. Ja, sie klammerte sich an dieses Wort, das sich bisher immer so dreckig und primitiv angefühlt hatte, als wäre es ein Rettungsanker. Jetzt war es befreiend. Von einem Moment auf den anderen schlug Sonyas Wut in Klarheit um, und es kam ihr vor, als sei sie plötzlich in ein helles, strahlendes Licht gehüllt, das sie nach all den Jahren der Lügen förmlich blendete. Sie war unter Vorspiegelung falscher Tatsachen nach Toronto zurückgekehrt und hatte einen Mann geheiratet, der ihrer nicht würdig war. Sie hatte zugelassen, dass ihre Schwester gestorben war, und – was am allerschlimmsten war – sie hatte ihre eigenen Bedürfnisse über die von Tom gestellt.

»Was für eine Fotze *du* doch bist«, sagte sie zu sich selbst. »Was für eine unglaublich bescheuerte Fotze.«

*

Als Tom aufwachte, war die Welt hell und bitterkalt. Er bewegte den Kopf und stellte erleichtert fest, dass er immer noch mit dem Rest seines Körpers verbunden war. Danach wackelte er mit jedem Finger einzeln, um sie aufzuwecken, und machte dasselbe dann mit seinen Zehen, Armen und Beinen. Während das Blut in seine Gliedmaßen zurückfloss, kehrte auch langsam sein Bewusstsein wieder. Wo bin ich?, fragte er sich, und im selben Moment erfasste ihn ein wilder Heißhunger nach Mamas Brownies, ein erstaunliches Gefühl, nach den vielen Monaten, in denen er gar nichts hatte essen wollen.

Tom rollte sich auf die Seite und öffnete die Augen. Die Welt lag schief. Die Bäume wuchsen seitwärts, und ein Hund pinkelte aufwärts gegen den Spielplatzzaun, woraufhin der Schnee ganz gelb wurde und Dampfschwaden seitlich in die Höhe waberten. Die natürliche Ordnung der Dinge war allein durch den schief gelegten Kopf gekippt.

Wie würde sich das anfühlen, wenn man auf den Wänden spazieren ging und sich am Fußboden anlehnte? Wenn man nach oben Schlittschuh lief und beim Hinsetzen nach unten schaute?

Tom verrenkte den Kopf, und sah einen Hund mit einem breit gewölbten Brustkorb, der einem Frisbee hinterherrannte. Die rote Scheibe wirbelte in der in eine weiße Decke gehüllten Welt. War das das Frisbee, das Papa und er letzten Sommer verloren hatten? War dieser Hund den ganzen weiten Weg bis in die Innenstadt gerannt? Konnte ein Hund überhaupt so weit laufen? Weil er das Frisbee nicht schon wieder aus den Augen verlieren wollte, verrenkte Tom den Kopf noch weiter nach hinten. Seine Wange streifte den Schnee und die Kälte ließ ihn in die Höhe fahren. Doch als er sich gegen die Wand des Gemeindezentrums lehnte, stellte er zufrieden fest, wie warm sie von der Sonne war.

Tom schloss die Augen und roch Tante Sonyas Zitronenkuchen, der fast so gut war wie Mamas Brownies, aber bevor er sich sein geliebtes Haselnusseis auf der Zunge zergehen lassen konnte, löste sich alles in Luft auf. Zwischen Enttäuschung und Wut hin und her gerissen, öffnete Tom die Augen. Jetzt war er plötzlich sehr durstig, aber das Einzige, was er schmeckte, als er sich über die Lippen leckte, war das Salz seiner Tränen.

Irgendwo zu seiner Linken kämpfte sich ein Auto durch den Schneematsch, Kirchenglocken läuteten und die Rufe einer Schneeballschlacht hallten durch die eisige Luft. »Duke, hierher!«, rief ein Mann, drüben beim Spielplatz. »Duke! Komm SOFORT her!«

Ein lautes, nasses, kehliges Keuchen übertönte die Stimme des Mannes. Tom drehte den Kopf wieder nach vorn und sah, wie der Hund direkt auf ihn zugerannt kam. Weder die Frisbeescheibe noch sein Herrchen schienen ihn jetzt noch zu interessieren. Seine wuchtigen Beine stampften wild über den Erdboden, der Schnee spritzte in alle Himmelsrichtungen und die Entfernung zwischen dem Hund und Tom schrumpfte blitzartig in sich zusammen. Tom öffnete den Mund, aber statt eines Schreies kam ein Lachen daraus hervor. Überschwänglich. Frisch. Klar.

Der Hund blieb nur wenige Zentimeter entfernt vor Tom stehen. In der frostigen Nachmittagsluft wurde sein Schweiß zu Dampf, der Sabber triefte ihm von der Schnauze und sein Atem roch ranzig. Unfähig, noch länger seinen Blick zu fokussieren, schloss Tom die Augen, und die Welt löste sich auf. Das Keuchen wurde zu Wellen, die Wellen wurden Gelächter und das Gelächter zu Tränen.

Als Tom das nächste Mal aufwachte, war der Hund verschwunden und die Sonne ebenfalls, versteckt hinter einer großen Wolke. Tom versuchte sich aufzusetzen, doch jeder einzelne Muskel brauchte eine Weile, um sich an seine Aufgabe zu erinnern. Als er sich endlich in eine aufrechte Position gehievt hatte, kam ihm nichts von dem, was ihn umgab, vertraut vor. Er war mit Nick hierhergekommen, aber was als Nächstes passiert war, blieb ein Rätsel. Wie sollte er den Heimweg finden? Tom wusste, dass Roses Haus irgendwo in der Nähe war, aber wo genau?

Er rappelte sich auf und folgte der Wand des Gemeindezentrums bis zu einer Straße, die am Park entlanglief. Die Häuser hier waren größer als die in der Claremont Street. Manche standen ganz für sich allein, mit größeren Vorgärten und ohne Zäune. Im Innern eines dieser Häuser stand eine Mutter und wiegte ein Baby in ihren Armen. Tom erwog an ihrer Tür zu klingeln und um Hilfe zu bitten, aber er tat es nicht. Was hätte er schon sagen sollen?

Stattdessen wandte er sich in Richtung Norden, bis er eine stark befahrene Straße erreichte, die von Straßenbahnschienen in zwei Teile geteilt und von schiefen, meist einstöckigen Häusern und ein paar schäbigen Geschäften gesäumt wurde. Ein Auto fuhr knapp am Bürgersteig vorbei und bespritzte Tom mit Schneematsch.

Er schaute nach links und dann nach rechts, aber er hatte keine Ahnung, in welche Richtung er sich wenden sollte. Wo war die Claremont Street? Wo war zu Hause? Links oder rechts? Rechts oder links?

*

»Hast du Tom gesehen?«, fragte Nick, als er in Wills Zimmer gestürzt kam. Seine Haare waren schweißverklebt und seine Jacke stand offen. Will stoppte die Sendung, die er sich gerade auf seinem Laptop angeschaut hatte.

»Das fragst du mich? Solltest du dich nicht um ihn kümmern?«

»Ja, nun, aber du weißt ja ... es ist ... nun ... ach egal ...«, sagte Nick und verstummte wie ein Auto, dem mit einem hässlichen Stottern das Benzin ausgeht.

Will betrachtete den verwirrten Teenager, der da vor ihm stand, und sehnte sich nach dem fidelen kleinen Kerl, der Nick früher einmal gewesen war. Ein Kind, das mit zwei Jahren anfing, Oliven zu essen, mit fünf Wörter wie »Misanthrop« korrekt verwenden konnte und lächelnd »Klar!« zu jedem auch noch so bescheuerten Einfall sagte, den Will aus dem Hut zauberte. Wie zum Beispiel in Chinatown nach dem hässlichsten T-Shirt aller Zeiten zu suchen (die Wahl war nicht leicht) oder auf einer verwahrlosten Terrasse im Kensington Market abzuhängen und den ganzen Nachmittag Cribbage zu spielen. Einmal hatte Will drei ganze Tage allein mit Nick verbracht. Rose war zu einer Bibliothekarstagung gefahren und Nick und er hatten die Zeit damit verbracht, Fernsehen zu gucken und Eiscreme mit Chips zu essen.

Aber irgendwann um Nicks letzten Geburtstag herum hatte er sich in einen dieser Klischee-Teenager verwandelt, wie man sie von diesen albernen Fernsehkomödien kannte – allerdings ohne die eingespielten Lacher. Und nun sah er total verloren aus, wie er da im Türrahmen stand, mit blutunterlaufenen Augen und unkontrolliert zuckenden Gliedmaßen. Will zog einen der Kekse mit drei verschiedenen Schokoladensorten aus seinem Geheimversteck und sofort machte Nick – wie vorherzusehen gewesen war – einen Schritt auf ihn zu.

»Siehst du«, sagte Will und stopfte sich den Keks in den Mund, »es ist nicht nett, wenn man nicht mit anderen teilt. Ich stecke hier im Bett fest, es juckt mich überall, ich habe ganz scheußliche Schmerzen, langweile mich zu Tode, und du glaubst, es sei in Ordnung, wenn du so fröhlich hier hereingerauscht kommst.«

»Ich bin nicht fröhlich.«

»Nick, ich mag ja alt sein, aber ich bin kein Idiot. Das nächste Mal, wenn du ein bisschen Stoff in deine schmutzigen kleinen Fingerchen bekommst, dann teile ihn gefälligst mit mir. Wir sind schließlich eine Familie. Du musst mir schon ein bisschen unter die Arme greifen.«

»Ich muss los, Will, echt, ich … wir … ach, egal. Ich muss jedenfalls los.«

Will sah seinen Neffen an und war auf einmal beunruhigt. »Was ist los, Nick? Wo ist Tom?«

»Na, also es ist so, weißt du, Mama hat, sie hat gesagt … also, ich dachte –«

»Ja?«

»Okay, also es ist so: Tom ist mit mir zusammen in den Park gegangen, und zuerst war alles okay, aber … aber dann sind wir zu den Schaukeln gegangen und –«

»Du hast es geschafft, dass Tom sich auf eine Schaukel gesetzt hat? Beeindruckend!«

»Also, äh, nein, also eigentlich … Carmen und ich, wir haben uns auf die Schaukeln gesetzt, nur für ein paar Minuten, allerhöchstens fünf, aber als wir zurückkamen, da war Tom weg.«

»Weg?«

»Ja, weg.«

»Willst du mich verdammt noch mal verarschen? Bitte sag, dass du mich verarschst.«

Aber das tat er nicht.

Voller Panik lief Nick in den Park zurück, um weiter nach Tom zu suchen. Will rief Rose an, aber dort meldete sich nur ihre Mailbox. Er zog kurz in Erwägung, Sonya anzurufen, aber was würde er damit erreichen? Sie würde ihm nur sagen, wie verantwortungslos er war, wie weltfremd und unreif. Und es würde sowieso Stunden dauern, bevor Sonya es in die Claremont Street schaffte. Stunden, in denen Tom erfroren sein könnte.

Will nahm das Telefon in die Hand und fing an, den Notruf zu wählen, aber er hängte auf, bevor er sich dazu durchringen konnte, die letzte Nummer einzugeben. Vielleicht war Tom ja schon auf dem Heimweg. Vielleicht würde Nick ihn ja finden, und alles würde von ganz allein gut werden. Andere um Hilfe zu bitten war etwas für Leute, die zu schwach waren, um selbst mit ihren Problemen fertigzuwerden. Ihr Vater war nie müde geworden, ihnen diese Lektion einzubläuen. Weil er selbst in einem Land aufgewachsen war, das von Diktatoren und Gaunern regiert wurde, war Tato davon überzeugt, dass echte Männer niemand anderen brauchten, um ihre Angelegenheiten zu regeln.

All das hatte Will durchaus eingeleuchtet, bis heute. Jetzt aber steckte er hier in diesem warmen Bett fest, zu Hause, in Sicherheit, während Tom irgendwo da draußen war, vollkommen allein, in der eisigen Kälte. Was, wenn er von einem Auto angefahren worden war und irgendwo in einem Krankenhaus im Sterben lag? Was, wenn er gestürzt war und jetzt unter einer Schneewehe erstickte oder ihn ein osteuropäischer Kinderporno-Ring gekidnappt hatte? Toms Schweigen mochte freiwillig sein und er könnte jeden Moment wieder anfangen zu sprechen, aber was half das jetzt? Kannte er überhaupt ihre Adresse? Den Namen der Straße, in der sie wohnten? Oder irgendeine ihrer Handynummern?

Und in diesem Moment begriff Will, dass Tatos Behauptung vollkommener Irrsinn war. Tom war verschwunden, und sie brauchten dringend Hilfe. So, wie er selbst Hilfe gebraucht hatte, als er der Länge nach am Fuß der U-Bahn-Treppe gelegen hatte, oder wie Marissa Hilfe gebraucht hatte, als sie fast ertrunken wäre – oder Mona, als sie Russells Wut zum Opfer fiel. Es war keine Schande, um Hilfe zu bitten, wenn man Hilfe brauchte. Es war vielmehr falsch, es nicht zu tun.

»Bitte«, sagte der Polizeibeamte, als er endlich eingetroffen war. »Bitte glauben Sie mir, ganz gleich, was die Medien behaupten: Neunundneunzig Prozent aller als vermisst gemeldeten Kinder tauchen vollkommen gesund und munter wieder auf. Und jetzt lassen Sie uns mal ganz von vorne anfangen. Wo sind die Eltern des Jungen?«

Will beantwortete jede Frage, so gut – und so rasch – er konnte. Denn er hatte Angst. Mehr Angst als damals, als sie klein waren und Mona ihn im Kofferraum ihres Autos eingesperrt hatte. »Was meinst du, wie lang es dauert, bis Tato merkt, dass du nicht da bist?«, hatte sie mit ihrem spitzbübischen Lächeln gefragt. Sollte es länger als eine Stunde dauern, würde Will für die nächsten drei Wochen Monas Nachtisch bekommen. »Das wird irre lustig!«, hatte Mona gesagt und den Deckel des Kofferraums zugeknallt. Aber statt nach Hause zu kommen, war ihr Vater zu einem Baseballspiel gefahren, und dann war Mona ihrer Freundin Mary begegnet und hatte Will vergessen.

Während er dort eingesperrt im Kofferraum des alten Ford Escort kauerte, wurde Will klar, dass er jetzt vollkommen allein war. In der festen Überzeugung, dass er ersticken würde, hatte Will imaginäre Abschiedsbriefe verfasst, an seine Eltern, an Sonya und Rose, aber natürlich nicht an Mona, die, wie er hoffte, von fürchterlichen Schuldgefühlen heimgesucht werden würde. Seine letzten Worte galten Mrs Petrowski, der besten Lehrerin aller Zeiten: *»Liebe Mrs Petrowski, wegen unvorhersehbarer Umstände werde ich nicht in der Lage sein, zurück zur Schule zu kommen. Das liegt aber nicht daran, dass ich mich vor der Verantwortung drücke. Ich habe die Klassenarbeit ›Der Ursprung der Welt‹ fertiggeschrieben, und Sie finden sie in der orangenen Mappe in meinem Pult. Auf ewig. Ihr Wilfred.«*

Am Ende war es Rose gewesen, der Wills Verschwinden aufgefallen war. Und sie war es auch, die Mona zum Reden gebracht und Will aus dem Kofferraum gezogen hatte. Sie hatte sich Sorgen um ihn gemacht und deshalb etwas unternommen.

Mittlerweile hatte sich die Dunkelheit über die froststarre Stadt gesenkt. Nick ging nicht ans Telefon, und Tom gehörte möglicherweise bereits zu dem einen Prozent, das niemals gefunden wurde.

»Bitte«, sagte Will zu dem Polizisten. »Bitte, tun Sie alles, was nötig ist. Wir müssen Tom finden. Er muss nach Hause kommen.«

*

Nachdem Sonya wütend davongestürmt war, blieb Rose noch lange allein in der Bibliothek sitzen. Überrascht stellte sie fest, dass sie letztlich erleichtert war. Schluss mit dem belanglosen Smalltalk, der Heuchelei und den Lügen, während sie in Wirklichkeit nichts als nur Scham empfand. Die Wahrheit war endlich ans Licht gekommen.

Rose holte ihre Handtasche unter dem Schreibtisch hervor. Im Mülleimer sah sie die Überreste von Alex' Uhr. Ein handfester Beweis dafür, wie grausam sie gewesen war, wie unbedacht. Sie hatte selbstsüchtig gehandelt, um ihre Trauer zu lindern, hatte anderen Leid zugefügt, um ihren eigenen Schmerz erträglicher zu machen. Genau wie Russell.

Rose stiegen Tränen in die Augen, so heftig, als wäre ein Damm gebrochen, der den anstürmenden Fluten nicht länger standhalten kann, und sie brach in ein unkontrollierbares Schluchzen aus. Sie ließ sich auf die Erde hinuntergleiten und weinte, wie sie es schon seit Jahren nicht mehr getan hatte. Nicht seit dem Tag, an dem sie früher als geplant aus der Schule nach Hause gekommen war und ihre Mutter tot aufgefunden hatte. Sie heulte, damals genau wie jetzt, als würde der Schmerz niemals enden. Die Tränen brannten ihr in den Augen, und ihr Make-up zerfloss.

Als sie endlich fertig war, wischte sie sich das Gesicht ab und zog ihre Bluse gerade. Dann löschte sie die Lichter und ging durch die Räume mit ihren endlosen Reihen von Büchern, jedes einzelne geschrieben von Menschen, die ihre Geschichte erzählen wollten, die hofften, weitergeben zu können, was sie im Laufe ihres Lebens gelernt hatten, die schilderten, wie sie überlebt hatten. Aber heute brauchte Rose etwas anderes als die übliche Flucht in ein Buch. Heute würde sie sich nicht in den Geschichten anderer verlieren. Sie schloss die Tür der Bibliothek hinter sich und lief die Bloor Street entlang. Sie hatte keine Ahnung, was für eine Zukunft sie erwartete, aber jetzt, in diesem Moment, wollte sie nur nach Hause, bei Nick und Will und Tom sein. Es war an der Zeit, sich um die Menschen zu kümmern, die sie liebte, und die Dinge, an denen sie gescheitert war, zu vergessen. Sie würden Pizza bestellen und sich einen Film aussuchen, den sie gemeinsam schauen konnten. Irgendetwas Leichtes, Lustiges, bei dem sie zusammen Spaß haben konnten, wie eine echte Familie, wie die Familie, die sie eigentlich sein sollten. So wie die Familie, die sie waren.

*

Während Sonya ziellos durch die Stadt fuhr, gingen ihr die Ereignisse der letzten Monate durch den Kopf. Sie selbst hatte vorgeschlagen, dass Alex Rose nach der Totenfeier heimfuhr. War das der Tag gewesen, an dem alles angefangen hatte? Was war mit den zwei leeren Gläsern in Alex' Büro? Er hatte einen schuldbewussten Eindruck gemacht, als sie einen Schluck daraus genommen hatte. Warum? Und dann war da noch Roses Widerstreben gewesen, Tom zu besuchen, während er bei ihr wohnte. Alex hatte aufgehört, Hockey zu spielen. Warum? Und wer wusste sonst noch davon? Wusste Will Bescheid? Tom!

Der Gedanke an Rache ging Sonya durch den Kopf. Sie könnte sich einen jungen Liebhaber zulegen, sich in ihrem Ehebett mit ihm verlustieren und sicherstellen, dass Alex genau rechtzeitig heimkehrte, um Zeuge ihrer beispiellosen sexuellen Befriedigung zu werden. Sie könnte einen Enthüllungsroman über ihre verräterische Schwester und ihren perfiden Ehemann schreiben. Sie könnte ihr Haus niederbrennen, spurlos verschwinden und irgendwo anders ein neues Leben beginnen, in Vancouver oder Honolulu oder vielleicht in Berlin. Aber selbst inmitten ihrer blinden Wut wusste Sonya, dass es unwahrscheinlich war, dass sie mit ihrem stetig umfangreicher werdenden Körper die Energie aufbringen würde, sich einen heißen jungen Liebhaber ins Bett zu locken. Niemand, nicht einmal sie selbst, würde eine derart jämmerliche Geschichte lesen wollen, und warum sollte sie bloß an einem so vollkommen fremden Ort wie Berlin leben?

Und dann, von einem Moment auf den anderen, hatte sie sich ausgetobt. Kraftlos und schlapp, wie ein luftleerer Ballon, genoss sie die einfachen, kalkulierbaren Bewegungen, die das Autofahren mit sich brachte – das Drehen des Lenkrads, das Einschalten des Blinkers, das Auf-die-Bremse-Treten. Wenn es nach ihr gegangen wäre, wäre sie für immer und ewig weiter im Kreis gefahren, aber dann ging ihr das Benzin aus.

Sie nahm ihr Handy und wollte gerade nach der nächstgelegenen Tankstelle suchen, als sie spürte, wie ein Ruck durch ihre Gebärmutter ging. Seit ein paar Tagen schon hatte sie diese seltsamen Bewegungen gespürt. Schmerzen. Plötzliche Krämpfe. Winzig, aber unleugbar. Von der Angst erfasst, sie könnte auf dem Weg zur nächsten Fehlgeburt sein, hatte sie sofort einen Termin bei Dr. Blumenthal gemacht und in der Zwischenzeit das Internet nach Antworten durchforstet. Demnach waren diese Symptome lediglich ein Zeichen dafür, dass ihr Baby intensiv damit beschäftigt war, sich zu vervollständigen. Es war zwar erst so groß wie eine Banane, aber bereits in der Lage, zu schlucken, zu hören und ein Häufchen zu machen.

Sonya schob die Hand unter ihre dicke Wolljacke und massierte den immer größer werdenden Hubbel darunter. Sie war überrascht gewesen, dass er weder Will noch Rose aufgefallen war, aber beide waren sehr viel begabter darin, nach innen als nach außen zu schauen. Selbst bei der Arbeit hatte niemand etwas gesagt. Als wäre sie ein Geist. Unsichtbar.

Sie war gerade im Begriff, die Telefonnummer des kanadischen Automobilclubs zu googeln, als ihr Handy klingelte. Sofort erkannte sie die Nummer des Krankenhauses. Bitte, keine verheerenden Nachrichten mehr heute, dachte sie. Bitte. Bitte. Bitte.

»Es ist alles in Ordnung«, sagte die Krankenschwester mit ihrer tiefen, rauen Stimme. »Es wurden keine chromosomalen Anomalien entdeckt.« Sie redete weiter, aber Sonya hörte ihr nicht mehr zu.

»Wirklich? Sind Sie ganz sicher?«, fragte sie immer wieder. »Hundertprozentig?«

Und so kam es, dass Sonya, just in dem Moment, als dieser fürchterliche Tag in die Nacht überging, während sie im Auto saß und ein endloser Verkehrsstrom an ihr vorüberrauschte, endlich daran zu glauben wagte, dass ihr Baby, ihre Tochter, bei ihr bleiben würde. Lily.

*

»Du hast uns eine Höllenangst eingejagt«, sagte eine Stimme und riss Tom aus dem Schlaf. Er öffnete die Augen, blieb aber auf der Bank liegen. Über ihm stand ein Mädchen im Teenageralter, das auf ihn herunterstarrte. Ihr Gesicht war mit Sommersprossen übersät, ihre Haut war fast durchsichtig und ihr rasierter Kopf kam ihm irgendwie bekannt vor. Gehörte sie zu Nicks Freunden? Coco? Candice? Carmen? Die Gedanken sickerten allmählich in Toms immer noch betäubtes Gehirn zurück. Ja, das war es: Carmen. Das Mädchen, das Nick gut fand, die, die er immer versuchte zu beeindrucken.

»Wir waren bloß zehn Minuten weg, Mensch«, sagte Carmen und zog ihr Handy aus der Tasche. Sie redete weiter, während ihre Finger über das Display flogen. »Allerhöchstens. Wo bist du denn hingelaufen? Wir haben dich verdammt noch mal überall gesucht. Nick kriegt echt fürchterlichen Ärger. Ich habe jetzt schon Mitleid mit ihm. Rutsch mal was zur Seite, okay?«, fügte sie hinzu, nachdem sie damit fertig war, eine Nachricht in ihr Handy zu tippen. »Ich muss mich erholen, von dieser ganzen Herumrennerei.«

Tom setzte sich auf und sah sich um. Ach ja, richtig, er befand sich in dem Wartehäuschen einer Straßenbahnhaltestelle, direkt vor einer großen steinernen Kirche. Er hatte Schutz vor dem Schnee gesucht, der irgendwann zu fallen begonnen hatte, und sich auf die Bank gesetzt, um zu überlegen, was er als Nächstes tun sollte. Aber dann musste er eingeschlafen sein, denn jetzt war es dunkel.

Tom rutschte zur Seite, damit Carmen sich setzen konnte. An ihren geröteten Wangen liefen Schweißtropfen herab. Da sie immer noch schnaufte, zog sie sich ihren Anorak aus und gab dabei für einen kurzen Moment den Blick auf ihren nackten Arm frei, bevor sie den Ärmel ihres Pullovers herunterziehen konnte. »Hoppla!«, sagte sie mit einem unsicheren Lachen. »Vielleicht ist es keine so gute Idee, einen Striptease im Wartehäuschen zu veranstalten.«

Aber Tom hörte ihr nicht mehr zu. Über Carmens Arm zog sich ein Zickzackmuster aus unzähligen Narben. Manche Schnitte sahen dünn und zaghaft aus, so wie die, die er selbst ganz am Anfang gemacht hatte. Andere waren tiefere, dunklere, grimmigere Wunden, so wie die, an denen er im Augenblick arbeitete.

»Ich mache das, seit ich elf bin«, sagte Carmen. »Wenn du mich deswegen verurteilen willst, dann nur zu, aber ich finde, das wäre total dumm und ignorant und unreif.«

Tom zögerte, aber dann schob er seinen Ärmel hoch. Die Wunden zogen sich an seinem ganzen Arm bis zur Schulter hinauf. Manche waren schon verblasst und fast unsichtbar, außer der, die sich ganz nah an seiner Achselhöhle befand und die aussah wie ein Stacheldraht-Tattoo.

»Ach du Scheiße«, sagte Carmen und berührte sanft seine empfindliche Haut, sorgfältig darauf bedacht, nicht zu fest zuzudrücken. »Das ist ja echt abgefahren, Mensch.«

Tom zog den Ärmel wieder herunter. Es war total bescheuert, was er da gerade machte. Er war total bescheuert. Das hier war sein Geheimnis, das mit niemandem geteilt werden durfte, am allerwenigsten mit einem vollkommen fremden Mädchen.

»Wir sind nicht die Einzigen, die das tun«, sagte Carmen, als hätte sie seine Gedanken gelesen. »Im Internet kannst du jede Menge Leute wie uns finden. Die tun, was gemacht werden muss, um zu überleben. Die sich ritzen, um sich lebendig zu fühlen. Ich weiß ja nicht, wie es für dich ist, aber ich liebe es, dabei zuzusehen, wie sie heilen. Das gibt mir das Gefühl, als könnte das Leben irgendwann doch wieder besser werden. Also diese ganzen Seelenklempner mit ihrem besserwisserischen Gequatsche, die können mich mal. Ich werde nicht mit dem Ritzen aufhören. Auf gar keinen Fall.«

Tom schaute Carmen an und sie erwiderte seinen Blick, ohne zu blinzeln. Wie erstaunlich, dass es andere Menschen gab, die auch versuchten, mit Schmerzen ihre Gedanken zum Verstummen zu bringen. Eine junge Frau überquerte die Straße, ohne sich um die hupenden Autos zu scheren, und Tom fragte sich, ob auch sie wusste, wie man die Welt mithilfe eines scharfen Schnittes auf Abstand hielt.

Als sie in der Claremont Street ankamen, schlüpfte Tom ins Haus und Carmen machte sich aus dem Staub, ohne sich zu verabschieden. Tom rannte nach oben in sein Zimmer, wurde jedoch von einem Polizisten aufgehalten, der gerade aus dem Badezimmer kam. »Na, sieh mal einer an, wen haben wir denn da?«, fragte er mit tiefer, dröhnender Stimme. »Wusste ich's doch, dass du von ganz allein wiederauftauchen würdest.«

»Du bist wieder da!«, rief Onkel Will. Er klang wütend, sah aber erleichtert aus. »Wo zum Teufel warst du?«

Um der unangenehmen Situation zu entrinnen, starrte Tom einen Riss in der Decke an.

»Dein Onkel hat sich fürchterliche Sorgen gemacht«, sagte der Polizist. »Und in der ganzen Stadt sind Streifenwagen unterwegs, um nach dir zu suchen. Das ist eine Verschwendung von Steuergeldern, und das nur wegen so einem dämlichen Schabernack. Aber alles, was man tut, hat Konsequenzen. Du bist alt genug, um das zu wissen. Also, jetzt heraus damit! Was ist passiert?«

Tom steckte die Hand in die Hosentasche und umklammerte seine Mundharmonika.

»Hallo!« Der Polizist brüllte jetzt fast. »Hast du gehört, was ich gesagt habe? Was ist passiert?«

»Er hört sehr gut«, warf Onkel Will ein. »Aber ich habe Ihnen doch schon erklärt, dass er nicht spricht.«

»Gut und schön. Aber ich brauche diese Information für meinen Bericht.«

»Er wird jetzt nicht einfach mit dem Reden anfangen, nur weil Ihnen das gerade so passt. Also so weit ich das verstanden habe, ist ...« Aber Tom hatte genug. Rasch setzte er die Mundharmonika an die Lippen und blies, so fest er konnte.

»Also gut, Tom. Du hast gewonnen«, sagte Onkel Will. »Und jetzt zieh Leine!«

Tom knallte zitternd vor Wut die Zimmertür zu. Er war nicht weggelaufen, ihn traf nicht die geringste Schuld. Die anderen hatten ihn in der Kälte allein gelassen. Ohne jeden Grund. Er zog seinen Koffer aus dem Schrank und klappte ihn auf. Ironhides Scheibenwischer waren verschwunden, Bumblebees Kopf steckte verkehrt herum auf seinem Körper und Powerglides Arme waren zerbrochen. Diese Armee von Transformern war total jämmerlich. Genau wie er selbst.

Tom warf Powerglide quer durchs Zimmer, dicht gefolgt von Brawl, Ratchet und Jazz. Megatron landete direkt im Müll, zusammen mit Optimus Prime, dem Maple-Leaf-Pullover und den Büchern, für die Tom schon längst zu alt war. Er zögerte kurz, als er die Bart-Simpson-Schneekugel in der Hand hielt, aber bei der Erinnerung an Old Orchard Beach, an sein erstes Salzwasser-Toffee, an das Lachen seiner Mutter wurde ihm speiübel. Also nahm er die Kugel und schmetterte sie gegen die Wand. Noch eine unerwünschte Erinnerung, die er jetzt los war.

Schließlich war nur noch ein einziger Gegenstand übrig: Mamas blaues Fotoalbum. Tom öffnete das Buch, wie er es schon so unendlich oft getan hatte, und hoffte, hier Trost zu finden, so wie früher. Auf dem ersten Foto war er weniger als eine Stunde alt. Seine Fäuste steckten in winzigen weißen Handschuhen und seine Stirn war so runzlig wie die eines alten Mannes. »Erzähl mir noch mal von dem Tag, an dem ich geboren wurde«, hatte er seine Mutter immer wieder gebeten. Er hatte nicht genug bekommen können von den Geschichten über eine Zeit, an die er sich selbst nicht erinnern konnte, und von all den Einzelheiten, die er zu vergessen fürchtete.

»Ich hatte ein Omelett mit Waldpilzen gegessen«, begann Mama zu erzählen. »Und als mein Bauch sich dann so komisch anfühlte, da dachte ich zuerst, es wäre vielleicht eine Lebensmittelvergiftung.«

»Aber dann hast du dir in die Hose gemacht«, unterbrach sie Tom. Das war nämlich der Teil der Geschichte, den er am besten fand.

»Ja, mein Spatz. So was in der Richtung«, gab Mama mit einem Lächeln zu.

»Und dann ist Papa ausgerastet?«

»Zuerst war er ganz aufgeregt und hat diesen Tanz gemacht, weißt du, den, wo er runter auf die Knie geht und herumwirbelt, bis er umfällt? Na, egal, wütend wurde er erst, als er die Autoschlüssel nicht finden konnte.«

»So ganz schlimm wütend?«

»Nein, nicht ganz schlimm. Wie auch immer, wir haben uns dann ein Taxi genommen und –«

»Und was hat die Krankenschwester gesagt, als du ihr erzählt hast, dass ich ganz bald rauskommen würde?«

»Sie hat gesagt: ›Vollkommen ausgeschlossen! Das dauert

noch Stunden!‹ Und dann ist sie eine Zigarette rauchen gegangen.«

Das war immer der Moment, in dem Mama ihn in ihre Arme nahm, als wäre er noch ein kleines Baby, das man verhätscheln musste. »Aber du warst damals schon genau wie jetzt: ungeduldig und von der ganz schnellen Truppe. Weniger als eine Stunde später warst du da.«

Während Tom das Album jetzt durchblätterte, betrachtete er das Foto von sich selbst als Baby, wie er in der Küchenspüle gebadet wurde. *Juni 2009: Mein Sohn der Fisch,* las Tom in Mamas winziger Schrift. Als Nächstes fand er das Foto von Papa, wie er den Kinderwagen vor sich herschob, während er gleichzeitig ein Buch las, mit der Unterschrift: *März 2010: Multitasking.* Dann noch ein weiteres Bild von ihm selbst, mit Insektenstichen übersät. *August 2015,* las er. *Die Invasion der Killerbienen.* Und als Letztes sein neunter Geburtstag: *8. Januar 2018: Tom pustet die Kerzen aus. Neun Jahre alt!* Er betrachtete sein eigenes lächelndes Gesicht, so voller Vorfreude, so jung und ahnungslos und dumm.

Der erste Riss fiel schwer, aber dann, als sich immer mehr Fetzen von Mama zu Schnipseln von Papa gesellten und sich die Vergangenheit in ein Puzzle verwandelte, das niemals wieder zusammengesetzt werden konnte, da fühlte Tom nichts als eine überwältigende Erleichterung.

»Was zum Teufel?«, brüllte Nick, als er zwanzig Minuten später ins Zimmer kam. Er hechtete quer durchs Zimmer und warf Tom zu Boden. Tom gab auf, ohne sich zu wehren, und lag da wie eine gestrandete Schildkröte. »Das ist echt total daneben«, sagte Nick und ließ angewidert von ihm ab.

Tom bewegte sich nicht. Nick stand wieder auf. »Ich habe

dir doch gesagt, dass du auf uns warten sollst. Warum hast du nicht gewartet? Warum musst du alles immer so verdammt kompliziert machen? Du bist echt ein Scheißkerl.«

»Verpiss dich, du Arsch.«

Moment. Hatte er das gerade tatsächlich gesagt? Tom war sicher, dass Mama jetzt enttäuscht von ihm sein würde, weil er so ungezogen war. Aber Mama konnte nicht mehr mit ihm schimpfen. Mama war tot. Und er, er war immer noch hier. Und musste sich mit dem bescheuerten Nick und seinen dämlichen Lügen herumschlagen.

»Wow. Das ist das Erste, was du nach so langer Zeit zu sagen hast?«, fragte Nick. »Abgefahren.«

»Lass mich in Ruhe«, sagte Tom. Seine Stimme klang energisch, trotz der langen Pause. Dann hob er den kümmerlichen Rest des zerfetzten Fotoalbums auf und betrachtete ein unversehrt gebliebenes Foto von sich selbst und Papa, unter dem *Kanadische Landesausstellung* stand. Sie waren letztes Jahr dort hingegangen, um Achterbahn zu fahren und den Schafen Hallo zu sagen. Dann hatten sie so viele Würstchen im Teigmantel gegessen, dass ihnen der Bauch wehtat, und ein riesiges Lebkuchenherz für Mama mit nach Hause gebracht.

Drei Risse später war auch diese Erinnerung weg.

»Hör auf damit. Es reicht«, sagte Nick und griff nach dem Album, aber Tom weigerte sich, es loszulassen. Er war es satt, nachzugeben. Aufzugeben. Und so kam es, dass sich die beiden Jungen plötzlich in einer Pattsituation wiederfanden, bei der jeder an seiner Ecke des Albums zog, fest entschlossen, sich durchzusetzen.

»Was ist denn hier los?«, verlangte Tante Rose zu wissen. Sie betrat den Raum genau in dem Moment, als das Album in zwei Stücke zerriss. »Nick, spinnst du?«

»Das fragst du mich? Er hat mich gerade einen Arsch genannt und mir gesagt, ich soll mich verpissen.«

»He, drück dich gefälligst nicht so vulgär aus!«

»Sag ich doch.«

*

Als Nick endlich das Zimmer verlassen hatte, war Tom bis zum hintersten Ende seines Betts zurückgewichen und hatte seinen Kopf zwischen den Knien vergraben. Weil Rose nicht recht wusste, was sie als Nächstes tun sollte, fing sie an aufzuräumen. Sie warf die zerstückelten Transformer zurück in den Koffer und fegte die Glasscherben, die geschredderten Fotos und die Überbleibsel von Monas Album zusammen. Aus einem der Fotoschnipsel strahlte ihr Toms schokoladenverschmiertes Gesicht entgegen, neben ihm stand ein halb aufgegessener Kuchen. Weder Nick noch sie selbst waren zu Toms letztem Geburtstag eingeladen worden, und jetzt schämte Rose sich, dass sie das nie hinterfragt hatte. Wie leicht es doch war, diejenigen aus den Augen zu verlieren, die verschwinden wollten.

»Du musst damit aufhören«, sagte Rose schließlich.

»Warum?«

»Wie bitte?« Rose trat überrascht einen Schritt zurück. Also hatte Nick recht gehabt. Tom hatte wieder angefangen zu reden.

»Warum muss ich damit aufhören?«, wiederholte Tom. Er sprach so seelenruhig, als wären die letzten sechs Monate des Schweigens nichts weiter als ein winziger Riss in einer ansonsten vollkommen perfekten Landschaft der menschlichen Kommunikation gewesen. Als könnte er einfach da weitermachen, wo er aufgehört hatte. Genau wie Ms Colter es vorhergesagt hatte.

Rose setzte sich aufs Bett. Nah, aber nicht so nah, dass sie ihn berührte. »Du musst damit aufhören«, flüsterte sie, voller Angst, sie könnte Tom wieder in sein Schneckenhaus zurückscheuchen, »weil der Einzige, dem du damit wehtust, du selber bist.«

»Das stimmt nicht«, entgegnete Tom, der ihr jetzt geradewegs in die Augen schaute. Alles Zögern und alle Angst waren verschwunden, und was blieb war eine gewaltige Traurigkeit.

»Das, was dir passiert ist ... «, begann Rose, aber dann zögerte sie. Was, wenn Tom sie durchschaute? Was, wenn er schon längst herausgefunden hatte, dass sie eine Hochstaplerin war? Dass sie keinen Zauberschlüssel besaß, keine tiefe Weisheit, die sie vermitteln konnte, und dass sie nicht die geringste Ahnung hatte, was die Zukunft bringen würde?

»Was dir passiert ist«, sagte sie schließlich in dem Wissen, dass das Einzige, was sie ihm anbieten konnte, ihre eigene, subjektive Version der Wahrheit war, »ist das Schrecklichste, was man sich nur vorstellen kann. Deine Eltern sind auf die entsetzlichste Weise umgekommen, und das ist eine Bürde, mit der du lernen musst zu leben. Wir alle müssen das. Aber so unmöglich dir das in diesem Moment auch vorkommen mag, wir werden das schaffen. Zusammen.«

Und dann lehnte Tom sich vor, direkt in ihre Arme, wie ein kleines Kind, das festgehalten werden möchte. Mit einem unermesslichen Gefühl der Erleichterung zog Rose ihn noch näher an sich heran und schwor, ihn nie wieder loszulassen.

*

Sonya saß an ihrem Küchentisch, ohne sich die Mühe zu machen, das Licht einzuschalten. Sie kam sich winzig vor in diesem riesigen leeren Haus. Allein. Sie hörte ein Knarren in der Diele, aber glücklicherweise war es nicht Alex. Sie brauchte Zeit, um sich zu überlegen, was sie diesem Arschloch sagen wollte. Sie war hin und her gerissen, gestrandet auf einer Insel der Unentschlossenheit. Einerseits wollte sie ihren betrügerischen Ehemann in die Wüste schicken, andererseits fühlte sie sich verpflichtet, dafür zu sorgen, dass Lily einen Vater, eine Familie und ein Zuhause hatte. Kaum hatte sie sich entschieden, um Lilys willen durchzuhalten, da kippte ihr Entschluss schon wieder. Was würde sie ihrem Kind damit beibringen? Dass verlogene Betrüger ihre Schwägerinnen vögeln können und danach trotzdem zufrieden bis ans Ende ihrer Tage leben dürfen?

»Bin ich heute dran mit Kochen?«, fragte Alex. Seine Stimme riss Sonya aus ihren Gedanken. »Wie wär's mit Pizza?«

Sonya schaute auf und sah ihren Ehemann in der Küchentür stehen. Er lächelte, als wäre es ein Tag wie jeder andere. Als könnte das Leben einfach so weitergehen. Wie lange stand er schon dort, fragte Sonya sich. Wie lange schon schlich er sich unbemerkt durch die Gegend und baute seinen Scheiß direkt vor ihrer Nase? Ohne Angst zu haben, dass sie ihn ertappen könnte?

Alex schaltete das Licht ein. »Was wäre dir am liebsten, eine Capricciosa oder eine mit Spinat und Tomaten oder –«

»Am liebsten wäre mir, wenn du meine Schwester nicht gefickt hättest.«

»Wie bitte?«

»Verkauf mich nicht für dumm. Das macht alles nur noch schlimmer.«

»Sonya, es ist nicht, was du –«

Aber bevor er den Satz beenden konnte, stand Sonya auf

und verließ die Küche. Auf der Türschwelle schaute sie noch einmal zurück, um einen letzten Blick auf ihren Ehemann zu werfen, aber die Person, die sie einmal geliebt hatte, war kaum noch zu erkennen. Irgendwann im Laufe der Jahre war Alex' jugendliche Kraft in Gleichgültigkeit übergegangen. Zufriedenheit war zu Selbstzufriedenheit geworden und nun hatte er ihren gemeinsam abgelegten Eid gebrochen, sich zu ehren und zu lieben, bis dass der Tod uns scheidet.

Sonya ging ins Wohnzimmer, um ihre Schwester zu besuchen. Mona lächelte noch immer, aber die Blumen, die neben ihrem Foto standen, waren schon lange zu Staubfängern verkümmert. Neben der Urne stand die Kerze, die Rose ihr geschenkt hatte. Sonya las das Wort, das darauf stand – *Hoffnung* –, und schnaubte verächtlich. Was für ein Witz, den ihre Schlampe von einer Schwester sich da ausgedacht hatte. In der *Hoffnung,* dass du es nicht rausfindest, Sonya? In der *Hoffnung,* dass du so dämlich bist wie du aussiehst? In der *Hoffnung,* dass es dir egal ist?

Sonya war drauf und dran, die Kerze wegzuschmeißen, zusammen mit den anderen drei Kerzen, auf denen *Vertrauen, Liebe* und *Glaube* stand, aber dann überlegte sie es sich anders. Mochte es noch so erbärmlich sein, aber das, was Sonya in diesem Augenblick am meisten brauchte, war Beistand. Mehr noch als Rache. Denn wie war es möglich sich aus der Erstarrung zu lösen, wenn sogar die winzigste Veränderung schmerzte?

Und dann hatte Sonya eine Idee. Sie stellte *Hoffnung, Vertrauen, Liebe* und *Glaube* nebeneinander auf den Sofatisch und zündete die Kerzen an, eine nach der anderen. Dann hob sie Monas Urne hoch und schmiegte sich den Marmor besänftigend an ihre Wange. Die Urne fühlte sich schwer an, eine Schwere, die etwas Beruhigendes hatte. Sonya schloss die Augen und hörte, wie ihre Schwester lachte, roch ihren Zitronenduft, sah zu, wie sie vom Steg in den See sprang. Mona, ihre Schwester, Toms Mutter, ein geliebtes Wesen, das jetzt nur noch ein Haufen Asche war, der weniger als vier Pfund wog. Kaum das Gewicht eines Sacks voll Mehl. Einer gusseisernen Pfanne. Eines winzigen Hundes.

Sonya zog ihre Bluse hoch, packte sich *Vertrauen* und rollte Monas Urne auf ihrem schwangeren Bauch hin und her, in der Hoffnung, dass das Licht und der Druck das Baby aufwecken würden.

»He, Lily, guck mal, das ist Mona. Sie ist meine kleine Schwester und –«

»Scheiße, Sonya, was geht denn hier vor?«, fragte Alex, der gerade ins Wohnzimmer gekommen war.

Überrascht ließ Sonya die Urne aus ihren Armen gleiten.

»Mann, du bist aber echt seltsam drauf heute«, sagte Alex und fing die Urne auf, bevor sie auf die Erde fallen konnte. »Gib mir das lieber mal.«

»Lass uns allein«, sagte Sonya und wich zurück.

»Geht es dir nicht gut, Sonya? Möchtest du, dass ich dir einen Tee koche?«

»Nein, ich möchte, dass du aus meinem Leben verschwindest.«

Kaum waren ihr diese Worte über die Lippen gekommen, wusste sie, dass das die Wahrheit war. Sie und Alex waren nicht füreinander da gewesen, als es am meisten darauf angekommen war, also würden sie jetzt auch nicht zusammen alt werden. Sie würden nicht über irgendwelche Witze lachen, die sonst niemand komisch fand, sie würden ihren mit leuchtenden Augen vor ihnen sitzenden Enkelkindern nicht erzählen, wie sie sich kennen und lieben gelernt hatten, und sie würden auch nie zusammen auf irgendeiner Parkbank sitzen und sich die runzligen Hände halten. Diese Tür schloss sich, und Sonya hatte kein Interesse daran, sie auch nur einen Spaltbreit offen zu halten.

»Ich weiß, dass das, was ich getan habe, falsch war«, sagte Alex. »Aber nach all diesen Jahren habe ich doch wohl eine zweite Chance verdient.«

»Nachdem du meine Schwester gefickt hast?«, entgegnete Sonya. »Ich denke, nein.«

Noch überraschender als ihre plötzliche Gewissheit war das überwältigende Gefühl der Erleichterung. Ein Vertrauensbruch ließ sich nicht ungeschehen machen, genauso wenig, wie man verlorene Unschuld zurückgewinnen konnte. Wenn sie eines aus Monas Tod gelernt hatte, dann das: Sie musste aufhören, in einer Fantasiewelt zu leben, und stattdessen lernen, die Realität so zu akzeptieren, wie sie nun mal war.

»Es kommt nichts Gutes dabei heraus, wenn man eine Lüge lebt«, sagte Sonya. Ihre Entschiedenheit war nun so schneidend wie die Luft an einem sonnigen Wintertag. »Wir sind fertig miteinander, Alex. Verschwinde!«

Weil sie nicht zusehen wollte, wie Alex packte, zog Sonya sich in ihr Nähzimmer zurück. Sie suchte die fröhlichsten Stoffe hervor, gelb, grün, rot und rosa, und begann mit der Arbeit. Sie nahm Maß, schnitt zurecht und ließ den Stoff durch ihre Maschine gleiten. Die Nähte waren kerzengerade und makellos, so beruhigend inmitten einer Welt, in der alles schiefgegangen war. Als sie fertig war, schnitt sie die losen Fäden ab und begutachte ihre Handarbeit: Eine Girlande aus dreizehn Dreiecken, die sie über Lilys Bett hängen würde. Später würde sie auf jedes Dreieck einen Buchstaben sticken und damit HAPPY BIRTHDAY buchstabieren. Eine alljährliche Erinnerung, nicht nur an den Tag, an dem Lily geboren sein würde, sondern auch an die Zeit vor ihrer Geburt, als Sonya schwanger und allein gewesen war. Als es niemand gegeben hatte, den sie hätte lieben können.

Sonya wusste, dass sie gescheitert war. Sie hätte nicht unter Vorspiegelung falscher Tatsachen aus Montréal zurückkehren sollen. Sie hätte nicht vor dem Leben, das sie so liebte, zurückschrecken sollen, nur weil es schwierig war. Sie hätte nicht einen Mann heiraten sollen, der ihrer nicht wert war, nur um ein Loch in ihrem Herzen zu füllen. Sie hätte für Mona da sein müssen, ganz gleich, wie sehr Mona sich gegen jede Einmischung gewehrt hatte, und sie hätte für Tom da sein müssen, selbst wenn sie nicht gewusst hatte, wie.

Sonya zückte ihr Handy und wählte Rays Nummer. Nach allem, was geschehen war, würde sie nun nicht mehr so tun, als verhielten sich die Dinge anders, als sie in Wirklichkeit waren.

»Es tut mir leid, Sie so spät zu stören«, sagte sie. »Aber wir müssen über Tom reden. Ich bin sein gesetzlicher Vormund. Das ist es, was Mona gewollt hat. Bitte helfen Sie mir, ihn zu mir zurückzuholen.«

*

»Also gut«, sagte Rose, ohne sich hinzusetzen, obwohl Ray sich schon längst in dem alten Sessel niedergelassen hatte. »Nick ist ein Hohlkopf mit einem Spatzenhirn. Er hat einen Fehler gemacht, einen gewaltigen Fehler, das will ich gar nicht abstreiten. Ganz klare Sache. Aber es tut ihm fürchterlich leid, ganz ehrlich und aus tiefstem Herzen. Teenager haben manchmal diese komischen Aussetzer in ihrem Urteilsvermögen. Neulich erst haben wir eine Sendung gesehen, da wurde erklärt, dass der vordere Teil des Gehirns bei Teenagern einfach noch nicht voll ausgebildet ist. Deshalb treffen sie auch manchmal so total irrationale Entscheidungen, während sie andererseits –«

»Rose. Du musst mich nicht über das idiotische Verhalten von Teenagern aufklären«, sagte Ray. »Ich bin Sozialarbeiter. Also bitte, setz dich doch mal.«

»Es war ein Fehler, Ray. Ein einziger Fehler. Wir müssen doch jetzt nicht päpstlicher sein als der Papst. Wir machen alle mal Fehler. Und außerdem ist Tom ja jetzt wieder zu Hause und es ist ihm nichts passiert – oh, und ich habe tolle Neuigkeiten, die ich dir unbedingt noch erzählen muss –«

»Rose«, unterbrach Ray. »Ich gebe ja zu, dass jetzt alles wieder in Ordnung ist. Aber so wird durchaus nicht jeder diese Situation beurteilen. Tatsache ist, dass dein kiffender Sohn es zugelassen hat, dass Tom ebenfalls gekifft hat, nur um ihn dann im Park mutterseelenallein zu lassen. Dein Bruder hat dir Geld geklaut, hat Tom auf die Rennbahn mitgenommen und sich dann in Toms Beisein in einen Streit verwickeln lassen, der zu einer schweren Körperverletzung führte. Du weißt es doch selbst – heutzutage können Eltern schon dafür in Schwierigkeiten geraten, dass sie ihre Kinder allein zum Spielplatz gehen lassen.«

»Also das ist absolut lächerlich.«

»Da gebe ich dir recht, aber so sind die Zeiten, in denen wir leben. Aber egal, das ist gar nicht das, was ich eigentlich besprechen wollte.«

»Ach nein?«

»Setz dich doch bitte.«

Rose wusste, dass man sich nur für die Überbringung der

allerschlimmsten Nachrichten setzen musste, also blieb sie stehen.

»Deine Schwester hat heute früh meinen Vorgesetzten aufgesucht. Sie behauptet, dass du nicht in der Lage bist, hinreichend für Tom zu sorgen, und hat deswegen ihren Anspruch auf Vormundschaft geltend gemacht.«

Rose konnte es nicht fassen. Sie hatte gedacht, Sonya würde nach Hause gehen, um sich auszuheulen und vielleicht noch Alex mächtig in den Hintern zu treten, aber das hier? Das war unterste Schublade, sogar für sie. »Ach, komm schon, Ray, das ist doch nur eine billige Retourkutsche. Das kann man nicht ernst nehmen.«

»Eine Retourkutsche? Wofür denn?«

»Dafür, dass ich mich wie ein Idiot verhalten habe. Aber egal, Sonya konnte nicht mit Tom klarkommen, als sie die Gelegenheit dazu hatte. Weshalb sollte sie es also jetzt schaffen?«

»Bruce ist ebenfalls dieser Ansicht, deshalb hat er entschieden, dass –«

»Wer ist Bruce?«

»Mein Vorgesetzter. Bruce Colburn. Er hat entschieden, dass zum gegenwärtigen Zeitpunkt weder du noch deine Schwester in der Lage sind, eine angemessene Versorgung für Tom zu gewährleisten, weshalb er in die Obhut einer Pflegefamilie gegeben werden wird, und zwar so lange, bis eine vollständige psychiatrische Einschätzung vorliegt und eine langfristige Lösung gefunden werden kann.«

»Ist das dein Ernst?«, fragte Rose und setzte sich, denn ihre zitternden Beine gaben unter ihr nach. »Das ist doch wohl nicht dein Ernst, oder?«

Toms kümmerliche Habseligkeiten waren im Nu zusammengepackt. Ein paar Kleider, einige Bücher, die wenigen Transformer, die seinen Wutausbruch überlebt hatten, und eine Tüte Chips für unterwegs. Das Haus der Pflegefamilie, bei der Tom wohnen würde, bis »eine langfristige Lösung« gefunden werden konnte, lag am nördlichen Stadtrand Torontos, aber Rose kam es wie das andere Ende der Welt vor.

Sie schloss den Koffer und sah sich um. Tom hatte ein halbes Jahr bei ihnen gewohnt, aber es gab nicht die geringsten Anzeichen dafür, dass er jemals sein Leben mit ihnen geteilt hatte. Keine Bilder, die er gemalt, keine Schulprojekte, die er angefangen hatte, nicht einmal ein Strich am Türrahmen, um sein Wachstum zu messen. Wenn erst einmal die aufblasbare Matratze im Keller verschwunden war, würde dieses Zimmer von einem Moment auf den anderen wieder zum alleinigen Refugium eines Vierzehnjährigen werden, und jegliche Spur von Tom wäre ausgelöscht.

Rose ging nach unten, wo Tom stand und wartete. Er hatte den Reißverschluss an seinem Anorak bereits geschlossen. Als könnte er es kaum erwarten, das Haus in der Claremont Street zu verlassen, befürchtete Rose.

»Wir holen dich wieder zu uns zurück, noch vor Weihnachten«, sagte sie.

»Das werden wir versuchen, Rose«, warf Ray ein. »Aber mach lieber keine Versprechungen, die du nicht halten kannst.«

»Komm, verabschiede dich von Will«, schlug Rose vor und musste sich schwer zusammenreißen, um nicht in Tränen auszubrechen. Sie hatte gewusst, dass es verabscheuungswürdig gewesen war, mit ihrem Schwager Sex zu haben, aber es war ihr niemals in den Sinn gekommen, dass Tom durch ihr rücksichtsloses Verhalten zu Schaden kommen würde. »Nun geh schon«, fügte sie hinzu, als Tom sich nicht von der Stelle rührte. »Er ist sowieso schon total fertig, mach es nicht noch schlimmer.«

Genau in diesem Moment kam Nick die Treppe herunter und drückte Tom eine schwere Plastiktüte in die Hand. »Für dich«, sagte er.

»Echt?«, fragte Tom. »Alle sechs Bände?«

»Na klar. Alle sechs Bände«, antwortete Nick. »Aber mach sie nicht kaputt oder so.«

»Auf keinen Fall«, sagte Tom. »Sie sind ja schließlich Sammlerstücke.«

»Ganz genau.«

»Wow! Also redet er tatsächlich ganz normal«, sagte Ray. »Erstaunlich.«

»Tja«, sagte Rose, »entgegen der landläufigen Meinung halte ich es meistens mit der Wahrheit.«

*

»Es war total dämlich von mir, die Polizei zu rufen«, sagte Will, sobald Tom sein Zimmer betreten hatte. »Es tut mir leid, ganz ehrlich.«

Tom zuckte mit den Schultern, und Will konnte es ihm nicht verübeln. ›Es tut mir leid‹ zu sagen war leicht, aber das Geschehene ungeschehen zu machen, das war unmöglich. Es war seine Schuld, dass Tom zum dritten Mal in diesem Jahr sein Zuhause verlor und in irgendein gottverlassenes Drecksloch geschleppt wurde. Sein Schicksal lag nun in der Hand des Familiengerichts. Wäre er doch nur nicht in Panik geraten, dann könnten sie sich jetzt zusammen *Storm Chasers* anschauen und Eiscreme mit Chips in sich hineinstopfen.

»Ich komm dich besuchen«, sagte Will, aber er schämte sich sofort wegen dieses leeren Versprechens. Zwar würde man ihm in vier Tagen die Gipsverbände abnehmen, aber wie sollte er es den ganzen weiten Weg nach North York schaffen und was sollte er dort überhaupt? Im Haus fremder Leute sitzen, über irgendwelches belangloses Zeug mit einem Jungen quasseln, der ohnehin kaum sprach, und so tun, als wäre alles bestens?

Tom wandte sich zum Gehen.

»Und vergiss nicht, immer fleißig auf deiner Mundharmonika zu üben, damit du mir ein Lied vorspielen kannst, wenn du wieder nach Hause kommst.«

»Danke«, sagte Tom.

»Im Ernst jetzt? Du redest sechs Monate lang kein Wort, und dann ist das Erste, was du sagst, ›Danke‹«?

»Ach komm«, sagte Tom lächelnd. »Das war nicht mein erstes Wort, und das weißt du genau.«

Dann holte er die Mundharmonika aus der Tasche, atmete tief ein und brachte einen so wahrhaftigen, herzzerreißenden Klagelaut hervor, dass Will die Tränen in die Augen schossen. Es war so unendlich viel Trauer in diesem kleinen Jungen, und jetzt erst hatte er einen Weg gefunden, zumindest einen Teil davon herauszulassen.

*

Sonya streckte sich. Sie genoss es, dass das Bett nun ihr allein gehörte. Jetzt musste sie sich nicht mehr mit einem winzigen Streifen am linken Rand begnügen. Ihr Schlaf wurde weder durch lautes betrunkenes Schnarchen noch durch irgendwelche Toilettenbesuche um drei Uhr morgens noch unverständliches Gemurmel gestört. Das Schlimmste waren Alex' immer wiederkehrende Albträume gewesen, in denen er während eines Sturms in einem Zelt gefangen war. Sonya hatte nicht die leiseste Ahnung, warum er ausgerechnet diesen Traum immer wieder träumte oder warum er nicht einfach den Reißverschluss an der Zeltklappe öffnen und nach draußen gehen konnte, aber die Vorstellung, in einem nassen orangefarbenen Zelt gefangen zu sein, quälte Alex nun schon seit Jahren. Manchmal steckte er in einem Schneesturm fest oder auch in einem sintflutartigen Regen. Dann gab es noch Schlangen, Bären oder mordlustige Motorradfahrer. Einmal war sogar eine Nymphomanin aufgetaucht, aber Alex hatte sich geweigert, Details über sie preiszugeben.

Andererseits würde es aber auch kein Frühstück im Bett mehr geben. Keinen Sex um Mitternacht. Niemanden, an den man sich kuscheln konnte, keinen Puffer zwischen ihr und ihren Ängsten. Letzte Nacht war Sonya aus dem Schlaf hochgefahren, ihr war der kalte Angstschweiß ausgebrochen und ihre Gedanken hatten sich in immer enger werdenden Kreisen gedreht. Wer würde den Motor des Autos warm laufen lassen? Das Kinderbettchen zusammenbauen? Würde sie je Zeit zum Schlafen haben, wenn Lily erst einmal da war? Was, wenn sie in eine postnatale Depression verfiel? Auch würde sie jetzt wieder arbeiten gehen müssen. Würde Lily es in der Kindertagesstätte aushalten? Wie würde Tom mit Lily auskommen? Und Lily mit Tom?

Es war ihre Schuld, dass Tom jetzt mit den Kindern irgendwelcher Junkies, Krimineller und anderer gescheiterter Existenzen leben musste. So hatte Sonya sich das nicht vorgestellt, als sie das Jugendamt angerufen hatte. Sie durfte nicht zulassen, dass es so weiterging und sie hatte bereits Dutzende von E-Mails geschrieben, war einer Selbsthilfegruppe für Eltern schwieriger Kinder beigetreten und hatte sich einen Anwalt genommen. Heute würde sie einen Bittgang in die Innenstadt machen, mit Käsekuchen bewaffnet.

»Es tut mir leid«, sagte Bruce Colburn, Rays Vorgesetzter im Jugendamt. »Aber wir können nichts unternehmen, bevor das Familiengericht wieder tagt, und das ist frühestens Mitte Januar der Fall. Wenn man allerdings den gegenwärtigen Arbeitsrückstand bedenkt, kann es auch bis Februar dauern. Aber bitte, seien Sie versichert, die Ivansons sind ein ganz fantastisches Paar. Äußerst erfahrene und liebenswürdige Menschen. Sie haben momentan nur drei andere Kinder, also wird Tom alle Aufmerksamkeit und Fürsorge bekommen, die er braucht.«

»Aber wie um alles in der Welt können diese Leute denn besser geeignet sein, sich um Tom zu kümmern, als ich?«, fragte Sonya. »Ich bin sein gesetzlicher Vormund. Ich gehöre zu seiner Familie. Mona, meine Schwester und seine Mutter, wollte, dass er bei mir lebt. Warum kann ich ihn nicht einfach mit nach Hause nehmen?« Dann schob sie den Käsekuchen über den Schreibtisch. »Hier, ich dachte, Sie möchten sich vielleicht etwas Süßes gönnen.«

Bruce würdigte den Kuchen kaum eines Blickes und schüttelte den Kopf. »Das Beste, was ich für Sie tun kann, ist, Ihnen einen Besuch zu ermöglichen. Würde nächste Woche Mittwoch passen?«

Nachdem sie sich eine Woche lang den Kopf darüber zerbrochen hatte, was sie tun und was sie sagen würde, ging Sonya schließlich ins Einkaufszentrum und kaufte einen Spielzeuglaster mit Fernbedienung, drei Bücher und ein Hemd. Sie traf eine Stunde zu früh im Jugendamt ein und wartete dort in einem Raum, in dem ein Sofa mit Vinylüberzug, ein Schreibtisch und drei Stühle standen. Endlich brachte man Tom herein. Er trug nicht mehr seinen Kapuzenpullover, und Sonya war überrascht, wie unglaublich winzig er aussah. Wie verloren. Er weigerte sich, die Geschenke auszupacken, geschweige denn, seine Tante anzusehen oder nur ein einziges Wort zu sagen. Stattdessen zog er Wills Mundharmonika aus der Tasche und spielte »Stille Nacht«. Wieder und wieder und wieder. Immer wenn er an einem Ton hängen blieb, fing er wieder von vorne an. Eine erbarmungslose, freudlose und niederschmetternde Endlosschleife, die ein derartiges Gefühl der Hoffnungslosigkeit in Sonya auslöste, dass sie, noch bevor die ihr zugestandene Stunde vorüber war, das Weite suchte.

*

Als Tom in das Haus in der Meadow Lane einzog, ließen ihn die Ivansons anfangs vollkommen in Ruhe. Charlene war eine entsetzlich freundliche Frau, deren Haare genauso federnd waren wie ihr Gang. Während der Zubereitung der Mahlzeiten, sei es nun Frühstück, Mittag- oder Abendessen, hörte sie laut Radio, telefonierte mit irgendeiner Freundin und sah gleichzeitig die Sonderangebote auf eBay durch. Ihr Ehemann Trent war fast genauso breit wie hoch und erinnerte Tom an Balu, den spaßverliebten Bär im Dschungelbuch. Mit dem Unterschied, dass Trents Kopf derart glänzte, dass Tom den Verdacht hegte, Charlene würde ihn vielleicht mit Bohnerwachs polieren, womöglich noch bevor die beiden morgens aus ihrem gigantischen Bett stiegen. Gegenüber ihres Schlafzimmers befand sich das Zimmer, das Tom sich mit zwei anderen Jungen teilen musste. Kevin, dessen Mutter im Krankenhaus lag, nachdem sie aus Angst vor Lebensmittelvergiftungen ganz mit dem Essen aufgehört hatte, und Blake, dessen Mutter vor drei Jahren abgehauen war, die ihm jedoch immer noch Postkarten mit Bildern von Palmen, Stränden und Affen schickte, die man als alte

Frauen verkleidet hatte, und die ihm wie immer versprach, bald heimzukehren.

Aber nachdem die Ivansons Tom drei Tage zur Eingewöhnung zugestanden hatten, war es dann vorbei mit der Sonderbehandlung. »Dein Kapuzenpullover ist eine Schande«, sagte Charlene, als Tom schon wieder im gleichen Outfit beim Frühstück erschien. »Er ist zerrissen und schmutzig und muss dringend mal gewaschen werden.«

Bevor Tom protestieren konnte, hatte sie auch schon den Reißverschluss geöffnet und ihn einfach über seinen Kopf gezogen, das T-Shirt darunter gleich mit. »Trent«, sagte sie dann, als sie die frische Schnittwunde an Toms Arm entdeckte. »Ich brauche deine Hilfe.«

Nachdem Trent die Wunde desinfiziert hatte, umwickelte er Toms Arm mit Verbandsmull. »Gibt es noch andere Stellen, um die ich mich kümmern sollte?«, fragte er und lächelte erleichtert, als Tom den Kopf schüttelte.

»Wir wollen dir nur helfen«, sagte Charlene. »Wenn du irgendwann mal darüber reden möchtest, dann weißt du ja, wo du uns findest.«

Aber Tom hielt nichts vom Reden und die Ivansons ließen ihn glücklicherweise in Ruhe – außer dass sie ihn jetzt keinen einzigen Augenblick mehr allein ließen. Sogar zum Zähneputzen musste er die Badezimmertür offen stehen lassen.

Trotzdem schaffte Tom es, sich an seinen neuen Tagesablauf zu gewöhnen. Frühstück um 7:30, Schulbus um 8:15, Schule bis 15:45, Abendessen um 18 Uhr, jeden Abend duschen, Schlafenszeit um 20 Uhr, Licht aus um 20:15. Die Schneestürme kamen und gingen, dann war Weihnachten mit lauter Fremden, noch mehr ungeöffnete Geschenke, Neujahr, ein Polarwirbel, aber Tom scherte das alles nicht. Sein Leben war vorbei. Und es war ihm egal.

# Januar

Taubheit, Abgestumpftheit, Benommenheit – es gab zahllose Schattierungen dieses Gefühls, und Rose hasste sie alle. Morgens fühlte sie sich zu erschlagen, um zur Arbeit zu gehen. Ihre Gleichgültigkeit lähmte sie derart, dass sie fast vollständig zu essen aufgehört hatte. Seit zwei Wochen hatte sie sich die Haare nicht mehr gewaschen und das Schminken hatte sie auch aufgegeben. Ihr ganzes Leben lang hatte sie sich eisern daran gehalten, nicht mehr als zwei Stunden pro Tag vor dem Fernseher zu verschwenden. Aber auch das war ihr jetzt egal. Sie hockte auf ihrem Sofa und ließ sie sich das Gehirn vom künstlichen Gelächter der Fernsehkomödien einlullen, von Werbespots für Autos, die sie niemals kaufen würde, und von Tipps zum Aufpeppen eines Kleiderschranks, den sie niemals besitzen würde.

»Spiegelei oder Rührei?«, fragte Nick eines Abends. Rose brachte nur ein Kopfschütteln zustande.

»Also dann halt Rührei«, sagte er und stellte einen Teller auf Roses Schoß. »Jetzt iss was, Mama.«

Der köstliche Duft weckte ihren Appetit, und sie aß eine Scheibe Speck und dann direkt noch eine. Der rauchige Geschmack befriedigte ein bisher unbekanntes, tiefes Verlangen. So ist das mit Kindern, dachte Rose. Sie kriegen alles mit, gerade dann, wenn man es am wenigsten erwartet.

»Ist es nicht ein bisschen spät fürs Frühstück?«, fragte Rose.

»Das ist das Einzige, was ich kochen kann«, antwortete Nick. »Und außerdem ist es perfekt, abends zu frühstücken, wenn man so tun will, als hätte es diesen Scheißtag nie gegeben.«

»Wieso? Was ist denn jetzt schon wieder passiert?«

»Nichts.«

Nick nahm die Fernbedienung in die Hand. Ganz offenbar gab es eine Grenze, wie lange ein Teenager die Sendung *Aufräumen mit Marie Kondo* aushalten konnte. »Wie wär's mit einer Partie Cribbage?«, fragte er und schaltete den Fernseher aus. »Vielleicht lasse ich dich ja sogar gewinnen.«

Als Rose am nächsten Morgen aufwachte, stellte sie fest, dass Nick sich neben ihr auf dem Sofa zusammengerollt hatte. Er war doch noch ein Kind, trotz der frisch aufgeblühten Aknepusteln auf seinem Kinn. Wie schwer die letzten Monate für ihn gewesen sein mussten, das wurde ihr in diesem Moment klar. Wie einsam. Nach all den Jahren, in denen er das unangefochtene Zentrum ihres Universums gewesen war, hatte Monas Tod nun die einzige Ordnung auf den Kopf gestellt, die Nick jemals gekannt hatte. Heimlich, still und leise, viel zu leise, war er ihr entglitten, verbrachte nun seine Zeit mit neuen Freunden, die sie nicht kannte, zog sich in seine eigene Welt zurück und tauchte immer seltener in der ihren auf.

Rose stand auf und ging nach oben in das Zimmer der Jungen. Jetzt, wo Tom nicht mehr da war, lagen Nicks Klamotten wieder über den ganzen Fußboden verstreut, und sein Schreibtisch quoll vor Schnickschnack über. Rose setzte sich auf das ungemachte Bett, betrachtete die verblassten Poster, die verschlissenen Bilderbücher, die längst verwaisten Spielzeuge, die ihren Sohn irgendwann mal so begeistert hatten, dass er vor Freude Luftsprünge gemacht hatte. Neben dem Papierkorb entdeckte Rose ein buntes Stück Plastik. Sie hob es auf und sah, dass es Brawls abgetrennter Arm war, mitsamt dem Maschinengewehr.

Warum waren Jungen nur so scharf auf Waffen? Rose erinnerte sich noch daran, wie Nick – er war damals vielleicht fünf Jahre alt gewesen – mit seiner Spielzeugpistole auf sie gezielt und lachend gesagt hatte: »Ich erschieße dich«, aber eigentlich meinte: »Ich liebe dich auf immer und ewig.« Sie hatte dieses Spiel gehasst, was natürlich nur dazu geführt hatte, dass Nick es umso toller fand. Und jetzt war dieses Spielzeuggewehr die einzige Spur, die Tom hier hinterlassen hatte. Eine Erinnerung daran, wie pflichtvergessen, wie unverantwortlich und kurzsichtig sie gewesen war.

»Es reicht«, sagte Rose laut. Sie hätte Nick nie aus den Augen verlieren dürfen. Sie hätte ihren Sohn festhalten sollen, hätte ihm sagen müssen, dass sie ihn liebte, auch wenn ihm das die Schamesröte ins Gesicht gejagt und ihn in die Flucht geschlagen hätte. Noch einer ihrer so zahlreichen Fehler. Wie zum Beispiel der, sich darauf zu verlassen, dass Mona schon selbst auf sich aufpassen würde, oder mit Alex zu vögeln oder, was am schlimmsten war, zuzulassen, dass Ray ihnen Tom wegnahm.

Rose steckte Brawls Arm in die Tasche ihres Morgenmantels und stand auf. Wenn Tom eine Chance haben sollte, wenn sie alle eine Chance haben wollten, dann mussten sie lernen, dass eine Familie aus mehr bestand als nur aus Trauer und Verrat.

Rose trug eine feine Schicht beigefarbenes Puder auf Wangen, Stirn und Hals auf. Für die Lippen wählte sie »Politely Pink«, die unauffälligste Farbvariante in ihrer Kollektion. Dann streckte sie den Rücken durch, stellte sich vor den Spiegel und sondierte die Lage. Ihre Haare mussten dringend geschnitten und auch gefärbt werden, und ein bisschen Botox wäre auch nicht schlecht, um die Falten zu glätten, die sich zwischen ihren Augen eingegraben hatten. Aber bei schwachem Licht, befand sie schließlich, aus dem richtigen Winkel und wenn sie ein wenig lächelte, sah sie immer noch gut aus.

»Na, da sieh mal einer an, wer wiederauferstanden ist!«

Rose drehte sich auf dem Absatz um und sah Will in der Badezimmertür stehen. Es war noch immer gewöhnungsbedürftig, dass ihr Bruder nun vollkommen unerwartet überall im Haus auftauchte.

»Ist es nicht ein bisschen zu früh am Tag, um sich für eine Verabredung aufzubrezeln?«

»Ich gehe nicht mehr auf Verabredungen. Diese Zeiten sind vorbei.«

»Wie du meinst, Rose. Aber es sieht dir nicht ähnlich, dich nur für die Arbeit so herauszuputzen.«

»Du solltest dich beim Geheimdienst bewerben, Will, und deine detektivischen Fähigkeiten zu Geld machen.«

»Oh, ich hab's – du willst versuchen, Mr Olivier zu bezirzen, damit er Nick nicht in Französisch durchfallen lässt.«

»Falsch.« Rose wandte sich zum Gehen.

»Ach komm schon, wir sind doch nicht in einer Quizshow, jetzt sag mir einfach, was los ist.«

»Also gut«, sagte Rose. »Wenn du's unbedingt wissen willst: Ich mache endlich das, was ich schon längst hätte tun sollen. Ich werde Tom nach Hause holen.«

»Ach, tatsächlich? Einfach so?«

»Etwas zu unternehmen ist besser, als gar nichts zu tun, Will. Ich muss es wenigstens versuchen.«

»Wow. Rose, die Aktivistin. Ich hätte nie gedacht, dass ich das einmal erleben würde.«

»Ich habe Mona im Stich gelassen«, entgegnete Rose, nicht gewillt, sich durch Wills Sarkasmus aus der Bahn werfen zu lassen. »Genauer gesagt haben wir alle sie im Stich gelassen. Wir haben tatenlos danebengestanden, statt uns einzumischen. Wir haben zugelassen, dass sie uns entgleitet, statt sie festzuhalten. Wir hätten einschreiten müssen, wir hätten sie und Tom aus diesem Haus rausholen müssen, ganz gleich, wie sehr sie sich gewehrt hätte.«

Und dann, nach einem letzten Blick in den Spiegel, während sie sich schon zum Gehen wandte, fügte Rose hinzu: »Diesen Fehler mache ich nicht noch einmal.«

*

Morgens war es besonders schwer. Und der heutige Morgen war keine Ausnahme. Tom hatte nicht die geringste Lust, die Augen zu öffnen, und zog sich stattdessen die Decke noch enger um seinen Körper. Es war ihm gleich, dass sie schon wieder nass war. Lass es doch stinken, dachte er. Am besten verfaule ich ganz, ist mir doch egal. Unten im Erdgeschoss bellte der dreibeinige Cockerspaniel der Ivansons, um endlich was zu fressen zu kriegen, irgendjemand duschte, und wie immer blökte das Radio in der Küche vor sich hin.

Tom zog *Scott Pilgrim hat's voll drauf* unter dem Bett hervor, den vierten Teil aus der Reihe der Graphic Novels, die Nick ihm geschenkt hatte. Er war sich nicht sicher, warum er diese verwickelte Geschichte über einen Jungen auf der Suche nach Liebe immer wieder las. Das führte nur dazu, dass er seine Familie noch mehr vermisste. Eine Familie, bei der er nicht wohnen durfte. Und das Haus in der Claremont Street, das jetzt genauso unerreichbar für ihn war wie der Mond. Am Ende der Buchreihe lernt Scott, dass er nicht vor seinen Fehlern davonlaufen kann und sich dem, was er getan hat, stellen muss. Aber Tom wusste, dass das absolut lächerlich war. Im echten Leben machten die Menschen immer und immer wieder dieselben Fehler. Und dann starben sie.

Die Tür zu Toms Zimmer öffnete sich, und Trent trat ein. »Einen wunderschönen guten Morgen!«, sagte er. Seine Stimme klang noch fröhlicher als sonst, was Tom dazu veranlasste, noch tiefer unter die Decke zu kriechen. Er war wild entschlossen, so lange zu warten, bis Trent wieder verschwand.

»Da heute ja ein ganz besonderer Tag für dich ist«, fuhr Trent unbeirrt fort, »habe ich eine Überraschung: Frühstück im Bett!«

Hatte er tatsächlich seinen eigenen Geburtstag vergessen? Tom lugte unter der Bettdecke hervor, gerade als Trent das Tablett neben seinem Bett abstellte. Darauf stand eine Tasse mit dampfend heißem Kakao und ein grellblaues Törtchen mit einer brennenden Kerze. »Ich könnte dir was singen«, sagte Trent. »Aber glaub mir, das willst du lieber nicht hören.«

Mein erster Geburtstag allein, begriff Tom plötzlich. Trent schnatterte weiter, aber Tom hörte nicht mehr zu. Die Umrisse des Raumes verschwanden. Sein Herz schlug immer schneller, in seinen Eingeweiden brodelte es. Tom packte sich sein Kissen, legte es sich aufs Gesicht, schloss die Augen und bekämpfte die Galle, die ihm in die Kehle stieg.

»Wie oft muss ich das noch sagen«, schimpfte Trent und zog ihm das Kissen vom Gesicht. »Diese Art von Verhalten wird hier nicht geduldet. Jetzt setz dich aufrecht hin und iss.«

Tom drehte sich abrupt zur Seite, hielt den Kopf über die Bettkante und klammerte sich am Gestell fest, als wäre es die Reling eines sinkenden Schiffes. Unter ihm stand das Tablett mit dem Törtchen und über ihm türmte sich Trent auf, der mittlerweile nach Charlene rief. Im nächsten Moment drehte sich Tom der Magen um. Er hörte auf, dagegen anzukämpfen, und begrub das Törtchen unter seinem Erbrochenen. Charlene erschien, mit einem nassen Handtuch bewaffnet, dicht gefolgt von Kevin und Blake, die beide selbst würgen mussten, aber das Spektakel keinesfalls verpassen wollten.

Als Tom endlich fertig war, stand der gesamte Haushalt da und glotzte ihn fassungslos an. Aber das war ihm egal. Er hatte einen Weg nach vorn gefunden. Er setzte sich auf und wischte sich die klebrige Kotze von der Wange. Dann trank er den Kakao, der wunderbarerweise unversehrt geblieben war, um den bitteren Geschmack in seinem Mund zu vertreiben.

Von jetzt an würde das die Geschichte sein, die man sich an seinem Geburtstag erzählte – wie er seine Geburtstagskerze mit Kotze ausgepustet hatte. Niemand würde jemals etwas über die Piñata wissen, die er nicht hatte aufbrechen können, oder über Mamas dreilagigen Schokoladenkuchen oder ihren alljährlichen Ausflug ins Einkaufszentrum, um ihm neue Anziehsachen zu kaufen. Von jetzt an würde Tom seine eigene Geschichte schreiben. Eine Geschichte, die nichts mit der Vergangenheit zu tun hatte, nichts mit dem, was ihm zugestoßen war, oder Mama, und schon gar nichts mit Papa.

*

Noch zwei Wochen und sie waren in Sicherheit, dachte Sonya, während sie zärtlich über die mittlerweile unverkennbare Wölbung ihres Bauches strich. Lily war jetzt fünfundzwanzig Wochen alt und hatte bereits einen Großteil der komplizierten Arbeit hinter sich gebracht, die der Aufbau ihres Gehirns mit sich brachte. Jetzt musste sie noch ihre Lunge herausbilden und zunehmen, etwa ein halbes Pfund pro Woche.

Sonya setzte sich auf. Ganz plötzlich war sie sich nicht mehr sicher, wann sie das letzte Mal eine Bewegung ihrer Tochter gespürt hatte. War Lily schon zu groß für Purzelbäume? Sonya presste ihre Hand an den Bauch, aber Lily reagierte nicht. Jetzt bekam sie langsam Angst. Sie schob ihre Hand zu ihrem Becken hinunter und drückte, so fest sie konnte, zu.

Immer noch keine Reaktion.

Sonya geriet in Panik. Sie nahm ihr Handy und tippte *Wie schaffe ich es, dass sich mein Fötus bewegt?* hinein. Den dort erteilten Ratschlägen folgend, richtete sie eine Taschenlampe auf ihren Bauch, aß dann eine Banane, trank einen Liter kalten Orangensaft, aber Lily regte sich immer noch nicht. Sonya umfasste ihren Bauch mit beiden Händen und versuchte, Bewegungen zu erspüren, die es nicht gab. Der Wasserkessel gab ein lautes Kreischen von sich, zwei Toastbrote sprangen aus dem Toaster, aber Sonya saß vollkommen erstarrt da. Gelähmt vor Angst, dass der Ultraschall schon wieder ihre schlimmsten Befürchtungen bestätigen würde, dass ihr Baby tot war. Sie würde Alex anrufen müssen, zuhören müssen, wie er weinte, und warten, bis sie allein war, bis sie ihren eigenen Tränen freien Lauf lassen konnte.

Dann plötzlich ein Stoß unter ihrer rechten Hand. Ein Tritt.

Sonya schloss die Augen. Jetzt konnte sie wieder atmen und die fürchterliche Anspannung loslassen, die ihren ganzen Körper erfasst hatte. Lily, dachte sie. Jag mir bloß nie wieder solche Angst ein.

Entschlossen jeden einzelnen Internetlink zu kommentieren, der behauptet hatte, helfen zu können, ging Sonya zu ihrem Computer zurück und stolperte unterwegs über den LEGO-Bulldozer, den sie Tom zu seinem Geburtstag gekauft hatte. Er hatte 1.384 Einzelteile und war genau das – so hatte es ihr zumindest die Dame im Spielzeugladen versichert –, was sich jedes zehnjährige Kind sehnlichst wünschte. Dieses Mal würde sie Tom das Geschenk jedoch uneingepackt überreichen und Ohrstöpsel mitbringen, für den Fall, dass er noch immer von seiner Mundharmonika besessen war.

Gerade als Sonya das LEGO-Spielzeug wegräumte, klingelte es an der Tür. Wer um alles in der Welt kam zu ihr nach Hause, ohne sich vorher anzukündigen?

»Wow!«, sagte Ray statt einer Begrüßung, als sie die Tür öffnete. »Sie sind ja schwanger!«

»Huch, na so was, das war mir gar nicht aufgefallen. Was wollen Sie?«

»Könnte ich bitte hereinkommen? Ich würde mich gern kurz mit Ihnen unterhalten.«

»Sie sind das Arschloch, das dafür gesorgt hat, dass Tom nun bei wildfremden Leuten eingesperrt ist. Was gibt es da noch zu reden?«

»Ich habe eine Idee.«

Ohne die Tür auch nur einen Zentimeter weiter zu öffnen, sagte Sonya: »Okay. Raus damit.«

»Bitte, Sonya. Lassen Sie mich reinkommen. Es ist kalt hier draußen, und es wird ein paar Minuten dauern, Ihnen das Ganze zu erklären.«

Ray setzte sich auf Sonyas Sofa und erläuterte ihr seinen Plan: »Gemeinsames Sorgerecht«, sagte er. »Das wäre ein recht ungewöhnliches Arrangement, aber der Fall, um den es hier geht, ist ebenfalls ungewöhnlich, also könnte es funktionieren.«

»Was denn, so wie bei einer Scheidung?«

»Sozusagen. Wie Sie nur zu gut wissen, braucht Tom alle Liebe und Fürsorge, die er bekommen kann, und noch ein gutes Stück mehr. Das kann eine einzelne Person nicht schaffen, also würde Tom, wenn wir ein gemeinsames Sorgerecht vereinbaren, das Beste aus zwei Welten bekommen. Er würde bei Rose, Nick und Will wohnen, aber bei Ihnen und Ihrem Mann – und wie sich nun herausstellt, Ihrem Kind – eine Familie im traditionelleren Sinn erleben können.«

»Aber ich bin Toms gesetzlicher Vormund, nicht Rose. Sein Aufenthalt bei Rose war nur als Übergangslösung gedacht, bis es mir gelungen ist, ein paar Dinge zu regeln. Das habe ich in der Zwischenzeit getan, und deshalb muss er jetzt auch hierher zurückkehren. Dorthin, wo er hingehört. Zu mir.«

»Die Sache ist nur die: Tom möchte bei Rose wohnen.«

»Woher wissen Sie das?«

»Das hat er mir gesagt.«

»Das hat er tatsächlich gesagt?«

»Sonya, Tom dabei zu helfen, mit seinem Schmerz fertigzuwerden, zu gesunden, das ist eine Aufgabe für die ganze Familie. Eine Aufgabe, die Sie und Rose sich teilen können. Teilen *sollten*.«

Zusammen mit meinem Ehemann, dachte Sonya.

»Warum bedeutet Ihnen Toms Schicksal eigentlich so viel?«, fragte sie stattdessen. »Haben Sie nicht zweihundert andere Kinder, über die Sie sich Gedanken machen sollten?«

»Die Sache ist die …«, sagte Ray und nahm einen Schluck Tee, bevor er fortfuhr. »Die Sache ist die: Ich mag Tom. Ich erkenne mich selbst in ihm wieder. Sie müssen wissen, meine eigene Mutter starb, als ich sechs Jahre alt war. Sie wurde von einem Auto überfahren, als sie die Broadview Avenue überquerte. Ich habe mich jahrelang gefragt, was wohl passiert wäre, wenn ich an diesem Tag nicht zur Schule gegangen wäre. Ich hätte sie daran hindern können, zur Arbeit zu gehen, hätte dafür sorgen können, dass sie nach links statt nach rechts schaute, und dann wäre sie nicht gestorben.«

Sonya stellte ihre Tasse auf den Tisch und sah Ray an. Auch er war von Schuldgefühlen zerfressen, genau wie sie selbst.

»Ich habe Gott meine Spinnensammlung angeboten«, fuhr Ray fort. »Ich habe ihm versprochen, ein Jahr lang das Geschirr zu spülen, alles zu tun, egal was, nur damit meine Mutter zurückkehrt und mir noch einmal *Wie der Grinch Weihnachten gestohlen hat* vorliest. Und dieses Mal würde ich lächeln und Danke sagen.«

Sonya umfasste ihren Bauch, überwältigt von der Erkenntnis, wie zerbrechlich das Leben war. Und doch hatte Ray, ein von so großer Trauer geprägter Mensch, es geschafft, dieses Gefühl in etwas Gutes zu verwandeln und es dazu zu benutzen, sein Leben der Hilfe anderer zu widmen.

»Also gut«, sagte Sonya schließlich. »Was muss ich tun?«

*

*Sind Sie der ehrgeizige Typ? FANTASTISCH! KLICKEN SIE HIER!*, las Will. Dieses Internetinserat klang immerhin ein klein bisschen weniger betrügerisch als *Verdienen Sie bares Geld mit der Beteiligung an Umfragen. Bezahlung täglich! 80 Kandidaten gesucht.* In einem anderen Inserat wurde nach einem Konditorlehrling für ein Restaurant in der Innenstadt gesucht, aber sie wollten eine junge, enthusiastische Person. Auch recht gefragt waren Chefköche, Souschefs und Chefs de partie, aber ohne die entsprechende Ausbildung oder berufliche Erfahrung würde ihm niemand eine Chance geben. *Managerposition im Einzelhandel*, *Kinderbetreuung*, *Piercing-Künstler,* las Will, bevor er auf die »Weiter«-Schaltfläche klickte. Sonya hatte recht gehabt. Er hätte die Schule abschließen und auf Lehramt studieren oder irgendeine andere Fähigkeit erwerben sollen, die er jetzt zu Geld hätte machen können.

Die Wohnungssuche war ebenso erfreulich. Eine Einzimmerwohnung auf der Queen Street, direkt über dem »Bovine Sex Club«, kostete 2.300 Dollar im Monat. Für 1.800 Dollar pro Monat bekam man eine 30 Quadratmeter große Loftwohnung in einem »Boutique«-Gebäude, was im Maklerjargon so viel bedeutete wie winzig und überteuert. Zwar gab es eine Junggeselleneinliegerwohnung für 800 Dollar, aber wie sollte er bloß ohne Auto bis nach Brampton kommen?

Aber noch länger in der Claremont Street zu bleiben, kam nicht infrage. Seit Tom fort war, schwankte Roses Stimmung zwischen giftig und griesgrämig, wobei Will sich nicht entscheiden konnte, welches von beidem er schlimmer fand. Die Giftigkeit war manchmal ja recht amüsant, auch wenn er selbst oft zur Zielscheibe von Roses Hohn wurde, doch auch die griesgrämige Variante war äußerst unerfreulich. Sie war zwar bei Weitem nicht so verletzend, aber zusehen zu müssen, wie seine Schwester tagelang Fernsehen glotzte und vollkommen desinteressiert und traurig in der Gegend rumhing, machte keinen Spaß.

»Wo ist Mama?«, fragte Nick. Er stand im Schlafanzug im Türrahmen von Wills Zimmer und saugte an einer Haarsträhne. Trotz der zarten Bartstoppeln, die sich auf seinem pickeligen Kinn herauszubilden begannen, war er doch immer noch ein Kind. Seit dem Tag, an dem er Tom im Park verloren hatte, sah Nick aus, als hätte man sämtliche Luft aus ihm herausgelassen. Der Junge fühlte sich schuldig, begriff Will plötzlich. Genau wie er selbst.

Will warf die Fenchelsamen zum Rösten in die schon heiße gusseiserne Pfanne. Nachdem er sie mit einer ordentlichen Prise Salz im Mörser zerstoßen hatte, rochen sie nach Gras und weit offenen Feldern. Nach Freiheit. Die Samen würden sich auf das Köstlichste mit den Tomaten vermählen, die gerade auf der hinteren Platte zu einer schmackhaften Soße herunterköchelten.

»Also, du hast keine Ahnung, wo Mama ist?«, fragte Nick.

»Die Wege der Frauen sind unergründlich, Nick. Gewöhn dich dran. Das wird dir später einen Haufen Enttäuschungen ersparen.«

»Mama ist nicht unergründlich. Sie ist verkorkst.«

»Wie wahr. Und jetzt mach dich nützlich und deck den Tisch.«

Will vollendete die Soße mit einer Handvoll frisch gehacktem Koriander und einem Hauch Meersalz. Dann legte er die Lammfrikadellen oben auf den Couscous und schob den Teller zu Nick hinüber.

»Hier, das wird dich aufheitern.«

»Carmens Mutter besitzt ein kleines Restaurant in der Roncesvalles Avenue. So was Nahöstliches. Total lecker.«

»Und?«

»Sie ist nett.«

»Wer? Carmen?«

»Ja, klar, die auch. Aber nein, ich rede über ihre Mutter. Sie braucht dringend mehr Freizeit und du kannst diese Art Gerichte super kochen, also vielleicht könntest du ja mal eine Weile dort arbeiten.«

»Und wo ist Carmens Vater?«

Nick zuckte mit den Schultern. »Kann ich noch einen Nachschlag haben?«

»Spülst du dann auch ab?«

»Klar.«

»Und du wirst Rose erzählen, dass ich Mittagessen für dich gekocht habe?«

»Okay.«

»Und –« Ein Klopfen an der Tür beendete ihre Verhandlungen. »Erwartest du jemanden?«

»Nein.«

Will öffnete die Tür und sah sich Sonya gegenüber, die auf dem Treppenabsatz stand. »Du bist es«, sagte er, aber dann schaute er nach unten und bemerkte den Bauch, der sich unter ihrem Mantel wölbte. »Scheiße, was ist denn mit dir passiert?«

»Ich bin mir nicht sicher, ob du schon davon gehört hast«, entgegnete Sonya. »Es hat mit den Bienchen und Blümchen zu tun …«

Will streckte die Hand aus, um den Bauch seiner Schwester zu berühren, und sie wich nicht zurück. Der Hubbel war tatsächlich da und sogar unter der dicken Kleidungsschicht zu spüren. War Sonya schon schwanger gewesen, als sie das letzte Mal hier war? Wie war es möglich, dass ihm das entgangen war?

»Das ist ja … fantastisch, Sonya! Wann ist der Geburtstermin?«

»Am 16. April.«

»So bald schon?«

»Nicht bald genug. Ich muss mit Rose reden. Ist sie da?«

»Ich dachte, ihr beide redet nicht mehr miteinander.«

»Können wir bitte drinnen auf sie warten?«

Erst jetzt bemerkte Will, dass Ray ein paar Schritte hinter Sonya auf dem vereisten Gehweg stand.

»Was will der denn hier?«

»Will, bitte. Ich erzähle dir alles, was du wissen willst, aber jetzt muss ich mich unbedingt erst mal hinsetzen.«

»Und wie geht es Alex mit diesem ganzen ... na, du weißt schon, mit dem ganzen Kram hier?«, fragte Will. Er musste sich sehr anstrengen, um nicht Sonyas vorgewölbten Bauch anzustarren. Rasch trank er einen Schluck von seinem Tension Tamer, einem Ginseng-Kamillen-Tee, der angeblich entspannend wirkte. Nicht dass Will sich jetzt entspannen konnte. Sobald Rose nach Hause kam, würde er mitten im Kreuzfeuer stehen.

»Er ist weg«, sagte Sonya, die neben Ray auf dem Sofa saß.

»Weg? Wohin?«

»Weg. Von dannen gegangen. Auf Nimmerwiedersehen.«

»Alex ist tot?«, fragte Ray entsetzt.

»Was mich anbelangt, ja. Aber nein, er ist in ein Apartment an der Ecke von Spadina Avenue und King Street gezogen.«

»Gut so«, sagte Will. »Denn ich habe mich ehrlich gesagt immer schon gefragt, warum meine Schwestern einen so abgrundtief schlechten Geschmack haben, was Männer angeht.«

»Okay, nur damit ich das richtig verstehe«, sagte Ray. »Sie haben sich wenige Wochen vor der Geburt Ihres Kindes von Ihrem Ehemann getrennt. Warum?«

»Weil –«, begannen Sonya und Will gleichzeitig. Sie hielten inne, sahen sich an und brachen in schallendes Gelächter aus. Ein Gelächter, wie sie es seit Jahren nicht mehr miteinander geteilt hatten. Als sie endlich fertig waren und sich die Tränen aus den Augen wischten, sagte Sonya: »Es ist besser so.« Und Will konnte nur zustimmend nicken.

»Aber Sonya, warum haben Sie mir das denn nicht erzählt?«, fragte Ray. »Das könnte die Situation vollkommen verändern.«

»Glauben Sie mir«, antwortete Sonya. »Ohne ihn wird alles viel leichter sein.«

»Sie hat recht, Ray. Der Typ ist ein Arschloch.«

»Sonya, glauben Sie denn allen Ernstes, dass das Gericht Ihnen das Sorgerecht für Tom zusprechen wird, wenn Sie als alleinerziehende Mutter mit einem neu geborenen Kind da auftauchen?« Ray schüttelte den Kopf. »Sie werden unter Schlafmangel leiden und sich andauernd überfordert und angespannt fühlen. Ein Neugeborenes bedeutet unglaublich viel Verantwortung, erst recht, wenn man allein ist.«

»Vielleicht könnte ich ja für eine Weile zu Sonya ziehen«, sagte Will, selbst überrascht, was da gerade für ein Satz aus seinem Mund gekommen war. Aber es fühlte sich richtig an, also fuhr er fort: »Ich kümmere mich gern um Tom und könnte auch mit dem Baby helfen, wenn es erst einmal da ist.«

»Ich dachte, du hasst Babys«, sagte Sonya.

»Denk drüber nach. Ich könnte für euch kochen, bei Tom und dem Baby für ein bisschen männliche Führung sorgen und du würdest mir im Austausch dafür ein Dach über dem Kopf geben.«

»Männliche Führung? Von dir?« Sonya kicherte leise, auch wenn ihr gleichzeitig Tränen der Dankbarkeit in die Augen traten.

*

Als Rose endlich an der Wellesley-U-Bahn-Station anlangte, war ihr anfänglicher Wagemut von unzähligen Zweifeln zermürbt worden. Warum sollte irgendjemand auf sie hören? Auf eine unfähige Mutter und verlogene Ehezerstörerin? Vielleicht hatten die Idioten im Jugendamt ja recht: Weg von dieser Familie zu kommen, von ihr selbst, war ja vielleicht genau das, was Tom jetzt brauchte, um seine Wunden zu heilen.

Dennoch ging sie weiter, kletterte die schneematschverschmierten Treppen der U-Bahn hinauf und trat in den sonnigen, bitterkalten Januartag hinaus. Während sie auf der Yonge Street in Richtung Norden lief, kam sie an mehreren Thai-Restaurants, Pfandleihern und grell beleuchteten Billigläden vorbei, in denen veraltete Elektrogeräte, Sexspielzeug und Schuhe verkauft wurden. Obwohl die Gentrifizierung mittlerweile fast die gesamte Innenstadt Torontos erfasst hatte, war dieser Stadtteil immer noch erfrischend unverändert.

Vor dem Jugendamt blieb Rose kurz stehen. Ihr Plan, der in der Geborgenheit ihrer eigenen vier Wände so überzeugend geklungen hatte, kam ihr jetzt idiotisch vor. Die Leute vom Jugendamt würden Tom nie wieder in ihr Haus zurückkehren lassen, und sie hatte keine Argumente – auf jeden Fall keine guten –, sie umzustimmen. Es war ihre Schuld gewesen, dass Tom frierend, mutterseelenallein und im Drogenrausch durch den Park geirrt war. Schutzlos. Rose würde den Ausdruck auf dem Gesicht des Polizisten niemals vergessen. Sie war eine erbärmliche Person. Er hatte recht.

Aber dann dachte sie an Tom, der heute zehn Jahre alt wurde, vollkommen allein. Ohne Mutter oder Vater oder sonst irgendein Familienmitglied. Sie stieg die kurze Eingangstreppe hinauf und ging durch die Drehtür, doch auf halbem Weg wurde sie plötzlich von einer neuerlichen Welle des Zweifels erfasst. Beinahe wäre sie wieder zur Tür hinausgelaufen, hätte diesen nahezu aussichtslosen Kampf vergessen und wäre heim ins Bett gegangen – aber dann dachte sie wieder an Tom, der trotz allem, was ihm zugestoßen war, endlich seine Stimme wiedergefunden hatte. Wenn er stark genug war, um sich durchzubeißen, warum konnte sie es nicht auch?

»Natürlich war das, was im Park geschehen ist, ein furchtbarer Fehler«, sagte Rose, als sie endlich Bruce, Rays Vorgesetztem, gegenübersaß. »Aber Nick ist ein Kind, und Kinder machen Fehler. Auf diese Weise lernen sie dazu. Und das können Sie mir glauben: Nick würde niemals noch einmal zulassen, dass Tom etwas zustößt.«

Bruce versuchte, sie zu unterbrechen, aber Rose redete einfach etwas lauter weiter: »Ich weiß, dass unser Haushalt auf den ersten Blick einen etwas seltsamen Eindruck macht. Ich bin eine alleinstehende Mutter, das stimmt, und auch berufstätig. Und natürlich hätte ich besser auf Tom aufpassen müssen und hätte auch nicht so grausam zu meiner Schwester sein dürfen. Und Will, nun, auch das gebe ich zu, er ist nicht grade der reifste, ausgeglichenste Mensch, den es so gibt. Also denken Sie vielleicht, wir könnten nicht mit dieser Situation fertigwerden, aber da irren Sie sich. Wir, meine Familie – und mit ›Familie‹ meine ich uns alle: Tom, natürlich, aber auch Nick und Will und Sonya und sogar meinen Vater – wir sind alle im letzten Jahr durch die Hölle gegangen. Ich weiß, das klingt jetzt vielleicht schrecklich altmodisch, verdreht und vielleicht sogar dumm, aber Tom ist unser Fleisch und Blut. Wir lieben ihn bedingungslos und für immer und ewig, und deshalb muss er jetzt nach Hause kommen.«

»Was Tom braucht«, sagte Bruce und beugte sich auf seinem violetten Stuhl vor, »ist eine stabile Umgebung, in der er alle Hilfe bekommt, die er benötigt. Und nicht ein Zuhause, in dem es niemandem auffällt, dass er sich seit Monaten Schnittverletzungen zufügt.«

»Was sagen Sie da?«

»Das wussten Sie nicht?«

Rose schüttelte den Kopf. Plötzlich ergab es Sinn, dass Tom niemals etwas anderes als seinen Kapuzenpullover hatte tragen wollen. Genau wie seine Weigerung, schwimmen zu gehen. Bei dem Gedanken, dass Tom sich selbst verletzt hatte, während sie ahnungslos danebenstand, wurde ihr übel. Am liebsten hätte sie vor Wut laut losgeschrien, aber stattdessen schossen ihr die Tränen in die Augen. »Und wir dachten, es sei wichtig, den Jungen in Ruhe zu lassen und ihm Zeit zu geben, seine seelischen Wunden zu heilen. Wie unglaublich bescheuert!«

»Menschen, die sich ritzen, sind für gewöhnlich sehr geschickt, wenn es darum geht, ihr Tun vor anderen zu verheimlichen«, sagte Bruce, der jetzt wesentlich versöhnlicher klang. »Und es ist auch nicht Ihre Schuld, dass Tom mit dem Ritzen angefangen hat. Was eine traumatisierte Person tut, kann einzig und allein sie selbst kontrollieren. Trotzdem ist das ein Problem, mit dem man sich auseinandersetzen muss, und die Ivansons sind glücklicherweise sehr erfahren im Umgang mit solchen Fällen. Dennoch muss ich sagen: Dass Sie Tom in die Obhut eines Teenagers gegeben haben, der glaubt, es sei in Ordnung, den Jungen in eisiger Kälte mutterseelenallein zurückzulassen, das ist eine andere Geschichte.«

»Ich habe es Ihnen doch schon gesagt, Nick hat Mist gebaut. Niemand bestreitet das. Und sehen wir es doch mal positiv: Es war schließlich genau dieser Vorfall, der dazu geführt hat, dass Tom endlich wieder zu sprechen begonnen hat.«

»Im Ernst, so wollen Sie jetzt also argumentieren?«

»Nein.«

»Gut.«

»Aber Tatsache ist, dass Tom wieder redet, und wir sollten ihm zuhören. Er will bei uns sein. Bei seiner Familie.«

»Außer, dass einem Familie nicht immer Sicherheit bietet«, sagte Bruce, verschränkte die Arme über seiner Wampe und lehnte sich zurück. »Das sollten Sie doch wohl wissen.«

Wenn er einen Schnurrbart hätte, dachte Rose, würde er ihn jetzt zwirbeln.

Um sich nicht ganz so unterlegen zu fühlen, dachte Rose sich eine ganze Palette von peinlichen Fehlern für ihn aus. Eine Pornosucht vielleicht? Eine Mutter, die er in einem Altersheim abgeladen hatte? Einen Freund aus Kindertagen, den er im Stich gelassen hatte? Jeder hatte irgendeine Leiche im Keller. Auch der freundlichste Mensch beging irgendwann einmal ein Unrecht. Oder dachte sich eine Grausamkeit aus, die nie wieder ungedacht werden konnte.

»Also gut«, gab Bruce zu, als könnte er Roses Gedanken lesen. »Geben Sie mir einen handfesten Grund, warum Tom bei Ihnen wohnen sollte.«

Rose stand auf und ging zum Fenster. Unten auf dem Bürgersteig rannte ein Mädchen, das nicht älter als sechs Jahre sein konnte, im Kreis um ihre lachende Mutter herum. Ihre Zöpfe hüpften auf und ab und ihr unschuldiges Gesicht leuchtete vor Hoffnung. Wie war es möglich, wieder an das Gute im Menschen zu glauben, an die Zukunft und an sich selbst, wenn man schon in einem so jungen Alter erlebt hat, dass unter der Oberfläche ganz entsetzliche Grausamkeiten schlummern können? Dass sich selbst die, die man am meisten liebt, gegen einen wenden können, dass das Leben, wie man es kennt, in einem Wimpernschlag zerstört werden kann?

»Wir sind vom Weg abgekommen«, sagte Rose schließlich. »Ich bin vom Weg abgekommen. Und das hat zu einem furchtbaren Durcheinander geführt, das jetzt wieder behoben werden muss. Aber das müssen wir alle gemeinsam tun, als Familie. Weil sonst ...« Sie hielt einen Moment inne, bevor sie fortfuhr: »Wenn wir es zulassen, dass unsere Familie auseinandergerissen wird, dann hat Russell gewonnen. Und das kann ich unmöglich zulassen.«

Rose drehte sich zu Bruce um und erkannte sofort, dass sie schon wieder danebengelegen hatte. Bruce wurde tagtäglich mit herzzerreißenden Geschichten konfrontiert, und das Bedauern und die Trauer, die jetzt in seinem Gesicht zu lesen waren, verrieten ihr, dass hier ein Mann vor ihr saß, der trotz allem versuchte, so gerecht wie möglich zu sein.

»Alles, woran ich jemals geglaubt habe«, sagte Rose, während sie sich wieder setzte, »wurde durch Monas Tod infrage gestellt. Aber wenn ich etwas gelernt habe, dann dies: Wir können unsere Wunden nur gemeinsam heilen. Als eine Familie. Und deshalb muss Tom nach Hause kommen.«

Kaum war Rose aus der Straßenbahn ausgestiegen, prasselte ein heftiger eisiger Regen auf sie herab. Das trostloseste Kapitel des Winters war angebrochen: Stiefel mit Salzflecken, Schneewehen voller Hundepisse, aschfahle Gesichter, die monatelang nicht genug Sonne abbekommen hatten.

Als Rose endlich in der Claremont Street eintraf, stellte sie erfreut fest, dass jemand den Gehweg freigeschaufelt hatte. Will war anscheinend darauf aus, Pluspunkte bei ihr zu sammeln, aber diese Taktik würde nicht mehr funktionieren. Er musste schauen, dass er sich auf eigene Beine stellte. Sonya hatte recht: Solange Rose nicht damit aufhörte, hinter ihrem Bruder die Scherben zusammenzukehren, solange sie ihn immer noch weiter bemutterte und ihm erlaubte, bei ihr zu wohnen, ohne dass er einen angemessenen Teil der Verantwortung übernahm, würde er niemals erwachsen werden.

In der Diele wurde sie von zwei Paar Schuhen begrüßt, die sich ordentlich neben ihrem eigenen chaotischen Schuhhaufen aufreihten. Eines von einem Mann und das andere von einer Frau. Beide kamen ihr irgendwie bekannt vor. Rose musste heftig gegen den Instinkt ankämpfen, einfach abzuhauen, bevor sie das Wohnzimmer betrat. Dort saß Sonya auf dem Sofa und trank eine Tasse Tee, wobei sich ihr Bauch wie ein Ballon vorwölbte.

»Was ist denn mit dir passiert?«

»Aber Rose, ausgerechnet dir muss ich das mit den Bienchen und Blümchen doch nicht –«

»Sie ist schon in der sechsundzwanzigsten Woche«, unterbrach Will seine Schwester und redete, so schnell er konnte, weiter. »Der Geburtstermin ist der 16. April. Ist das nicht wunderbar?«

Rose setzte sich. Die rechnerischen Implikationen waren verwirrend.

»Warum hast du mir nichts davon erzählt? Hätte ich das gewusst, dann ...«

»Im Ernst? Hättest du es gewusst, dann hättest du nicht mit Alex gevögelt?«

»Wer hat mit wem gevögelt?«, fragte Ray, der in diesem Moment ins Wohnzimmer gekommen war.

»Ich würde Ihnen raten, sich da rauszuhalten«, sagte Will und floh in die Küche, und Ray war klug genug, ihm auf den Fuß zu folgen.

»Es tut mir leid«, sagte Rose, als die beiden Schwestern allein waren. »Es tut mir wirklich von Herzen leid.«

Sonya schwieg. Irgendetwas war mit ihrer älteren Schwester geschehen, stellte Rose fest. Etwas hatte sich verändert, als hätten sich zwei tektonische Platten um eine Haaresbreite verschoben, sodass sie sich jetzt perfekt ineinanderfügten. Sie war von Ruhe gekennzeichnet, einer ganz neuen Gelassenheit.

Rose erinnerte sich an die letzten Wochen ihrer eigenen Schwangerschaft. Geschwollene Füße, ständiges Sodbrennen und schlaflose, angsterfüllte Nächte, in denen sie sich die Schmerzen ausgemalt hatte, die ihr nun bevorstanden, und sich gesorgt hatte, dass Eugene womöglich in Ohnmacht fallen würde (was er dann auch tatsächlich getan hatte). Aber sie war nicht allein gewesen. Sonya und Mona waren bei ihr gewesen, hatten Tee für sie gekocht und alberne Filme mit ihr geguckt, die sie alle drei zum Weinen gebracht hatten.

Rose sah ihre Schwester an, die sich sanft den schwangeren Bauch rieb. Ihre Scham kannte nun keine Grenzen mehr. »Ich weiß wirklich nicht, was in mich gefahren ist«, begann sie. »Es war total irrational und dumm und herzlos und grausam. Ich hätte niemals –«

»Jetzt halt endlich die Klappe«, sagte Sonya, während sie versuchte, sich vom Sofa hochzuhieven. »Du kannst sagen, was du willst, es wird das, was du getan hast, nicht ungeschehen machen. Und außerdem muss ich dringend pinkeln, also hilf mir mal hoch.«

# März

Die Mundharmonika glitt so mühelos über Toms Lippen, als würde sie von geheimnisvollen Fäden gezogen, und brachte zutiefst beruhigende Töne hervor, die sich über ihm ausbreiteten wie eine warme Daunendecke in einer langen Winternacht. Dann, nach einem letzten, besonders lang gehaltenen Ton beendete Tom sein Lied mit einem Seufzer.

Das Zimmer teilte er sich jetzt nur noch mit Blake, denn Kevin durfte letzte Woche zurück zu seiner Mutter ziehen. Am Vorabend seiner Abreise versprach Kevin, sie besuchen zu kommen, aber Tom wusste, dass das eine Lüge war. Niemand kam hierher zurück. Die Uhr ließ sich nicht zurückdrehen. Nicht einmal für Menschen, die man mochte.

Durch Kevins plötzliche Abreise ermutigt, hatte Blake ebenfalls seine Sachen gepackt, auch wenn er seit letztem Sommer nichts mehr von seiner Mutter gehört hatte. Damals hatte sie ihm eine Postkarte aus irgendeinem Ort in Spanien geschickt. Jeden Abend betete Blake, dass sie zurückkehren würde, und kniete sich dazu mit gefalteten Händen auf den Boden, ganz so wie der Junge in dem Gemälde, das in Opas Zimmer im Seehaus hing.

Trent betrat den Raum, wie immer, ohne anzuklopfen. Tom hatte sich schon seit Wochen nicht mehr geritzt, aber er musste nach wie vor alles bei geöffneten Türen tun, ganz gleich, ob er schlief oder für ein großes Geschäft aufs Klo ging. Doch das hatte ihn nicht davon abgehalten, etwas zu verstecken, was unbedingt versteckt werden musste. An dem Morgen, als Kevin abreiste, hatte er Tom sein Taschenmesser geschenkt. Zweimal hatte Tom versucht, es zu benutzen, mitten in der Nacht, unter der Bettdecke, aber seltsamerweise hatte ihm die scharfe Klinge an seiner Haut jetzt Angst eingejagt, statt ihn, wie früher, zu beruhigen.

»Zieh dich mal an«, sagte Trent. »Es ist jemand hier, der ganz ausgezeichnete Neuigkeiten mitgebracht hat.«

Tom ging ins Wohnzimmer und fand dort zu seiner Überraschung Tante Rose vor. »Komm, ich bring dich heim«, sagte sie. Dann breitete sich ein gigantisches Lächeln auf ihrem Gesicht aus und Tom warf sich in ihre ausgestreckten Arme.

»Ich werde dich ganz bestimmt besuchen kommen«, sagte Tom kurze Zeit später zu Blake. »Und wenigstens hast du jetzt das Zimmer für dich allein.«

»Das glaubst du doch wohl selbst nicht«, sagte Blake, der mit traurigen Augen und vollkommen in sich zusammengesunken auf seinem Bett hockte. »Ich wette, die schleppen bald irgendeinen anderen Idioten an. Aber was soll's«, fügte er mit solchem Nachdruck hinzu, als wäre er tatsächlich von seinen Worten überzeugt. »Meine Mutter kommt ja sowieso bald zurück, und dann reisen wir zusammen um die ganze Welt. Wenn ich irgendwann einen Moment Zeit habe, schicke ich dir vielleicht sogar eine Postkarte.«

Mit diesen Worten nahm er eins der *Captain-Underpants*-Bücher in die Hand, obwohl er Lesen eigentlich hasste.

Während er Blake so ansah, begriff Tom plötzlich, warum Kevin gelogen hatte. Eine »Du-kommst-aus-dem-Gefängnisfrei«-Karte war ja gut und schön, aber einen Freund zurücklassen zu müssen, das war schwer.

»Hier«, sagte Tom und zog das Messer aus seiner Tasche. »Eine Leihgabe, bis ich dich besuchen komme.«

*

»Vergiss bloß nicht, auch ein bisschen Spaß zu haben«, sagte Will, während er gerösteten Blumenkohl mit Rucola, Gewürzen und Öl vermischte. »Und kümmere dich nicht ums Aufräumen, das erledige ich nach der Arbeit.«

Sonya wickelte die letzte Melonenspalte in Prosciutto ein und fragte sich plötzlich, warum sie sich die Mühe machte, diese Babyparty zu veranstalten. In den letzten Monaten hatte sie nicht viel von ihren Freunden gehört. Penelope steckte immer noch wegen eines Auftrags in St. John's auf Neufundland fest, und Sonya hatte keine Lust gehabt, sich bei irgendjemand anderem zu melden. Aber Will hatte darauf bestanden. »Wenn Lily erst einmal auf der Welt ist, wirst du total beschäftigt sein«, sagte er. »Also feiere lieber jetzt.«

Zu ihrem größten Erstaunen genoss Sonya es, ihren Bruder um sich zu haben. Rose hatte ihn gut trainiert. Er schaufelte den Schnee, vertrieb die Waschbären, die in die Garage gezogen waren, und dann waren da ja noch seine Kochkünste. Kein Wunder, dass man ihn in diesem nahöstlichen Restaurant in der Roncesvalles Avenue eingestellt hatte. Schade nur, dass es so lange gedauert hatte, bis Will endlich seine Berufung gefunden hatte.

»Mach's auf«, sagte Rose, nur Sekunden nachdem sie eingetroffen war, und drückte Sonya eine ungeschickt in braunes Papier eingepackte Schachtel in die Hand. »Ich verspreche es, diesmal ist es ein absolutes Einzelstück.«

»Gleich«, sagte Sonya. »Lass uns erst die Torta di Patate servieren.«

Kaum hatte Rose die Küche verlassen, warf Sonya das Geschenk in den Müll. Sie mochte ihre betrügerische Schwester zwar wieder in ihr Leben gelassen haben, aber das hieß noch lange nicht, dass sie ihr auch verziehen hatte.

»Die ist schon leer«, verkündete Kiara, während sie in die Küche gestolpert kam und dabei eine Flasche Sekt durch die Luft schwang, als wäre sie ein Zauberstab. »Wo hast du den Rest versteckt?«

Sonya hatte ihre Chefin eigentlich nicht einladen wollen, aber da Alex nun weg war, würde sie nach dem Ende ihres Mutterschaftsurlaubs wieder arbeiten gehen müssen, also war es besser, sich mit Kiara gut zu stellen. Der Küchentimer piepte, und als Sonya die Ofentür öffnete, strömte ihr der tröstliche Geruch nach Zitrone entgegen. Mutters Kuchen war fertig.

»Oh, Wahnsinn«, sagte Kiara, die nun mit dem Korken einer Sektflasche kämpfte. »Du hast ja einen tollen Ofen. Ist das ein La Cornue?«

»Falls du Interesse daran hast, ich verkaufe ihn ... Zusammen mit dem Rest des Hauses.«

»Oh, nein, was ist denn passiert? Hat Alex seine Stelle verloren?«

»Ich werde in ein Apartment ziehen. *Wir* werden in ein Apartment ziehen«, antwortete Sonya, während sie ihren Bauch umfasste, als wäre ihre Behauptung keine Lüge mehr, wenn sie nur Lily darin einschloss. »Ich würde gern näher am Stadtzentrum wohnen. Dann verschwende ich weniger Zeit mit der Hin- und Herfahrerei zur Arbeit und kann mehr Zeit mit Lily verbringen.«

»Ist das dein Ernst? Du hast vor, sie in einer Schuhschachtel großzuziehen? Meine Jungs würden sich gegenseitig umbringen, wenn ich sie nicht zum Dampfablassen in den Garten rausschicken könnte.«

Wut stieg in Sonya hoch, giftig wie ein Oleanderstrauch. »Stell dir vor«, sagte sie, »es wird gemunkelt, dass es tatsächlich möglich ist, lebensfähige Menschen in einem Apartment großzuziehen.«

Zum Teufel mit der Diplomatie. Sie war es leid, klein beizugeben.

Sonya nahm das Tablett mit den gefüllten Pimientos de Piquillo und ließ Kiara stehen. Es war scheißegal, wo Lily und sie wohnten. Solange es dort Liebe gab, war alles gut.

Neun Uhr war schon lange vorbei, als Sonya endlich die Tür hinter ihrem letzten Gast schloss. Dann ging sie zu Monas Schrein, um ihr Gute Nacht zu sagen. Ganz leicht, als wollte sie sie nicht aufwecken, berührte sie das Foto mit dem immer noch lächelnden Gesicht ihrer Schwester. Mittlerweile erschien es Sonya vollkommen unmöglich, dass Mona nicht gewusst hatte, dass in ihrer Ehe etwas entsetzlich schieflief. Und doch hatte sie sich entschieden, der Welt eine glückliche Fassade zu präsentieren und die Risse zu übertünchen, die mit der Zeit immer tiefer und unüberwindlicher geworden sein mussten. Sonya traten Tränen in die Augen, doch bevor sie sich ihrem Kummer überlassen konnte, brachte ein Tritt in ihrem Bauch sie wieder zur Vernunft. Lily hatte recht. Sie war jetzt das Allerwichtigste. Es war Zeit, die Vergangenheit hinter sich zu lassen. Es war nichts Heldenhaftes daran, die andere Wange hinzuhalten und Gewalt zu ertragen. Sonya würde ihrer Tochter beibringen, sich zu wehren, ihrem Bauchgefühl zu vertrauen und sich aus dem Staub zu machen, bevor sie unwiderruflich gefangen war.

Plötzlich packte Sonya die Karten, Kerzen und sogar Monas Porträt und räumte alles weg. Das Lächeln ihrer Schwester war so bezaubernd wie immer. Ihr Gesicht würde niemals runzlig und ihre Haare niemals grau werden. Was war es für ein Privileg, alt werden zu können und was für eine Verschwendung, sich über das Älterwerden zu beschweren. Sonya erwog, die Blumen zu behalten, aber selbst das war ihr jetzt zuwider. Sie würde niemals aufhören, Mona zu vermissen, kein Tag würde vergehen, an dem sie nicht an sie dachte und sich wünschte, sie hätte sich eingemischt, aber jetzt musste sie an die Zukunft denken.

Als Sonya die Blumen in den Mülleimer warf, sah sie Roses Geschenk.

Heute war ihre nunmehr einzige Schwester für sie da gewesen. Sie hatte Essen serviert, Gläser aufgefüllt, Kaffee angeboten und sogar ein Taxi für Kiara gerufen, die zu betrunken gewesen war, um noch selbst zu fahren. Sonya holte das Geschenk aus dem Mülleimer und öffnete die Karte, auf der das Bild eines Babyaffen auf einer Schaukel abgedruckt war, unterschrieben von Rose, Will, Nick und Tom. *Wir können es kaum erwarten, dich kennenzulernen, Lily!*, stand da. *Danke,* hatte Rose hinzugefügt, als sei ihr bereits verziehen worden.

Das Geschenk selbst war eingewickelt, als handelte es sich um einen missglückten Bondageversuch. Als Sonya es endlich geschafft hatte, die Luftpolsterfolie zu entfernen, entdeckte sie eine braune Keramiktasse, die nahezu identisch mit der war, die Tom vor so langer Zeit zerschmettert hatte. *Familien,* stand in Monas krakeliger Schrift darauf, *sind wie Nougat – vorwiegend süß mit ein paar tauben Nüssen.*

*

Tom wachte von dem Geräusch knarrender Treppenstufen, scheppernder Heizkörper und Tante Roses Stimme auf, die Nick aufforderte, sich zu beeilen. Paradiesisch! Weil Onkel Will jetzt bei Tante Sonya wohnte, war Tom zurück in das kleine gelbe Zimmer gezogen. Sein Zimmer, hatte Tante Rose versprochen, von jetzt an und für alle Ewigkeit. Tom fuhr mit der Hand über sein Laken, aber es war trocken. Es war zwei Wochen her, dass er das letzte Mal ins Bett gemacht hatte, und davor war es mehr als ein Monat gewesen. Er zog seinen Kapuzenpullover an und ging nach unten, dem Geruch von verbranntem Toast folgend.

»Warum muss denn hier immer jemand etwas an meinem Toaster verstellen!«, beschwerte sich Tante Rose und warf die verkohlten Brotscheiben in den Müll. »Gestern hat er noch perfekt funktioniert. Hier«, fügte sie hinzu und drückte Tom ein Glas Milch in die Hand. »Was darf's sein? Cornflakes? Haferflocken? Huevos Rancheros?«

»Ich hab's nicht so mit Frühstück«, antwortete Tom.

»Ach ja?«

»Nein. Mochte ich noch nie und werde ich auch nie mögen.«

»Bist du nicht ein bisschen jung für ›nie‹?«, fragte Tante Rose lächelnd.

»Ich –« Aber bevor Tom antworten konnte, klingelte es an der Haustür. Nach monatelangem Gequengel hatte Onkel Will endlich die Klingel repariert.

»Was ist denn nun schon wieder?«, rief Tante Rose und ging zur Tür.

»Lass es uns jetzt tun«, sagte Tante Sonya, noch bevor die Haustür ganz geöffnet war. In ihren Händen hielt sie die Urne. »Wir hätten das schon längst machen sollen, und das weißt du auch.«

»Jetzt sofort?«, fragte Tante Rose. »Ich habe noch nicht mal gefrühstückt.«

»Was du heute kannst besorgen, das verschiebe nicht auf morgen.«

»Aber was ist mit Tom?«

»Was ist mit mir?«

Beide Tanten wirbelten auf dem Absatz herum und sahen irgendwie ertappt aus.

»Oh, hallo, Tom«, war alles, was Tante Sonya zustandebrachte. »Wie geht's?«

Tom betrachtete die Urne in den Armen seiner Tante und fragte: »Was machst du da mit Mama?«

»Ach, ignorier sie einfach, Tom«, sagte Tante Rose und drehte sich wieder zu ihrer Schwester um. »Sonya, bitte, ich kann nicht glauben, dass du uns damit aus heiterem Himmel überfällst.«

»Es ist nicht recht, dass deine Mutter in meinem Wohnzimmer herumsteht«, sagte Tante Sonya zu Tom, als wäre ihre Schwester gar nicht da. »Sie hat es verdient, endlich ihre letzte Ruhestätte zu finden. Also lass uns zum Seehaus hochfahren und es erledigen.«

»Aber warum jetzt?«, warf Tante Rose ein. »Warum warten wir nicht bis Mai, wenn Tato wieder da ist?«

»Nur weil Tato es vorzieht, in der Sonne zu leben, heißt das noch lange nicht, dass wir nicht tun sollten, was richtig ist. Und außerdem, ich muss es jetzt machen, bevor Lily kommt.«

»Was schon morgen passieren könnte, wenn man dich so anschaut.«

»Na also, je eher wir aufbrechen, desto besser.«

»Machen wir's«, sagte Tom und brachte damit beide Tanten zum Verstummen. »Aber erst mal muss ich mir meine Handschuhe holen.«

Tom schaute aus dem Fenster. Draußen flog die in Grau-, Weiß- und Brauntöne getauchte Landschaft vorbei. Die Getreidestoppeln vom letzten Jahr ragten trotz des eisigen Windes starr in die Höhe, und die spindeldürren Bäume sahen knorrig, ja verknotetet aus. Trostlos, genau wie Tom, der sich nicht gerade auf das freute, was ihnen jetzt bevorstand.

Schnee begann zu fallen, in nassen, klumpigen Flocken, und begrub die Wundschutzscheibe unter sich, trotz der unermüdlich hin und her huschenden Scheibenwischer, die versuchten, den Matsch abzuwehren.

»Alles okay, Will?«, fragte Tante Sonya und schaute zu ihrem Bruder hinüber, der am Steuer saß. Mamas rosafarbene Urne stand auf ihrem Schoß, fest gegen ihren Bauch gepresst. »Oder sollten wir anhalten, für eine Tasse Tee?«

»Lasst uns im Seehaus Tee trinken«, sagte Onkel Will, ohne den Blick von der Straße abzuwenden. »Ich würde das hier lieber hinter mich bringen.«

Tom, der zwischen Tante Rose und Nick eingequetscht auf der Rückbank saß, mochte es gar nicht, dass nun schon wieder etwas Neues zu dieser immer länger werdenden Liste hinzukam. Weihnachten, Neujahr und auch seinen Geburtstag hatte er schon allein gefeiert, und jetzt fuhren sie zum Seehaus, ohne Tee für Mama zu holen.

»Im Ernst, das ist doch Wahnsinn«, beschwerte sich Tante Rose. »Lasst uns wieder nach Hause fahren.«

»Komm ausgerechnet DU mir nicht mit Wahnsinn«, entgegnete Tante Sonya. »Und außerdem wäre es vollkommen sinnlos, jetzt noch umzukehren.«

*

Als sie endlich im Seehaus eintrafen, war es dort bitterkalt.

»Will, sei ein Schatz und mach Feuer«, sagte Sonya, stellte die Urne auf den Couchtisch und ließ sich aufs Sofa fallen. Dann hüllte sie sich, immer noch in Stiefel, Mantel, Mütze und Handschuhe gekleidet, bis zum Hals in eine Wolldecke. »Tom, komm her und leiste mir Gesellschaft, bis es hier wärmer wird.«

»Wer als Letzter am Steg ist, muss das Geschirr spülen!«, rief Rose aus der Küche und rannte zur Tür hinaus und den steilen Pfad zum See hinunter. Sofort ließ Will den Schürhaken fallen und jagte Rose hinterher.

»Was ist denn jetzt los?«, fragte Tom. »Es ist doch viel zu kalt zum Schwimmen.«

»Das ist Tradition«, antwortete Nick, während er sich in den knarzenden Schaukelstuhl setzte und sein Handy aus der Tasche holte. »Komische Sache. Frag lieber nicht.«

»Das ist total unfair!«, rief Sonya ihren entschwundenen Geschwistern nach. »Ihr wisst ganz genau, dass ich nicht rennen kann. Ich werde nicht das Geschirr spülen. Auf gar keinen Fall.«

Trotzdem hievte sie sich vom Sofa hoch. »Nick«, sagte sie und beschlagnahmte sein Handy. »Sei mein Held und hilf mir mal.«

Als Tom endlich runter zum See kam, standen seine beiden Tanten, sein Onkel und sein Cousin am Rande des Stegs und sahen zu, wie die Eisschollen widerstrebend dem herannahenden Frühling wichen. Um sie herum klang die Luft nach schmelzendem Schnee, über ihnen kreiste ein einsamer Truthahngeier.

Sonya drehte sich um, als sie Toms Schritte im Schnee hörte. »Wirklich?«, fragte sie, als sie die Urne unter seinem

Arm sah. »Willst du das wirklich jetzt tun, mein Spatz? Ich dachte, wir warten bis nach dem Mittagessen.«

»Was du heute kannst besorgen, das verschiebe nicht auf morgen«, antwortete Tom.

Behutsam, damit er nur ja seine kostbare Fracht nicht fallen ließ, näherte er sich dem Rand des Stegs und stellte sich zwischen Sonya und Rose. Einen Moment lang standen sie alle schweigend dort, vereint am Ufer des zugefrorenen Sees, inmitten der eisigen Landschaft, vom Willen erfüllt, vorwärtszugehen, aber gleichzeitig mit dem Bedürfnis, umzukehren und von nichts als dem Geräusch ihres eigenen Atems umgeben.

»Mona wird immer bei uns bleiben, ganz gleich, was geschieht«, sagte Sonya endlich und nahm Tom die Urne ab. »Aber heute lassen wir sie frei.«

Dann öffnete sie die Urne, nahm ihren Teil der Asche und warf sie in den See hinaus. Das meiste wurde fortgeweht, aber ein Rest blieb am schmelzenden Eis hängen, färbte das zuvor so leuchtende Weiß grau und weigerte sich hartnäckig zu verschwinden. Mit einem Seufzer gab Sonya die Urne an Tom zurück. Sie mochte zwar das Recht abgetreten haben, sein gesetzlicher Vormund zu sein, aber sie schwor sich, diesen Jungen niemals wieder im Stich zu lassen. Sie würde an all den wichtigen Tagen für ihn da sein, ganz gleich, ob es große oder kleine waren. An dem Tag, an dem er seinen Schulabschluss machte, an dem, als er durch die Fahrprüfung fiel, weil er die Kupplung falsch benutzt hatte, als er von einem umstürzenden Kran getroffen wurde und fünf Wochen im Krankenhaus lag, als er Imogen heiratete, eine wunderschöne Blondine mit einem immerwährenden Lächeln, und auch an dem Tag, an dem Mona, ihr erstes Kind, geboren wurde.

Sonya legte ihren Arm um Toms Schultern und war erleichtert, dass er nicht von ihr abrückte.

»Früher haben wir stundenlang auf diesem Steg gesessen«, sagte Rose, nahm die Urne ihrer Schwester und drückte sie an sich, als sei sie eine Boje in einem Meer aus Verlusten. »Dann haben wir uns ausgemalt, was uns die Zukunft wohl bringen würde. Wir haben von den Ländern geträumt, in die wir reisen, und von den Männern, die wir kennenlernen würden, und davon, wie unendlich viel Spaß wir haben würden. Wir hatten keine Ahnung, wie schnell sich alles verändern kann und wie zerbrechlich wir in Wirklichkeit sind.«

Rose warf ihren Anteil der Asche in den See und nahm sich fest vor, ihr Urteilsvermögen nie wieder von ihrer Trauer beeinträchtigen zu lassen. Sie waren heute als Familie hierhergekommen, trotz ihres Verrats, und dafür war sie unendlich dankbar. Im Gegensatz zu Mona hatte sie eine zweite Chance bekommen. Um ihre Schwester zu ehren, würde Rose ein Zuhause schaffen, in dem sie alle glücklich sein konnten, ein Zuhause ohne Gewalt, aber nicht ohne Schmerzen, ohne Wut, aber nicht ohne Auseinandersetzungen, ein Zuhause voller Lachen, Mitgefühl und Liebe.

Als Rose fertig war, legte sie ihren Arm um Tom, nur um festzustellen, dass Sonya ihr zuvorgekommen war. Sonya, die nicht gewillt war, sich zurückzuziehen und ihren Platz in Toms Leben aufzugeben, aber die nun in der Lage war, ihn zu teilen. Zwei Schwestern vereint, wenn auch im Verborgenen, durch ihre gemeinsame Liebe zu Tom.

»Ich kann mir nicht vorstellen, was du für eine Scheiße durchgemacht hast, Tom«, sagte Nick, nachdem er seinen Teil der Asche verstreut hatte. In seinen Augen standen Tränen. »Ich hätte nicht so ein Arsch sein dürfen. Das nächste Mal, wenn ich ekelhaft bin, dann tritt mich einfach, okay?«

»Klar«, sagte Tom. »Kein Problem.«

Tom wandte sich zur Seite, um die Urne an Will weiterzureichen, aber der hatte sich zum hintersten Ende des Stegs zurückgezogen.

»Jetzt komm her, du bist dran«, sagte Rose. »Es ist kalt, und Sonya sollte sich dringend hinsetzen.«

»Ich habe kein Recht, hier zu sein«, sagte Will und wich noch ein paar Schritte weiter in Richtung des Pfads zurück, der zum Haus hinaufführte. Sein Gesicht war verzerrt und seine Stimme klang so traurig, dass es kaum zu ertragen war. »Russell war mein Freund. Ich habe ihn in unser Haus gebracht. Wenn ich das nicht getan hätte, wenn ich nicht gewesen wäre, dann wäre Mona jetzt noch am Leben.«

»Quatsch!«, sagte Sonya. »Es ist nicht deine Schuld, was passiert ist.«

»Auf gar keinen Fall«, stimmte Rose ihr zu, deren Hand jetzt Sonyas Hand ganz fest umklammert hielt.

»Ich wusste, dass es schlimm um die beiden stand«, sagte Will. »Und ich habe mich nicht eingemischt. Ich hätte mit ihm reden können. Ich hätte mit ihr reden müssen. Aber stattdessen habe ich nichts getan, und dann ist sie gestorben.«

»Denkst du denn nicht, dass wir alle das Gefühl haben, sie im Stich gelassen zu haben?«, fragte Rose. Sie flüsterte nun fast. »Und im Grunde genommen haben wir das auch.«

Will betrachtete Tom, wie er dort mit der Asche seiner Mutter in den Armen am Ufer stand, und beschloss, sich wieder zum Rest seiner Familie zu gesellen. »Also das ist nun auch totaler Quatsch. Tom hat niemanden im Stich gelassen. Er ist unglaublich stark und tapfer gewesen, und wenn er noch ganz viel übt, dann wird vielleicht sogar ein einigermaßen ordentlicher Mundharmonikaspieler aus ihm.«

Will nahm die Urne und verstreute seinen Teil der Asche. Das Böse hatte viele Gesichter, und manche davon waren charmant, verlockend, ja amüsant. Von jetzt an würde er versuchen, auch hinter noch so freundliche Fassaden zu schauen. Er würde den Mund aufmachen, wenn sich etwas nicht ganz richtig anfühlte, sorgfältig abwägen, wem er trauen konnte, und diejenigen aus seinem Leben verbannen, die sein Vertrauen nicht verdient hatten.

Will gab die Urne an Tom zurück. »Du hast überlebt, damit du dein eigenes Leben führen kannst, Tom, also bau keinen Mist.«

»Ich werd's versuchen«, sagte Tom, auch wenn er sicher war, dass er genau das von Zeit zu Zeit tun würde. Dann kippte er die Urne um und ließ den letzten Rest der Asche seiner Mutter in den See rieseln.

»Es ist nicht so, als würde mir das etwas bedeuten«, sagte Sonya, als Tom der leeren Urne wieder den Deckel aufsetzte, »aber was ist eigentlich mit Russells Asche passiert?«

»Nichts«, sagten Tom und Will gleichzeitig.

»Jedenfalls nichts«, fügte Tom hinzu, »was irgendwie wichtig wäre.«

# Danksagung

Dieser Roman ist allen Widerständen zum Trotz entstanden. So wie alle Bücher, wie wohl jedes Kunstwerk. Die Hindernisse, die sich einem – mir – beim Schreiben entgegenstellen, sind enorm. Zweifel lauern hinter jedem Wort, es macht mehr Spaß, seine Zeit zu vertrödeln, der Erfolg ist flüchtig und das Scheitern eine Selbstverständlichkeit. Und doch kommt diese Geschichte über das Überleben – und die Überwindung widriger Umstände – nun in die Welt hinaus. Unendlicher Dank gebührt meiner Familie und meinen Freunden in Deutschland, in Toronto und natürlich in Montréal, die sich jahrelang Berichte über den Fortschritt – oder das Fehlen desselben – bei meinem »gottverdammten Roman« anhören mussten. Es sind zu viele, um sie hier alle aufzuzählen, aber ich hoffe, Ihr wisst, dass ich ohne Euch unmöglich hätte weitermachen können.

Unbedingt erwähnen muss ich diejenigen, die das Buch schon vorab gelesen haben. Natsu Hattori, die es als Erste lektoriert hat und mich davon überzeugte, dass das Manuskript tatsächlich eines Tages ein Buch werden könnte. Edeet Ravel, die mich mit ihren Anregungen und ihrem Zuspruch immer wieder dazu anspornte weiterzumachen, gerade wenn es mal wieder besonders schwierig war. Lisa Pasold, meine »Autorengruppe«, deren scharfer Verstand durch keine auch noch so schlechte Skype-Verbindung untergraben werden kann. Auch Elise Moser, Jocelyn Brown und Mary Asbil haben Entwürfe gelesen und mir hochwillkommenes Feedback gegeben. Claire McCrea brachte das Manuskript so auf Vordermann, dass es endlich vor die Augen der Welt treten konnte. Und Saskia de Boer, deren unermüdlicher Enthusiasmus und sicheres Gespür dieses Buch in der letzten Sekunde so viel besser gemacht hat, als ich es mir jemals hätte erhoffen können. Ich bin ihr auf ewig dankbar.

Da ich in Kanada in der Filmbranche arbeite, war die Welt der Literatur dort Neuland für mich. Auch dabei hatte ich das große Glück, dass mir viele Menschen geholfen haben. Besonders Edeet Ravel, ja schon wieder, aber auch Michael Crummey, Meg Wolitzer und zahlreiche andere Autoren, die ich im Banff-Centre kennengelernt habe, Aislinn Hunter, Anna Leventhal, Laurie Petrou, Kyo Maclear, Linda Schubert und viele mehr. Den Moment, an dem Linda Leith mir mitteilte, dass sie dieses Buch verlegen möchte, werde ich niemals vergessen. Ich danke ihr von Herzen, dass sie dieses Wagnis eingegangen ist, und auch Kodi Sheer, eine scharfsichtig aber auch bedachte Lektorin, sowie dem ganzen Team bei Linda Leith Publishing, die meinen Traum, ein Buch zu veröffentlichen, Wirklichkeit werden ließen.

Talking about dreams, dass dieses Buch jetzt auf Deutsch erscheint, bei Kiepenheuer & Witsch, ist die Realisierung eines Traumes, den ich mich nie gewagt habe zu träumen. Denn vor meiner Emigration nach Kanada, habe ich bei Kiepenheuer eine Ausbildung als Verlagskauffrau gemacht, mit großer Ehrfurcht vor all den wunderbaren Autoren, die dieser Verlag verlegt hat. Mein tiefster Dank geht an Mona Lang, die sich so spontan und so liebevoll für diese Geschichte, dieses Buch eingesetzt hat. Für die Übersetzung des Textes in meine Muttersprache danke ich Dorothee Merkel, kein leichtes Unterfangen, aber toll gemacht! Gaby Callenberg, die ich gerade noch in letzter Minute erreichte, merci, auch Ulla Brümmer für das schöne Cover und natürlich Kerstin Gleba.

Schließlich, meine tiefste Dankbarkeit gilt der Liebe meines Lebens, Patrick Olivier. Er hat das Manuskript öfter gelesen, als ich es zählen kann, und hat trotzdem weder den Glauben an den Roman noch an mich jemals aufgegeben. Dieses Buch ist für Dich. Mein Tom, mein Will, mein Ein und Alles.

Aus Verantwortung für die Umwelt hat sich der *Verlag Kiepenheuer & Witsch* zu einer nachhaltigen Buchproduktion verpflichtet. Der bewusste Umgang mit unseren Ressourcen, der Schutz unseres Klimas und der Natur gehören zu unseren obersten Unternehmenszielen.

Gemeinsam mit unseren Partnern und Lieferanten setzen wir uns für eine klimaneutrale Buchproduktion ein, die den Erwerb von Klimazertifikaten zur Kompensation des $CO_2$-Ausstoßes einschließt.

Weitere Informationen finden Sie unter:
*www.klimaneutralerverlag.de*

FSC www.fsc.org
MIX
Papier aus verantwortungsvollen Quellen
FSC® C083411

Verlag Kiepenheuer & Witsch, FSC® N001512

1. Auflage 2020

*Titel der Originalausgabe* Claremont

Aus dem Englischen von Dorothee Merkel

*Covergestaltung* Barbara Thoben, Köln
*Covermotiv* © Krasimira Petrova Shishkova / Trevillion Images; © Panther Media GmbH / Alamy Stock Foto
Gesetzt aus der Calluna, entworfen von Jos Buivenga
*Satz* Buch-Werkstatt GmbH, Bad Aibling
*Druck & Bindung* CPI books GmbH, Leck
ISBN 978-3-462-05475-0